NARRATORI MODERNI

Della stessa autrice in edizione Garzanti:
L'imprevedibile piano della scrittrice senza nome
Scrivere è un mestiere pericoloso
Non ditelo allo scrittore
La scrittrice del mistero
Un caso speciale per la ghostwriter
Il morso della vipera

ALICE BASSO

IL GRIDO DELLA ROSA

Garzanti

Prima edizione: maggio 2021

Per essere informato sulle novità del Gruppo editoriale Mauri Spagnol visita:
www.illibraio.it

Published by arrangement with The Italian Literary Agency

ISBN 978-88-11-81877-9

Finito di stampare nel mese di maggio 2021
da Grafica Veneta s.p.a., Trebaseleghe (PD)

Printed in Italy

www.garzanti.it

IL GRIDO DELLA ROSA

1.
QUATTRO MESI

Fa caldo.

Uno mica se lo immagina quanto possa far caldo a Torino ad agosto. Per chi sta a Roma, a Firenze, a Palermo – o anche a Eboli, da dove il Duce è appena tornato dopo aver pronunciato un discorso che è una settimana che sui giornali non si parla d'altro – Torino significa Alpi che significano montagna che significa fresco. Ma Torino mica è in montagna, Torino è in basso. Le montagne le fanno attorno un girotondo che pare un catino. Risultato: d'estate, l'aria ristagna e si arroventa, e a Torino si suda come nel cavo orale di un somaro.

L'appartamento dei Bo è al primo piano e le finestre sono spalancate da slogarsi le cerniere. Dalla strada arrivano scampanellii di biciclette e lo sferragliare lontano della tramvia, più la tosse di qualche motore a scoppio. Mica tanti: va bene che la FIAT ha iniziato a fare prezzi popolari, ma la macchina è ancora roba da ricchi e i ricchi ora sono in villeggiatura. Quelli che sono proprio dovuti rimanere in città, oppure quelli che hanno la villa in collina, appena oltre il Po, ne approfittano per sfoggiare la decappottabile. Il problema di girare a Torino col caldo *e* la decappottabile semmai è la caligine: Torino, da brava metropoli industriale, già appena fuori dal centro è irta di ciminiere come un istrice; se sfrecci per i viali a quaranta all'ora in decappottabile ti ritrovi verniciato di una patina nerastra e vischiosa che ti vien voglia di buttarti nel Po – magari, già che ci sei, su in via Bertolla, dove la Stura si fonde col fiume grande: è il posto delle lavandaie, ed è tutto un ribollire di sapone, così sei sicuro di uscir pulito.

Comunque, a parte quei pochi ricchi che girano possibilmente in Spider Sport, in città sono rimasti gli spiantati, gli operai, gli impiegati, i garzoni, eccetera; e fra i benestanti, con o senza macchina, quelli che non hanno sostituti e devono star dietro di persona alle loro aziendine e botteghe. Come i Bo, appunto, che hanno la tabaccheria in piazza Statuto.

Una volta, quando c'era il nonno, Ottavio e Mariele prendevano su i figli, Anita ed Emilio, e a volte anche la migliore amica di Anita, Clara, e andavano a rintanarsi per qualche giorno nella casa di famiglia a Salice d'Ulzio, a più di mille metri d'altitudine, cioè al fresco. Oggi però Ottavio deve rimanere a lavorare in città e Mariele col cavolo che si fida a lasciarlo da solo a mandare avanti la tabaccheria. Quindi, alé: tutti in città a patire l'afa, e guai a dire *ba.*

E infatti.

Oggi, giovedì 8 agosto 1935, tardo pomeriggio, i Bo sono tutti stipati nel loro rovente tinello come una vassoiata di pagnotte nel forno.

E nel tinello della famiglia Bo l'atmosfera è ancora più incandescente che all'aperto, non solo da un punto di vista meteorologico.

È incandescente perché c'è una discussione in corso.

La scena: Mariele in piedi accanto al tavolo di legno lucidato, le mani sui fianchi, la posa ad anfora – un'anfora parecchio capiente – e la faccia di un mastino affamato di polpacci di portalettere.

In piedi davanti a lei, dall'altro lato del tavolo, una volta tanto fianco a fianco, fisicamente e spiritualmente: Anita, vent'anni, e il suo fratellino Emilio, dieci, che di solito si odiano come cane e gatto, anzi, come cane che è stato graffiato dal gatto e gatto che è stato sbavato dal cane, ma oggi combattono dalla stessa parte.

Seduto all'estremità più lontana del tavolo: lo sferico Ottavio, che ha scritto in faccia che vorrebbe trovarsi ovunque piuttosto che lì, tant'è che sta fingendo di leggere con intenso interesse l'ultimo numero di «Il mio libro favorito», la frivola rivista di romanzetti e spettacolo che Anita compra ogni domenica e di cui a lui, diciamolo, normalmente non fregherebbe una zucca.

«Bicicletta», proclama Anita.

«No», sentenzia Mariele.

«Bicicletta», ribadisce Emilio.

«*No.*»

Coro: «Ma perché?!».

Mariele, contralto solista: «Non ne avete bisogno».

«Tutti i miei compagni vanno a scuola in bicicletta!» piagnucola Emilio.

Anita lo sbircia. È una vita che sogna di prenderlo a scoppolate per quella sua aria da principino petulante. Oggi invece sta' a vedere che le torna utile: Mariele, di solito, è sensibile ai piagnucolii del figlio maschio.

«Tu ci sei sempre andato a piedi e puoi continuare ad andarci a piedi», abbaia Mariele. (Ecco, no. Di solito: ma oggi a quanto pare no.)

«Allora lui può usarla la domenica per farci le corse coi suoi amici, e durante la settimana la uso io per andarci al lavoro!» esclama Anita.

Emilio la sbircia. Se sua sorella deve usare la bici per andarci al lavoro significa che lui non può montare il manubrio al contrario e tingere i pedali d'argento con la porporina, come fanno tutti i ragazzini che non possono permettersi la bici da corsa e allora truccano quella da città. Anita però lo raggela con una contro-occhiata alla stricnina, perché una bicicletta *nature* è comunque meglio di nessuna bicicletta. *Pitòst che gnente a l'è mej pitòst,* dicono a Torino.

«Tu su una bicicletta da uomo?! Con la canna che ti tira su la gonna?» trasecola Mariele, che ha sempre una chiarissima mappatura mentale delle pieghe che può assumere la gonna di sua figlia.

«Ma me la rabbocco sotto il sellino, la gonna del cavolo!» Anita apre le braccia, invoca un'intercessione divina. Possibilmente della Vergine Maria, che a Mariele sta tanto simpatica. «Senti, mamma.» Si impettisce. Ad Anita impettirsi viene bene: ha un personale così grazioso, con tutte le curve al posto giusto. Quando si impettisce, poi, giustissimo. Gli uomini tendono a darle ragione su qualsiasi argomento, quando si impettisce davanti a loro. Peccato che Mariele non sia un uomo, Mariele è sua madre. «Mamma, dopotutto quelli sono soldi miei. Non sono i soldi della tabaccheria. Sono io che da quando mi sono messa a lavorare porto a casa ogni mese quelle duecento lire in più. Se questo fosse un mondo giusto, dovrei poter decidere io di farci quello che voglio!»

«E allora, se proprio proprio, fattici la dote e compratici il corredo!» Stavolta è Mariele a spalancare le braccia. Se non altro sposta un po' d'aria, crea un refolo di corrente. «O ti sei dimenticata che fra sei mesi ti sposi? Anzi, cosa dico sei: quattro! Quattro esatti!»

Vero.

Anita ha pure un momento di esitazione, stupefatta dalla precisione del calcolo. Mariele è una bottegaia (aiuta Ottavio nella tabaccheria di famiglia, ove con "aiuta" s'intende che la manda palesemente più avanti lei di lui) e una brava massaia economa: coi numeri ci sa fare. Eppure, nessun conteggio a mente le è mai venuto sciolto e veloce quanto quello che sta tenendo sui giorni che separano Anita dal matrimonio.

Solo quattro mesi?

Anita ha un brivido.

Eh sì, riflette. Corrado – il suo bel marcantonio biondo e benestante, il figlio dei padroni dell'Alimentari Leone, il negozio in centro – le ha fatto la proposta l'8 giugno. E lei gli ha risposto «sì, ma». *Sì, ma prima voglio andare a lavorare.* Assurdo. Infatti Corrado ha reagito rimanendo a bocca aperta. E, a dirla tutta, anche Anita ha reagito alle proprie stesse parole rimanendo a bocca aperta. Perché mai, *mai* nella sua vita, lei, Anita, avrebbe mai pensato di scoprire di avere voglia di andare a fare la dattilografa.

E invece.

Sbatte le palpebre. La investe il ricordo, tutto insieme, dei due mesi appena passati seduta davanti alla Olivetti, a lavorare per Muzio Monné, editore della rivista di racconti gialli «Saturnalia». Ogni volta che ci pensa, una parte di lei non può fare a meno di stupirsi ancora: ma tu guarda dove l'ha fatta finire, il suo improvviso desiderio di lavorare. *A trascrivere traduzioni di racconti gialli americani.*

E infatti è dall'11 giugno che Anita vive in una specie di pazzesco mondo parallelo di carta, fatto di inseguimenti, sparatorie, criminali e bassifondi, e soprattutto battute fulminanti, trucchetti geniali per depistare pedinatori, azioni eroiche per incastrare colpevoli.

La cosa buffa è che tutte queste cose non le sono solo piaciute, ma a un certo punto anche *servite*... ma questo è un altro discorso.

Anita scuote la testa prima che un altro ricordo-bomba, il più bomba di tutti, le esploda nel cervello e le faccia perdere il filo. Deve rimanere concentrata, ha una battaglia da vincere e una bicicletta da conquistarsi, santa polenta fritta.

«Il corredo già ce l'ho, me lo stai mettendo insieme da quando ho compiuto quattro anni», ribatte quindi a Mariele. «Sarò la sposina con più federe di tutta Torino. E poi porto a casa duecento lire *al mese*, mamma, e la bicicletta si compra una volta sola!»

«Ma tanto per cominciare mica lavorerai per sempre: quando ti sposi smetti, siamo d'accordo così!»

"Ah già", pensa Anita. "Grazie, ma', per avermelo ricordato."

«E poi ci sono cose più utili di una bicicletta!»

Quello è il momento in cui Ottavio compie l'incauto gesto di voltare una pagina. È come nella giungla di Salgari: un fruscio ed è finita, i Sikh si accorgono della tua presenza e ciao. Infatti Mariele si gira di colpo verso di lui, del quale si era scordata (un po' la storia della loro vita). Con incredibile velocità per la sua mole, Mariele afferra «Il mio libro favorito» e lo sfila via con uno *sguish!* dalle mani di Ottavio, che non fanno nemmeno in tempo a cercare di stringere. Trenta centesimi di rivista dalla copertina rossa e blu volano nel centrotavola, una ciotola di legno poggiata sopra un centrino all'uncinetto.

Ottavio guarda Mariele da sotto in su, con aria un po' colpevole un po' riluttante, come certi bassotti.

«Stiamo discutendo dei soldi di famiglia! Vuoi prendere una posizione o no?» sbraita Mariele. (Anita sbuffa come per sottolineare che non sono affatto soldi *di famiglia*, sono soldi *suoi* che lei *cortesemente* devolve in famiglia, ma tanto l'ha già ripetuto mille volte.) «...e comunque: da quando in qua leggi questa roba da donnette?» non riesce a non aggiungere Mariele.

«Eh, "La Stampa" parla solo del Duce che ce l'ha con gli inglesi perché non gli fanno invadere l'Africa, non ne potevo più», sospira Ottavio. Comunque, ha capito che non può più eludere la faccenda, quindi tanto vale cedere e prendervi parte. «Be', allora sentiamo: se Anita il corredo già ce l'ha, e se la bicicletta è inutile, che cosa avresti da farci di meglio, tu, con quei soldi?»

Mariele ha un attimo di stupore, perché allora Ottavio dopotutto *stava* ascoltando. Dopodiché sentenzia: «La serva».

Cioè con i soldi mensili di Anita Mariele vuole prendersi una serva.

Che nel 1935 si chiama proprio così, non la domestica, non la colf, non la cameriera, che è un'altra cosa: la serva, proprio – o la servetta, se è giovane.

Anita, Ottavio ed Emilio guardano Mariele. La quale si impettisce anche lei, come quando devi sostenere una posizione della quale non hai intenzione di aver vergogna.

Tra parentesi, quando si impettisce Mariele l'effetto è diverso rispetto a quando si impettisce Anita. Ti viene comunque voglia di dire subito di sì, ma nel caso di Mariele anche di indietreggiare lentamente senza voltare le spalle.

«Che cosa c'è di così strano? Tutte le famiglie perbene ce l'hanno, la serva! E poi, io sono sempre in tabaccheria a lavorare: una volta, tanti mestieri li sbrigava Anita, ma adesso è sempre fuori!» (Non dice "a lavorare", nota Anita indignata: lei, Mariele, è "a lavorare", Anita invece è "fuori", come se andasse a divertirsi. Cioè, in un certo senso va davvero a divertirsi, quando lavora, ma questo è un altro discorso.) «Chi mi porta e riprende la biancheria dalla lavandaia? Chi mi impasta il pane e lo porta a cuocere al forno? Chi mi fa la spesa ogni due giorni, che è estate e la roba nella moschiera dura un niente? Chi mi mette sul fuoco la polpa di carne al mattino? Chi mi pulisce la verdura? Chi mi ramazza la cenere e ci fa la liscivia?»

Anita si gratta una guancia. Non ci aveva mai fatto caso: ma tu guarda quanto lavorava, anche prima di andare a lavorare. Almeno adesso la pagano.

Mariele apre le braccia: «Io ne ho solo due, di queste!». "Valgono per quattro", pensano tutti, ma innegabilmente son due. «E poi una serva costa ottanta lire a settimana, centocentodieci se non le dai da mangiare e dormire; Anita ne porta a casa duecento, ne abbiamo d'avanzo.»

«...per la bicicletta», dicono in coro Anita ed Emilio, grande squadra.

«Per la *dote*», tuona Mariele. «O, ancora meglio, per fare cassa e poter continuare a pagare la serva per un po' anche dopo che Anita si sarà sposata.»

Sottinteso: *e avrà, di conseguenza, smesso di lavorare.*

E due.

"Grazie di nuovo, ma'."

Anita alza gli occhi al cielo. D'altra parte, ha poco da irritarsi per la cocciutaggine della madre. Lei stessa deve pure avere preso da qualcuno.

2.
GUANTINI DI PIZZO

Anita lo deve ammettere (e infatti lo ammette, perché è onesta; però non esageriamo: lo ammette solo fra sé, mentre cammina per il quartiere San Donato, nella luce ancora intensa del pomeriggio inoltrato): Mariele non ha tutti i torti. La bicicletta è *vero* che non le serve. La vita di Anita ha un raggio limitato: scorre fra il rione di casa sua e della tabaccheria dei suoi, e le sue due mete abituali nel quartiere accanto, San Donato, appunto: la casa editrice di «Saturnalia», e l'appartamento di Candida.

Candida è l'ex professoressa di dattilografia di Anita e di Clara, che a sua volta è la migliore amica di Anita sin dai tempi della scuola professionale. Anita e Clara vanno a trovare Candida un paio di volte a settimana, se possono; spesso Anita le porta in dono delle sigarette dalla tabaccheria, perché Candida fuma come lo scappamento di una 508 Balilla, dopodiché le ragazze passano la serata a leggere o a chiacchierare o a commentare i fatti del giorno (Candida è una grande acquirente di libri e giornali, oltre che di fiammiferi e acciarini). E se, fra le pareti del salotto di Candida, nel commentare gli eventi del giorno ci scappano anche due o tre paroline di insofferenza verso il governo, non solo non succede niente, ma Candida annuisce e rincara la dose. Oddio, ora che fa caldissimo e si sta con le finestre spalancate, anche Candida deve stare un po' più attenta, ma comunque. A volte, inoltre, Candida allunga ad Anita e Clara un libro proibito, uno di quelli che la censura fa ritirare dal commercio ma che lei ha già fatto in modo di procurarsi di nascosto, grazie a un nipote con le mani in pasta: e sono i libri su cui le due ragazze imparano le cose migliori, per esempio la libertà di pensiero, l'attenzione ai più deboli e che la guerra fa schifo. Mariele naturalmente col cavolo che lo sa: Mariele sa solo che Anita frequenta la sua ex professoressa, il che le va bene. E, in ogni caso, è vero che, fra la tabaccheria, la casa di Candida e il suo nuovo lavoro, Anita fa avanti indietro fra il centro e San Donato in pochi minuti a piedi. Sai che strada. Anche senza la bicicletta.

E allora perché la vuole?

Eh.

Mica può dirglielo, a Mariele. Mica può spiegare a sua madre che, un mesetto fa, le è capitato di prendere parte a, uhm, a una specie di giallo *vero.* Di vivere una storia uguale a quelle che batte a macchina ogni giorno per le pagine di «Saturnalia», cariche di brividi e di *suspense* (anzi, di *suspanza,* come direbbe con Clara per prendere in giro le italianizzazioni del regime). Mica può spiegare a Mariele di essersi trovata in tutto e per tutto nei panni dei suoi detective di carta preferiti, il brillante Race Williams del suo amato Carroll John Daly, o la Canaglia Fantasma e l'Operatore della Continental di quell'altro scrittore che le piace tantissimo e le fa sempre venire i brividi dalla tensione, come si chiama?, Dashiell Hammett. E mica può raccontare a sua madre che, proprio come in uno di quei gialli, a un certo punto ha dovuto affrontare una corsa contro il tempo, per la quale una bicicletta le avrebbe fatto tanto comodo.

Ma soprattutto Anita non potrebbe mai lasciar capire a sua madre che quella adrenalinica corsa contro il tempo le è *piaciuta.* Anzi. Forse le è piaciuta anche *troppo.* L'ha fatta sentire viva, coraggiosa, forte; l'ha emozionata come nient'altro nella vita. E quando si emoziona – Anita l'ha imparato a sue spese – poi fa cose impulsive.

...a cui decide che non vuole pensare.

«Santa polenta», dice ad alta voce, scuotendo la testa fra sé.

«Signorina Bo?» Una voce che non è la sua si infila come un ago fra le sue riflessioni private.

Anita si gira di scatto. A salutarla – cioè a beccarla mentre parlava da sola – è stato un uomo elegante, in abito perfettamente stirato nonostante il caldo appiccicoso. Ha pure una paglietta in testa, che grida: *sono un signore, uno che non andrebbe in giro senza cappello neanche all'inferno.*

Anita lo riconosce. È il commendator Donadio, uno dei clienti più fedeli della tabaccheria dei suoi.

«Oh, commendatore, buongiorno», cinguetta Anita ricomponendosi all'istante. «Che sorpresa trovarvi qui.»

«Mica tanto, direi: io ci abito, in questo quartiere», ribatte Donadio, gongolando un filo. In effetti, ricorda Anita, è vero: Donadio vive a San Donato, che, oltre a essere il quartiere a fianco a quello della tabaccheria, è il quartiere delle industrie (e delle sciccose villette liberty dei proprietari delle industrie: ecco perché è così fiero di sottolinearlo). Se viene fino in piazza Statuto a comprare le Tre Stelle, be', è solo per Anita. Cioè per sganciarle ogni volta una bella squadrata dai capelli neri fino a dove il suo sinuoso personale scompare dietro al bancone, e possibilmente per trattenersi abbastanza a lungo da vederla prima o poi uscire da dietro il bancone medesimo, e darle una bella squadrata anche alla metà di sotto.

«È tanto che non vi vedo, in tabaccheria!» esclama infatti il commendatore, affettato. «Che è accaduto? Vostra madre deve avermi accennato che siete andata a, uhm, a *lavorare fuori.*» Lo sussurra come se stesse parlando di un brutto incidente.

«Scommetto che mia madre vi avrà anche detto il perché», replica Anita, sussiegosa. E anche ricordandosi di dargli del voi: il commendatore è notoriamente un fervente fascista, e quelli come lui preferiscono il voi. «È che voglio farmi una bella dote, perché fra sei… fra *quattro* mesi mi sposo.»

Questa è la scusa ufficiale che Mariele ha messo in giro per giustificare l'assurda scelta della figlia.

Che poi è la stessa scusa che Anita ha usato con Mariele.

Cosa avrebbe dovuto dirle? "Mamma, voglio andare a lavorare perché di colpo mi sono resa conto che fare la moglie e madre a vita non mi basterà più?"

Eh.

«Vi sposate! Ma pensa!» Il commendatore ha moglie e

quattro figli. La sua faccia da commendatore oscilla fra due espressioni: la prima è quella del padre di famiglia che approva che una ragazza si accasi, in linea con le raccomandazioni del regime; la seconda è il rammarico nel rendersi conto che, come tutte le ragazze, una volta maritata Anita non lavorerà più come dattilografa, ma nemmeno in tabaccheria. Perché questo fanno, le ragazze che si sposano: si tappano in casa a fare figli. (Finché non diventano troppo vecchie per fare figli e allora finiscono ad aiutare in negozio come Mariele, ma a quel punto non sono più i decorativi complementi d'arredo di una volta, naturalmente.)

Quindi, addio squadrate al sopra e al sotto della bella brunetta.

(In effetti c'è una terza ombra di espressione che aleggia sul volto del commendatore. Deve starsi immaginando un'Anita neo-sposa in vezzosa camicia da notte che, la prima notte di nozze, tutta trepidante e col visino rosso di emozione, si accinge a impostare la faccenda del fare figli.

Anita lo nota e pensa: "Maiale".)

Tuttavia, Anita è un'attrice nata. Inoltre, ha intorno maschi che la guardano né più né meno che come un *bunèt* al cioccolato da quando ha raggiunto la pubertà. E in ultimo sa che il commendator Donadio è un *ottimo* cliente della tabaccheria, e che i suoi genitori non possono permettersi di perderlo. Ogni Natale compra un cofanetto di saponi profumati per le donne della sua famiglia e si fa arrivare una marca speciale di schiuma da barba per gli uomini. Per le sue conoscenze di spicco, i notabili che vuole tenersi cari, talvolta ordina anche degli speciali set di rasoi dal manico di madreperla che costano un occhio.

Ragion per cui Anita sfodera il proprio sorriso più abbagliante. Sembra una lanterna ad acetilene. «Naturalmente, conoscete mia madre: non ci spero neanche, che mi lascerà in pace dopo che sarò diventata *madamina*! Scommetto che mi chiederà di venire ad aiutarla in negozio anche quando sarò incinta!» Alza gli occhi al cielo fingendo esasperazione. Questo non le impedisce, naturalmente, di notare l'espressione sollevata del commendatore. «E, credetemi», prosegue, sospirando a fondo, cioè con un bel su e giù del davanzale, «non oso pensare a che razza di inferno sarà! Col grembiule che non mi si chiuderà...» Lancia un'occhiata casuale al proprio décolleté, allo stesso tempo stringendosi il vitino con le mani. Poi risolleva uno sguardo molto diverso, brillante e un filino malizioso, sul volto congestionato del commendatore. «Però, posso confessarvelo? Non vedo l'ora! Non vedo l'ora, di fare un *sacco* di bambini!»

Che è una bugia bella e buona. Corrado sì che ne vuole, di figli: sei, le ha detto. Santa polenta a fette. Anita ha sempre pensato di volerne tre, ma più pensa a sei più anche tre iniziano a sembrarle tantini. Tuttavia, chissenefrega: il commendatore ora sta di nuovo visualizzando Anita che, carica di trasporto, va incontro alla sua prima notte di nozze, e a tutte le notti a venire, ansiosa di espandere la razza. Dunque l'obiettivo è raggiunto: Anita può ragionevolmente concludere che Donadio, no, non cambierà tabaccheria tanto presto, almeno finché avrà la speranza di vederci comparire la zelante sposina anche solo una volta ogni tanto.

«Sarete una meravigliosa mamma e una meravigliosa mogliettina», biascica.

Anita annuisce garrula. «A proposito di mogli, salutatemi la vostra!» trilla.

Poi si dirige verso il portone di Candida lasciandolo lì, in mezzo al marciapiede, a sudare sotto il suo cappello di paglia.

Uomini.

«Ciao!» le dice Clara aprendole la porta. Ha un libro in mano, con un dito fra le pagine a tenere il segno, e siccome fa caldo si è tirata su i capelli con un foulard arrotolato in una specie di salsiccia, che si è annodata sulla fronte. Sembrerebbe un esperto di arti marziali, se lei o Anita sapessero qualcosa di arti marziali – ma sono tante, tantissime, le cose che una ragazza di vent'anni nel 1935 non sa né forse saprà mai. In compenso, Anita una cosa la sa benissimo, e cioè che nessun'altra ventenne aprirebbe mai la porta conciata come Clara, col rischio che qualcuno la veda.

Fisicamente – senza offesa – Clara sta ad Anita come un grusone sta a un'orchidea. Ma né ad Anita né a Clara è mai importato mezzo accidente di questa disparità estetica.

Anita guarda Clara e senza neanche bisogno di dirle ciao allunga le mani, snoda il salsiccione di stoffa, lo riannoda in un fiocco e lo riassesta sulla fronte di Clara.

«Uh, grazie», dice Clara.

«Non c'è di che», dice Anita allegra, con l'aria di chi ha solo rimesso ordine nel cosmo.

«Candida non c'è», spiega Clara mentre chiude la porta, una volta che Anita è entrata. «A me ha aperto l'Arcangela avvertendomi che Candida tardava un po', poi mi ha lasciato le chiavi, che tanto di me si fida, e se n'è andata a casa sua.»

Anita annuisce, decifrando le informazioni senza difficoltà. L'Arcangela è la domestica di Candida: una signora secca con un naso da tucano. Fa la domestica – anzi, la serva – da Candida da sempre, da quando Candida era una ragazza e viveva nella casa signorile con i suoi. (E, fra parentesi, sì: Candida, che viene da una famiglia ricca ma è una democratica, l'Arcangela la chiama Arcangela e basta, o al massimo "la domestica", non "la serva". Ma è un'eccezione. Candida è *sempre* un'eccezione.)

Quanto a Candida, Anita sa già anche che non è ancora rincasata perché si trova alla sede dell'ONMI, l'Opera Nazionale per la Maternità e l'Infanzia. Candida è una che fa le cose per imperativo morale. Per questo fa la professoressa e ha a cuore le sue allieve; per questo ha fatto l'infermiera durante la Grande Guerra; per questo da qualche anno è riuscita a farsi nominare patronessa dell'ONMI e va a fare volontariato alla Casa della Madre e del Fanciullo almeno due pomeriggi a settimana. Va ad aiutare le ragazze madri, nubili o abbandonate, e i loro "frutti del peccato".

Anita si lascia cadere sul divanetto di velluto verde scuro. «Ah», sospira, con l'aria di chi la sa lunga. «Quindi stasera ci sarà nebbia.»

Clara annuisce con la stessa faccia, riaccoccolandosi nella poltrona in cui stava leggendo. Quando Candida va a fare i suoi mestieri di volontaria, torna che ha sempre l'umore di una cinghialessa con una zampa in una tagliola. Di tutte le pensate del regime che fanno saltare i nervi a Candida – e sono tante – l'ONMI è la peggiore, da sempre, senza tema di smentita. Ogni sacrosantissima volta che capita che Anita e Clara vadano a trovare Candida in uno dei giorni in cui è stata all'ONMI, per almeno mezz'ora la loro ex prof deve sbollire il nervoso, cosa che fa evitando di parlare e in compenso però fumando ancora più della sua già notevolissima media e ricreando nel salotto una miniatura della Val Padana a novembre.

«Magari di questi tempi, con le finestre tutte aperte, no», azzarda Clara.

Anita le fa un sorriso che significa che apprezza il suo ottimismo.

Candida arriva di lì a un quarto d'ora. Clara non fa in tempo a scattare verso la porta per aprire con le chiavi dell'Arcangela che Candida apre da sola con il proprio mazzo, chiude la porta con una manata e sbatte a terra la borsa con un tonfo.

Iniziamo bene.

«Buonasera anche a te», cinguetta Anita un po' ironica un po' preoccupata, sbirciandola dalla porta del salotto.

Candida risponde dal vestibolo con un grugnito cavernoso.

Iniziamo *benissimo.*

«Giornata difficile?» azzarda Clara.

Altro grugnito.

Poi rumori lungo il corridoio, e poi dall'altra ala della casa, dove stanno le camere: rumori di scarpe calciate via, di ante dell'armadio sbattute, di forcine che tintinnano tornandosene nel portagioie di onice sulla toeletta da cui sono venute. Trenta secondi e Candida riappare in salotto. Ha già una sigaretta accesa fra le dita.

"Nebbia", si dicono con lo sguardo Anita e Clara.

Candida si siede al suo solito posto al tavolo di legno intagliato, sul quale se ne sta, ancora aperto, il giornale della mattina. Le ragazze, ancora non le guarda nemmeno. Ahi. Stasera dev'esserle presa peggio del solito. Anita e Clara tengono una rapida riunione direttiva fatta di sguardi: "Meglio lasciarla in pace finché non le passa", si dicono, e "intanto magari vado ad aprire anche l'altra finestra in cucina così fa corrente", aggiunge un guizzo delle sopracciglia di Anita.

Anita è a metà del salotto, che sta attraversando cauta e felpata come la Pantera Rosa (anche se non può naturalmente sapere nulla della Pantera Rosa, e dire che la divertirebbe tantissimo), quando: «È vergognoso!» sbotta Candida dal nulla.

Ha finito la sigaretta. La pigia a fisarmonica, nervosamente, nel posacenere di metallo martellato e ne estrae subito una nuova. Anita la guarda con uno stupore che a lei, figlia di tabaccai, non passerà mai: la gente normale una sigaretta se la fa durare anche tre giorni, la spegne e la riaccende e la rispegne e la mette via, certi arrivano a addestrare le serve a raccattare i mozziconi dai portacenere dopo le feste per svuotarli del tabacco e riempirci le cartine; ma Candida fuma come quella volta dell'incendio sul Musinè che la nube si vedeva fin da corso Francia, e se ne frega. Non spreca soldi in altro modo, non ostenta il denaro di famiglia, non beve neanche il caffè vero ma quello schifo di surrogato che sembra erba ruminata e abbrustolita; ma le sigarette, solo le sigarette, quelle se le incenerisce come fossero steli di spighe in un falò d'agosto.

«Vergognoso. Gli *esami*, vi rendete conto? Adesso gli dobbiamo fare gli esami di moralità, alle poverette che hanno bisogno dell'aiuto dello stato! E se non sono più sante della Santa Vergine in persona, peste le colga! Come se fossero le sante, ad aver bisogno d'aiuto!»

Anita e Clara si lanciano un'occhiata incuriosita. Anita sarebbe appunto ancora a metà del salotto, in direzione corridoio, con un piede su e uno giù, ma torna a sedersi in retromarcia, perché ora che Candida ha iniziato il monologo mica vuole perderselo.

Finalmente, Candida si gira a parlare ufficialmente con le ragazze. «Oggi abbiamo fatto i giurati», si decide a spiegarsi. «Una bella tavolata, come agli esami di scuola. Io e le altre patronesse, più il magistrato delegato, gli altri consiglieri, naturalmente il presidente... Insomma, tutte donne, tranne le figure che contano davvero – come al solito. Ma poi, *che* donne: tutte *madamine* coi guantini di pizzo e quei cappellini a cuffietta che vanno di gran moda, e la moglie del direttore del birrificio e la moglie del caporedattore del giornale e la figlia del fiduciario rionale del fascio e così via.»

Anita ha un piccolo sussulto. L'ultima che ha detto Candida, lei lo sa chi è. È Maria Vittoria Bonatti, detta Mavi, la fidanzata del suo datore di lavoro. No, non dell'editore vero e proprio, Muzio Monné, il direttore amministrativo, l'Uomo dei Soldi, con la testa incapsulata in due dita di brillantina che a guardarlo controluce pare abbia un'aureola tridimensionale. La fidanzata dell'*altro* suo datore di lavoro, il socio di Monné, Sebastiano Satta Ascona, la vera anima letteraria di «Saturnalia», nonché l'uomo con cui Anita, un mese fa, ha...

Niente. Di nuovo il pensiero-bomba che cerca di scoppiarle in testa. La deve smettere di cercare di affiorare ogni venti minuti, santa polenta coi funghi. E poi Anita non vuole rischiare di perdersi una sola parola di Candida, quindi torna subito attenta.

«Insomma», sta proseguendo Candida. «Ci siamo tutti seduti in fila dietro un tavolone, e abbiamo esaminato – cioè *giudicato* – le ragazze che questo mese hanno chiesto di poter essere ammesse ai servizi di assistenza della Casa della Madre e del Fanciullo.» Tira una boccata che dimezza la lunghezza della sigaretta. «Riuscite a immaginare la scena? Tutti noi, seduti comodi in parata, con le nostre brave manine candide – nei guantini di pizzo – poggiate sul tavolo, a vederci sfilare davanti queste poverette dalla pancia ingrossata, dalle caviglie gonfie, dalla faccia rossa e sudata per il caldo e per l'agitazione. Che ci dovevano spiegare, umiliandosi, perché avremmo dovuto fare loro la graziosa cortesia di aiutarle a non morire di fame o a non doversi prostituire.»

Anita e Clara hanno un brivido che le fa agitare in simultanea sulle loro poltrone.

«Cioè... avete dovuto fargli l'interrogatorio?» chiede Anita. «Come se fossero delle malfattrici e voi la polizia?»

Candida annuisce beffarda. «*Dovuto?*» sogghigna. «I miei esimi colleghi *non aspettavano altro*! "Dunque, diteci, signorina... *signorina* o *signora*?", per metterle in imbarazzo. E loro: "Signorina", arrossendo, povere creature. "*Signorina*?"» Candida simula un misto fra stupore, scandalo e paternalismo, imitando chissà quali o quante delle altre patronesse. «"E, scusate, *signorina*, ma se siete *signorina* come avete fatto a ritrovarvi nella vostra, uh, *condizione*? Perdonate l'indiscrezione, ma sono certa che capirete che qui abbiamo diritto di sapere"... E loro, giù lacrime, a raccontare di esser state circuite da questo o quel bastardo, fattore o capobottega o figlio della padrona di casa, di avere ricevuto promesse di matrimonio, di essere state piantate in asso al primo lievitar del ventre. "Signorina, *perdonate l'indiscrezione*, ma non lo sapevate che l'uomo è fatto così e che una ragazza deve guardare la propria virtù come il più importante dei suoi tesori?" Un paio poi erano davvero *signore*», aggiunge, amara, dopo aver inspirato ed espulso una nebulosa di fumo. «Mollate dal marito che è andato a cercar altro e le ha piantate in asso incinte o coi bambini piccoli e s'è ben guardato dal mandare soldi a casa. Oppure scappate dal marito che le picchiava perché non voleva l'ennesimo figlio e ha preso la nuova gravidanza della moglie come una specie di raggiro.»

«Santa polenta concia. Ma queste almeno le accoglierete senza batter ciglio, spero», azzarda Anita orripilata.

«Macché!» Candida sbatte il pugno sul tavolo. Il posacenere sussulta. Anche Anita e Clara sussultano. «Anzi! Proprio queste, le sposate, sono le più sfortunate! Perché con le ragazze madri il comitato fa tante storie, tante domande pruriginose, ma alla fine le aiuta, dopo averle umiliate a sufficienza; le sposate, invece, un marito ce l'hanno, e poco importa che se son lì un motivo devono avercelo: devono tornare sotto il tetto coniugale! "Perché noi non abbiamo posti letto infiniti, capite", e bla bla bla.» Schiaccia anche la seconda sigaretta nel posacenere avvitandocela dentro tanto che ad Anita vien voglia di guardare se non sporga da sotto al tavolo. «Si fanno dare il nome del marito, lo mandano a rintracciare dalla polizia o dalle camicie nere, poi gli viene fatto il predicozzo, gli vengono promessi dei soldi per mantenere il bambino, e si prende pure gli encomi per avere messo incinta la moglie, perché non dimentichiamoci che al Duce piace tanto che gli italiani si moltiplichino! Così il disgraziato ci ripensa, riconosce il figlio – del quale a quel punto è pure fiero – e la moglie zitta, di nuovo a casa con il manigoldo che non ci ha pensato due volte a mollarla; di nuovo a stare ai suoi ordini, a riverirlo e a crescere i suoi figli, suoi nel senso di figli di lui. Perché la verità è che al regime, e all'ONMI, importa solo dei bambini, che vivano e crescano e diventino tanti nuovi piccoli bravi fascisti: delle loro madri, un accidente di niente!»

Be', questa l'ha detta proprio un po' troppo forte. D'istinto, Anita, Clara e pure Candida stessa si voltano verso la finestra aperta, di colpo preoccupate che da fuori si sia udito qualcosa. Ma tanto, ormai, *voce dal sen fuggita poi richiamar non vale*, e comunque là sotto passa la tramvia e quindi c'è sempre chiasso e dunque è improbabile, e comunque chissenefrega perché, appunto, tanto, ormai. Candida è la prima a sbuffare e a tornare seduta dritta, con un'alzata di spalle.

Anita si torce le mani e se le passa anche un po' sugli avambracci, perché sarà agosto ma a sentire quel quadretto le è venuto un brivido. «Cosa succede alle ragazze dopo l'interrog... dopo l'esame?»

Candida scuote la testa come a dire "non farmici pensare". «Alcune, quelle che non hanno un tetto a cui tornare, restano a vivere nei dormitori delle Case della Madre e del Fanciullo. La maggior parte, quelle sposate o che hanno ancora una famiglia d'origine, vengono rimandate a casa con degli emolumenti e un piano di assistenza medica; se sono molto povere, possono venire a mangiare alla mensa... perché una donna incinta deve mangiare in un certo modo, è ovvio: non vogliamo mica che ci sforni dei Balilla rachitici.» Candida sogghigna sarcastica. «Le sposate se la passano male per i motivi che vi ho già detto, ma sapeste anche le nubili, quanto piangono, se si sentono dire che non potranno stare nei dormitori dell'Organizzazione, e che dovranno tornarsene a casa loro, dai loro genitori, nel loro ambiente. E i miei *esimi colleghi* patroni e patronesse: "Ma perché ti disperi?". Le fanno sentire delle ingrate: “Non sei felice che ti diamo il cibo, i soldi? Ancora non ti basta?”. E no che non sono felici lo stesso, e ne hanno tutte le ragioni! Perché, capite, è vero che il bambino a quel punto potrà nascere e crescere eccetera, ma *loro* saranno sempre additate come le sgualdrine del paese o del quartiere, disprezzate da chiunque le circondi, e per tutto il resto della loro vita pagheranno la loro colpa.»

«È orribile!» mormora Clara. «Mi verrebbe voglia di picchiare tutto il comitato.» Né lei né Anita possono evidentemente saperlo, ma con quella specie di fascia in testa sembra proprio pronta alla bisogna, come una bizzarra karateka sabauda. «Tranne te», aggiunge, verso Candida.

«Già, mi chiedo come facciano a tenerti fra le patronesse», rimugina Anita. «Non si accorgono che la pensi in modo tutto diverso da loro?»

«Infatti devo far attenzione», annuisce Candida, più amara del surrogato di caffè.

Candida è una bella donna, elegante e sicura di sé, che si presenta bene in società. È la zia di Sandro Fiorio, quello della celebre conceria in San Donato, e il fatto che la sua famiglia abbia i soldi ne fa un personaggio rispettato e riverito in città. Certo, fa anche l'insegnante di dattilografia, ma i notabili torinesi lo archiviano come una sorta di vezzo, così come tutte le varie attività di volontariato con cui Candida, a loro dire, s'è “tenuta occupata” sin da quando era una giovane infermiera durante la Grande Guerra. Morale: riesce a fregarli tutti, o almeno c'è riuscita finora. «Ci manca solo che mi sbattano fuori e mi levino quel minimo di possibilità che ho di aiutare davvero quelle povere ragazze.»

Ad Anita sfugge un sorrisino agrodolce. «Veramente, se capissero come la pensi davvero sul... be', sul governo e tutto il resto, essere sbattuta fuori dall'ONMI potrebbe essere il minore dei tuoi problemi.»

Candida scrolla le spalle un'altra volta. «Per fortuna ogni tanto qualche barlume di buonsenso ce l'ha anche qualche altra patronessa. Per esempio, c'è quella biondina, la figlia del Bonatti, che sarà giovane e rintronata dalle concioni fasciste del padre, ma perlomeno ha una stilla di sensibilità tutta sua, che di solito le fa dire cose giuste. È l'unica alla quale ogni tanto viene da pensare anche alla ragazza di turno, e a cui non importi solo dei mocciosi.»

Anita lotta con i propri muscoli facciali per mantenersi impassibile. Ci manca solo che Candida o Clara si accorgano che le scappano delle smorfie e le chiedano come mai Mavi Bonatti le stia tanto sulle zucche. Anche perché, diciamocelo: il problema è proprio che Mavi Bonatti, sulle zucche, *non* le sta affatto. Sarebbe tutto più semplice, se Mavi Bonatti, la fidanzata di Sebastiano Satta Ascona, fosse una smorfiosa ricca e viziata e superfascista come il suo pomposo padre. Be', ricca lo è, e magari anche un pochino viziata, e potremmo anche spingerci – pensa Anita – a dare per scontato che, a furia di stare a contatto col padre, che è appunto funzionario del fascio, quelle idee lì le abbia assorbite anche lei. Ma Mavi non è stupida e non è cattiva, questo Anita lo sa. Mavi Bonatti è solo… un po' come il suo Corrado, ecco. Un po' troppo *di quelli là*, ma non cattiva. Sarebbe tutto più semplice, se Mavi o Corrado fossero cinici e insensibili e crudeli… ma non lo sono. Anita lo sa che non lo sono, e non può far finta di non saperlo.

Eh.

«Per esempio», sospira Candida, che continua a essere l'unica, nella stanza intasata di fumo, a poter fare una cosa come sospirare senza esplodere in una fanfara di tosse, «oggi fra un esame e l'altro abbiamo ricevuto una notizia molto importante: il presidente del comitato ci ha annunciato che uno dei bambini del nostro centro sarà adottato dai conti Pazzaglia. E tutti a gioire e ad applaudire – coi guantini di pizzo – e a cinguettare "mande*v*ò un biglietto di cong*v*atulazioni alla mia ca*v*a amica contessa".» Anita e Clara ridacchiano. «Ecco: la Bonatti è stata l'unica a interessarsi a come, o *se*, l'avessero già detto alla madre.»

«La madre? Ma come? Cioè, questi conti adottano un bambino che *non è orfano*?» Clara strabuzza gli occhi.

Candida agita il capo in un modo che vuol dire "ottima domanda". «Eh. Il bambino una madre ce l'ha – solo che ha una menomazione: è sordomuta. Oltre che povera in canna, naturalmente. Si chiama Gioia – pensate un po' che ironia, povera ragazza –, Gioia Bratti. Il suo bambino però è nato perfettamente sano, così i conti, che cercavano un erede, hanno pensato bene di "offrirgli la possibilità di crescere in una famiglia *normale*". Potete immaginarvi: al comitato sono tutti in brodo di giuggiole per la favola del povero marmocchio disgraziato che diventerà un signorino. Il piccolo Cenerentolo. Per un po' in città non si parlerà d'altro, vedrete: fateci caso, adesso che conoscete la storia. In tutto questo però nessuno pare essersi chiesto come l'abbia presa la madre: se abbia accettato col cuore spezzato, se sia stata felice, se sia stata *costretta*. Nessuno tranne la giovane Bonatti, e di questo bisogna darle merito.»

«È vero, bisogna», sospira Anita più fra sé che per la conversazione.

«Che schifo», sospira Clara, imbronciata. «Ora m'è venuta voglia di leggere un libro in cui una donna si vendica di tutti quelli che l'han sempre trattata come se non valesse un fico.»

«Auguri.» Candida tira dalla sigaretta – chissà quando cavolo se n'è accesa un'altra. «Nella cassapanca dei libri proibiti qualcosa dovrebbe esserci – ma, puoi scommetterci, solo lì. Nei libri non censurati dal regime non c'è posto per delle Sandokan in gonnella, solo per le Perle di Labuan.»

Candida conserva tutti i libri censurati dal regime in una cassapanca a doppio fondo. Per Anita e Clara, da quando Candida gliel'ha mostrata, è diventata una specie di forziere del tesoro.

«C'è sempre *Jolanda, la figlia del Corsaro Nero*», riflette Clara.

«Ma poi tutto si riduce al fatto che si sposa», dice Candida.

«Ecco, mi hai rovinato il finale», sospira Anita.

E pensa che, no: non riesce proprio a considerarlo un lieto fine.

3.
RACCONTI

Sabato 10 agosto, mattina, Anita entra in ufficio (con il suo bravo grembiule nero da impiegata, anche se una tuta da palombaro terrebbe probabilmente più fresco), e si impone fortemente di non pensare a quello a cui da un mese a quella parte le viene in continuazione da pensare, mentre saluta colui che più di qualsiasi persona al mondo la fa pensare a ciò a cui non vuole pensare.

Sarebbe a dire: mentre si siede di fronte a Sebastiano Satta Ascona.

«Buongiorno!» esclama lui in fretta.

È già lì da chissà quanto. Anita arriva quasi sempre al lavoro prima di Muzio Monné, che si presenta alle dieci probabilmente perché gli ci vuole un'ora buona per cazzuolarsi tutta la brillantina che si dà in testa, specie di questi tempi in cui tende a sciogliersi. Sebastiano invece patisce il caldo e viene volentieri in ufficio sul presto, per iniziare a lavorare quando fa ancora fresco. Così è da giorni che Anita, quando arriva in casa editrice, trova appunto il portone aperto e Sebastiano già alla scrivania, intento a leggere le riviste *pulp* americane procurategli in patria dal suo amico e agente Julian, per selezionarne i racconti da tradurre e pubblicare sul numero del mese di «Saturnalia».

Ad Anita piace entrare facendo poco rumore, perché Sebastiano più che leggere cade in uno stato d'ipnosi e, se non fai troppo chiasso, puoi sorprenderlo completamente assorto con il naso nelle pagine giallastre, gli occhi accesi per la storia e un'aria rapita che gli leva dieci, quindici anni. Non che sia vecchio – ha una trentina d'anni, se Anita ha capito bene; è che quella faccia lì lei l'ha vista sempre e solo su certi ragazzini quando si immergono in Verne o Salgari.

Poi, come si diceva, Sebastiano si accorge che Anita è arrivata e a quel punto, ogni santissima mattina, fa sempre la stessa cosa: alza la testa di scatto, sbatte giù la lettura che lo stava assorbendo tanto ma che di colpo diventa la cosa meno importante, e saluta Anita con entusiasmo. Un entusiasmo educato ma autentico, l'entusiasmo di chi è felice di vederla e non riesce proprio a nasconderlo. Ogni santissimissima mattina.

Da un mese a quella parte.

Anita sospira.

Santa polenta fritta. Com'è difficile.

Se almeno la salutasse tutto compostino e precisino e sabaudino come faceva i primi tempi. Ma tutto quel piacere nel rivederla non fa che ricordarle, be'. Non fa che ricordarle quanto anche a lei faccia piacere rivedere lui.

Il che la fa pensare a quelle cose a cui tenta con tutte le sue forze di non pensare.

«Buongiorno a lei», risponde quindi Anita. Depone la borsa, il *baracchino* del pranzo, riordina le sue cose e si siede al proprio posto, davanti alla fedele Olivetti M40.

Si guardano.

E va bene, tanto non ha senso girarci attorno, Anita lo sa. Impossibile circumnavigare quel ricordo all'infinito, specie quando ha Sebastiano davanti.

Un mese fa, Anita e Sebastiano sono diventati complici. Proprio nel senso dei criminali. Tutto è iniziato quando si sono trovati nella situazione di potersi confessare reciprocamente il proprio segreto antifascismo, l'insofferenza nel dover indossare la maschera dei bravi cittadini disciplinati, impossibilitati ad alzare la voce contro i piccoli e grandi soprusi a cui assistono ogni giorno. Poi un pomeriggio – un sabato – il sopruso di turno in cui sono incappati è stato troppo grosso, e Anita ha avuto l'idea: *il giallo è letteratura di denuncia, no? E allora sfruttiamolo. Infiliamo nella rivista dei finti racconti americani che raccontino i crimini a cui assistiamo a casa nostra. Chi vorrà capire capirà.* L'hanno fatto: hanno scritto una prima storia e l'hanno firmata John Dorcas Smith, un autore d'invenzione che vive in una certa Rivertown dietro la quale s'intravede Torino. Hanno raccontato i fatti che sapevano veri, cambiando solo i nomi in inglese e quel tanto di dettagli per farla in barba alla censura. Hanno denunciato chi meritava di essere denunciato. I lettori di «Saturnalia» avranno capito? Avranno fatto due più due, saranno stati più furbi della censura e avranno scoperto che J.D. Smith stava parlando di un caso di cronaca di Torino? Difficile da verificare: ammettiamolo, Anita e Sebastiano se lo stanno ancora chiedendo.

Ma non è questo il punto. Il punto è che Anita e Sebastiano *hanno fatto qualcosa.* E, soprattutto, il punto è che ad Anita e Sebastiano fare qualcosa, portare a termine quella specie di missione segreta, *è piaciuto tantissimo.* Anita e Sebastiano stanno ancora smaltendo i postumi di quei brividi d'emozione, la sensazione inebriante di stare finalmente agendo, rischiando, insieme, in nome di un bene superiore.

E, dettaglio collaterale: è stata un'emozione tale da avvicinarli l'una all'altro probabilmente più di quanto si convenga a una ventenne e a un trentenne entrambi già fidanzati con qualcun altro.

Ecco. Questo è il ricordo, il pensiero-bomba. Tutto qui. Questa è la spina conficcata da un mese nel fianco di Anita, la cosa a cui Anita cerca di non pensare mai. Ma prova tu a non pensarci, provaci, quando la mattina – tutte le mattine – entri in ufficio e ti ritrovi davanti il tizio con cui hai condiviso il momento più esaltante della tua vita (e anche della sua, c'è da scommetterci). Provaci, a non imprimere a ogni sillaba che vi scambiate un sottotesto che significa *lo rifarei domani*, provaci un po'.

Che poi, Anita, se le tocca recitare, lo sa fare benissimo, eh. Se c'è una che finge bene, è lei. Santa polenta coi funghi, è una vita che recita, nello specifico di essere un'innocua, graziosissima, frivola sciocchina: figuriamoci cosa le costa far credere di vivere buona e tranquilla, come si conviene a una graziosa signorina perbene senza nulla da nascondere, mentre la verità è che, ogni volta che è in giro per la città, si guarda attorno come se non facesse che cercare un nuovo cattivo da smascherare, un nuovo fattaccio di cui parlare in un nuovo racconto.

E però è proprio così che stanno le cose. Se fosse Natale e arrivasse Gesù Bambino e le dicesse *esprimi un desiderio*, sicuro al cento per cento che Anita sparerebbe: *poter scrivere con Sebastiano un altro racconto di John Dorcas Smith.*

Vabbè, *bòn*, ora basta rimuginarci, tanto che ci vuoi fare. «Che stava leggendo di bello?» si dà una mossa Anita. «Qualcosa che tradurremo oggi?»

«Nah, maledizione, questo mica possiamo», sospira Sebastiano, tornando a guardare la rivista con un nanosecondo di ritardo. «Questo non è uno dei normali racconti di "Black Mask" per cui abbiamo i diritti di traduzione, purtroppo: è un romanzo a puntate. Ma è strepitoso. Si intitola *Il falco maltese.* È dello stesso autore dell'Operatore della Continental, solo che lì si faceva chiamare Collinson. Che ritmo. Che stile. Affilato e veloce, e crudo come una lama! Senta, senta qui.» Si schiarisce la voce e legge, anzi, recita, accompagnando le frasi con gesti teatrali della mano che non sta reggendo la rivista.

Un telefono suonò nel buio. Al terzo squillo, le molle di un letto gemettero, delle dita avanzarono a tentoni su un piano di legno, qualcosa di piccolo e duro cadde con un tonfo sulla moquette, le molle tornarono a gemere. Una voce maschile disse: «Pronto? Sì, sono io... Morto?... Sì... Quindici minuti. Grazie».

«Tre righe e sei già coinvolto», esclama Sebastiano. «E i dettagli! Altre due righe e viene fuori che la cosa piccola e dura che è caduta è un pacchetto di cartine e di tabacco Bill Durham. Non solo "di tabacco": di tabacco *Bill Durham,* capisce? E io non ho mai visto in vita mia un pacchetto di tabacco Bill Durham, non ho la più pallida idea di come sia fatto, un pacchetto del dannato tabacco Bill Durham!, eppure adesso che me l'ha detto io sono lì, sono in America, sono a San Francisco, e non c'è diavolo che tenga! Che magia è questa?»

Anita si siede composta davanti alla Olivetti, iniziando a infilare un foglio nel rullo. Quando Sebastiano si entusiasma così, si lascia andare davanti a lei e si scrolla di dosso le bende da mummia del museo egizio che lo mantengono tutto educatino e compostino e sabaudino agli occhi del resto del mondo, Anita sente le viscere come quando strizza le camicie nel mastello del bucato. Così non può fare che una cosa, naturalmente: ossia, prenderlo in giro.

«Come *Il commissario Bonomo*, eh? Uguale uguale.» *Scratch scratch*, fa il rullo, rullando. Colpo basso, Anita lo sa, ma doveva proprio.

Infatti Sebastiano si porta una mano al petto ed emette un mugolio di dolore come se fosse stato trafitto a morte, e Anita ride. Le storie del commissario Bonomo sono quelle che Sebastiano è costretto a scrivere pur di mantenere l'autorizzazione a continuare a tradurre tutte quelle diseducative storiacce americane. Sono meccaniche e retoriche e orrende, e lui lo sa, anche se detesta ammetterlo. E, soprattutto, il protagonista, quel *commissario Bonomo* che deve rappresentare il fascista perfetto, dev'essere sempre granitico, ipervirile, invulnerabile e pomposo come una parata su due gambe. Il regime impone che trionfi in fretta e poi si prodighi in pistolotti moralisti che ti fanno venire voglia di strappare le pagine e mangiartele per farle sparire il più rapidamente possibile. Altro che dettagli realistici, schiettezza, la crudezza di una lama.

L'ultimo racconto di Bonomo che Sebastiano le ha dettato era così disperato da sfociare nel surreale.

Le indagini del commissario Bonomo. Il commissario Bonomo e il caso della maschera bianca.

In un fulgido mattino di primavera, mentre la città era intenta a imbibirsi della luce e del tepore che com'è noto caratterizzano il clima della nostra dolce Penisola e la rendono più d'ogni altra terra simile al Giardino dell'Eden, il commissario Bonomo ricevette la visita d'una donnina esile.

«Commissario», ella esordì fra le lacrime, «solo voi potete alleviare le pene di questa povera serva della Patria. La mia umile dimora è

stata razziata da due lestofanti che vi hanno fatto irruzione ieri notte. Non ho potuto vederli in volto, ma li ho sentiti confabulare in un idioma duro e acuminato come il loro cuore di pietra...»

«Lingua russa, di sicuro», dedusse Bonomo. «Ci scommetto il mio onore: transfughi dalla terra del comunismo, venuti ad agitare la pace delle nostre liete contrade.» E così dicendo abbatté il solido pugno sulla superficie della scrivania. La donnina sussultò, ma la sola vista del pugno possente parve altresì rincuorarla, quasi che l'idea di avere quel pugno dalla propria parte le infondesse istantanea fiducia.

Ad Anita ancora viene da ridere al ricordo.

Uguale uguale, proprio.

«Povero Bonomo», sospira Sebastiano. «Lei lo prende tanto in giro, ma si ricordi che se non scrivo le sue noiosissime storie non ci permettono di pubblicare i nostri Collinson e compagnia.»

«Ma sì che lo so», sorride Anita, pareggiando con sussiego la risma di fogli intonsi alla sua destra – *tap tap tap*. «Mica si deve vergognare. E poi c'è gente a cui Bonomo piace tantissimo.»

«Tipo il padre della mia fidanzata che fa il funzionario del fascio, già», sospira Sebastiano. E poi aggiunge, sornione: «...o il suo Corrado, a quanto mi dice».

"E questo è il colpo basso che torna indietro", pensa Anita. Perché è così: Sebastiano avrà anche per futuro suocero un insopportabile piccolo gerarca fascista, ma pure Anita è messa mica tanto bene, visto che è promessa a un marcantonio tanto bello e onesto e bla bla bla quanto compiacente verso il regime.

Sono pari.

Sebastiano la guarda con un mezzo sorrisino ma anche un'ombra di scusa nell'espressione, come a dire "è stata legittima difesa", così Anita non può nemmeno prendersela.

Anita sta per aprire bocca e chiedere «Da cosa cominciamo, oggi?», solo che qualcos'altro si apre prima, nello specifico la porta d'ingresso della casa editrice. Neanche il tempo di girare le teste verso il corridoio, che Monné in persona, in un grandinare di passi veloci e un crepitio di pagine scosse a mezz'aria, piomba lì, nella loro stanza.

«Non era abbastanza! Non era abbastanza, per doverci preoccupare!» sbraita.

Anita e Sebastiano si lanciano un'occhiata eloquente. Quando Monné irrompe così nel loro ufficio, è quasi sempre per una ragione: «Le grandi firme». La rivista del suo arcinemico, del suo avversario, della sua nemesi: Dino Segre detto Pitigrilli. La sua «Le grandi firme» è la rivista di racconti popolari che per qualche motivo, fra tutte quelle esistenti in Italia – forse perché è di Torino anch'essa, forse perché pubblica un sacco di racconti stranieri e talvolta ci ficca dentro qualche giallo – Monné vede come la concorrenza diretta, il cavallo da battere. O meglio: da abbattere.

Solo che stavolta, nella mano di Monné levata al cielo come la fiaccola della Statua della Libertà, non sta una copia di «Le grandi firme», con la sua grafica subito riconoscibile, col titolone scritto in lezioso corsivo che occupa metà della copertina e, sotto, l'elenco a due colonne degli autori di turno. Per quel che Anita e Sebastiano possono intravedere, considerato che Monné sta sbatacchiando il fascicolo come se volesse farne coriandoli, oggi la rivista che ha in mano è diversa.

«Non bastava "Le grandi firme", no! Oggi dobbiamo preoccuparci anche di *questa*!» bercia l'editore, levandogli il dubbio.

Ciaf!, fa la rivista planando di piatto sulla scrivania di Anita e Sebastiano, a un centimetro e mezzo dalla Olivetti di Anita, che sobbalza (Anita, non la Olivetti: la Olivetti è un catafalco troppo pesante per scomporsi per le scenate di Monné). Copertina finalmente visibile: è un numero del «Dramma», il quindicinale di critica teatrale edito anch'esso da Pitigrilli. «Il dramma» è in sostanza la sorella colta delle «Firme» e, in quanto tale – cioè colta – mai presa in considerazione da Monné quale concorrente interessante.

Fino, a quanto pare, a oggi.

«Lo vedi questo? Lo vedi?» dice Monné, pestando l'indice al centro del fascicolo.

«Vedo. È l'ultimo numero del "Dramma"», annuisce Sebastiano, lapalissiano.

«Non *l'ultimo* numero! Il *prossimo* numero! Perché questo settore è peggio delle giungle di Salgari e per stare a galla bisogna essere sempre *avanti*!» Monné riposiziona l'indice e sottolinea la data sulla copertina. «Questo è il numero che andrà in edicola il 15 agosto!»

Sebastiano sbarra gli occhi. «E come l'hai... Aspetta un attimo: hai *corrotto il tipografo* per farti dare una copia in anteprima?!»

Monné non pare vergognarsene neanche un po'. Anzi, la sua testa incellofanata dal suo tipico dito di brillantina sembra sfavillare d'orgoglio. «*À la guerre comme à la guerre.*» ("*Alaghèrcomalaghè*", traslittera mentalmente Anita, per abitudine, visto che con Clara gioca sempre a italianizzare le parole straniere per prendere in giro le manie autarchiche dei fascisti.) Sebastiano si stropiccia la base del naso. «Sì, ecco, è evidente che ti sembrerà una domanda sciocca, dunque ti chiedo scusa in anticipo, ma.» Ironia serafica. Monné non la coglierà mai. Sebastiano cerca le parole. «*Cosa diavolo ce ne frega*, a noi, del "Dramma"?»

«Da adesso ce ne frega eccome!» sbotta Monné. «E sai perché?»

Destra-sinistra della faccia inespressiva di Sebastiano. «È quello che mi sto chiedendo da quando sei entrato come un ciclone.»

«*Le donne!*» ulula Monné. «Le maledette, guastafeste, inopportune, fastidiosissime *donne*!» Anita si schiarisce ostentatamente la voce, ma Monné o non la sente o non ha intenzione di ritrattare. Per tutta risposta, anzi, pianta di nuovo il dito nel centro esatto della copertina e la sospinge sotto il naso di Sebastiano. «Leggi l'articolo di apertura!»

Sul «Dramma», indice e primo articolo stanno direttamente sulla metà inferiore della copertina, sotto la testata. Il che è normale: molte riviste, come anche «Le grandi firme», portano in copertina l'indice o, se sono riviste di racconti, i nomi degli autori, per attrarre subito l'interesse del lettore. La copertina del «Dramma» è però un po' più *sui generis*: l'indice degli argomenti è suddiviso in due colonne laterali, mentre in una terza colonna, al centro, trova posto il primo articoletto, breve – solo un migliaio di caratteri – ma che gode dunque di una speciale visibilità. Si può dire che sia l'articolo più importante di tutta la rivista. Sebastiano e anche Anita si avvicinano e si piegano sulla copertina come rami di salice, per leggerlo.

L'articolo sulla copertina del futuro numero del 15 agosto è intitolato *Paola Borboni*. Sono trentasei righe di elogio per l'attrice trentacinquenne, da poco diventata anche capocomico, che ha appena travolto il pubblico con un Pirandello per il quale pare sia stata richiamata sulla scena dagli applausi cinque o sei volte per atto.

«Per *atto*!» sbraita Monné. «Capisci? Capisci cosa significa?»

«Uhm… che è brava?» dice Sebastiano.

«*Peggio!*» urla Monné. Sebastiano e Anita si ritraggono un po'. «Significa che siamo *accerchiati*!»

Sebastiano e Anita lo guardano.

A parte il dubbio di dovergli forse procurare in fretta un bicchier d'acqua e un tranquillante, hanno stampato in viso solo il più completo nulla. Non ci capiscono niente.

«Oh, Signore. Che fatica essere l'unico qua dentro a pensare come un imprenditore», brontola Monné alzando gli occhi al cielo. «Seguimi, porca miseria!» Continua a rivolgersi esclusivamente a Sebastiano, come se Anita non gli s'imprimesse proprio sulla retina. «Questa tizia, questa Paola Asburgo… no, Borboni, sta conquistando il pubblico; l'articolo dice che la gente corre a teatro per vederla, come i nostri vecchi con la Duse, solo che noi pensavamo che la Duse fosse un caso unico, irripetibile, un'eccezione…»

«Veramente c'era anche Sarah Bernhardt», tenta di obiettare Sebastiano, senza venire minimamente preso in considerazione.

«…mentre adesso arriva questa *che oltretutto fa anche il capocomico*, e improvvisamente tutti perdono la testa per lei!» *Bam*: manata di Monné sulla copertina che fino a poco fa ha trafitto con l'indice. «E quel cane pulcioso di Pitigrilli, Dio lo fulmini, ovviamente non esita un istante a riportare tutti questi elogi sulla prima pagina della sua rivista di teatro, e sai perché? *Sai perché?*»

Sebastiano si appoggia al bordo della scrivania coi gomiti. «Illuminami, te ne prego.»

«Perché il cane pulcioso *vuole* che le donne piacciano, è *entusiasta* che le donne vadano di moda! Non vede l'ora di *alimentare* questa mania collettiva! Perché nella sua *altra* rivista» – ah, ecco: e ti pareva infatti che «Le grandi firme» non c'entrasse – «sta pubblicando un *sacco* di donne, di autrici donne, di storie di donne, insomma vuole proprio accaparrarselo, questo pubblico femminile! E noi cosa facciamo? *Cosa facciamo, noi?*»

«Eh: cosa facciamo?»

«*Noi non facciamo che pubblicare racconti per uomini!, di uomini!, su uomini!, che picchiano uomini!, e arrestano uomini!, e al massimo se appare una donna se la s...* oh, scusate, signorina.»

To', s'è accorto. Anita ha già da un pezzo il mento appoggiato alla mano e un'aria di olimpica pazienza. Gli fa un cenno con l'altra mano che significa "per carità, non badi a me". Cosa che in effetti di solito a Monné viene facilissima.

Ma non adesso. Non in questo preciso momento. Adesso Monné, di colpo, sta guardando *anche* Anita, e con occhi diversi, come se la vedesse per la prima volta, il che probabilmente si avvicina al vero (se si esclude il giorno del colloquio, durante il quale, Anita se lo ricorda, se l'era squadrata ben bene). «Signorina!» esclama il direttore.

«Sono qua», dice Anita placida.

«Voi... voi *siete* una donna!» Monné si china persino un po' verso di lei, come un entomologo che esamini una cavalletta.

«Così dicono», ironizza Anita, che tanto sa che quando Monné fa così neanche ci sente, figurarsi percepire l'ironia.

«E allora ditemi, signorina: voi la leggereste, "Saturnalia"?» Glielo chiede e poi sposta freneticamente gli occhi da lei a Sebastiano e poi ancora a lei e poi a Sebastiano, come a dire al suo socio "ora senti la risposta della cavalletta".

«Be', certo che la leggo: la scrivo», dice Anita.

«Ma no! Intendo: la comprereste, da cliente? Insomma, sarebbe di vostro gusto?»

Anita socchiude gli occhi. «Uhm. Be'.»

Si annoda un boccolo attorno all'indice.

Il fatto è che, senza rendersene conto, Monné ha in effetti toccato un punto importante. Una faccenda che ad Anita sta qui già da un po'. Il punto è che di «Saturnalia», che nell'insieme le piace tantissimo, Anita ha definito settimana dopo settimana che non riesce a mandar giù solo due cose. Una naturalmente sono le storie del commissario Bonomo, ma, come le fa notare Sebastiano ogni volta, Bonomo non è questo gran male: serve per sdoganare il resto, per farsi dare il beneplacito dalla censura, quindi *okay* (come dicono i suoi americani).

L'altra cosa sono le donne.

«Ecco, i gialli di "Saturnalia" mi piacciono molto, sono appassionanti e divertenti, certo. E i protagonisti dei racconti, insomma, tutti quei detective stropicciati e rudi, sono molto affascinanti. Però...» Lancia a Sebastiano un'occhiata di sbieco. «Li leggerei ancora più volentieri se ogni tanto ci fossero più donne, fra i personaggi e magari anche fra gli autori... e se ci facessero una figura migliore.»

Sebastiano si protende sulla scrivania. «Cosa intendete, signorina?» E gli occhi dicono: *non me ne aveva mai parlato.*

Anita alza le spalle. Come se Sebastiano non sapesse già benissimo a cosa si riferisce. «Intendo dire che nei racconti c'è sempre qualche bella ragazza, certo... ma, appunto, è sempre bella e basta.» E non dice che, quando nelle loro storie compare qualche fanciulla graziosa, Anita drizza le orecchie e ci fa particolarmente caso, perché la prende sempre un po' sul personale. «Che siano delle poco di buono che cantano nei localacci notturni vestite di lamé, o che siano le figlie di qualche magnate ricattato, sono sempre uguali: belle e bisognose. Fine. Quanti racconti avrò digitato sotto la sua dettatura da due mesi a oggi? Una trentina? Be': quelli in cui le donne non fossero solo delle bellissime sciacquette piagnucolanti che entrano in scena giusto per farsi salvare si contano sulla punta delle dita. Di un monco.»

Sebastiano ha un sopracciglio su e uno giù, come se la sua faccia non sapesse decidersi fra una fronte aggrottata e un'espressione di stupore. «Signorina, i nostri racconti parlano di detective che corrono dietro a dei criminali: è abbastanza normale che, se una ragazza si rivolge a loro, sia perché ha bisogno di farsi salvare da un cattivo, non credete?»

Anita alza le spalle. «Fossero almeno dei cattivi donna, qualche volta! Almeno sarebbero affascinanti. E invece le donne sono sempre così *noiose*!» Si ricompone. Tossicchia. Oh. Non voleva farlo diventare un ammutinamento, santa polenta fritta. È che è uno degli argomenti sui quali tende a lasciarsi prendere dalla foga. «Naturalmente lo so che ai nostri lettori maschi e alla censura piacciono così. Questi sono tempi in cui gli uomini devono essere uomini e le donne, be'. Tutti vogliono che le donne stiano al loro posto.»

Vero. l'Italia è tutta un fremito virile, ultimamente. Dal Duce che si fa fotografare a petto nudo mentre miete il grano (e – dicono voci maligne come quella del loro amico Julian, che dopotutto fa il giornalista e certe cose le sa –, fa stracciare le foto in cui inciampa scendendo dalle scalette degli aerei), alle torri dalla forma allusiva che stanno sorgendo in tutta la penisola. Fra l'altro, Anita lo trova esasperante. Tutto questo testosterone che satura l'aria, sempre (anche se Anita non ha mai sentito la parola testosterone, ma il senso è quello lì).

«Però, ecco, sì», conclude. «*Se* esistessero anche delle storie in cui le donne non sono solo delle bamboline bisognose, be'... per quel che mi riguarda, in quanto campione rappresentativo del pubblico di "Saturnalia", io le leggerei volentieri.»

«Ecco! *Ecco!* Vedi? Cosa ti avevo detto?» Monné si rivolge di nuovo a Sebastiano. «Ha ragione! Dobbiamo pensare di più al pubblico femminile! Sant'Iddio, che cosa stiamo aspettando?!»

«Ma se sei tu quello che si raccomanda sempre di non irritare la censur...»

«Abbiamo autrici donne? Sì? No? Neanche una donna in America che scriva gialli? Non dico la Christie...»

«...che comunque non è americ...»

«...che quella già la conoscono tutti e la pubblica pure il cane pulcioso ogni tanto; qualcuna nuova, qualcuna dei nostri, di quelli tosti che fanno *pulp*?» Sebastiano fa *ancora* per aprire la bocca, ma Monné è inarrestabile: «E se non abbiamo delle autrici, perlomeno qualche personaggio femminile? Uno straccio di protagonista donna, niente? Possibile? Possibile *possibile*? Sebastiano, *cercale*. Fatti consigliare dal nostro agente, il tuo amico, come si chiama, Julian. Stanale». Sebastiano alza gli occhi al cielo. Monné sta già riprendendo la porta. «Sul pezzo, Sebastiano, bisogna essere sul pezzo! Adesso la novità è che piacciono le donne, ma dimmi tu. Chi l'avrebbe mai detto. E comunque, bisogna adeguarsi, cavalcare l'onda, guardare avanti.» Se ne va. Anita e Sebastiano gli vedono la schiena, mentre attraversa il corridoio e imbocca la porta del proprio studio, lasciandosi dietro una scia di borbottii. «Le donne, piacciono, adesso! Non è pazzesco?»

La porta dell'ufficio di Monné si chiude.

Sebastiano e Anita la fissano come ipnotizzati per un altro paio di secondi, in silenzio, poi tornano a guardarsi. È sempre così, quando Monné se ne va dopo una delle sue sfuriate: torna una calma strana, quasi intima.

«Muzio diventa sempre più surreale», dice Sebastiano scuotendo la testa.

Anita alza le spalle. «Più donne! Avanti! Sul pezzo! Bisogna – essere – sul pezzo!» scandisce sottovoce, imitando Monné. Si scambiano un sorrisetto. «Però una volta tanto ha ragione.» Anita assottiglia lo sguardo.

«Incredibile, ma pare sia così. Anche un orologio rotto segna l'ora giusta due volte al giorno.» Altro sorrisino di Sebastiano. «Lei comunque poteva dirmelo prima, eh. E d'altra parte ho sbagliato io per primo: potevo arrivarci da solo e iniziare da tempo a cercare anche delle storie con dei personaggi femminili meno mosci. E va bene, meglio tardi che mai.»

Ecco. Sebastiano, constata Anita, ha appena fatto una delle cose che gli vengono più naturali, e che peraltro sembrano venire naturali solo a lui e a nessun altro uomo nel raggio di un miliardo di chilometri: ha chiesto scusa. Si è assunto la responsabilità di qualcosa. In un oceano di Macisti ipervirili, Sebastiano è uno che sa dire "ho sbagliato" (o, quantomeno, "potevo fare meglio"). E questo, unito al suo essere permaloso ma sincero, sempre in lotta con le proprie debolezze, ad Anita sembra una boccata d'aria fresca.

«Ehi, oggi ci sono le stelle», dice Sebastiano di punto in bianco, come per cambiare argomento.

«Sulla rivista?» chiede Anita. Pensa stia ancora parlando dell'indice del «Dramma». Sta' a vedere che una volta tanto quella rivista di intellettuali si degna di parlare anche di stelle del cinema.

«No, intendo le stelle cadenti», dice Sebastiano. «È il 10 agosto. Se la ricorda la poesia del Pascoli?»

«Oh», dice Anita rialzando la testa. Vero. È il 10 agosto. E sì, sembrerà strano per una che era allergica a tutte le robacce retoriche che le facevano leggere a scuola, ma quella poesia lì se la ricorda anche lei. Mica per niente, ma le metteva i brividi. «E chi se la dimentica: il padre che torna a casa morto sul carretto. Sembrava un caso di omicidio che uno dei nostri detective avrebbe potuto risolvere.»

Sebastiano si schiarisce la voce. «Andrà... andrà a vedere le stelle con il suo fidanzato?» È già nell'aria: sabato sera, tutti i torinesi rimasti in città col caldo e la fuliggine migreranno verso la collina, in cerca di un prato fresco, di uno spicchio di cielo e di uno squarcio di bellezza.

Anita esita. «Probabile. Andrò a vedere Corrado esibirsi al Sabato Fascista e poi forse faremo una passeggiata. E... e lei? Guarderà le stelle con Mavi?»

Sebastiano scuote la testa. «Macché. Siamo stati invitati a un ricevimento. Dai conti Pazzaglia, che hanno la villa oltre il Po. Hanno un bel panorama, ma scommetto che sarò impegnato tutta la sera a fare conversazioni banali con ricconi appassionati dei racconti di Bonomo. Niente stelle.»

«I conti Pazzaglia? Festeggiano l'adozione, vero?» Anita drizza le antenne. «La mia amica Candida è una patronessa all'ONMI e mi ha raccontato la storia.»

«Già», sospira Sebastiano, «il bambino della ragazza sordomuta. Dovrebbe essere una cosa buona, ma… non so. Mi chiedo come l'avrà presa la madre.»

Eh.

E figurati se non diceva la cosa giusta.

«Che ne dice se ci mettiamo al lavoro?» sospira Anita, posando le dita sui tasti.

4.

NON ANDRANNO MICA AL…

Di tutte le istituzioni del regime, s'è detto, quella che Candida sopporta meno è l'ONMI. Per Anita, invece, è il Sabato Fascista.

«È una cosa ridicola. È come se una volta alla settimana tutti i torinesi giocassero a braccio di ferro», brontola, mentre Clara annuisce come un picchio. «Tutte queste gare sportive. Ce n'è proprio bisogno? Ammettiamolo: visto un lancio di giavellotto, visti tutti.»

Ha detto giavellotto solo per fare un esempio, comunque, perché oggi non sono al campo sportivo. Sono sul Lungo Po, in mezzo alla folla schiamazzante, tutta girata verso due canoe in avvicinamento. Le canoe sono piene di giovanotti dalle maglie di colori diversi, ma con i bicipiti al vento, e urlano tutti insieme a ogni vogata. Una canoa è più avanti dell'altra. Sulla canoa in vantaggio c'è un giovanotto più alto degli altri – si capisce anche da seduto – e coi bicipiti più grossi di quelli degli altri, che pure han l'aria di gente che ci tiene. Quel giovanotto è Corrado Leone, e sta per vincere la gara.

La vince.

Pian pianino, godendosi la parata trionfale, la canoa dei vittoriosi si accosta alla riva. I giovanotti sbarcano, cacciandosi cameratesche manate sulle spalle gli uni con gli altri e ricevendone anche dai pezzi grossi in camicia nera che li hanno attesi al traguardo per premiarli. Corrado riceve più pacche del sedere di un purosangue che ha vinto una corsa, il che in effetti è un po' quello che è. È cosa nota che la squadra ruoti attorno a lui, il più atletico dei ragazzi, il più carismatico, e pure – diciamocelo – il più bello, il che torna utile quando c'è da farsi fare le foto sui giornali. E poi è ricco, il che significa che le canottiere della squadra sono di ottima fattura e portano la scritta dello sponsor: ALIMENTARI LEONE.

La cosa divertente, pensa Anita (che un po' si vergogna anche di trovarla divertente, ma chissenefrega), è che tre settimane fa la sua squadra ha gareggiato con quella sponsorizzata dalle omonime Caramelle Leone, che, comunque vogliano metterla Corrado e i suoi genitori, 1) sono a Torino un colosso commerciale molto più grande del loro negozio, e 2) appartengono a una famiglia che non è nemmeno lontanamente imparentata con la loro (e, per i Leone di Corrado, che i grandi Leone delle caramelle non ne vogliano sapere di esser loro parenti nemmeno tramite qualche lontano prozio, è da sempre una specie di insulto personale, di affronto araldico-biogenetico).

La parte divertente? Caramelle Leone ha vinto.

Corrado l'ha presa con classe, perché sa come deve reagire un eroe dello sport, ma Anita sa che l'amor proprio del suo fidanzato ha sfrigolato come un tomino nel forno.

Comunque. Corrado accetta un asciugamano per sfregarsi le braccia e i capelli ormai già quasi completamente asciutti, poi alza il viso verso il pubblico, cerca Anita con lo sguardo e le strizza l'occhio.

Immediatamente almeno una decina di ragazze si premura di scoccare ad Anita un'occhiata gelosa.

«*Ossignùr*, che zucche», sibila Anita (mentre comunque sgancia a Corrado un sorrisone da diva, giusto per far inviperire ancor di più le concorrenti).

«Le parole!» dice Clara imitando Mariele.

«Lo dice anche il Manzoni!» dice Anita imitando Clara.

Ridacchiano insieme.

«Vado, ti lascio sola con il tuo marcantonio», dice Clara. Anita risponde indicando la folla tutt'attorno, come a sottolineare quanto distante sia il concetto di "sola" dalle possibilità del momento, Clara ride e però se ne va lo stesso. Corrado, Anita lo sa, non è che le stia antipatico, ma è troppo inquadrato, troppo bravo soldatino per i gusti di Clara.

E forse, dice di tanto in tanto una voce nella testa di Anita, anche per i suoi.

Specie da un mese a quella parte.

E va bene. Non pensiamoci.

Corrado si dirige verso di lei con un codazzo di camerati festosi che berciano che sono i più forti e che è così che gli italiani vincono le sfide e che comunque quando andranno in *Affrica* – con due *effe*, nonostante le raccomandazioni del Duce, che ai giornali detta proprio tutto, anche l'ortografia delle parole – muscoli come i loro quei selvaggi lì non li avranno mai visti.

Ad Anita, che attende serafica, viene un filino da ridere ma non può, perché se poi qualcuno le chiedesse perché e fosse costretta a spiegarlo sarebbe in grossi guai. Infatti le viene da ridere perché Candida ha spiegato a lei e a Clara che l'anno prima è uscito un libro intitolato *Sambadù*, di una scrittrice concorrente di Liala, che ha venduto più di trentamila copie prima che il Duce si rendesse conto di che cosa parlava: della storia d'amore fra una fanciulla italiana e un aitante ragazzone di colore. Pare che al Duce sia bastato vedere la copertina, con l'adorante caucasica fra le possenti braccia del giovanottone nero, per andare su tutte le furie e decidere di dover stringere *subito* le maglie della censura editoriale. Ne è derivata la legge sulla censura con cui Anita e Sebastiano devono fare i conti tuttora, tutti i giorni, ma Anita non può non ridacchiare lo stesso pensando al Sambadù della copertina, e a chi fra lui e questi quattro mocciosetti canoisti potrebbe davvero stupire la controparte con i suoi bicipiti.

Il branco di giovani vittoriosi capeggiato da Corrado arriva davanti ad Anita. Nel senso che finalmente Corrado arriva davanti ad Anita, e siccome è il capobranco il resto dei lupi si ferma scodinzolando attorno e dietro di lui.

«Mia futura sposa! Sei fiera di me?» la saluta, e giusto per suggerirle la risposta l'afferra per la vita e la fa piroettare a mezz'aria.

Cori di approvazione tenorili alla vista della sottana di Anita che fa la ruota.

«Mio futuro marito, mi fai girare la testa», risponde Anita, tecnicamente non mentendo. Si rassetta il vestito. Ma tu pensa: ha sempre odiato l'imposizione di Mariele di fissare la gonna ai mutandoni con delle spille da balia, ma adesso deve pure esserle grata, perché è solo grazie a quelle spille che gli amici di Corrado non si porteranno a casa un indelebile ricordo della sua biancheria.

«Io me ne vado, ragazzi», annuncia Corrado prendendo trionfalmente sottobraccio Anita. «Ho di meglio da fare che continuare a stare con voi, caproni puzzolenti!»

I marcantoni fanno una serie di commenti a tono, molti dei quali sono variazioni sul tema del "beato te" che si suppone vogliano essere lusinghiere anche per Anita. O almeno così si legge sulla faccia orgogliosa con cui Corrado la guarda, quando finalmente la brigata si disperde e loro due si incamminano fra la folla del Lungo Po.

«Scusali, sai come siamo noi maschi», dice Corrado con una punta di autocompiacimento. «Specialmente quando vinciamo. Hai visto? Siamo stati dei veri prodi, oggi!»

«Sei sicuro di non voler andare a festeggiare con gli altri ragazzi?» chiede Anita.

«Oh, che fidanzatina adorabile che sei, a dirlo», nota Corrado, sinceramente toccato. Anita si sente un filo in colpa perché l'ha chiesto un po' con la speranza che lui le rispondesse di sì, e di ritrovarsi quindi con il resto del pomeriggio libero. «...però no, per carità.» Corrado fa un sogghignetto beffardo. Indica all'indietro, col pollice, i gruppetti di compagni di squadra in dispersione. «Mordacci e Fabelli sono gli unici piccoli che staranno ancora un po' in giro, perché abitano con i genitori e a casa ancora non ci possono andare. Gli altri invece...»

Anita aggrotta la fronte. «Scusa, perché non possono tornare a casa? La manifestazione sportiva è finita: quanto cavolo deve durare 'sto Sabato Fascista?»

Corrado fa una faccia stupefatta, che diventa subito intenerita e pure un poco divertita. Anita lo sbircia sospettosa, perché tutti quei moti facciali la mettono sul chi va là.

«Ani... davvero non sai perché i bambini e i ragazzi minorenni che partecipano alle manifestazioni del Sabato Fascista non rientrano mai prima delle quattro?»

Anita scuote il capo.

Guarda meglio.

Gli occhi di Corrado – begli occhioni azzurri, questo va detto – sono pieni di una cosa che Anita non ci ha mai visto dentro. *Malizia.* Un divertimento bonario e ammiccante, che è incredibile che la sua *allure* da soldatino di legno non rigetti come un candido neonato sputerebbe un pezzo di peperoncino.

«Le ore del sabato in cui i ragazzi sfilano e gareggiano per il Duce, dall'una alle quattro», sussurra Corrado accostandolesi all'orecchio, «le chiamano ormai tutti *le ore dell'amore.* Perché sono bastate poche settimane da quando è stato istituito il Sabato Fascista perché le famiglie si rendessero conto che finalmente le mamme e i papà in quelle ore avrebbero avuto un po' di tempo per starsene da soli. Facci caso: quanti genitori hai mai visto, ad assistere alle esibizioni dei figli?»

Anita ha sbarrato gli occhi così tanto che, se in quel momento inciampasse su una radice, per il contraccolpo potrebbero rotolarle fuori dalle orbite.

«Ma... la gente non è *obbligata* ad assistere alle manifestazioni del Sabato Fascista?» esclama.

Corrado ridacchia. «Lo era, certo: quando è stato istituito, l'idea era quella! Ma poi le camicie nere hanno cominciato ad accorgersi che c'erano tanti atleti e pochi spettatori, tanti giovani e poche famiglie, e a fermare qualche negoziante che pur avendo chiuso la saracinesca all'una, come da dettami, correva verso casa anziché in direzione del centro... E, domanda di qua e domanda di là, alla fine s'è scoperto che le coppie di italiani con prole preferiscono usare le ore delle manifestazioni sportive dei figlioli per lasciare che la prole si esibisca in marcette ed esercizi di destrezza, mentre *loro* se ne stanno a casa a... uhm, a mettere in cantiere altra prole futura.» Alza le spalle. «E le autorità hanno smesso di insistere, perché al Duce, come si sa, non spiace affatto che gli italiani facciano quanti più bambini possibile.»

Anita è convinta di avere le guance color brace. Non che non abbia mai parlato di *certe cose* – Candida è una fiera sostenitrice del fatto che una ragazza debba avere anche un'educazione sessuale – ma sentire simili discorsi dalle altrimenti pudicissime labbra di Corrado, be', questa sì che è una novità.

Di colpo si gira verso Corrado. «Oh san Giovanni e santa Giulia e sant'Antonio col porcello. Ora che ci penso... i miei genitori non vanno *mai* a vedere i saggi alla scuola di Emilio!»

Corrado strizza le labbra per non ridere. «Si vede che non hanno mai abbandonato la speranza di avere un terzo erede.»

«Corrado. Credo di stare per vomitare.»

Corrado sghignazza mentre lei gli si appoggia al braccio.

Anita sta ancora rimuginando. «E... e gli altri ragazzi?» gli chiede dopo un attimo. Corrado la guarda interrogativo. «Hai detto che Mordacci e Fabelli, che sono ancora minorenni, a casa non ci tornano perché altrimenti disturb... be', ecco. Ma gli *altri* tuoi compagni di squadra? Loro vivono da soli, o sono troppo grandi per avere dei genitori che, ehm, puntano a dei fratellini.» Corrado ride di nuovo. Anita si tiene lo stomaco. «Tu però non sei voluto andare a festeggiare con loro. Perché? Loro cosa vanno a fare?»

Corrado fa di nuovo la faccia stupita di prima. Solo che adesso è un po' più rosso e la malizia ha lasciato il posto a una punta di imbarazzo. «Non... non lo intuisci?»

Destra-sinistra della testa di Anita.

«Ma *sì* che lo intuisci», dice Corrado, con un'espressione che significa che non ha intenzione di dirlo lui ad alta voce.

La testa di Anita si ferma.

«Oh. *Oh!*» Occhioni neri sbarrati, di nuovo. «Vuoi dire che i tuoi compagni vanno... al...?»

Né lei né Corrado pronunciano la parola *bordello,* ma tanto ce l'hanno scritta in faccia.

«Sono ragazzi giovani, Anita», azzarda Corrado, in tono di scuse. Come se fosse il loro padre, o custode. «Hanno degli istinti... e poi i bord... *quei posti là* non sono i postacci che tu puoi pensare...»

«Io non ho proprio *idea* di cosa pensare!» dice Anita, ed è la pura verità. Cosa ne sa lei di com'è fatto un bordello? Sa solo che esistono. Sa anche come si distinguono: edifici sempre angolari, con le finestre sempre chiuse e figure di donna scolpite come polene di nave a decoro dei balconi. Ehi, ora che ci pensa, in effetti, non solo ne ha visti, ma ne ha visti *tanti.* Quindi vuol dire che c'è *tanta* gente che ci va. Insomma, è figlia di commercianti: se c'è tanta offerta è perché c'è tanta domanda, queste cose le sa.

«Be', allora non pensarne niente e facciamo finta di non averne mai parlato», dice Corrado. Adesso è lui che ha il viso luminescente dal rossore. Oh, così sì che Anita lo riconosce.

«Col cavolo! Adesso sono curiosa, voglio sapere!» Anita trascina Corrado su una panchina. È pure all'ombra, appartata. Il suo fidanzato non ha scuse. «Avanti. Dimmi tutto quello che sai su *quei posti là.* Ci vanno in tanti? Solo ragazzi o anche uomini sposati? E perché ci vanno? E le ragazze sono trattate bene?»

Sul viso di Corrado passa una mezza dozzina di espressioni, che si stabilizzano sulla perplessità quando Anita arriva all'ultima domanda. «S-sì, credo di sì – che le ragazze siano trattate bene, dico. Mangiano, sono sempre pulite, visitate, pagate, c'è la padrona che si prende cura di loro. Perché me lo chiedi?»

Eh, perché. Perché Anita si è ricordata della chiacchierata con Candida sulle ragazze dell'ONMI, ecco perché. «Candida fa la patronessa all'ONMI e dice che le ragazze hanno paura di finire a prostituirsi», dice (piano, perché una ragazza non può pronunciare parole come "prostituirsi" in pubblico, e una bella ragazza come Anita oltretutto ha sempre addosso gli occhi dei passanti).

«Oh!» Corrado si drizza, rasserenato. «La patronessa all'ONMI, che brava. Come la figlia di Bonatti. Be', se ti può rassicurare, proprio Bonatti, in quanto fiduciario rionale del fascio, ha un certo potere di supervisione sulle case di piacere della zona. E si accerta che le ragazze siano costantemente visitate dal medico, e che ruotino ogni quindici giorni, in modo che nessuna debba sostare troppo a lungo in una casa meno agiata di altre, o che nessun cliente molesto la prenda di mira. E poi controlla il tariffario, si accerta che siano ben pagat...»

«Come sarebbe a dire *il tariffario*?» esclama Anita. Qualcuno si gira. Ah be', se la guardano male gli urlerà dietro che sta parlando della polpa di carne dal macellaio.

Corrado è di nuovo rosso come la polpa di carne medesima. «S-sì, ogni ragazza ne ha uno suo, che dipende da quanto tempo ci si vuole trascorrere insieme ma anche dalle, ehm, prestazioni, e dall'avvenenza della singola ragaz...»

«*Hanno il listino prezzi come i tagli di carne?!*» Adesso sì che qualcuno si è girato. Corrado si schiarisce la voce e poi la guarda con un misto fra il rimprovero e il desiderio di venire fulminato sul posto pur di non dover continuare la conversazione.

Anita socchiude gli occhi. Un pensiero improvviso le ha attraversato la mente come uno spiffero. «Corrado... *tu* come fai a sapere tutte queste cose sulle case di piacere?»

«Siamo uomini, cioè, sono un uomo, i miei compari sono uomini, parliamo, e...»

«Ci sei stato anche tu, vero?»

Per un attimo Anita si chiede se la faccia di Corrado possa diventare più rossa di così. Corrado è chiaro di pelle, è un po' il tipo teutonico, e una volta è tornato in città dopo avere aiutato i suoi in uno dei loro campi sotto un sole estivo particolarmente traditore; eppure nemmeno quella volta sembrava fosforescente come adesso.

«E va bene, facciamo un discorso serio.» Corrado prende un lento sospiro, poi appoggia le mani sulle spalle di Anita. Di colpo si fa grave. È come se gli crescesse pure qualche anno in più. «È dovere di un uomo prepararsi alle cose della vita, Anita. Un ragazzo deve crescere, deve impratichirsi nel lavoro, rafforzarsi nel fisico, formare la propria mente e la propria cultura, e tutto in vista del fatto di poter essere, un domani, il pilastro di una nuova famiglia.» Ecco, è nel suo territorio. Questo è il Corrado che Anita riconosce. Quello che fa questi discorsoni retorici qua. «Non te lo posso nascondere, e comunque non ti ci vorrebbe molto a venirlo a scoprire da altre fonti, perché in verità lo sanno tutti: quando un ragazzo diventa maggiorenne, uno dei riti a cui i suoi amici più grandi lo sottopongono è anche la prima visita alla casa di tolleranza.»

Anita rabbrividisce, ma non abbassa lo sguardo. Perché è vero che è curiosa, che vuole sapere tutto di quella parte di mondo di cui alle ragazze come lei nessuno dice un accidente. E che proprio Corrado si stia esponendo a farlo, be', deve riconoscere che in un certo senso non le dispiace. È così raro, avere una conversazione sincera e personale con Corrado, una in cui dirsi davvero dei segreti.

Si è persino alzata una dolce, incredibile brezzolina.

Corrado deglutisce, ma non si tira indietro. È uno di parola. Ormai ha detto che racconterà, e racconterà. «Il principio è semplice, e lo puoi immaginare anche da te. Nessun ragazzo vuole arrivare un giorno ad avere una famiglia, una sposa, e la prima notte di nozze fare una figuraccia, non sapere nulla di ciò che sta facendo. Un uomo vuole essere un uomo vero, affidabile, sempre; anche in queste cose. Solo che qualcuno te le deve insegnare. E allora meglio che sia una – uhm – una professionista, una donna d'esperienza che lo fa con una sua – uhm – deontologia, ecco.»

Anita non sa bene cosa voglia dire deontologia, ma crede di capire dove voglia andare a parare Corrado. Il quale fa un sospiro da mantice, perché usare i paroloni sta spossando anche lui.

«C'è questa tradizione, sai, per cui le padrone delle case chiuse sono gentili con i ragazzi giovani. So che sembra strano, detto così, ma... sono quasi delle zie, ti prendono a cuore. I miei amici quando erano all'università si son sentiti chiedere come andavano gli studi, offrire prestazioni gratis per il loro compleanno o quando avevano evidentemente bisogno di svago, uno – non posso dirti chi – quando già lavorava e il suo negozio ha avuto un problema con i fornitori ha potuto andare a credito per un mese. E tu sapessi quanti uomini, anche sposati, si vedono lì. Perché alle loro mogli non vogliono chiedere niente – magari sono incinte o stanno allattando o sono tutte impegnate fra i bambini e la casa – così loro vanno lì, si levano il pensiero, e a casa sono sereni e pronti a fare di nuovo i bravi padri di famiglia, senza pruriti ad annebbiargli il giudizio. Le case di piacere sono uno strumento di equilibrio sociale, sai.»

Anita lo scruta. Questa frase deve avergliela detta, lettera per lettera, il suo amicone Sauro Bonatti. Anita deve reprimere una smorfia beffarda, a pensare a come la prenderebbe Bonatti se un domani suo genero dovesse lasciargli la figlia a casa mentre frequenta quello "strumento di equilibrio sociale" che è il bordello.

Rabbrividisce.

Non ha ancora finito di farlo, che la casacca di Corrado le plana sulle spalle. Perché Corrado è così: è galante e premuroso, un vero soldato di Re Artù.

Anita si gira di nuovo a guardarlo e lo vede fissarla molto preoccupato. «Ti prego, credimi. Ci sono stato solo una volta. Per... uh. Per imparare come essere uomo, un uomo al cento per cento. Per... la mia futura sposa.» È più rosso ancora di un attimo fa. Probabilmente qualcuno, sull'altra sponda del Po, penserà che stiano tramontando due soli. «E davvero non sono i posti terribili che possono sembrare. Ma, in ogni caso, ti prometto che, quando saremo sposati, io mai e poi mai frequenterò un'altra donna che non sia tu. Mi credi?»

Anita lo osserva, in tutto in suo fulgore color pomodoro. Vorrebbe spiegargli che non è tanto l'idea di suo marito in un posto del genere che la sconvolge – be', sì, anche; di certo a suo agio non la mette, ma ciò nonostante non è questo il punto. È per le ragazze. Che vengono prezzate e visitate e spostate e trattate come un piccolo gregge di pecore di discreto – ma neanche eccelso – pregio. È perché la disturba pensare a tutte quelle ragazze giudicate, vagliate, piazzate qui o là, da commissioni su commissioni, nei bordelli come all'ONMI. Ma da dove cominciare a spiegarglielo? Quel che conta è che Corrado è lì e le sta chiedendo di perdonarlo, e si sta impegnando per essere il marito migliore che una donna, una ragazza di vent'anni nel 1935, possa sperare di avere.

«Ma sì che ti credo, Corrado», sospira Anita.

Gli dà anche un buffetto sulla guancia, e lui si ringalluzzisce come un fante che ha passato l'ispezione.

E che vuoi farci, col soldatino. Pure lui, alla fine, a modo suo, dice sempre la cosa giusta.

5.
LA FESTA DEI CONTI

Schiene.

Sono le dieci di sera di sabato 10 agosto. A Villa Pazzaglia il ricevimento è iniziato da due ore, Sebastiano e Mavi sono lì da una, e a Sebastiano sembra di nuotare in un immenso mare di nude schiene femminili.

"Alla faccia dell'austerità imposta dal regime", pensa, mentre si aggira con un calice di vino in mano il più possibile rasente al muro. Il Duce stigmatizza il trucco femminile, promuove un'immagine della donna morigerata e modesta; detta legge persino sui capelli, che non devono essere provocatoriamente à la garçonne *come quelli delle scandalose* flapper *straniere del decennio precedente, Dio ne scampi!, ma neanche troppo lunghi e di conseguenza distraenti e impegnativi da curare. Eppure, appena ci si sposta dalla media borghesia alla casta sociale solo un gradino più alta, quella degli industrialini arricchiti, degli intellettuali di regime, dei nobilotti di provincia, ecco che le donne perdono ogni inibizione e un galà come questo può essere l'occasione per sfoggiare acconciature elaborate, diademi sfavillanti, turbanti di seta, stole di raso (e cara grazia che è agosto, altrimenti sarebbero state di volpe e di ermellino, con tanto di testoline attaccate), abiti plissettati o asimmetrici di chiffon o di satin, sandali tempestati di cristalli. E soprattutto: un sacco di schiene nude, perché ciò che si indossa conta tanto quanto ciò che si lascia scoperto.*

La cosa curiosa, constata Sebastiano, è che le donne che indossano gli audaci abiti scollati sulla schiena sono tutte mogli di gerarchi, di notabili ammanicati con le autorità, di personaggi perfettamente integrati al sistema. È come se tutti sapessero che le imposizioni di morigeratezza del regime valgono solo per le italiane del popolo, per quelle che devono stare a casa a fare figli, senza grilli per il capo; le dame dell'alta società invece vanno bene anche svestite, sensuali, decorative, perché è cosa nota negli ambienti bene informati che al Duce sotto sotto le donne piacciano belle e curate, e che anche lui apprezzi quando si agghindano come dive del cinematografo anziché come serve, seppur della patria.

Mavi, fortunatamente, non si è prestata alla moda di tendenza: ha un vestito a tunica chiuso sia davanti sia dietro, bianco, lungo, che accentua la sua aria angelica. I capelli biondi naturali sono acconciati in onde simmetriche e trattenuti da una fascia candida come il vestito. Sembra un'apparizione sacra, e non sono pochi gli uomini che posano su di lei uno guardo ammirato. Sebastiano la osserva intrattenersi con un gruppetto di signore tutte più sciupate di lei ed è fiero della sua fidanzata, ovviamente. Se non fosse che dentro di sé, anzi, più dentro del dentro, sotto sotto e in fondo in fondo, in un posto in cui neanche lui guarda volentieri, è un'ora che pensa a quanto potrebbe piacere ad Anita avere un'occasione, almeno una volta nella vita, per vestirsi così, per provare uno di quegli abiti lucidi e audaci che chissà che scena farebbero addosso a lei, magari bianco o blu notte o anche rosso, sì!, di un rosso intenso e sfolgorante; per raccogliersi i capelli neri lasciando giusto qualche boccolo sulle tempie, magari adornato da un fermaglio d'argento che sfavilli come una luna su un cielo buio.

Ah, basta.

Deve proprio darci un taglio.

Nel salone principale c'è un trio d'archi che suona ballabili. Hanno le facce di professori di musica che normalmente insegnerebbero Monteverdi e Cilea ma che stasera hanno bisogno di soldi. A ballare sono solo pochi ospiti, in realtà, ma l'atmosfera frizzantina pervade anche quelli che conversano, si sciolgono e si raccolgono nei pressi dei buffet del mangiare e del bere. Per quando il trio terminerà il repertorio, c'è un grammofono già pronto in un angolo, su un carrello dalla tovaglia candida, e uno dei camerieri si trasformerà in un metti-dischi – impiego quanto mai impegnativo, perché gestire un grammofono è un'operazione più delicata e complessa di quanto possa sembrare.

«Ma voi siete Sebastiano Satta Ascona!» squittisce una voce femminile.

Sebastiano chiude gli occhi per non alzarli al cielo. «Buonasera», dice. Apre gli occhi: stavolta la frase – che avrà già sentito una ventina di volte, stasera, dall'istante in cui ha messo piede a Villa Pazzaglia – è stata pronunciata da una dama interamente rivestita di un cretonne a piccole fantasie geometriche che vorrebbero essere all'avanguardia del gusto e invece la fanno somigliare a una che è inciampata in un rotolo di carta da parati. Ma non ce l'hanno un senso critico, queste signore-bene?

«Io sono la marchesa De Lovati, ma chiamatemi pure Ortensia», squittisce la donna. Ha una voce assurdamente acuta. Ha posato una mano dagli unghioni color sangue sul polso di Sebastiano. Peccato che sia il polso della mano di Sebastiano che regge il calice di spumante, così Sebastiano non può nemmeno divincolarla per bere. «Leggo tutte le vostre storie del commissario Bonomo! Ma tutte! Tutte, tutte, tutte!» A ogni "tutte", Sebastiano fa un sorrisino e cerca di portarsi il bicchiere alla bocca, e invece la mano della marchesa gli assesta al polso un colpo verso il basso a mo' di punto esclamativo. Sebastiano valuta rapidamente se strapparsi l'artiglio della megera dal braccio con l'altra mano, ma non gli viene in mente un modo educato di farlo. Però vorrebbe proprio *bere. Insomma, se non beve non sa quanto potrà ancora resistere. «*Tutte!*» conclude l'aguzzina, con un ultimo strattone verso il basso che gli fa anche rovesciare un po' di vino dal calice. «A dire il vero» – e finalmente schioda l'artiglio dal braccio di Sebastiano, per portarselo al cuore – «credo di essere un po' innamorata di Bonomo», flauta.*

Sebastiano vede con orrore il lampo languido nelle pupille della marchesa, puntate su di lui. Che in fondo è l'essere umano in carne e ossa più vicino a Bonomo.

"Dannato Bonomo, ha tutte le fortune", pensa Sebastiano sudando freddo. Per esempio, quella di non esistere.

Sta quasi per optare per un gesto estremo, ossia chiamare Mavi e presentarla alla marchesa per distrarla (tanto a Mavi queste cose non pesano: è lui che le patisce orribilmente, ma Mavi sembra destreggiarsi nelle situazioni mondane come una lontra in un laghetto), quando, come a scuola, viene salvato dalla campanella. Letteralmente. Nel senso che una campanella si mette a suonare, fastidiosamente squillante, nel salone, e tutte le teste si girano verso il palco del trio d'archi.

Sul palco, con la campanella in mano e la moglie accanto, è salito il conte Pazzaglia.

«Signore e signori, amici», esordisce. È alto, secco, con dei baffetti che ricordano un po' quelli di Muzio Monné, solo che anziché essere belli dritti e orizzontali come trattini tipografici puntano un poco verso il basso, agli angoli della bocca. Ha un foulard di seta sgargiante al posto della cravatta, e i capelli bianchissimi, in forte contrasto con i baffetti e le sopracciglia, che invece sono neri tutti e quattro. Sembra disegnato da un pittore drastico che abbia usato solo colori primari e inchiostro di china. «Come sapete, siamo qui per celebrare l'evento più soave che possa illuminare la vita di una famiglia di buoni cristiani, nonché di buoni fascisti. L'arrivo di un frugoletto, di un erede, di un continuatore della stirpe.» Teste che annuiscono, esclamazioni di approvazione. Il conte osserva compiaciuto, ma senza sorridere troppo, perché quelli come lui sono addestrati a concedere sorrisi come mance, con parsimonia e aspettandosi gratitudine in ritorno.

La moglie, inguainata in un tubo di seta turchese, gli si appende al braccio, lei sì tutta un sorriso.

«La bontà del Signore non conosce limiti, ma talvolta ha bisogno di noi umili strumenti di carne e sangue per concretizzarsi», prosegue il conte. «È dunque con grande umiltà, e amore – amore per Dio che ci ha ispirati e per la patria che ci ha sorretti –, che accogliamo il piccolo Bratti Domenico nella nostra dimora, in tutto e per tutto facendone un Pazzaglia, e a tal fine simbolicamente ribattezzandolo con il nome di Antonio Giulio Domenico Maria Pazzaglia.»

Applauso, cicaleccio di commento. Sebastiano strabuzza gli occhi: gli hanno anche cambiato nome? Ma non fa in tempo a stranirsi che di fianco ai conti, seguendo evidentemente una precisa coreografia concordata in precedenza, compare una tata, una balia dal grembiule immacolato e dai capelli raccolti in una cuffietta ricamata, che regge fra le braccia una cascata di pizzi e macramè, dentro la quale si intuisce la presenza di un bimbo.

Gli astanti esplodono in una serie di oooh *– soprattutto di voci femminili – e l'applauso si fa più intenso.*

Il piccolo sbarra gli occhi da sopra le volute di pizzi e trine. Sembra tutto pupille.

«Che occhioni!» sente cinguettare Sebastiano a qualche matrona intorno a lui.

«Vedi che reagisce, si vede che non è sordo», dice un'altra.

Dunque il fatto che lo scroscio di applausi l'abbia spaventato è un bene, perché perlomeno ha evidenziato il fatto che ci sente. Sebastiano si trattiene di nuovo dall'alzare platealmente gli occhi al cielo. Anche perché non riesce a staccarli da quelli, smarriti, del bambino. È così assurdo, gli viene da pensare: è una festa in onore di un bambino, eppure l'apparizione del bambino è così posticcia e fuori luogo.

Infatti, dopo un istante, a un cenno del conte, la tata porta via il piccolo, senza che – non può non notare Sebastiano – nessuno dei genitori adottivi l'abbia nemmeno preso in braccio.

Mah.

Mentre gli applausi scemano e il conte dice qualcosa sul tornare a festeggiare, Sebastiano cerca Mavi. Ora che il momento clou della serata è evidentemente passato, magari può convincerla a svignarsela con lui.

Mavi però non si vede, e sì che, bianca e luminosa com'è, di solito è individuabile da lontano come una lampadina accesa. Le starà facendo da schermo qualche grassa schiena di marchesa, in qualche angolo del salone. Mentre la cerca, Sebastiano tira su un ultimo bicchiere da uno dei vassoi che i camerieri stanno facendo circolare. Ma sì, se lo merita. Tanto il vetturino non si formalizzerà nel caricare un cliente un po' sbronzo, e di certo non deve guidare lui.

Gli viene da pensare che non sarebbe male avere un'auto sportiva come il suo amico Julian per guidare un po' sotto le stelle.

Per la verità, gli viene in mente che ad Anita piacerebbe tantissimo.

Quanto l'aveva entusiasmata, quel viaggio in macchina che avevano fatto insieme...

Ah. Per carità. Basta.

Scuote la testa e beve l'ultimo sorso, sperando che spazzi via i pensieri inopportuni.

Vede un baluginio di bianco perlaceo in un angolo del salone e crede di aver individuato Mavi, ma si tratta solo dello strascico della stola di una tizia. In compenso, gli occhi gli cadono su una scena bizzarra: a lato di uno degli archi che dividono il salone dal corridoio, defilato dal resto degli invitati, sta un ospite composto e austero, alto e stretto e nero che pare la Signora con la Falce, con un paio di baffi di catrame sotto a un naso lungo lungo come il muso di un levriero; da dietro la colonna a cui il tizio è appoggiato, si affaccia un ometto basso e stortignaccolo, una sorta di Quasimodo ma con un tocco inquietante, un che di banditesco, e un cappotto di lanaccia grigia. Lui, invece, ha il naso ritratto come quei gatti da ricchi che sembrano sempre disgustati da qualcosa. Sebastiano è un po' troppo lontano per poterlo dire con chiarezza, ma giurerebbe che l'espressione del piccoletto abbia un che di losco. Non è palesemente uno degli ospiti, il piccoletto: dal modo in cui si accosta al tizio in nero sembrerebbe piuttosto un suo domestico, un attendente, un autista. Insomma, il soriano-Quasimodo richiama con discrezione l'attenzione del canide alto e secco, il quale si china immediatamente a sentire una cosa che Quasimodo gli dice all'orecchio. Sebastiano sbircia tutta la scena, da lontano, incapace di levare lo sguardo, perché è una scena del tutto innocente – lo stortignaccolo potrebbe stare dicendo al suo padrone qualsiasi cosa, che la macchina è pronta o che è riuscito a farsi dare un paio di bottiglie buone da una delle serve in cucina – ma i due tizi uno accanto all'altro sono così pittoreschi, così iconici, che potrebbero essere il Gatto e la Volpe di Collodi, oppure un gangster e il suo sgherro usciti da uno qualsiasi dei racconti che lui e Anita traducono ogni giorno.

Gli viene quasi da sorridere. E da immaginare come commenterebbe con Anita quei personaggi, quel siparietto di durata quasi impercettibile.

Scuote di nuovo la testa. E meno male che non doveva pensarci più.

Dopo un attimo il tizio lungo e nero lascia il piccoletto lì dov'è, sulla soglia del salone, e si dirige con passo spedito verso un altro capannello di gente, nello specifico verso un tizio di spalle che si rivela essere il conte. Stavolta è il tizio in nero a dire qualcosa all'orecchio del conte, a tirarlo da parte e a farsi seguire verso il corridoio. "Chissà dove se lo sta portando", pensa Sebastiano. Oh be', una persona in meno da andare a salutare. Quindi a lui non resta che riacciuffare la sua fidanzata, andare giusto a dire grazie e buonanotte alla contessa, e poi finalmente tagliare la corda.

Sta già pregustando la fuga, quando Villa Pazzaglia viene scossa dalle grida.

6.
UN SACCO DI LIVIDI

La domenica l'appuntamento da Candida è alle quattro. Clara va a prendere Anita e sono davanti al portone di Candida alle tre e cinquantasette. Salgono le scale, bussano, poi si fermano. C'è concitazione al di là della porta. Anita guarda Clara perplessa. Fa per avvicinare l'orecchio, poi ci ripensa e avvicina prima la mano, spingendo un poco e scoprendo così che la porta è solo accostata. Deve averla lasciata aperta Candida sapendo che lei e Clara dovevano arrivare. Oppure la persona che è già dentro a parlare con Candida non l'ha chiusa bene perché non è pratica e non sa che la porta di Candida te la devi tirare dietro bene bene fino in fondo.

Ma chi può essere?

Scivolano dentro, e nel salotto di Candida ci sono Candida e una ragazza, che parlano così fitto e convulso che quasi non si accorgono delle due nuove arrivate.

In verità non c'è troppo da stupirsi. Non è la prima volta che Anita e Clara trovano qualche altra ragazza a casa di Candida. A volte sono sue allieve di dattilografia all'istituto Maria Laetitia: poco più che bambine, acerbe come *ramassìn* in primavera, sperse e bisognose di una figura guida, a cui Candida dà ripetizioni e fa fare esercizio su una macchina per scrivere che loro a casa non hanno. Ogni tanto però c'è qualche ragazza che palesemente a scuola non ci va: più grandi, dall'aria più – come dire – popolare. Di solito sgattaiolano via lanciando sguardi reticenti – quando non proprio diffidenti – ad Anita e Clara, che sono meglio vestite, meglio pettinate, meglio tenute; in quei casi sembra quasi che, secondo un tacito ordine naturale, si diano il cambio, la ragazza del popolo che se ne va e le due fanciulle di buona famiglia che entrano.

Questa però è diversa, perché non se ne sta andando proprio per niente. Anzi: sembra che abbia ancora molto, *molto* di cui parlare, con Candida, a giudicare dalla frenesia con cui lo sta facendo.

Comunque dopo un istante anche questa ragazza si rende conto di avere del pubblico e tace di colpo, esitando.

«Oh, ciao, ragazze.» Candida accenna con la testa ad Anita e Clara. «Loro sono fidate», dice alla terza ragazza senza tanti fronzoli. «Va' avanti.»

La sconosciuta si mastica il labbro inferiore, poi fa come le è stato detto, cioè va avanti, perché Candida è il tipo che se ti dice di fare una cosa la fai.

Anita la osserva più a fondo – perché un'altra abitudine che i gialli le hanno instillato è quella di osservare. La sconosciuta ha un vestito dignitoso ma liso, con un paio di bottoni leggermente diversi dagli altri, e le scarpe lucidate di fresco ma consunte. Il vestito le tira sul girovita; c'è il caso che i bottoni siano stati cambiati perché sono saltati, e i sostituti siano stati ricuciti un po' più laschi rispetto ai precedenti. Quanto all'età, Anita valuta che la ragazza sia più o meno sua coetanea, anche se ha le mani sciupate di chi ha fatto lavori umili, e le occhiaie di chi non sta trascorrendo esattamente un periodo di relax.

«...ma Gioia non l'avrebbe mai fatto, neanche se era arrabbiata!» conclude l'estranea.

Poi tace.

Anche Candida tace, rimuginando tutta scura per qualche secondo.

«Chiudete la porta», sussurra ad Anita e Clara.

«Già fatto», dice Anita avanzando. La sconosciuta col vestito rammendato le osserva – soprattutto Anita – fra l'intimorito e il reticente. «Che cavolo è successo, possiamo saperlo anche noi?» chiede Anita, un po' a lei un po' a Candida, senza tanti fronzoli neanche lei.

Candida prende un gran sospiro. «Gioia Bratti è morta ieri sera», annuncia.

Anita e Clara spalancano gli occhi in contemporanea. Sembrano due ballerine del teatro kabuki (anche se non possono ovviamente avere la minima idea di cosa sia il teatro kabuki).

«Gioia Bratti? La ragazza sordomuta, la madre del bambino adottato dai conti?» dice Anita d'un fiato.

Candida annuisce.

«Oh santa polenta concia!» esclama Anita, lasciandosi cadere su un divanetto. «Povera creatura! Come diavolo è successo?»

Candida si fruga in tasca e tira fuori una sigaretta. Strano che non ne avesse già in bocca una. La situazione dev'essere davvero drammatica, per averle fatto scordare di fumare per almeno una decina di minuti. «Una cosa orribile. Ieri notte, alla festa dei conti Pazzaglia. Tutta la Torino bene era riunita nella loro villa in collina per celebrare l'adozione. Sembra che Gioia abbia avuto una crisi di nervi e abbia deciso di riprendersi il bambino. Pare che dopo il calar del buio abbia raggiunto la villa, intenzionata ad approfittare del trambusto dei festeggiamenti per raggiungere la stanza del bambino e portarselo via. Ma dev'essere scivolata mentre scavalcava il cancello ed è caduta a terra, morendo sul colpo. Il conte l'ha trovata così, ai piedi della cancellata, e la festa s'è trasformata in un romanzo dell'orrore.»

«Solo che non *può* essere andata così!» sbotta la ragazza senza nome. Sta fremendo come una foglia nella tramontana. «Questo è ciò che è successo *secondo i conti*, ma io non ci credo e non ci crederò mai! Gioia non avrebbe mai fatto una cosa del genere!»

Anita e Clara guardano la ragazza, poi Candida, poi di nuovo la ragazza.

Candida emette un cumulonembo di fumo. «Lei è Diana», spiega. «È una delle mie ragazze dell'ONMI. Ed era anche la migliore amica di Gioia.»

«L'hanno fatto rivestire a me, il suo corpo, stamattina», sussurra Diana.

Anita capisce di colpo. Il vestito che tira, i bottoni posticci. Diana è incinta – a occhio e croce, almeno al quinto mese. Ed è una delle assistite di Candida, una di quelle povere creature che a un certo punto della loro vita sono state costrette a sottoporsi agli esami della commissione dei patroni, pur di avere in cambio un po' di aiuto e qualche garanzia per il futuro del proprio bambino.

«E tu sei certa che le cose non siano andate come dice il giornale?» chiede Anita direttamente a Diana. «Perché?»

Diana scuote il capo. Per una qualche tacita solidarietà femminile per cui ti fidi subito delle persone di cui si fidano le persone di cui tu ti fidi, non ci impiega né uno né due a rispondere ad Anita, anche se è la prima volta che la vede. Probabilmente in condizioni normali quella graziosissima, curata e benvestita giovane figlia di commercianti sarebbe l'ultima coetanea con la quale le capiterebbe di parlare in confidenza. Eppure.

«Tanto per cominciare, oggi per la sepoltura avrei dovuto mettere a Gioia il suo vestito migliore. Ma mica ho potuto. Perché ce l'aveva già su. Ci era uscita la sera prima, col suo vestito migliore. E non ti metti il tuo vestito migliore se hai in mente di arrampicarti su per un cancello o darti alla fuga con un bambino in braccio. Gioia voleva entrare dalla porta principale, ci scommetto la testa. Per vedere il suo bambino festeggiato e vestito da ricco, e salutarlo così. Questa sì che sarebbe stata una cosa da Gioia. Altro che portarselo via di soppiatto – e dove, poi.»

Anita annuisce. Diana la guarda con gratitudine, trionfante per essere riuscita a segnare il punto.

«Perché, insomma», continua Diana, ora più incerta. «Non so spiegarlo, ma Gioia non era proprio il tipo da fare una cosa del genere, da andare a riprendersi il bambino. Voleva il meglio, per lui, e lei che vita avrebbe potuto dargli? Era triste, certo, all'idea di perdere – anzi, di avere già perso – il suo Domenico, e poi, come potete immaginare, il fatto di averlo dato ai conti significava anche tutta una serie di problemi pratici. Per esempio, non essendo più incinta e non avendo più un bambino piccolo da accudire, con l'inizio di settembre se ne sarebbe dovuta andare dalla Casa della Madre e del Fanciullo; si sarebbe dovuta trovare un posto, e chi la prende a bottega o a servizio una ragazza sorda? Però non era, uh, *arrabbiata.* E di sicuro, ripeto, non lo era per l'adozione: Domenico andava a stare meglio. Cercare di rapirlo... una follia non certo da lei, dovete credermi.» Alza su Anita e Clara uno sguardo annebbiato dalle lacrime, ma anche molto, molto sveglio. «Era sordomuta, mica stupida», sentenzia.

Ad Anita quello sguardo piace.

E infatti adesso è quello di Anita, di sguardo, a farsi sottile e scuro.

«Mentre la vestivi avrai potuto vedere, toccare il corpo», dice Anita. «Si è rotta l'osso del collo?»

«Ani, ma che cosa macabra!» protesta d'istinto Clara, rabbrividendo.

Diana scuote il capo. Ha l'aria di una che ne ha viste abbastanza da non scandalizzarsi facilmente. «Non lo so», dice. «Non lo so mica da cosa si capisce se uno si è rotto il collo o no. Però aveva un sacco di lividi, in faccia, sulle braccia, sul torace... Il tizio che me l'ha portata, uno degli amici del conte, ha detto che erano un effetto della caduta...»

«Che razza di scemenza!» sbotta Anita senza neanche pensarci su. «Come diavolo fa una persona a cadere così e a farsi *un sacco* di lividi? Se l'hanno ritrovata *ai piedi* del cancello, vuol dire che non ha neanche avuto modo di rotolare e sbatacchiare qua e là!»

Solo dopo che ha finito di parlare, Anita si accorge di due cose. La prima è di cos'ha detto. La seconda è del silenzio che ha accolto le sue parole.

«Che mi venga un colpo», mugugna Candida, strappandosi di bocca il mozzicone di sigaretta. «È vero!»

«Ehi. Tutti quei gialli ti stanno facendo bene», diagnostica Clara fissando la testa di Anita come se volesse vederci dentro.

Anche Diana sta guardando Anita con occhi tondi da tarsio (se almeno una delle tre ragazze nella stanza sapesse cos'è un tarsio. Candida naturalmente lo sa, ma Candida non fa testo). «Sì, sì! Esatto!» esclama. « Lo sapevo che non poteva quadrare!»

«Un attimo», dice Clara. «Ho capito bene? Stiamo dicendo che… che siamo di fronte a un giallo vero? Che probabilmente Gioia Bratti è stata uccisa, e hanno cercato di farlo sembrare un incidente?»

«Per la miseria», ringhia Candida attorno a una nuova sigaretta.

«Dobbiamo fare qualcosa!» geme Diana, agitando le braccia come pale di mulino.

«Già, e cosa?» Clara si torce le mani. «Se ci sono dei ricconi che coprono l'omicidio di una povera ragazza… anche se scoprissimo cosa c'è sotto, noi cosa potremmo sperare di farci?»

Candida scuote la testa. «No, Clara, come sempre tu hai ragione e usi la logica, ma stavolta non possiamo permetterci di pensarla così. Non è giusto. Se rinunciamo a volere la verità solo perché diamo per scontato che tanto nessuno poi farà giustizia, tanto vale che smettiamo di vivere: ci seppelliamo in una bara e fine dei discorsi. Io dico, un problema alla volta: *dopo* penseremo alla giustizia», sentenzia. «Prima pensiamo alla verità.» Sospira. «E Dio solo sa se verità e giustizia non siano entrambe un bel problema, di questi tempi.»

Clara annuisce, riflettendo. Ad Anita, che la sta osservando, non sembra che il rimprovero di Candida l'abbia contrariata, anzi: ha un mezzo sorriso sul volto, come se, in realtà, Candida le avesse detto proprio quello che sperava di sentirsi dire.

Perché Clara è così, pensa Anita: una roccia, ma con dentro del magma incandescente, che ribolle dal desiderio di fare qualcosa.

Come lei.

«Ciò non toglie che non abbia la minima idea di come potremmo cercarla, questa benedetta verità», borbotta Candida, sbuffando un nebbione di fumo.

Clara si gira verso Anita. «Ci vorrebbero i tuoi detective. Puoi mica chiedere una mano a Race Williams, tu che sei in confidenza? Alla Canaglia Fantasma? All'Operatore della Continental?»

Anita forza un sorriso. "O a John Dorcas Smith", sta già pensando, con un incendio nello stomaco.

Ma non dice niente.

7.
MESSINSCENA

E così, il lunedì, succede.

La pallina sul piano inclinato prende velocità fino a diventare inarrestabile. La valanga parte da una palla di neve e finisce per travolgere un villaggio. Hai voglia a reprimere, trattenere, combattere. Le cose, quando devono succedere, succedono. E infatti il giorno seguente, lunedì 12 agosto, Anita irrompe nell'ufficio di Sebastiano, Sebastiano scatta in piedi da dietro la scrivania come se non aspettasse altro, e lo sguardo che si scambiano è esattamente quello sguardo lì, quello di due che da un mese non desideravano altro anche se non osavano dirlo.

«Ha saputo della ragazza morta, vero?» sono le parole d'esordio di Sebastiano.

«Lei era lì sabato notte, vero?» sono quelle di Anita.

Nonostante le pronuncino in contemporanea, entrambi capiscono benissimo la domanda l'uno dell'altra.

«È vero che il conte ha ritrovato la poveretta ai piedi della cancellata?» incalza Anita. «Perché *non può essere*! La mia amica, quella che lavora all'ONMI, mi ha fatta parlare con un'altra ragazza che ha dovuto comporre il corpo, e dice che c'erano dei lividi che...»

«Ma *certo* che è una messinscena!» Sebastiano non ha neanche bisogno di farla finire. «L'ho visto con gli occhi di questa testa. C'erano due tizi, alla festa, che parevano il Gatto e la Volpe. Il Gatto è spuntato a spifferare qualcosa alla Volpe, si sono scambiati un cenno d'intesa, dopodiché la Volpe è andata a cercare il conte e se l'è portato via senza dare nell'occhio. Di lì a poco nella villa è scoppiato il trambusto: urla, strepiti… avevano ritrovato il corpo. Dicano quello che vogliono, ma per me questo significa che quei due là, con tutta calma, avevano appena finito di inscenare...»

«...di inscenare il ritrovamento», conclude Anita.

Parlando concitati (ma sottovoce, per non farsi udire da Monné nel caso stesse arrivando nel frattempo), l'uno sulle frasi dell'altra, si sono avvicinati. Ora sono a neanche trenta centimetri, in piedi di fianco al lato corto della scrivania. Terra di nessuno: né il lato di Anita né quello di Sebastiano. E si sbracciano, gesticolano, perché l'energia e l'urgenza che non possono tradurre nel volume della voce la strizzano e incanalano nelle braccia, e così le loro mani a un certo punto si toccano a mezz'aria e di colpo ritornano fermi, rigidi – ma frementi – l'uno di fronte all'altra a guardarsi in faccia come se tutti e due fossero un visitatore degli Uffizi e ognuno la *Primavera* dell'altro.

«Mi racconti tutto della ragazza dell'ONMI», dice Sebastiano, prendendo fiato.

«Prima mi racconti lei nel dettaglio di sabato sera», dice Anita. Alza le spalle, come a chiedere scusa per l'irruenza. Ogni tanto si ricorda che tecnicamente Sebastiano sarebbe il suo superiore. Solo ogni tanto, però. «Così andiamo in ordine cronologico», si giustifica.

Sebastiano non registra nemmeno di sfuggita la scarsa docilità di Anita; invece, si lascia sfuggire un mezzo sorriso. Anita lo nota. Lo sa perché. Un mese prima, col cavolo che lei, Anita, avrebbe mai usato un'espressione come "ordine cronologico". Tu guarda quanto si impara in un mese a dattilografare letteratura.

Comunque, lo fanno. Più controllati, più composti, ma sempre vibranti di determinazione, Anita e Sebastiano si siedono ciascuno sulla propria sedia e, sporgendosi appena l'uno verso l'altra, a turno si raccontano tutto.

«Lo devo ammettere», sospira Sebastiano alla fine. Si gratta un orecchio. «Il conte mi è stato subito antipatico come un mal di denti. Quel siparietto, l'esposizione del bambino come fosse la vacca migliore alla fiera campionaria, o un cimelio da sfoggiare...» Scuote la testa. «Non vorrei che questa antipatia mi stesse condizionando. Però... però le tempistiche sono quelle che abbiamo detto, e non sono affatto convincenti, vero? Non me lo sto inventando io.»

Anita scuote il capo. «Se la cosa è andata come dice, non sono convincenti no. Viene subito da saltare a una certa conclusione.»

«Il rasoio di Ockham», annuisce Sebastiano.

«Il cosa di chi?»

«Ah, è un modo dire. Significa che la soluzione più semplice molto spesso è anche quella vera. Diana Novaro ha detto che Gioia Bratti indossava il suo vestito migliore, giusto? E che molto probabilmente voleva solo prendere parte al ricevimento, mescolarsi agli ospiti e avere la consolazione di vedere il suo bambino da lontano, tutto bello agghindato e applaudito dalla crema di Torino. Ecco: non mi stupirei se quei palloni gonfiati e i loro sgherri l'avessero scacciata malamente, magari con la scusa di non poter rischiare che il bambino riconoscesse la mamma, in verità perché non avrebbero mai accettato una poveraccia al loro festino da ricconi. E che poi da lì la cosa sia degenerata in uno scontro... e infine in un omicidio.»

Anita annuisce, perché è esattamente la stessa dinamica che ha pensato lei. E però Sebastiano ha un'espressione così torva che Anita non riesce a trattenere un sorrisino. Sorrisino che Sebastiano, ovviamente, capta.

«Che c'è?»

«Nulla. Sono colpita dal suo astio contro gli aristocratici. Non l'avrei mai detto, di uno che si chiama Satta Ascona.»

Lo guarda maliziosa. Sebastiano non capisce subito.

«Oh. *Oh!*» esclama dopo qualche secondo. «Lei pensa che il mio doppio cognome sia un... una traccia di antica nobiltà, magari decaduta?»

«Decaduta di sicuro, altrimenti col cavolo che starebbe a fare lo scribacchino qui», lo punzecchia Anita.

Sebastiano neanche raccoglie la provocazione. Scoppia a ridere e scuote la testa. «Per l'amor del cielo, si sbaglia di grosso!» esclama. «Il cognome vero, di famiglia, è Satta – a quel che ne so, un cognome piuttosto diffuso nel vecchio Regno di Sardegna. Ascona invece è una città della Svizzera.» (Anita cerca di non fare la faccia di chi non lo sapeva. Sebastiano cerca di non fare la faccia di chi lo immaginava. Grandi passi avanti, per Mister Precisetti, che è come Anita lo chiamava tra sé solo due mesi fa.) «*Ascona* è stato aggiunto nel tempo perché gli ebrei hanno l'abitudine di tenere traccia nei loro nomi dei luoghi in cui hanno avuto casa.»

«Quindi lei è ebreo?» Anita è colpita. Lei di ebrei ne ha conosciuti pochi, anche se a Torino pare ce ne sia una certa quantità. Una volta le hanno detto che la Mole all'inizio doveva essere una sinagoga e lei ancora ci pensa con una strana fascinazione. Soprattutto, comunque, prova una grande invidia verso persone che non sono costrette a sorbirsi ogni domenica una messa in latino noiosa come, be', come una messa in latino.

Sebastiano alza le spalle. «Né io né mio padre – né, che mi ricordi, mio nonno – abbiamo mai praticato. E tantomeno mia madre o le altre donne di famiglia, sebbene l'essere ebreo si trasmetta matrilinearmente. Però le radici sono quelle. E comunque di certo non è per dei quarti o degli ottavi di nobiltà che mi porto dietro un cognome che, per pura fortuna, fa scena sulla carta stampata.»

Anita annuisce, ma di colpo, mentre Sebastiano parlava, si è fatta rigida.

È stato l'accenno al padre.

Il padre di Sebastiano è una di quelle stalattiti che trafiggono lo stomaco di Anita ogni volta che il suo cervello cerca di tornare agli avvenimenti di un mesetto prima. Diciamocela tutta: la stalattite più grossa e acuminata, la spada, la sciabola, l'alabarda, più che la spina, nel fianco.

Sebastiano le ha già parlato di suo padre. Vive ancora nel loro paesino d'origine in Liguria e si nasconde nei boschi delle Alpi marittime per sfuggire alla sorveglianza del regime. Antifascista, incarcerato più volte, testa calda ora come in gioventù. La ragione per cui Sebastiano scrive quelle orrende, inquadratissime, propagandistiche storiacce del commissario Bonomo non è solo per potere in cambio pubblicare anche le sue belle storie *pulp* americane, facendo così entrare anche Bonomo e i suoi ideali fascisti nelle case degli italiani sulla stessa rivista, come in un cavallo di Troia: è per proteggere suo padre. Il figlio diventa un servitore del regime e in cambio il regime evita di schiaffargli il genitore in prigione per l'ennesima (e con tutta probabilità ultima) volta.

Così, quando un mese prima Sebastiano e Anita si sono scoperti appassionatamente antifascisti e appassionatamente complici, a tutti e due per un istante è passato per la testa – Anita lo sa bene – di troncare i rapporti con i loro Corradi, le loro Mavi, i loro Bonatti. A Sebastiano diciamo pure per due istanti, anche tre. Ma Anita ha pensato a cosa avrebbe significato per Sebastiano scaricare la figlia di un fiduciario rionale del fascio, indisporre le gerarchie, diventarne il nemico. E non ha avuto bisogno dell'intuito di un Operatore della Continental perché lo scenario le sembrasse subito lampante: Sebastiano si sarebbe trovato in guai seri.

Sotto i riflettori.

Tenuto d'occhio da gente potente e maldisposta, in attesa di un pretesto per fargliela pagare.

E, con lui, suo padre.

In sostanza: finché Sebastiano ha un padre da proteggere, è meglio se sta dove sta. A fare il fidanzato di Mavi Bonatti, il futuro genero di un gerarca, e la punta di diamante della schiera dei giallisti di regime.

E a scambiare con Anita solo sguardi, dai due lati opposti di una scrivania.

Naturalmente tutti questi pensieri e ricordi occupano nella testa di Anita non più di un nanosecondo. È un'attrice nata, sa come comprimere le emozioni nel minimo dello spazio-tempo possibile e tornare subito a dire una battuta. E infatti dice: «Be', meno male che lei non è nobile, allora. Perché i nobili si sposano sempre fra di loro e poi nascono tutti con delle tare mentali». Fatto. Facile, no?

Sebastiano ridacchia, anche se con una venatura di amarezza epica che starebbe bene sull'immaginario volto di un Race Williams o di un Sam Spade.

Si lascia cadere all'indietro sullo schienale della sedia. «Sto per imbarcarmi in un'investigazione contro alcuni dei cittadini torinesi più in vista. Mi dica se non è segno che sono un po' tocco.»

Anita ride. «Allora siamo tocchi in due. La smetta di prendersi tutti i meriti.»

Non c'è niente da fare. Sono complici.

8.
UNA DELIZIOSA SERATA D'ESTATE

La luce del giorno è ancora piena e gialla quando Anita, alla fine della sua giornata lavorativa, se ne va. Sebastiano finge di doversi attardare per scambiare qualche parola con Monné (che è arrivato verso mezzogiorno e si è barricato nel suo studio a telefonare agli inserzionisti pubblicitari), ma invece, non appena ode il portone chiudersi alle spalle di Anita, si accascia sullo schienale della propria sedia come uno straccio bagnato e caccia un lungo sospiro.

E così c'è dentro di nuovo.

La cosa preoccupante è che non gli dispiace per niente.

Insomma, sarebbe sano *se sentisse, quantomeno, la paura del pericolo, la riluttanza nell'infilarsi di nuovo in un'impresa in cui ha tantissimo da perdere. E invece – questa è la cosa allarmante –, per la miseria, è solo entusiasta. Una specie di falò gli arde nel petto. Lo stesso fuoco che l'ha infiammato e scaldato e fatto sentire vivo un mese prima, mentre lui e Anita dimostravano che una vecchia pazza, be', pazza non era affatto, aveva perfettamente ragione a sostenere che sua figlia fosse stata uccisa da ben altro che da un morso di vipera. E ora c'è un altro bastardo prepotente da smascherare. Un altro anello della catena con cui il regime ha legato a tutti le mani, da poter forse far saltare. Sebastiano dovrebbe avere paura, cioè:* dovrebbe *proprio, pensa che sarebbe bene, consigliabile, che avesse paura, perché paura significa prudenza e prudenza è l'unico modo con cui lui e Anita possono sperare di gestire la nuova missione che si sono autoassegnati. E forse, ma sì, forse un po' di paura in effetti ce l'ha, anzi, anche più di un po' e basta. Solo che è talmente immersa nell'adrenalina, questa paura, è talmente pervasa dall'emozione di essere di nuovo il complice segreto di Anita e la metà, insieme a lei, di John Dorcas Smith, che Sebastiano non ne vede più i confini. È come una stramaledetta paura* bella. *E, paradossalmente, è questo che gli fa più paura di tutto.*

Si passa le mani sulla faccia come un silenzioso Urlo *di Munch e sospira di nuovo.*

«Io vado», dice a Monné socchiudendogli la porta dello studio e infilandoci la testa.

Il suo socio abbassa di colpo la copia di «Le grandi firme» che sta leggendo. «Lo sai cos'ha fatto quel cane puzzone di Pitigrilli questa settimana?» bofonchia per tutta risposta. Non ha neanche registrato il fatto che sia venuta l'ora di andare a casa: è troppo impegnato a schiumare come un mastino idrofobo contro il suo concorrente. «Ha cercato di fregarsi due dei nostri inserzionisti! Due! *Quel sacco di pulci. Mi è toccato fargli degli sconti vergognosi pur di tenerli a "Saturnalia", viscide sanguisughe!»*

Sebastiano annuisce e richiude pietoso la porta sui patimenti del suo socio. Ognuno ha la propria nemesi: quella di Sebastiano è suo padre, ovviamente, al quale è legato da un atroce rapporto di amore-odio; quella di Muzio Monné è Pitigrilli, fine. Monné passa metà della sua vita a sognare Pitigrilli in rovina e l'altra metà a lavorare attivamente per mandarcelo. Sebastiano non sa nemmeno se si siano mai incontrati: potrebbe addirittura essere un odio platonico, ideale, come l'amore di certi trovatori per una dama che non hanno nemmeno mai visto, nel qual caso avrebbe pure qualcosa di poetico.

Ci pensa sorridendoci su da solo mentre esce dalla palazzina della casa editrice e si incammina lungo il marciapiede. Ogni tanto invidia il suo socio perché vive di impulsi elementari. Fare soldi. Evitare rogne. Distruggere Pitigrilli. "Quanto dev'essere più semplice, un'esistenza così?" si chiede Sebastiano. Se verso suo padre potesse provare solo odio. Se scrivere le storie di Bonomo potesse piacergli. Se Anita potesse bastargli come dattilografa.

Eh.

Baaa-sta.

Comunque, mentre la parte razionale della sua testa è impegnata a produrre queste profonde elucubrazioni, un grumo di neuroni ben più pratico e primordiale deve avere preso in mano la situazione, perché a un certo punto Sebastiano si accorge di essere stato condotto dai propri stessi piedi in una direzione precisa. Sta arrivando a casa di Julian, il suo amico giornalista italoamericano – o quantomeno alla casa di una delle amiche di Julian presso la quale Julian alloggia quando si trova a Torino.

Julian è un bel tipo affascinante, di quelli secchi e dinoccolati che girano a maniche arrotolate e colletto slacciato e hanno sempre un'avventura da raccontare con accento esotico. Le donne gli cadono intorno come soldati a Ypres. Quando è di passaggio a Torino, soggiorna da questa o quella amica, e "questa" o "quella" sono gli unici nomi che Sebastiano ha la speranza di ricordarsi, visto il numero delle amiche suddette. Tant'è vero che poi, per avere un po' di pace e la possibilità di parlare liberamente, finisce che Julian e Sebastiano si incontrano di notte nella sede vuota della casa editrice. (Anita li ha beccati così: è così che ha fatto la conoscenza di Julian – e del lato nascosto di Sebastiano Satta Ascona, scrittore beneamato dal regime ma segretamente antifascista.)

L'amica di Julian non è in casa. Bene, pensa Sebastiano: così non deve neanche sforzarsi di ricordarsi come si chiama per salutarla. Julian invece c'è, e gli apre la porta in maniche arrotolate e piedi scalzi.

«Caldo, eh?» dice Sebastiano.

«Dovresti levarti le scarpe anche tu, my friend. *Romilda ha dei meravigliosi pavimenti in marmo che sono così freschi sotto le piante dei piedi.»*

«Romilda, ecco come si chiamava stavolta», esclama Sebastiano fra sé.

Julian chiude la porta ridacchiando e guida l'amico in salotto. Romilda dev'essere un'ereditiera o una ricca vedova, perché ha una casa che, al di là del marmo refrigerante, non è affatto male. C'è una caraffa, su un carrello di vetro e ottone, dalla quale Julian riempie un bicchiere che offre a Sebastiano.

«A cosa devo la tua visita? Sei passato per un saluto o hai bisogno di qualcosa?» Non lo dice facendoglielo pesare: è una domanda genuina. Julian ha questo di bello: è schietto e diretto come uno di quei treni veloci di cui il Duce si vanta tanto. Che poi non è mica vero che sono sempre così veloci e puntuali, tra parentesi. Julian invece sì.

«In effetti avrei una cosa da chiederti», ammette Sebastiano. «Ehi, è alcolico!» aggiunge, dopo aver buttato incautamente giù mezzo bicchiere di quella che ha creduto acqua.

«Gin e limonata», dice Julian. «Let me guess*: la macchina?»*

«Come hai fatto a indovinare?» Sebastiano è colpito. Si vergogna anche un po'. Julian possiede una deliziosa FIAT *508 Balilla Spider Sport rossa fiammante, ma non pensava di avergliela chiesta in prestito così spesso.*

Julian ride. «Ah, no, tranquillo, non era mica una... come si dice? Frecciata?» Sorride anche Sebastiano. «È che è una serata bellissima e sono i giorni delle stelle cadenti. Ho pensato subito che ti fosse venuta voglia di una gita in macchina con la tua bella.»

Sebastiano annuisce. «E ci hai azzeccato.» Infatti. Ha avuto l'idea mentre usciva dall'ufficio. Anche se la sua idea è un po' più complicata di così. Già che c'è, beve un altro sorso di gin. Uno lungo.

Julian abbassa un po' la voce. «Chi ti porti in macchina? La tua dattilografa, Anita?»

A Sebastiano va di traverso il drink. «Ma no! Mavi, ovviamente!»

Julian lo sbircia di sottecchi, sornione. «Ehi, tranquillo. È che mi ricordo quanto era piaciuto ad Anita andare in macchina la prima volta.» Sogghigna. «Be', immagino che piaccia anche a... Mavi, giusto? Nella mia esperienza, piace a tutte le ragazze.»

Sebastiano decide di non approfondire e Julian di non infierire, ma figuriamoci se basta. Sono abbastanza amici da sapere sempre l'uno cosa sta pensando l'altro. Nello specifico, Sebastiano sa che a Julian Anita sta simpatica (infatti si è pure ricordato subito il suo nome, il filibustiere, mentre su quello di Mavi ancora esita, e sì che è un anno che la conosce). E Sebastiano sa anche che, se gli avesse detto che in macchina ci avrebbe portato Anita, Julian non avrebbe battuto ciglio. Perché è uno che non giudica, e poi cosa vuoi che giudichi uno che al momento sta in casa di una certa Romilda.

Niente, pensa Sebastiano: non può contare nemmeno sul suo amico per farsi fare una di quelle sane strigliate che ti raddrizzano il senso dell'etica. Il mondo congiura contro di lui, contro la sua decisione di essere un fidanzato retto e integerrimo.

Finisce il drink in un unico sorso. «Comunque, pensavo di fare un giro con Mavi *domani sera, sul presto, diciamo il tempo di vedere calare il sole e spuntare le stelle. Ti riporterei la macchina entro le undici, così tu e la tua bella la riavreste a disposizione per il resto della nottata.»*

«Grazie ma non è necessario: in queste sere Romilda partecipa a un irrinunciabile torneo di canasta con non so più quali baronesse.

E io posso starmene tranquillo ad ascoltare sul suo grammofono i miei dischi di blues.» Julian è un appassionato di musica e un sassofonista un po' più che dilettante: quando lui e Sebastiano si incontrano nella palazzina della casa editrice deserta nella notte, a volte, non è solo per poter parlare in pace, ma anche perché Julian possa suonare indisturbato qualcuna delle sue musiche da neri d'America, che ai neri d'Italia – neri in un altro senso – fanno storcere il naso. «Tieni.» Sebastiano fa giusto in tempo a posare il bicchiere vuoto sul carrello, che Julian gli lancia le chiavi della spider fra le mani. «Divertiti e non fare niente che io non farei.»

«Li sai usare bene, i condizionali», sospira Sebastiano ficcandosi le chiavi in tasca. Fa un cenno di saluto, arriva fin quasi sulla porta, poi esita, si ferma e si gira. «Ah... già che sei di umore generoso, avrei da chiederti anche un'altra cosa.»

«Guarda che il sassofono fa colpo sulle donne quanto la macchina, ma quello non te lo presto», dice Julian. «Sarebbe come baciarti, e senza offesa ma ho di meglio.»

«Scemo. Questa è, uhm, una cosa di lavoro.» Sebastiano si schiarisce la voce. «Dovresti procurarmi un po' di riviste che contengano racconti con delle protagoniste donne. Buone o cattive, non importa: basta che abbiano dei bei ruoli importanti e interessanti.»

«Mmh.» Julian annuisce, socchiudendo gli occhi. «Una cosa di lavoro, eh?»

«Sì, Monné ha deciso che dobbiamo attrarre più pubblico femminile, altrimenti se lo mangerà tutto Pitigrilli», annuisce Sebastiano.

Julian fa un gesto con la testa come se non potesse dargli torto. «Scommetto che Anita ne sarà felicissima.»

Sebastiano si illumina. «Oh, sì, Anita è entusiasta, mi ha già detto che non vedrebbe l'ora di leggere storie in cui le donn... Un attimo. Cosa c'entra Anita, adesso?»

«Niente, of course.*» Julian alza le mani. «Be', vediamo: ci sono dei bei racconti su Madame – una specie di Robin Hood al femminile – su "Gun Moll", oppure posso procurarti la serie degli Aggiustatori, hai presente?» Sebastiano fa di no con la testa. «Una squadra di professionisti anonimi che raddrizzano ingiustizie, capeggiati da una biondina giovane e graziosa – un* team *molto originale. Ah, e poi su "Dime Detective" c'è sempre l'accoppiata Jack e Pat. Hanno un gran successo, potrebbero averlo anche qui, in effetti: il*

detective con la segretaria che però è più sveglia e sensata di lui e va sul campo anche sotto copertura. L'autore è Nebel, quello divertente di Kennedy e MacBride; ad Anita se non ricordo male Kennedy e MacBride piacciono molto, dunque dovrebbero piacerle anche Jack e Pat.»

«E dai con Anita. Mica devono piacere a lei. Ho detto che è un'idea di Monné», esclama Sebastiano, rosso.

«Sì, e se poi finisce che rendi felice anche la tua dattilografa, immagino che ti dispiacerà tantissimo, vero?» Julian gli strizza l'occhio. «Vieni, Casanova. Ti do qualche rivista da portarti via.»

Diciamocelo: Sebastiano fa una fatica del diavolo a non dire niente della propria pensata ad Anita per tutto il martedì.

E fa ancora più fatica a non farle vedere che è venuto al lavoro in macchina. La tentazione di arrivare un pelo più tardi del solito, sfidando anche il caldo per l'occasione, parcheggiare rombando apposta sotto le finestre dell'ufficio, far affacciare Anita e mostrarsi alla guida dell'auto di Julian, è fortissima. Ma lo sa come finirebbe: Anita esploderebbe in mille esclamazioni, lo raggiungerebbe di corsa in strada solo per mangiarsi ben bene con gli occhi la spider un'altra volta, e sicuro come l'oro che Sebastiano cederebbe all'impulso infantile e piacione di farle fare un giro, «piccolo piccolo e poi torniamo in ufficio, d'accordo?», giusto per levarsi lo sfizio.

Non sarebbe affatto una cosa sana.

Così Sebastiano arriva all'alba come sempre, parcheggia a due isolati, e giura a sé stesso che in macchina ci porterà Mavi e Mavi soltanto.

Fortunatamente Monné è fra i piedi tutto il giorno, così non parlare di niente di compromettente con Anita è più facile. Sfiorare l'argomento Gioia Bratti è fuori discussione: fra porte degli uffici aperte, e Monné che gira per i corridoi brandendo bozzetti pubblicitari, oggi anche i muri hanno orecchie unte di brillantina. Sebastiano sa che, quando Monné fa così, cioè fa il capo, sta fra i piedi anziché avere il buongusto di tapparsi nel suo ufficio e levarsi dall'orizzonte, Anita lo patisce quanto lui. Più e più volte Sebastiano intercetta lo sguardo eloquente della sua dattilografa, che dice "Non mi sono dimenticata di Gioia, una parte della mia testa è sempre lì che riflette su cosa potremmo fare noi e, oh!, cosa darei per poterne discutere con lei ad alta voce, anziché dattilografare come una mitraglia per non dare *nell'occhio con Monné che infesta i corridoi come un fantasma con il ballo di San Vito". Ecco, giusto di una cosa Sebastiano potrebbe parlare con Anita senza preoccuparsi di venire intercettato: delle riviste che Julian gli ha dato, delle storie al femminile che hanno adesso a disposizione per il nuovo numero.*

Ma decide di non parlarle neanche di quelle, per studiarsele per bene prima lui e poi farle una sorpresa.

È più forte di lui, ammette, sconfitto dal proprio lato oscuro. Immaginarsi Anita che si profonde in esclamazioni entusiaste, che sia per una macchina o per un racconto, è un chiodo fisso. La sua testa torna sempre lì.

Il minimo che può fare è contenere i danni, perché si sa: a furia di girare attorno ai chiodi, finisce che ti pungi.

«Un giro in macchina? Che idea meravigliosa!»

Martedì sera, finalmente. Sulla porta di casa Bonatti, Mavi applaude di gioia. Ha addosso un vestitino azzurro a piccoli fiori rosa, alla moda provenzale, ed è quasi più radiosa che nell'abito da sera di sabato. Sebastiano sorride e una parte di lui tutta nera e puzzolente di zolfo si rattrappisce dal senso di colpa, perché dovrebbe essere così *fiero, così perfettamente soddisfatto della propria fidanzata. Insomma, centinaia di uomini darebbero qualsiasi cosa per averne una così.*

«Vado a chiedere a papà se posso venire. Ma mi dirà certamente di sì. Vuoi entrare a salutare i miei? Sono ancora a tavola... Oh, ora che ci penso: tu hai già cenato? Perché, nel caso, noi abbiamo appena finito, ma la cuoca ha ancora un sacco di roba!»

Sebastiano scuote la testa. «No, ti ringrazio, sei gentile. Salutameli tu i tuoi, io ti aspetto qui.»

Non è che muoia mai dalla voglia di incontrarlo, Sauro Bonatti, il funzionario padre di Mavi.

Cinque minuti dopo sono in macchina sulle strade di Torino. Sebastiano guida piano, un po' perché l'auto non è sua, un po' perché ci sono in giro pedoni, bici, carrozzine, calessini. Torino è la città dell'auto, ma i cari vecchi trasporti a trazione animale – che si tratti di cavalli o di gambe umane – hanno ancora la meglio. Specialmente nelle miti sere d'agosto.

«Che aria deliziosa!» Mavi sporge il viso, a occhi chiusi.

«Se apri gli occhi vedi anche le stelle», le dice Sebastiano.

Mavi si rannuvola. «Già, le stelle. Sabato non abbiamo nemmeno potuto guardare quelle cadenti.» Sospira. «Se ripenso a quella povera ragazza… Riesci a crederci? Morire in una notte così bella. Nella notte più bella dell'estate.»

«In verità le stelle cadenti non si vedono mica solo il 10 di agosto, sai. Anzi: sembra che il momento migliore dell'anno sia a gennaio.»

"Bravo", si dice Sebastiano da solo, "svicola, cambia discorso." Altrimenti Mavi potrebbe accorgersi troppo in fretta che è proprio lì che la sta portando. Cioè, non sulle stelle, ovviamente: sulla scena del delitto di sabato.

Perché questa è l'idea con cui ha chiesto l'auto a Julian.

Questa è l'idea che gli si è piantata in testa da ventiquattr'ore.

Fingere di fare un giro con Mavi per portare avanti la sua investigazione con Anita.

"Quanto sarà classificabile come tradimento?" si chiede. Pensa a Dante. Da ebreo non praticante non ha ben chiaro che inferno lo aspetti, ma da letterato ha un inferno di riferimento molto preciso, e quello lo conosce bene. Decide che per il Poeta il suo peccato sarebbe più che altro di frode, e si immagina intento a trascinarsi nella sesta bolgia con un cappottino di piombo placcato oro. "Allora nessun problema", si dice. "Sono allenato: il piombo me lo sento addosso già adesso."

Comunque Mavi non è mica scema, quindi non ci mette molto a riconoscere il circondario. «Sebastiano? Stiamo andando a Villa Pazzaglia?»

Sebastiano cerca le parole, giusto il tempo di parcheggiare la macchina. «Te lo devo confessare», dice dopo un calcolato silenzio. «Non era nei miei piani, quando ho pensato a un giretto in macchina», mente, «ma è come se la macchina mi avesse portato qui.» Alza le spalle. Con cautela, si gira a guardare Mavi, che lo sta guardando a sua volta, sempre seduta al posto del passeggero. "Come cavolo fa Anita a recitare così bene?" si chiede. È ora che si impratichisca un po' anche lui. Si schiarisce la gola, abbassa la voce di un paio di toni. «La verità è che non riesco a levarmi dalla testa quella storia», sussurra. «So che può sembrare macabro, o patetico… ma ti spiacerebbe se, già che siamo qui, ci fermassimo un istante al cancello dei conti, a mandare un pensiero, un ultimo saluto, a quella poveretta, nel luogo in cui ha perso la vita? Davvero, non vorrei sembrarti morboso, ma...»

«Oh, no, no*!» Mavi agita le manine delicate. Ha guantini di pizzo bianco che risplendono nella luce dei lampioni. «Io ti capisco benissimo! Certo che possiamo farlo. Anche a me questa storia ha lasciato una spina nel cuore.»*

Sebastiano le sorride grato, poi scende dall'auto e fa il giro del cofano per aprirle la portiera. Gli sembra che duri quanto un giro di chiglia di piratesca memoria. Eppure, si dice per sentirsi meno orribile, in fondo una certa dose di verità c'è, nella pantomima che ha appena propinato a Mavi. Insomma, che la storia di Gioia gli sia rimasta dentro è vero. Che poi abbia intenzione di usarla per giocarci al Piccolo Detective con la sua segretaria è un altro discorso.

Neanche un isolato a piedi e sono di fronte alla cancellata dei conti. Sebastiano si guarda intorno, getta un'occhiata oltre le sbarre di ferro, verso le finestre della villa mezze nascoste dagli alberi del parco. Spera che il buio li aiuti a non venire notati. E comunque, se anche succedesse, potrebbero sempre rifilare ai conti la stessa scusa che lui ha appena rifilato a Mavi: di essere lì per caso e di essersi voluti fermare per una pia preghiera per l'anima di Gioia Bratti.

«Qui è dove l'hanno trovata», dice Mavi. Poi intreccia le dita bianche e si mette a mormorare a bassa voce un requiem*.*

Sebastiano invece tiene gli occhi fissi a terra. Per rispetto e contrizione, certo. E forse, forse*, anche per controllare bene il terreno, le eventuali macchie, le zolle di erba smosse.*

Non ce ne sono.

Gioia Bratti dev'essere teoricamente caduta nella striscia d'erba che divide il marciapiede dal perimetro della tenuta dei conti, delimitato da un'alta cancellata. Ci sono ancora i segni che la polizia, quando è sopraggiunta, ha posto in loco per tenere traccia del punto di ritrovamento del corpo: non potendo scrivere col gesso sulla terra e sull'erba, hanno piazzato due prosaiche pietre alla testa e ai piedi della vittima. Le due pietre sono ancora ben visibili nella sottile striscia d'erba davanti alla cancellata. Dunque Gioia è caduta da un'altezza sufficiente da lasciarci la pelle, ma non è rotolata via, il suo corpo non ha raggiunto il selciato né la strada, non ha sbattuto da nessuna parte: si è magicamente, innaturalmente fermato lì. Fine.

Eppure il suo corpo era pieno di lividi.

Sebastiano vorrebbe avere una macchina fotografica, peccato che siano così ingombranti e poco funzionali. Ma non importa: terrà tutto a mente. Perché in verità da tenere a mente c'è una cosa sola, ed è impossibile da dimenticare.

E cioè che ora può confermare, perché l'ha visto con i suoi occhi, che Diana Novaro aveva ragione.

9.
VOI UOMINI

«Lo sapevo!» sibila Anita. Batte anche il pugno sulla scrivania, gesto spontaneo di trionfo. Spontaneo fino a un certo punto, però, perché all'ultimo si ricorda che c'è Muzio Monné nello studio al di là del corridoio. Così il pugno di Anita frena a un centimetro dal piano della scrivania, poi vi si deposita con un cauto *tup!* che non fa nemmeno rimbalzare il portamatite.

Sebastiano annuisce compiaciuto. «E io lo sapevo che lei lo sapeva. Sono andato a verificare solo perché, be', perché i nostri detective avrebbero fatto così.»

«Gioia Bratti non può essere morta come vogliono farci credere», ricapitola Anita. Senti come suona bene, sembra dire.

Sebastiano si mastica una guancia. «Ecco, però qui viene la parte che le farà meno piacere. Mi aspettavo di trovare *altri* segni per terra. Che so: strisce di erba schiacciata, o impronte profonde di qualcuno che portasse il peso di un corpo. O scie di sangue. Qualcosa che avvalorasse la nostra ipotesi di lunedì: che Gioia si sia presentata al cancello della villa, abbia preteso di entrare, ne sia scaturita una colluttazione – da cui i lividi –, e dunque sia stata colpita a morte lì, e da lì sia stata trascinata o trasportata ai piedi della cancellata. E invece, be'. Non c'era niente. O meglio: la terra attorno al corpo era tutta smossa e pesticciata, com'è normale visto che la gente si è accalcata tutta lì, ma tracce come quelle che mi aspettavo di vedere, zero.»

«Non è che...» Anita tace di colpo. Si guarda alle spalle, ossia guarda la porta, ossia il corridoio oltre la porta, ossia la porta dello studio di Monné. Lo sta facendo da un'ora, all'incirca ogni cinque minuti. Ancora tutto tranquillo, a quanto pare: si ode sempre un borbottio sommesso, tipo caffettiera in eterna ebollizione, che significa che Monné sta parlando al telefono con qualcuno, ossia non sta ascoltando loro. «Non è che non ce n'erano perché era buio e non si vedevano bene, vero?» Anita lo dice e poi si vergogna, perché ha appena rimbrottato il proprio capo con lo stesso tono con cui Mariele punzecchia lei quando insinua che le macchie sulla tovaglia non siano venute via perché è stata lei a non strofinare bene.

Ma Sebastiano reagisce indignato come fa lei con Mariele, quindi a posto, sono pari. «Per chi diavolo mi prende, signorina? Ho guardato *bene.* L'erba era tutta bella alta, e non c'era nessuna macchia scura. E poi quel tratto del perimetro della tenuta dei conti è ben illuminato: dà sulla strada, ci sono i lampioni.»

«Quindi la nostra teoria di lunedì fa acqua, santa polenta molle.»

Uhm.

Poi Anita alza un sopracciglio. «Un attimo. I lampioni.»

«I lampioni.»

«In effetti, i lampioni sono un'ottima ragione per non colpire o trascinare Gioia Bratti proprio dove tutti avrebbero potuto vedere.»

Anche Sebastiano alza un sopracciglio. «Ma, quindi, la spiegazione più probabile è...»

«...è che qualcuno abbia portato il corpo *in macchina* fino lì», conclude stavolta Anita per lui. Annuiscono in sincrono. «Niente tracce, trascinamenti, e si fa in fretta a dileguarsi. Solo che questo...»

«...questo significa che *non è stato un incidente*», sussurra Sebastiano.

C'è un istante di silenzio in cui si guardano a occhi sbarrati, sorpresi dalla nuova intuizione.

Poi non c'è più nessun silenzio, perché dall'altra parte del corridoio viene un rumore secco: Monné che ha riattaccato con violenza la cornetta del telefono. Anita e Sebastiano scattano sull'attenti, si piazzano in posizione come due soldati ben addestrati, due spie che fanno scattare la copertura: Sebastiano afferra la prima rivista alla sua destra, Anita fa grattare il rullo come se stesse cambiando foglio. Sentono la porta dello studio dell'editore aprirsi, i passi di Monné attraversare il corridoio, e in pochi istanti la testa viscida di brillantina si sporge dentro la loro stanza.

«Come andiamo qui, Sebastiano?» esclama Monné. «Ho appena mandato a quel paese uno dei nostri sponsor, dammi qualche buona notizia per bilanciare.»

«Volentieri, Muzio», risponde prontamente Sebastiano, composto come un lord. «Cosa vuoi sapere?»

«Stai lavorando sulla, uhm, *roba per donne*, come ti ho chiesto?»

Sebastiano annuisce. «Julian mi ha già fatto avere qualcosa.»

«Oh, molto bene!» Monné si frega le mani. A volte sembra più un banchiere che un editore: uno di quei magnati del petrolio che si vedono nei film americani, sempre intenti a fare affari e a non farsi scrupoli. Gli manca un sigaro masticato che penzoli a lato della bocca, ma l'unica ragione per cui non ne fa uso così spesso è perché quelli costano e lui è tirchio. «E cos'ha trovato di bello?»

«Già, cos'ha trovato di bello?» si lascia scappare Anita. Dopotutto quella parte interessa anche a lei.

«Be', Julian si è superato», sorride Sebastiano. Anita lo guarda di sottecchi. È evidente che sta recitando la parte del bravo socio che fa il suo lavoro con diligenza e onestà, ma sembra che il tema gli accenda davvero una scintilla nello sguardo. Porge a Monné una rivista che Anita non ha mai visto, o forse non ha semplicemente mai notato prima, in casa editrice: si chiama «Clues Detective Stories». Monné guarda la rivista come se si chiedesse da che parte si prenda in mano e Sebastiano, condiscendente, sfoglia per lui le pagine di carta di pessima qualità, fino ad aprirgliela a un racconto intitolato: *Page Violet McDade!*.

Monné lo guarda come a ribadire: "E allora?".

«Questo è uscito lo scorso gennaio, quindi è roba di ultimo grido anche in America. Sai chi è questa Violet McDade?»

esclama Sebastiano allegro. Guarda Monné, ma un po', con veloci escursioni dell'occhio, guarda anche Anita.

Monné non lo sa. Anita non lo sa.

«Una detective! Una *donna*, titolare di un'agenzia investigativa!»

Monné fa una faccia possibilista. Anita fa una faccia possibilista.

«Una donna detective?» Monné si massaggia il mento. «Cioè, nel senso che è proprio lei che indaga, che investiga, che fa la protagonista?»

«E che possiede l'agenzia», annuisce Sebastiano.

«Fantastico!» dice Anita.

«Non sarà troppo?» rimugina Monné.

«No, è fantastico», sbuffa Anita, sapendo che tanto Monné neanche la sente.

«Però in effetti potrebbe essere sexy», continua a rimuginare Monné.

«E ti pareva che non doveva almeno essere *secsi*», ri-sbuffa Anita, che le parole inglesi più importanti ormai le ha imparate.

«Dipende da cosa intendi per sexy», dice sornione Sebastiano a Monné. Ha il sorrisetto di uno che sta per fargli un dispetto molto divertente. Sbircia velocissimo Anita e Anita si fa tutt'orecchi. «Violet McDade è la titolare di un'agenzia investigativa», spiega Sebastiano, «ma è anche... una ex *donna cannone*!» E gli scappa una risatina trionfale.

Anche ad Anita scappa una risatina trionfale. «Oddio, ma è un personaggio *grandioso*!» esclama. Quasi le viene da applaudire. Una donna autonoma e che non deve neanche preoccuparsi di essere *secsi* in senso tradizionale. Che novità eccezionale.

«Ma è un personaggio *spaventoso*!» esclama Monné.

«In effetti per spaventare spaventa», annuisce Sebastiano compiaciuto. «Si porta sempre due pistole su per le maniche e ha un carattere e un senso etico decisamente discutibili, che non hanno nulla da invidiare ai suoi colleghi uomini.»

Monné si gratta la testa. Per un attimo si dimentica dei tre centimetri di gelatina che la incapsulano e si guarda le dita stupito, disgustato da quel che ci è rimasto su. «Senti... lo so che te l'ho chiesto io, ma forse così tiriamo un po' troppo la corda», brontola. «Chi ha voglia di avere a che fare con una ex donna cannone che dirige un'agenzia? Non è nemmeno bella da immaginare.»

«Ah, non ti crucciare.» Sebastiano fa un gesto noncurante con la mano. «Ha un'assistente carina, un'ispanica che si chiama Nevada: senti che fascino esotico, come suona bene, Nevada Alvarado. I lettori uomini avranno da immaginare tutto quello che vogliono.»

«Ah, ecco», dice Monné sollevato.

«Ah, ecco», dice Anita con il tono da "e ti pareva". Ma nell'insieme sembra soddisfatta lo stesso.

«Comunque, sottolineo, ha un'assistente *donna*», dice Sebastiano ad Anita. «Mica si fanno aiutare da uomini. Non ne hanno bisogno.» Anita sorride. Sì, è soddisfatta.

Monné resta un attimo impalato a riflettere, poi fa spallucce. «Almeno è divertente?»

«Divertentissimo», dice Sebastiano. E si lascia cadere contro lo schienale della sedia, le dita intrecciate sul petto, con un'aria che significa "lascia fare a me".

Monné sbuffa e mette su l'aria da "lascio fare a lui". «Mi fido», bofonchia. «To', magari trova anche qualche altro racconto con un protagonista che non faccia scappare a gambe levate i lettori maschi.» Poi si gira e, senza neanche salutare, ritrotterella verso il corridoio e il proprio studio.

Anita e Sebastiano aspettano di udire chiudersi la sua porta.

«Possiamo tornare al nostro caso», sospira Sebastiano sgonfiandosi, ma contento di averla gestita bene.

«Sì, ma prima mi lasci dire che questa Violet McQualcosa mi piace già un sacco», sussurra Anita.

Si guardano per un istante, entrambi felici. Anita felice, Sebastiano felice di aver fatto felice Anita.

Si scuotono. Troppa pericolosa felicità reciproca. Hanno un'investigazione da portare avanti.

«Eravamo rimasti al fatto che Gioia Bratti non può davvero essere morta come hanno detto ufficialmente, e però neanche essere stata uccisa sulla soglia della villa dei conti», ricapitola Anita. «Ma allora dove e quando? E soprattutto, perché?»

«Forse Gioia aveva davvero in mente di combinare qualche tiro ai conti, e i conti sono venuti a saperlo e l'hanno fatta uccidere per impedirglielo», dice Sebastiano, con l'aria di uno che sta pensando ad alta voce, se non fosse che lo dice, appunto, a voce bassissima.

«E che diavolo avrebbe potuto fare di così grosso contro i conti Pazzaglia una ragazza sordomuta e senza un soldo?!» Anita si sporge in avanti, per impedirsi di alzare la voce. «A meno che. Uhm.» Si lascia ricadere all'indietro sullo schienale. «A meno che, poniamo, a furia di tenere gli occhi addosso ai conti, non fosse venuta a conoscenza di qualcosa che andasse oltre la faccenda del suo bambino.»

Sebastiano si gratta uno zigomo. «Un qualche scandalo, o traffici loschi, intende?» Sbuffa. «Diavolo. Mi verrebbe da dire che nessuno più di quel ghiacciolo incravattato del conte sembri capace di chissà quali crimini, ma ho paura che sia di nuovo la mia antipatia nei suoi confronti a parlare. La verità è che, se vogliamo fare le cose per bene, *in primis* con la nostra coscienza, dobbiamo indagare come si deve, da zero, seguendo tutte le piste; e se poi viene fuori che il mandante dell'assassinio è proprio quella faccia di bronzo martellato del conte, be', tanto meglio.»

Anita annuisce. «Ma certo. È giusto. Bisogna attenersi ai fatti, andare a caccia di prove.»

E ci risiamo. Sebastiano sorridicchia appena. Anche Anita, che lo nota, non riesce a non far guizzare l'angolo delle labbra. Perché sia lei sia Sebastiano hanno subito capito che sono stati Dashiell Hammett e Raymond Chandler ad avere appena parlato per sua bocca. Oh be': chi va con lo zoppo, impara a zoppicare. «C'è solo una cosa da fare», conclude, di nuovo seria.

«Sarebbe?»

«Devo parlare ancora con Diana Novaro.» Anita apre le braccia. «È l'unica che possa dirmi qualcosa di più su Gioia, su cosa faceva prima di morire, su quanto ce l'avesse coi conti, magari anche mostrarmi le sue cose. Erano amiche, vivevano assieme al dormitorio dell'ONMI. Potrebbe essere una vera miniera di indizi.»

Sebastiano annuisce.

«*Anzi.*» Anita getta un'occhiata all'orologio a muro. «Oggi pomeriggio la mia amica Candida, quella che fa la patronessa, sarà alla Casa della Madre e del Fanciullo a fare il suo turno di volontariato. Sarebbe fantastico se potessi andare con lei: potrebbe essere il mio lasciapassare per avvicinare nuovamente Diana.»

«Dobbiamo trovare solo una buona scusa per farla uscire prima dal lavoro», annuisce Sebastiano. «Intendo, fare uscire *lei*, lei Anita, da *qui*. Come vuole che la copra con Muzio? Un'emergenza da casa? Una febbre improvvisa?»

Anita getta l'ennesima veloce occhiata al corridoio alle proprie spalle. «Per un'emergenza avrebbero telefonato dal bar accanto alla tabaccheria, ma il telefono ce l'ha Monné di là e le telefonate le prende lui. E quanto alla febbre, mi ha vista mezzo secondo fa in perfetta salute, non so quanto sarei credibile.» Oddio, *vista*: Monné non la *vede* mai davvero. Per lui, Anita dev'essere una sorta di costante presenza silenziosa e fantasmagorica di sottofondo, buona ad acquisire tridimensionalità solo quando a lui viene voglia di farsi preparare un surrogato di caffè. Però non l'ha neanche sentita rantolare, questo sì. «Ci vuole un malessere che si possa covare in silenzio e che poi esploda all'improvviso. Però anche realistico.» Di colpo, Anita s'illumina. «Ce l'ho.» Gli occhi le si fanno sottili, pieni di una strana luce sorniona. «Se la sente di reggermi un gioco un tantino... imbarazzante?»

«I-imbarazzante?» Sebastiano si gratta la testa.

«...ma di sicuro successo», sogghigna Anita.

«Cosa vuole fare, signorina?»

Anita gli strizza l'occhio. Poi, senza bisogno di dire niente, scatta dalla sedia, raccatta la propria borsetta e marcia attraverso il corridoio.

Perplesso, Sebastiano si alza a sua volta e le trotterella dietro. Sotto i suoi occhi, la figura di Anita, nel breve tratto che separa la loro stanza dalla porta dello studio di Monné, cambia completamente fisionomia: le spalle le si incurvano, la camminata si fa più esitante, la mano le si posa sul ventre come se le dolorasse.

Ancora una volta, Sebastiano non può che prendere nota di che razza di attrice nata sia la sua dattilografa. Anche se ancora non sa dove voglia andare a parare.

«È permesso?» chiede Anita, bussando timidamente alla porta socchiusa di Monné.

Dall'interno viene un grugnito che nel codice dell'editore sta per un sì. Anita apre la porta abbastanza per affacciarsi, e Sebastiano sbircia da dietro di lei. Monné se ne sta stravaccato sulla propria sedia, con le scarpe spiacevolmente prive di calzini poggiate su un angolo della scrivania, e la testa lucida di brillantina appiccicosa per il caldo.

«Signore», esordisce Anita, a bassa voce. «Volevo solo avvertirvi che oggi, ecco, per... ragioni di forza maggiore, mi trovo costretta a rincasare prima.»

«Forza maggiore? Roba grave? Spero di no», dice Monné con un tono che significa esattamente il contrario, e cioè che un'impiegata ci deve solo provare, a mollare la propria postazione per una ragione appena meno seria di un attacco di peste bubbonica.

«Ecco, io... diciamo che non mi sento bene.» Anita deglutisce. Sebastiano vede il suo viso solo di tre quarti, ma dallo zigomo gli pare che sia addirittura diventata pallida. Diamine, questo è talento.

«Fino a poco fa sembravate in formissima», dice Monné – ma la sta effettivamente scrutando con una certa perplessità. Anche perché, in tutta onestà, non è che possa dire di averle prestato grande attenzione, prima.

«Sono malesseri che... uhm.» Anita sembra cercare le parole. «Che possono manifestarsi da un momento all'altro. E, anzi, io, ecco... se posso osare...»

«Sentiamo», dice Monné.

Anita strapazza la borsetta fra le dita, come se fosse a disagio. «Vedete... lunedì prossimo sarebbe il giorno della paga. Mi chiedevo se non poteste anticiparmi, be', dodici lire.»

«Dodici lire?» Monné aggrotta la fronte. Dodici lire sono un'inezia, ma tutti i derivati della parola "anticipo" hanno su di lui l'effetto pavloviano di fargli aggrottare la fronte (sebbene non solo Anita, ma nemmeno Monné, abbiano mai sentito nominare lo scienziato Ivan Pavlov).

È il momento del tocco da maestro: Anita arrossisce visibilmente. Si ripiega anche un poco su sé stessa, come un ciclamino. «È perché temo di aver bisogno di passare in farmacia, e un flacone di Sanadon costa dodici lire, ma non le ho con me.»

Allora finalmente Muzio Monné capisce. Il Sanadon – goffa, intuitiva fusione delle parole "sana" e "donna" – è il farmaco per i dolori mestruali. Quello la cui pubblicità, che gli uomini fingono di non vedere quando sfogliano i giornali, recita melodrammatica: *Le sofferenze che ogni mese torturano un così gran numero di donne (mal di capo, dolori al ventre, alla schiena, alle gambe, senso di soffocazione, vertigini, crampi) creano sul volto femminile una maschera di dolore, di stanchezza, che toglie ogni freschezza, offusca ogni splendore.* Per pudicizia, non solo nessun uomo pronuncerebbe mai il nome di quel medicinale, ma nessuna donna oserebbe farlo di fronte a un uomo, a meno di non esserne proprio proprio costretta. E Anita, il cui volto è ormai a tutti gli effetti *una maschera di dolore,* non può dunque che esserci proprio proprio costretta.

«Oh! Io... be'... ecco, prego», farfuglia Monné assumendo di colpo un'insolita tonalità carminio. Si fruga nel portafoglio, estrae le dodici lire direttamente da lì. Anita le prende ringraziando con un filo di voce, rossa anche lei per l'imbarazzo. Sembra un congresso di tizzoni ardenti. Poi Anita sgattaiola via verso il portone, proprio come farebbe una ragazza impacciatissima per aver dovuto confessare una faccenda tanto intima, e anche ansiosa di sdraiarsi sul letto di casa.

Sebastiano la rincorre all'uscita.

Anita si gira verso di lui sull'ultimo gradino del portone, quando ormai sono già fuori dalla palazzina. Il suo viso è tornato perfettamente roseo, e ha uno sguardo di sereno trionfo.

«Visto? Una strategia di sicuro successo, come le avevo promesso. Perché lo sanno tutti che voi uomini non le sapete gestire, le faccende da femmine.»

Sebastiano sta continuando a fissarla come la Duse. «Può dirlo forte. Credo di essere diventato rosso anch'io.»

«Infatti sì», ride Anita. «Ci vediamo domani con quello che avrò scoperto», dice.

E corre via, fresca come una margheritina pur nella canicola, lungo il marciapiede, in direzione di casa di Candida.

10.
NESSUNO PUÒ CAPIRE DAVVERO

Anita si presenta alla porta di Candida proprio mentre Candida, vestita e calzata di tutto punto, si accinge a uscire per andare all'ONMI.

«E tu che ci fai qui?»

Anita glielo spiega. «Vengo con te, per parlare ancora con Diana Novaro. Forse, come diceva Clara, i miei detective mi hanno davvero spifferato da che parte potremmo cominciare a cercare la verità.»

Candida la guarda colpita. «E come diavolo hai fatto a uscire dal lavoro in anticipo?»

Anita le spiega anche quello.

Candida scoppia a ridere.

Anita la osserva compiaciuta ma con un sostrato di apprensione. Raramente ha visto Candida ridere così. Insomma, Candida è più il tipo contegnoso che quando si diverte te lo dimostra con una smorfia beffarda, sghemba, e una lunga soffiata di fumo di sigaretta. Stavolta invece la sua ex professoressa emette una serie di secchi colpi di tosse che suonano inequivocabilmente come risa – ma restano pur sempre colpi di tosse. Il fumo della sigaretta (perché quella, naturalmente, è presente) si distribuisce in una mitragliata di pallotte sparate a mezz'aria come punti esclamativi.

«Un istante solo», dice Candida. «Se vieni con me devi fare l'Amica della Patronessa. Levati il grembiule da impiegata e metti questi.» Fruga nel primo cassetto di un settimino di ciliegio e ne estrae un paio di guantini di pizzo crema, poi fruga anche nel terzo cassetto e ne sfodera un impalpabile foulard color pesca.

Anita indossa un vestito nero a piccoli fiori del medesimo colore: sembra fatto apposta. «Per la miseria, e chi sono, la Regina di Saba?» esclama, guardandosi nello specchio a figura intera appeso accanto al settimino. «Ehi, ora ce li ho anch'io, i guantini di pizzo!» Agita i ditini dentro i guanti medesimi. Per la cronaca: pungono. Nel frattempo, guidato dalla mano di Candida dall'attaccapanni lì accanto, le plana in testa anche il tocco finale: un cappello di paglia fine fine dalla larghissima tesa parasole. Tre dettagli ed eccola trasformata da dignitosa ma modesta piccoloborghese a elegante fanciulla dell'alta società. «Santa polenta coi funghi, sono sciccosissima!» Si gira verso Candida. «Uh. Scommetto che "santa polenta coi funghi" non lo devo dire, vero?»

Candida aspira e soffia fumo. «Mi sa che ne diremo tante, oggi pomeriggio, di cose che nessuno dovrà sentire. Andiamo.»

E le fa strada oltre la porta.

Prendono una vettura di piazza – una a motore: una volta erano tutte carrozze a cavalli, adesso sono di più le macchine, tutte rigorosamente verdi e nere come scarabei. L'ONMI ha sedi in tutta la città: quando è stata istituita, nel 1925, l'Organizzazione si è avvalsa di locali e strutture preesistenti, di ospedali, asili, magazzini, poi pian piano hanno iniziato a spuntare edifici appositi; ora si trovano dispensari, consultori e ambulatori sparsi in vari punti di Torino. Candida e Anita però stanno andando all'imbocco di via Maddalene, che non è proprio vicinissimo a San Donato, cioè a casa di Candida: perciò devono prendere la vettura di piazza. In via Maddalene c'è un intero padiglione di proprietà dell'ONMI: un consultorio ostetrico e pediatrico con annessi un dormitorio, un asilo, una mensa.

Architettura razionalista, constata Anita scendendo dalla vettura. Che è il modo in cui il regime chiama le pareti di cemento liscio e grigio espressive come le facce dei suoi gerarchi, con finestre squadrate e rigide come le loro mascelle. Per forza ne vanno pazzi, figuriamoci.

Candida non la prepara, non le anticipa nulla. Entra nell'edificio, scambia due parole con la custode, attraversa i corridoi, oltrepassa un'ultima porta ed eccole arrivate nel dormitorio delle assistite. Il tutto con Anita che le trotterella dietro come un anatroccolo dietro una mamma oca molto spedita, ma senza che Anita abbia idea di dove stiano andando.

Così Anita deve controllare le proprie reazioni, quando si trova infine nello stanzone grigio, pieno di brandine dalle coperte tutte uguali che paiono fatte di saggina, lisi vestiti femminili buttati sulle spalliere o sporgenti dagli armadietti sgangherati, qualche scendiletto terroso sparpagliato sul pavimento. Meno male che è l'attrice che è. Altrimenti le sei o sette ragazze che si trovano nello stanzone – tutte gravide, chi più chi meno visibilmente; due sedute sui loro letti affiancati a rammendare, una a un tavolino, tutta curva sopra un foglio di carta a cercare forse di scrivere una lettera, una intenta a passare i capelli di un'altra con la pettinella da pidocchi, eccetera – le leggerebbero in faccia lo sgomento, il "ma veramente si può vivere in un posto del genere?" che le sta riempiendo la scatola cranica.

Tutte le ragazze si girano a guardare Candida e Anita, ovviamente; una sola però scatta in piedi e corre verso di loro. È Diana.

Candida la saluta con un cenno, ma le fa anche un gesto che significa di aver pazienza. Va prima a sedersi accanto alle due che stanno rammendando.

Anita rimane in piedi a guardare Candida a distanza. Diana, già che c'è, si mette in piedi accanto ad Anita, entrambe ad attendere che Candida finisca quello che deve fare. Le due ragazze si scambiano un saluto silenzioso, un su e giù della testa e uno sguardo serio d'intesa, perché Diana ha capito subito di cos'è venuta a parlare Anita e Anita ha capito subito che Diana ha capito.

Candida confabula con le due rammendatrici, che hanno tutta l'aria di essere felici di vederla. Anita non fa fatica a crederci: rispetto alle melliflue altre patronesse con la puzza sotto il naso, che di sicuro fanno le patronesse giusto per salvarsi l'anima con le opere di bene e non nascondono il loro disgusto per l'universo dei pezzenti, Candida dev'essere una specie di messia in versione femminile. A un certo punto Anita e Diana la sentono chiedere: «Avete mangiato?», probabilmente un classico delle patronesse, perché dovranno accertarsi che le assistite nutrano adeguatamente i loro preziosi feti; ma subito dopo Candida aggiunge: «E la frittata puzzava anche oggi di zolfo come il demonio?», che invece è una cosa molto da Candida, e le due rammendatrici scoppiano a ridere.

Senza accorgersene, anche Anita e Diana si scambiano un sorrisino.

Candida è speciale.

Poi Candida torna da loro due e, con lo stesso passo marziale di prima e di nuovo senza bisogno di dir niente, le guida fuori, nel cortile interno.

Il cortile è pieno di bambini che corrono e vociano. Per forza: sul cortile si affaccia anche l'asilo, e col caldo che fa i marmocchi sono stati tutti sguinzagliati all'aperto. Alcune giovani madri badano ai loro piccoletti, un paio allattano in un angolo ombroso, in fondo al cortile una volontaria sta facendo una predica a due bambini che chissà cos'hanno combinato. È solo quando Anita, Candida e Diana sono tutte e tre sedute su una panchina che Candida dice «Allora», e poi anziché continuare la frase tira dalla sigaretta.

Nessuna aggiunge niente.

Candida rifila una gomitata ad Anita.

Ah.

«Sì, ehm, ecco.» Anita si schiarisce la voce. Non pensava di dover essere la prima a parlare. In effetti, ora che ci pensa, Candida è sempre stata una di quegli insegnanti che, se devi imparare a nuotare, ti buttano in acqua e tanti auguri. «Il fatto è questo. Una, uh, *persona* che sabato sera era al ricevimento dei conti Pazzaglia mi ha descritto cos'è successo, il modo in cui hanno annunciato agli ospiti che era stata trovata una ragazza morta, la confusione, la corsa di tutti all'esterno della villa, e così via.» Cerca di tenersi sul vago per tirare in ballo Sebastiano il meno possibile, ma soprattutto per schivare i dettagli morbosi. Dopotutto Diana e Gioia erano amiche, per la miseria: meritano entrambe un po' di delicatezza. Già dover lasciar intendere a Diana che tutti gli ospiti si sono precipitati fuori per osservare con i propri occhi una povera ragazza morta le fa venire i conati di vomito. «E, in poche parole, pare che tu abbia avuto ragione, Diana... anzi, forse ancora più ragione di quanto credessi. È veramente molto, molto inverosimile che Gioia sia caduta da quella cancellata.» Diana non fa in tempo a illuminarsi per l'orgoglio di aver avuto ragione che Anita prosegue. «Ma ti dirò di più: è inverosimile anche che sia morta proprio lì, sulla soglia della tenuta dei conti. La cosa più probabile, a quanto pare, è che sia stata uccisa prima, da qualche altra parte, e che abbiano portato il suo corpo in macchina fin lì per pura messinscena.»

Diana si irrigidisce come se qualcuno le avesse dato una manata in piena schiena, ma lentamente. Anita può quasi vedere l'idea scioccante – l'idea che Gioia sia stata assassinata con premeditazione – farsi strada in lei e stirarle di brividi la spina dorsale un centimetro alla volta.

«E cos'avrebbe mai potuto fare, Gioia, perché volessero ucciderla così?» sussurra dopo qualche secondo che sembra l'era glaciale.

Anita annuisce. Oh. Si accorge di avere ancora in testa il cappellone parasole. «Appunto. È proprio da questo che dobbiamo cominciare: scopriamo cos'ha fatto Gioia e di conseguenza scopriremo chi ce l'aveva con lei.»

Diana si guarda le mani, senza vederle davvero. Le mani che intanto le stropicciano il vestito, incapaci di star ferme. «E come si comincia a scoprire cos'ha fatto Gioia?»

«Per esempio», dice Anita, «potrebbe essere molto utile guardare fra le sue cose. Avrà lasciato degli effetti personali, giusto? Magari potrebbero aiutarci a farci un'idea di lei, di cosa poteva sapere o avere visto.»

Diana guarda prima Anita, poi Candida. Poi si alza e rientra nel dormitorio. Il tempo di due boccate di sigaretta di Candida e Diana torna fuori, stringendosi al petto il grembiule tutto avvolto a nascondere un pacchetto.

«I suoi vestiti sono stati smistati subito alle altre ragazze», sussurra, rimettendosi a sedere sulla panchina. «Però io ho fatto in tempo a nascondere nel mio armadio le altre sue cose.» Svolge il grembiule. Ci sono una spazzola e qualche articolo da toeletta, tutti piuttosto ordinari, due orecchini di latta a molletta, un Vangelo. E un quaderno. Da scuola elementare, di quelli che anche i genitori di Anita vendono in tabaccheria, con la copertina di cosiddetta *carta consistente* (un modo per risparmiare sul cartoncino) gialla e nera, su cui è stato cucito un pezzo di nastro stinto, a sua volta legato attorno a un mozzicone di matita.

Anita allunga d'istinto la mano verso il quaderno, poi esita. Diana le fa un cenno con la testa e Anita si sente autorizzata a prenderlo per sfogliarlo.

«Ehi», esclama. «Ma tu guarda. Gioia *disegnava.*»

Diana annuisce. «Sapeva anche scrivere, ma poco, giusto la sua firma e i nomi di oggetti semplici, per farsi capire quando le serviva qualcosa di troppo difficile da dire a gesti. Una volta riuscì a spiegarmi che quel poco di scrittura gliel'aveva insegnato la nonna. A scuola non c'era mai andata, perché nessun maestro sapeva come insegnare i suoni dell'alfabeto a una sordomuta. O forse non ci hanno neanche provato davvero, tanto sarebbe stato uno spreco.» Alza le spalle. «Così aveva imparato a disegnare, perché l'aiutava a spiegarsi.»

«Non solo, a quanto pare.» Candida si è protesa sul quaderno, aperto sulle ginocchia di Anita, e sta scrutando con interesse le pagine man mano che Anita le sfoglia. «Qui ci sono dei ritratti. E anche degli... degli studi anatomici, direi.»

È così. Le pagine sono costellate da disegni sparsi, disordinati, come se per risparmiare la carta Gioia avesse pigiato i disegni in ogni angolo libero delle trentasei pagine standard del quaderno. I più riconoscibili sono dei ritratti di bambino – anzi, di *un* bambino, sempre lo stesso. Sono ingenui, goffi, ma qua e là hanno dei dettagli ultrarealistici: le rughe attorno agli occhi del neonato, le pieghe sotto il suo mento paffuto. Si capisce che Gioia quei dettagli li ha copiati dal vivo: con ogni probabilità, è evidente, dal *suo* bambino, man mano che cresceva. Le fossette sulle nocche delle dita, il naso, che di ritratto in ritratto assume una forma sempre più definita. E le orecchie.

Soprattutto le orecchie.

«Qui ci sono *pagine e pagine* di disegni di orecchie», constata Anita, scorrendole avanti e indietro. Guarda Diana come in cerca di una spiegazione.

Diana si stringe nelle spalle. «Che devo dirvi. Gioia aveva una specie di ossessione per le orecchie. Potete ridere, se volete.» Né Anita né Candida hanno l'aria di volerci minimamente ridere sopra. «La povera sorda che tutti ripudiavano a causa della sua menomazione era orgogliosa delle orecchie del suo bambino. Felice che il suo bambino avesse orecchie perfette, dentro e fuori.»

Anita ha il cuore e lo stomaco improvvisamente più pesanti del piombo. Non che riesca a mettersi del tutto nei panni di Gioia – e chi potrebbe mai farlo? Chi può essere così presuntuoso da affermare di riuscire davvero a capire qualcun altro, a immedesimarcisi al cento per cento? – però ci va abbastanza vicino da starci male. Immagina come debba essere vivere da sordomuta. Di questi tempi, poi, in cui tutti devono essere atletici ed energici come soldati, alfieri di una razza di conquistatori del mondo e bla bla bla. Si immagina guardata come uno scherzo della natura, un esemplare difettoso, una inutile bocca in più da sfamare. Ed evidentemente anche come un giocattolo sessuale, visto che qualcuno a un certo punto Gioia la mette incinta. La mette incinta ma non ha intenzione di curarsene, tanto che Gioia finisce alla Casa della Madre e del Fanciullo.

Eppure, a un certo punto, questa povera reietta fa una cosa inimmaginabilmente buona: dà alla luce un figlio sano, sotto ogni punto di vista. E Gioia celebra come può quel suo unico, enorme trionfo, quel sollievo, quel riscatto. Le perfette orecchie di suo figlio sono la sua più grande, forse unica, consolazione.

Mamma mia, che peso sul petto che si sente Anita.

Candida emette un pensoso sbuffo di fumo. «Ricordo di avere visto un paio di volte Gioia intenta a scrivere, seduta al tavolo sotto la finestra. Probabilmente non scriveva, ma disegnava su questo quaderno.» Anita conosce Candida abbastanza da captare nella sua voce il rammarico di non averci mai fatto caso quanto avrebbe potuto.

Diana annuisce. «Gioia lo metteva via, il quaderno, quando arrivavate voi del comitato patronale. Specialmente da quando è capitato che un paio di membri la trovassero a disegnare e le facessero delle domande. Quella patronessa giovane, biondina, per esempio.» Anita capisce subito e visualizza Mavi Bonatti, coi suoi capelli color grano pallido e il sorriso da madonnina di gesso. (Poi si ricorda che non deve avercela con lei, e si corregge: da madonnina di porcellana.) «Ricordo che una volta le fece i complimenti.» Diana trattiene un sorrisetto. «Non andò molto bene... Per quel che ricordo, Gioia reagì con un versaccio, come se del parere della principessina non se ne facesse niente, anzi, come se la irritasse anche un po'. Ma, si sa, i sordomuti mica parlano bene, quando cercano di farlo gli escono suoni che sono sempre un po' strani, no? Quindi la biondina non si offese ma perché neanche lo capì, che Gioia le aveva proprio urlato dietro.» Diana sogghigna. Anita sogghigna. Oh, sì, Diana le sta decisamente simpatica.

Poi Diana s'incupisce. «Magari però tutti fossero stati gentili con Gioia come la patronessa bionda. Un giorno, circa due mesi fa, vennero in visita la contessa Pazzaglia e una sua dama di compagnia. Io ero lì, ricordo tutta la scena. Gioia era qui nel dormitorio e la guardiana, che stava facendo da accompagnatrice alle due *madame*, gliela presentò spiegando subito che era sordomuta. E quel rospo dell'amica della contessa si mise a blaterare di... di un certo dottore, o scienziato, che diceva che dai tratti fisici si può capire il carattere morale della persona.»

«Cesare Lombroso, scommetto», sospira Candida con il tono di chi annuncia di avere trovato delle blatte nel guardaroba.

Diana annuisce con forza. «Quello! E la tizia si mise a dire che quel Cesare Coso aveva ragione, che – aspettate, me lo ricordo a memoria, tanto mi aveva impressionata: che *così come la mascella decisa del Duce e il suo portamento denotano la sua tempra d'acciaio*», recita, imitando anche la voce sussiegosa, «le menomazioni del corpo sono *lo specchio di una personalità difettosa,* sono, uh, *il modo con cui Dio ci avverte di tenerci lontani da certi individui, come succede in natura per certi fiori velenosi che hanno un cattivo odore o delle forme troppo eccentriche.*» Anita la sta guardando con gli occhi sbarrati. Diana scuote la testa. «Quello che il rospo non poteva sapere era che Gioia era capace di leggere le labbra. Quanto si arrabbiò – Gioia, intendo. Si mise a ringhiare, a urlare addosso a quella tizia. Io però temo che così facendo peggiorò la situazione, perché le spaventò: la contessa e la sua amica se ne andarono in tutta fretta, di sicuro pensando che lei fosse una pazza, una specie di mostro. Ho sempre pensato che anche per quella ragione la contessa avesse poi deciso di adottare proprio il piccolo Domenico: per salvarlo da una madre non solo minorata, ma anche, ai suoi occhi, mostruosa.»

Neanche si fossero messe d'accordo, Diana, Anita e Candida rimangono in silenzio per un paio di secondi, come in memoria delle sofferenze della povera Gioia.

Anita è la prima a parlare di nuovo. «Certo non mi stupisco che dopo un discorso del genere Gioia si sia messa a disegnare a tutto spiano le orecchie del suo bambino», mormora. «Era come dire non solo "è sano", ma anche "è buono", "è stato salvato". Sì, be', insomma, avete capito.»

Diana e Candida annuiscono, perché in effetti, sì, hanno capito.

Anche se nessuno può essere così presuntuoso da sostenere di capire davvero come debba sentirsi una persona, si ripete Anita. Tantomeno una persona che ha passato quello che deve aver passato Gioia.

Ma, in certi casi, anche solo immaginarlo fa male.

11.
NON L'HO CHIESTO

Confabulano ancora un po', percorrendo il quaderno di Gioia avanti e indietro, poi Candida torna a dedicarsi ai suoi compiti di patronessa, un po' per copertura un po' perché ci tiene e dopotutto è lì per quello. Va a parlare con tutte le ragazze, non solo con le due rammendatrici di prima, che nel frattempo sono uscite in cortile anche loro per cercare un po' d'aria; deve accompagnarne alcune nell'ambulatorio annesso al consultorio, a farle pesare sulla bilancia e a istruirle su come prendere certe nuove pastiglie di cui il medico ha lasciato la prescrizione; deve chiedere all'infermiera dell'ambulatorio com'è messa a scorte di farmaci e ricostituenti e fare l'ordine per il dispensario; poi ci sono un paio di ragazze giovani che hanno appena partorito e a quanto pare non vedono l'ora che Candida chiarisca loro certe procedure che le ostetriche devono aver spiegato un po' troppo sbrigativamente. Anita trotterella dietro a Candida per un po', per curiosità, poi decide di smetterla prima di dare nell'occhio, e torna in cortile a sedersi sulla panchina con Diana.

Non c'è un alito di vento a pagarlo oro, ma vedere due alberi e un velo d'erba inganna la psiche e fa sentire più fresco.

Diana ha rimpacchettato quaderno e oggetti di Gioia nel grembiule e sta accarezzando l'involto soprappensiero. Quando Anita si rimette a sedere accanto a lei, Diana le dedica uno sguardo e un piccolo sorriso.

«È in gamba, Candida», dice Anita.

Diana annuisce. «Oh, puoi dirlo forte. Meno male che c'è lei. Vedessi come ci trattano le altre patronesse. Se va bene, come fossimo delle povere deficienti, delle bambine idiote, e se va male come se fossimo delle... be', lo puoi immaginare da sola.»

Anita in effetti può. «Ma tu qui comunque ci stai bene?»

Diana alza le spalle. «Mah, sì. Sì, direi di sì. Meglio di dov'ero prima, di sicuro.» Di colpo è come se si accorgesse di qualcosa. Si gira di nuovo a guardare Anita in faccia. Stavolta le sorride proprio apertamente. «Grazie per avermelo chiesto, sai. Di solito le patronesse o le volontarie ti fanno domande solo su come sei *finita* qui – tranne Candida, naturalmente: per Candida, una volta che sei qui sei qui e quello che t'è successo prima non ha importanza. Ma le altre cercano sempre di cavarti informazioni sulla tua torbida storia di ragazza perduta, di cui tu ovviamente non hai nessuna voglia di parlare. E nessuno ti domanda mai se stai bene.»

Anita fa un sorriso ancora più largo del suo.

Oddio, poi, a dirla proprio tutta tutta, un po' curiosa di conoscere la storia di Diana lo sarebbe anche lei, ma può anche farsela passare.

Mezz'oretta e Candida ha finito. «Se chiamiamo una vettura adesso facciamo in tempo ad andare a prendere Clara all'uscita dal lavoro», dice Anita guardando la pendola. Lei, Candida e Diana sono tutte rientrate nell'edificio e si stanno salutando nell'atrio. Candida approva, così lei e Anita salutano Diana e nel giro di una ventina di minuti si trovano in via Corte d'Appello, ferme davanti all'imponente sede della Società Reale Mutua di Assicurazioni presso cui Clara fa la dattilografa, in attesa dell'uscita degli impiegati.

Di lì a poco sciamano tutti fuori come puntini neri sulla scalinata bianca. Un gigantesco blocco di gelato alla stracciatella, ma con i pezzetti di cioccolato in fuga. (Non che Anita abbia mai visto questi gran gelati alla stracciatella in vita sua. Torino è la capitale del cioccolato, è vero, ma il cioccolato resta roba da feste comandate.) A un certo punto una scheggetta nera si stacca dallo sciame, riconosce Anita in piedi accanto alla macchina e corricchia felice nella sua direzione.

«Che lusso!» esclama Clara. «Un passaggio a casa! Mia madre sarà entusiasta, avrò più tempo per aiutarla col pranzo di domani!»

Anita sbarra gli occhi. «Oh santa polenta al sugo, domani è ferragosto!» Se n'era completamente dimenticata. Ha persino salutato Sebastiano con un "ci vediamo domani", le viene in mente. Be', a quanto pare anche lui non deve averci fatto caso, perché non ha obiettato nulla.

Pazienza, vuol dire che dovrà aspettare venerdì per raccontargli di Diana e del quaderno di Gioia. Già, perché ora che ci pensa Muzio Monné s'è ben guardato dal proclamare venerdì 16 agosto e la mattina di sabato 17 ponte di ferie. O magari, se lei e Sebastiano sono molto fortunati, il ponte lo farà Monné e basta, e loro saranno da soli in ufficio e potranno...

Parlare. Potranno aggiornarsi sulla loro investigazione. Sì. E questa, le sia ben chiaro, è l'*unica* ragione per cui ha il diritto di pregustare una giornata e mezza di solitudine con Sebastiano.

«Che hai?» chiede Clara. «Stai facendo delle facce strane. Attacco epilettico?»

«No, solo di nervi. Mi è venuta in mente una cosa e mi stavo sgridando mentalmente fra me. Vieni, sali.»

Clara sale in auto e si siede fra Candida e Anita. Mentre Candida fuma con la mano fuori dal finestrino, Anita riferisce a Clara la conversazione con Diana, un po' come se fossero le prove generali del racconto che farà a Sebastiano. Getta giusto un'occhiata precauzionale al vetturino, prima di cominciare, per accertarsi che non oda nulla, ma con il chiasso del motore della Balilla unito a quello dei finestrini aperti non c'è pericolo. Così vuota il sacco.

Clara è l'ascoltatrice perfetta: è un'accanita lettrice dei gialli di «Saturnalia», quindi ha la stessa testa che hanno lei e Sebastiano, ossia addestrata a scovare indizi e a produrre ragionamenti. Anzi, se Anita deve proprio essere sincera, sul fronte dei ragionamenti Clara straccia sia lei sia Sebastiano – e anche tutte le altre persone di sua conoscenza.

È così da quando si conoscono, quasi dieci anni ormai. Ogni tanto Anita si distrae, mentre ascolta Clara, mica perché non riesca a seguire i suoi ragionamenti, ma perché una parte del suo cervello si astrae, osserva affascinata la facilità con cui Clara inanella deduzioni e riflessioni, e inizia a interrogarsi su dove e come Clara abbia trovato le risorse per sviluppare così tanto la propria materia grigia. Alle ragazze, quando va bene non è garantito, e quando va male non è proprio consentito, l'accesso a chissà che letture o giochi educativi: niente Piccolo inventore, niente lenti d'ingrandimento e microscopi, niente *Enciclopedia dei ragazzi*; per tutta l'infanzia non fanno che regalarti attrezzi in miniatura da cucina e cucito. Se costano troppo, ti fanno usare direttamente quelli della mamma, così già che ci sei l'aiuti. Le bambole sono già una sciccheria, ma pure loro, dopotutto, non sono che un pretesto perché impari a cucir loro vestitini e a tenerle come la mamma ha bisogno che tu faccia con i fratellini.

Clara di fratellini ne ha due, di otto e cinque anni. Il che significa che è messa peggio di Anita con Emilio. Anzi, Anita ancora ci ride fra sé, in verità, se ci ripensa: rivede sé stessa, a undici anni, lagnarsi con Clara perché il suo fratellino, nato quando ormai Mariele e Ottavio neanche ci speravano più, sta assorbendo tutte le attenzioni di mamma Mariele, che già non era una fata turchina prima, ora poi è proprio diventata Cerbero. Rivede Clara che la consola, le offre asilo a casa propria per fare i compiti insieme, e però un po' la prende anche in giro, «Aaah, senti che pace, *qui*!», e accosta una mano all'orecchio fingendo di ascoltare qualcosa, poi si ricompone: «Oh, no, mi pareva di udire il frignare di Emilio fin da casa tua, ma mi sbagliavo, c'è solo silenzio, *qui*». E Anita che le fa le boccacce e però ride, perché loro due han sempre giocato così, prendendosi in giro, alla faccia di chi dice che le bambine sono più morigerate e composte.

E poi un giorno, neanche un paio d'anni dopo, non ti arriva Clara a scuola con la faccia bianca e gli occhi fuori dalle orbite e non dice ad Anita con un filo di voce: «È finita. Sta arrivando Nereo»?

E Anita: «Nereo non è tuo nonno? Che hai contro tuo nonno?».

E Clara, abbrancandola per le spalle, lo sguardo da pazza

sconvolta: «Non è mio nonno. *Lo chiameranno* come mio nonno».

E Anita: «Ma i tuoi genitori sono *vecchi*!». Perché è vero, sono un po' più giovani di Mariele e Ottavio, ma la mamma di Clara di anni ne avrà, be', ormai già trentacinque o trentasei. Insomma, a trentacinque-trentasei anni una donna cosa si mette a far bambini?! E Clara le fa una faccia stravolta che significa: *anch'io la pensavo così, eppure.*

Eppure.

Mai abbassare la guardia.

Comunque, da quel giorno Clara escogita una sua linea di sopravvivenza: ed è lì, ricorda Anita, che il genio della sua amica comincia a mostrarsi in tutta la sua grandezza.

La strategia che Clara elabora è molto semplice: fingere, con i genitori, di dover studiare il doppio di quel che le serve. Che vuol dire non far sapere a nessuno, in casa, che per ottenere i suoi ottimi voti scolastici le basterebbe studiare la metà, starsene in camera propria o sul tavolo della cucina la metà del tempo e con la metà dei libri. Finché studia, nessuno la disturba; dopo, quando ha finito, come tutte le brave ragazzine deve aiutare la mamma con Nereo (a cui in capo a due anni si aggiunge Carlo – si vede che i genitori di Clara intanto ci han preso gusto), con i mestieri, con la cucina, con le commissioni; ma finché dice "sto studiando" sta facendo il suo dovere, è padrona del suo tempo, padrona di starsene con la testa china sui libri, e a quel punto però quali libri e quanto a lungo lo decide lei. Prende in prestito dalla biblioteca manuali di scienze e romanzi d'avventura e poi li legge aperti sulla scrivania, che non si veda la copertina, e con la faccia seria che non si capisca che non sta studiando davvero; fa attenzione a non sforare troppo coi tempi per non insospettire nessuno, e così, mezz'ora rubata dopo mezz'ora rubata, di nascosto ma alla luce del sole, Clara si fa una cultura.

E poi, c'è un'altra cosa. Clara, appunto, non è una bellezza, per dirla con un eufemismo. Anita di eufemismi ne userebbe, anche perché a lei alla fin fine Clara piace proprio, anche d'aspetto, affezionata com'è alla sua faccia sveglia, ai suoi occhi vivaci; ma è Clara stessa che non si fa scrupolo di dire di sé di essere brutta, e la cosa buffa è che lo dice con fierezza, quasi con gratitudine. Perché la bruttezza, in qualche modo, l'aiuta, la salva: visto che una ragazza così poco avvenente difficilmente si sposerà presto, i suoi accettano da subito l'idea che si renda utile quantomeno andando a lavorare, e così ecco che tutto quello studio, tutti quei votoni a scuola si giustificano, diventano necessari, e Clara ha un ulteriore pretesto per studiare, cioè finire bene la scuola prima e poi tenersi sempre aggiornata e portarsi avanti sul lavoro, dopo che il lavoro l'ha trovato davvero, in un batter d'occhio, ed è diventata segretaria dattilografa.

E così Clara studia.

Studia le cose di scuola e di lavoro, ma soprattutto studia quello che vuole lei. E diventa la Clara che Anita conosce: in sordina, senza farsi notare, diventa la ragazza di vent'anni più in gamba e intelligente che Anita riesca a immaginare.

E infatti, proprio mentre Anita sta pensando queste cose, quasi a confermargliele Clara pronuncia la domanda più intelligente di tutte.

«Chi ha messo incinta Gioia?»

Anita sbatte le palpebre, torna al presente. «Non lo so. Non l'ho chiesto», risponde. Ci pensa meglio. O santa Vergine con tutto il presepe. È *vero.* «Per la miseria... *non l'ho chiesto*!»

Come ha *potuto* non pensarci?!

Santa polenta abbrustolita. Ci voleva Clara, per farglielo notare!

«Aspetta, Clara, dove vuoi arrivare?» Candida si sporge verso le due ragazze corrugando la fronte. «Gioia era alla Casa della Madre e del Fanciullo da quando aveva scoperto di aspettare un bambino, e suo figlio adesso ha all'incirca un anno e mezzo. In tutto fanno più di due anni che si era allontanata dal suo ambiente d'origine. Tu pensi che il padre di Domenico si sia fatto vivo dopo tutto questo tempo?»

Clara alza le spalle. «Forse in condizioni normali non avrebbe senso, ma il bambino è andato in adozione a dei conti, la notizia è girata... Magari questo tizio ha pensato che

Gioia stesse ricavando dei soldi dalla faccenda e si è presentato a reclamare la sua parte.»

«Ma certo, è possibilissimo!» Anita emette una cosa a metà fra un'esclamazione e un ringhio di fastidio. Si preme la testa fra le ginocchia con le mani come se volesse arrotolarsi su sé stessa. (Può farlo perché non indossa più il cappellone a tesa larghissima, che giace abbandonato sul sedile davanti, accanto all'autista.) «Che stupida! Come ho fatto a non pensarci? Avrei dovuto *tempestare* Diana di domande a riguardo!» Tutta la schiera dei suoi detective preferiti, Race Williams, la Canaglia Fantasma, Jo Gar – l'investigatore di Manila –, Sam Spade del *Falco maltese*, e – onta delle onte – adesso pure l'imponente e accigliata Violet McDade, le stanno sfilando davanti a braccia conserte e scuotendo il capo in sincrono, carichi di disapprovazione professionale.

Candida scrolla la sigaretta fuori dal finestrino. «Ah, non ti crucciare troppo. In verità, dubito che Diana avrebbe potuto darti delle risposte soddisfacenti a riguardo. Gioia aveva i suoi stratagemmi per comunicare, ma non credo che sia riuscita a fare chissà quale articolato racconto alla sua amica, neanche volendo.»

«Povera ragazza, quante difficoltà», sospira Clara. Poi bussa sulla testa di Anita, che è ancora tutta ripiegata su di sé con le mani sulla nuca, come un involtino di vergogna. «Ehi, là sotto: ti ricordi per caso se nel quaderno di Gioia ci fosse qualche disegno speciale, qualche, non so, paesaggio, sequenza a fumetti, personaggio insolito...? Magari non potendosi spiegare a parole ha raccontato la sua storia a Diana attraverso le immagini.»

Anita scuote la testa, poi, siccome scuotere la testa è scomodo se hai la fronte sulle ginocchia, finalmente si raddrizza. «No, non c'era, l'avrei notato. E anche Diana, mentre sfogliavo le pagine, di sicuro l'avrebbe adocchiato e mi avrebbe spiegato cos'era.» Be', è una magra consolazione ma è pur sempre una consolazione. S'è scordata di fare una domanda fondamentale, ma probabilmente, tanto, non avrebbe avuto risposta. Non sa dire se sia un bene o un male.

Nel dubbio, Violet McDade continua a guardarla con una certa dose di rimbrotto.

Clara si gratta una guancia. «Be', non importa. La pista del padre del bambino resta plausibile. Bisognerebbe trovare il modo di seguirla.»

«Ci posso pensare io», dice Candida. «Andrò a scavare nei registri delle ammissioni all'ONMI... o nella memoria di qualche membro del comitato che era presente quando Gioia è stata esaminata. Oh, siamo arrivati.» La macchina si ferma davanti alla palazzina in cui vive la famiglia di Clara. Anita smonta per farla scendere. Si salutano sul marciapiede, poi Anita risale, la vettura riparte, e ora Candida sta guardando Anita in silenzio.

«Sì?» dice Anita, sentendosi osservata.

«Cos'era quella scena di poco fa?»

«Scena?»

Candida si prende tutto il tempo per aspirare una lunga boccata dalla sigaretta. «"*Oh mio Dio, non ho fatto una domanda fondamentale, come ho fatto a non pensarci*" eccetera eccetera. Per quanto io apprezzi che tu sia diventata una perfezionista che arriva addirittura a flagellarsi se commette un errore, tutta questa autocolpevolizzazione non è da te. Tu non sei *mai* stata così prima d'ora. Né quando andavi a scuola né dopo. Ammettilo. Non me la racconti giusta.»

«I-io?» Anita sente come se qualcuno le stesse versando del ghiaccio nell'apparato cardiocircolatorio. Non fosse tremendo, sarebbe persino piacevole, con l'afa che c'è.

Candida la sbircia attraverso il fumo di sigaretta, che per quanto i finestrini siano aperti ha invaso anche l'abitacolo. «Forza. Sputa il rospo. Com'è che ti interessa tanto la storia di Gioia?»

Anita sorride. Cerca di esporre fino all'ultimo molare. «Oh, non saprei. È normale. È una storia struggente, e lei mi fa tanta pena...»

Gli occhi di Candida si fanno due fessure. Fra una trentina d'anni il mondo conoscerà Clint Eastwood, e Clint Eastwood avrà lo sguardo di una professoressa torinese di dattilografia.

«*Anita Bo.* A tutte noi – Clara, Diana, me – interessa scoprire la verità su questa faccenda, ma tu sei l'unica che si sta comportando come fosse questione di vita o di morte.»

«Tecnicamente, *è* questione di vita o di mor...»

«Hai capito cosa voglio dire.»

E va bene. Santa polenta fritta, a Candida non si può nascondere niente. Se non fosse che Anita *deve* nasconderle quello che sta macchinando davvero. È un discorso che ha fatto già mille volte dentro di sé: quello che lei e Sebastiano hanno in ballo è troppo pericoloso. Denunciare crimini di notabili e gerarchi con la sottile copertura di finti racconti americani: roba che può farti finire in gattabuia – nel migliore dei casi. Candida, poi, già rischia grosso di suo, fra gli atteggiamenti antifascisti, le frasi di troppo che ogni tanto si fa scappare, e poi quella faccenda dei libri proibiti che nasconde in casa e fa leggere alle sue ragazze. Anita non può coinvolgerla in altre attività illegali – ma chiamiamole pure con il loro nome: in veri e propri crimini. E una delle lezioni più significative che i detective di «Saturnalia» le hanno inculcato è questa: *chi non sa, non è costretto a mentire.*

Anita vorrebbe, oh, quanto vorrebbe poter coinvolgere Candida e anche Clara, per averne consiglio e sostegno.

Ma ha già deciso che non può. Per il loro bene.

Così Anita sospira. C'è un'altra lezione che ha imparato, dai suoi amati giallisti e detective. Quando si mente, è meglio che la bugia sia il più possibile vicina alla verità, per ridurre al minimo le contraddizioni. Dunque molla il sorriso, china la testa come se fosse imbarazzata, e, appunto, sospira.

«E va bene. Mi prometti che non mi giudicherai? Temo di stare cercando di fare bella impressione sul mio capo. Satta Ascona, intendo, mica quel *bunèt* di brillantina di Muzio Monné. Satta Ascona è rimasto colpito quanto me dalla storia di Gioia, perché era al galà dei conti Pazzaglia quando c'è stato il ritrovamento del corpo e l'intera faccenda l'ha lasciato scosso. Oltretutto, è un esperto di gialli, quindi è tutto interessato al delitto anche per... deformazione professionale – è così che si dice, vero?» Candida annuisce appena. Anita alza le spalle. «Indagare sulla morte della povera Gioia mi sembra doveroso per renderle giustizia, come a voi, ma ho paura che una parte di me sia ansiosa di giocare all'investigatrice anche perché so che, se avessi le intuizioni giuste, Satta Ascona ne rimarrebbe colpito.»

Candida aspira di nuovo dalla sigaretta. Anita la osserva.

«Di' qualcosa, ti prego», geme.

Finalmente, Candida scuote la testa. «Santo cielo, io non ti giudico, benedetta ragazza. Però...»

«...trovi ignobile che io sia fidanzata con Corrado ma voglia far colpo su Satta Ascona, vero?» E mentre lo dice riesce a imprimere alla propria voce un tono sconfortato molto convincente. Visto che dopotutto quello che ha detto corrisponde all'esatta verità: è fidanzata con un tizio e sta comportandosi in un certo modo per un altro, e non è che ne vada fiera.

Sbuffando un ciuffo di fumo, Candida sorride. «Oh, no, ci sono cose ben più ignobili, a questo mondo, di una ragazza che si sente divisa fra due uomini. È una situazione molto comune, sta' tranquilla. È solo che...» Abbassa la voce. «Insomma, da una parte Corrado Leone, il rampollo d'oro della crema cittadina, dall'altra Sebastiano Satta Ascona, che scrive quelle terribili storie sul commissario Bonomo... Santa creatura, per forza tutti così fascisti ti devono piacere?!»

12.
PRANZO DI FERRAGOSTO

In verità, c'è una spiegazione semplice per il fatto che Anita si sia scordata del ferragosto.

Si chiama "rimozione": il meccanismo, codificato dall'ormai affermata scienza della psicanalisi, per il quale la tua coscienza cerca di scordarsi degli eventi traumatici.

Funziona anche se ovviamente Anita non ha idea di chi sia il dottor Sigmund Freud.

Comunque: l'improvvisa consapevolezza del fatto che è ferragosto la travolge come un tiro a quattro senza cocchiere, sin dalle prime luci dell'alba del giorno in questione.

«Giù da quel letto!» è il buongiorno di Mariele, che le irrompe in camera come un unno. «Dai, che devi fare la lingua in salsa brusca. E io non posso starti dietro perché devo lavorare la polpa di manzo per il secondo.» Su "polpa" ha già girato le vaste terga e infilato il corridoio.

Anita si stropiccia gli occhi, gemendo.

La giornata è appena cominciata e già fa schifo. E non fa ancora tutto lo schifo che farà fra poco.

Anita sospira. Se il problema fosse solo Mariele, la saprebbe gestire. Sono due decenni che ha a che fare con i modi di sua madre. Solo che oggi Mariele è un problema secondario, un problema di sponda, innescato da un altro problema maggiore, tipo effetto domino. L'altro problema, quello principale, è che a pranzo vengono i Leone.

Mariele ha pensato bene di invitare al pranzo di ferragosto Corrado e i suoi genitori, i futuri suoceri di Anita.

«Muoviti, che la lingua non si bollirà da sola!» grida Mariele dall'altro capo dell'appartamento.

Anita cerca a tastoni i suoi vestiti sulla sedia della toeletta. Pensare che a lei la lingua fa pure ribrezzo, viscida com'è.

A mezzogiorno, la catarsi è compiuta. Nell'appartamento del primo piano è avvenuto un miracolo: Mariele, la matrona imperiosa dai modi ancora più ruvidi dei suoi gomiti, si è trasfigurata in Petronilla.

O perlomeno la sta canalizzando, come quelle medium che a un certo punto si mettono a parlare con la voce di baritono del morto, e anche se, particolare più importante di tutti (sicuramente per Petronilla), Petronilla non è morta per niente. Fatto sta che Mariele sfreccia per la cucina (fra parentesi: che un mastodonte come Mariele faccia una cosa come sfrecciare è già parte del miracolo) recitando ad alta voce pezzi delle ricette che ha ritagliato dalla «Domenica del Corriere». Anzi: con il mestolo in una mano e uno stralcio di giornale nell'altra, Mariele un po' legge ad alta voce per verificare a che punto della ricetta è arrivata, un po' finisce le frasi da sola perché ormai la ricetta la sa a memoria.

«Salsa di lepre», proclama, concitata. «Un etto di fegato di vitello tritato. Versare nella casseruola della polpa di manzo un quarto d'ora prima di toglierla dal fuoco...» E va a curiosare a che punto sia la cottura della polpa di manzo, incidentalmente – è il caso di dirlo – scansando con un colpo d'anca Anita che nel frattempo ha finito di fare la schifosa lingua in salsa brusca e sta portando le stoviglie in tavola.

«Io devo ancora capire come si faccia a fare della *salsa di lepre* senza lepre», borbotta Ottavio, seduto in un angolo a leggere «La Stampa». Ha l'aria di uno che la lepre vera almeno per una volta se la mangerebbe proprio volentieri.

«Vedi che non capisci niente?» Mariele brandisce il mestolo. «È proprio questa la grandezza di Petronilla: ti spiega come fare pranzi da re senza buttare i soldi. Cosa credi, che nella crema gialla che serviremo a fine pranzo ci siano forse delle uova?»

Ottavio strabuzza gli occhi.

Con che cavolo la fai, la crema gialla, se non con le uova?

«Ma sia ben chiaro.» Mariele si gira a guardarlo bene in

faccia, il mestolo sempre in pugno come uno scettro unto. Passa su Ottavio e Anita uno sguardo feroce, lo sguardo di chi è pronto a tutto. Ottavio la sbircia perplesso da sopra il bordo del giornale, Anita da sopra la pila dei piatti del servizio buono. «*Guai a voi* se vi lascerete sfuggire una sola parola con i Leone. *Loro* devono credere che la lepre sia lepre e le uova uova e così via. Noi non siamo mica poveri, no che non lo siamo!, ma resta il fatto che i soldi non ci possiamo permettere di sperperarli comunque. Ebbene: agli occhi dei Leone – aprite bene le orecchie – dobbiamo apparire come una famiglia *più* che abbiente. Dobbiamo sembrare al loro stesso livello sociale. Ci siamo capiti?»

Anita alza gli occhi al cielo. «Mamma, tanto Corrado mi sposa lo stesso», sbuffa.

«*Non si sa mai!*» esclama Mariele.

Anita va a depositare il vasellame sul tavolo della sala da pranzo. «È bello sentirsi circondati da tanta fiducia», commenta dall'altra stanza.

In capo a un'ora la pantomima è ufficialmente iniziata, il sipario è su, gli attori in scena.

La tavola è sontuosa, perlomeno per gli standard di casa Bo che normalmente, quando non ci sono ospiti, trabocca di carte della tabaccheria e di odore di cavolo bollito. Oggi è stata aperta la piccola sala da pranzo che Mariele tiene sempre chiusa a chiave, la tavola è stata apparecchiata da Anita che, bisogna dirlo, in famiglia è la persona con maggiore gusto estetico, Emilio è stato fatto mangiare prima e ora è in camera sua, a giocare col meccano, come tutti i bambini durante i pranzi dei grandi (verrà forse richiamato al momento del dolce per recitare una poesia), e i Leone sono stati piazzati tutti a sedere a nord-ovest, ossia nel lato più fresco.

«Questo manzo in salsa di lepre è eccellente», dice composta Cleofe Leone.

Cleofe Bortotti maritata Leone ha in testa il cappellino, con la veletta sollevata. Una signora elegante come la moglie del proprietario degli Alimentari Leone non può rinunciare al cappellino neanche ad agosto. E a tavola le signore eleganti il cappellino mica se lo levano, perché l'impalcatura di forcine è tale che col piffero che riuscirebbero a ricrearla al momento di uscire di nuovo. È legge che la signora che esce col cappellino rientri col cappellino, qualsiasi cosa faccia nel frattempo: una passeggiata, andare a pranzo da ospiti, persino incontrare un amante.

«Grazie», si illumina Mariele. «Ma lasciate un po' di posto, mi raccomando, perché prima del dessert abbiamo ancora una cosina: della lingua in salsa brusca», proclama tutta fiera.

«Oh, della lingua, che chicca!» Cleofe si porta una mano al petto, come se la lingua l'avesse emozionata.

Anita la sbircia. La sua futura suocera sembra una ex diva del muto riconvertita all'economia domestica. Ha sentito dire che gli uomini cercano nella moglie la loro madre. Quindi lei in teoria potrebbe avere qualcosa in comune con Cleofe Bortotti? Santa polenta taragna.

«E pensare che la lingua è considerata uno scarto della lavorazione della carne», continua Cleofe, tutta trillante. «Dal macellaio non la mettono neanche nel listino dei prezzi. Eppure oggigiorno se viene cucinata in un certo modo la consideriamo una squisitezza originale. Non è buffo?»

Anita vede Mariele annuire, ma perplessa, come se cercasse di capire se da qualche parte là in mezzo non ci fosse una frecciata.

Conoscendo Cleofe, probabilmente c'era.

Anita ritira i piatti e va a prendere il vassoio della lingua.

«Come si presenta bene», cinguetta Cleofe. E di nuovo, alla periferia visiva di Anita, Mariele fa un sorriso di facciata, ma aggrotta la fronte. Perché hai visto mai che Cleofe volesse intendere che, se una cosa si presenta bene, significa che è stata fatta sembrare meglio di quanto non sia in realtà?

Conoscendo Cleofe, probabilmente voleva.

Anita pensa che solo a star dietro a queste tacite strategie è già spossata come un soldato in marcia, e non sono neanche al dessert.

Per fortuna Angelo, il padre di Corrado, accoglie la propria porzione di lingua con un bel sorriso soddisfatto. Angelo è così: un pratico commerciante senza grilli per la testa. Un po' come Ottavio, ma con quel pelo sullo stomaco che Ottavio, invece, si è dovuto procurare in serbatoio esterno, sarebbe a dire sposandosi Mariele. «L'hai cucinata tu questa? Bella e brava», dice Angelo ad Anita. Perché Angelo stravede per Anita, naturalmente. Come tutti gli uomini.

Corrado le accarezza veloce veloce il polso mentre lei serve anche lui. «Certo che è bella e brava, è la migliore fidanzata che potessi trovarmi.» Il primo, istintivo pensiero di Anita è che, detta così, sembra che Corrado un giorno sia andato a funghi e lei fosse il miglior porcino del bosco, lì in attesa di esser colta senza nulla di meglio da fare. Poi si accorge che Corrado ha negli occhi uno sfavillio di vero orgoglio, così lascia perdere. Che gli vuoi dire. È sempre in buona fede, bisogna riconoscerglielo. Si scambiano un sorriso.

«Le paste per dopo le abbiamo portate noi», esclama Cleofe. «E anche il caffè.»

«Anche il caffè? Ma non dovevate», protesta Mariele facendo uscire il fiato dalle fessure fra i denti. «Abbiamo della crema gialla e per l'occasione abbiamo preso anche del Santos.» Sarà un'impressione di Anita, ma nel dirlo Mariele alza il mento in segno di sfida. Il Santos è una delle tre marche di caffè vero, non surrogato, che si trovano in giro. La più economica, ma pur sempre caffè-caffè.

«Oh, ma non datevi disturbo!» Cleofe sventaglia la manina candida. «Non sprecatelo, che lo sappiamo che il caffè-caffè è un lusso, di questi tempi. Insisto perché usiamo il nostro... Oltretutto è Santo Domingo.» E tanti saluti al mento alto di Mariele, perché il Santo Domingo è il marchio più pregiato, quello che costa ben cinquanta centesimi in più del Santos. «D'altro canto non si tiene un negozio di alimentari se non se ne può trarre ogni tanto qualche piccola gratificazione», aggiunge Cleofe con una risatina vezzosa.

Anita chiude gli occhi per una frazione di secondo. "Sì", pensa. "L'abbiamo capito che possedete un affermatissimo negozio di alimentari. L'abbiamo capito che dobbiamo esservi grati perché vostra nuora nella vostra famiglia capiterà molto bene."

Poi di colpo apre gli occhi e sogghigna.

Lo sa, lo sa che non dovrebbe farlo.

Però...

«In ogni caso, se nel frattempo voleste ripulirvi la bocca per prepararla al dolce e al caffè, abbiamo anche queste», dice. E allunga una mano sulla credenza, per depositare sulla tavola una latta di Pastiglie Leone.

Cleofe si fa di legno, anche se dice: «Grazie, che bella idea, sono così rinfrescanti». E anche Mariele fa una faccia strana. Mezza di rimprovero verso Anita, ma mezza, be', mezza *no*. Poi si alza per andare in cucina a prendere qualcosa di imprecisato, e Anita ci scommetterebbe che sua madre si sia allontanata solo per non farsi vedere sghignazzare.

13.
NON LE FARÀ PIACERE

La mattina del 15 agosto, più o meno mentre Anita sta sistemando le porzioni di lingua sul vassoio di portata facendo del suo meglio per non lasciarsi scappare dei versi di disgusto in presenza di Mariele, Sebastiano si sta pettinando allo specchio di casa propria. Una passata della mano all'indietro, sopra l'orecchio, poi un'altra passata del pettinino di corno. Poi altra passata della mano, poi di nuovo del pettinino di corno. Guardata generale. Altra passata – mano, pettinino. Tentazione di usare della brillantina. Improvvisa visione della testa gelatinosa di Muzio Monné, smorfia di disgusto (lui che può) e infine abbandono rumoroso del pettine nella bacinella sotto lo specchio. «Al diavolo», si sorprende a dire ad alta voce. Nulla giustifica tutta questa agitazione, lo sa anche lui. Nemmeno il fatto che sia invitato a pranzo dalla famiglia di Mavi.

Che poi, per la miseria santissima vestita di stracci. Ci sarà stato duemila volte, a casa dei genitori di Mavi. Sauro Bonatti, il suo futuro suocero, nonché fiduciario rionale del fascio, non è certo uno sconosciuto sul quale debba fare bella impressione: già mille volte Sebastiano ha preso il caffè alla sua tavola o nelle scomodissime (ma tanto alla moda) poltroncine di velluto del suo salottino, mille volte ha persino diviso il palco con lui in occasione di qualche manifestazione pubblica, ognuno col proprio bravo discorso da recitare. Di che diavolo ha paura? Perché, ammettiamolo: è paura, quella che prova stamattina, non semplice fastidio. Potrebbe *essere semplice fastidio.* Potrebbe *fingere di provare solo il disappunto di dover interrompere l'investigazione che sta conducendo con Anita a causa di quello stupido, inutile giorno di stallo, che gli toccherà sprecare in un pranzo eterno con un suocero panzone e superfascista. Ma non lo è. Cioè, è* anche *quel disappunto lì, indubbiamente, ma mica* solo, *e neanche* soprattutto. *Sì, chiamiamo le cose con il loro nome: quella di Sebastiano non è disappunto, fastidio, banale agitazione, è proprio paura. Ma perché? Cos'è che proprio oggi, all'improvviso, lo rende così nervoso?*

Che domande.

Sebastiano si siede sul bordo del proprio letto e sbuffa come un mantice.

Lo sa benissimo, cos'è che lo innervosisce. È che ogni volta che si presenta a casa di Bonatti sembra portarsi dietro qualche segreto in più. E, segreto dopo segreto, finisce che il fardello è ingombrante, e pesa.

Prima, c'è stato il fatto di essere antifascista e di stare indossando i panni dello scrittore di regime solo per copertura, per proteggere suo padre e per sdoganare in Italia gli amati gialli americani.

*Poi, da un mesetto, a questo si è aggiunto l'*altro *fatto di stare* attivamente *operando contro il regime, di stare infilando di nascosto su «Saturnalia», fra le suddette storie americane, anche delle storie* finto-*americane, che denunciano i soprusi perpetrati dagli stessi amici di Bonatti contro i cittadini di Torino. L'invenzione di John Dorcas Smith.*

E ora, il terzo segreto, il più scottante (come a Fátima, si dice, e gli viene quasi da sorridere): la consapevolezza di avere la testa sempre più spesso occupata da una donna che non è la sua fidanzata, ossia che non è la figlia dell'uomo alla cui tavola sta per sedersi.

Basta. Ba-sta. Bastabastabasta.

Pazzesco come la mente umana si incaponisca a pensare proprio alla cosa alla quale le comandi di non pensare. "Non pensare a un elefante", e di colpo tutto è grigio e rugoso e ha una proboscide. "Non pensare al fatto che pensi troppo ad Anita", e di colpo tutto è curvilineo e avventuroso e ironico e ha una bella risata sfacciata e i boccoli neri.

Sebastiano si passa distrattamente una mano fra i capelli, guastando tutto l'accurato lavoro mano-pettine compiuto fino a quel momento, ma chissenefrega. Deve riprendere il controllo di sé. La sua mente razionale sa benissimo che non può permettersi dei passi falsi, che deve mantenere la copertura. Ha troppo da perdere, e da far perdere. A suo padre, ma anche ad Anita stessa. Se rischiasse di rovinare solo sé stesso sarebbe un conto, ma così proprio no. E bisogna che se lo ricordi bene, perché a volte il senso di colpa che prova verso

Mavi – la dolce, incolpevole, oggettivamente incantevole Mavi – lo fa stare così da schifo da fargli quasi venire voglia di mandare tutto all'aria per il puro gusto di mettersi nei guai e così, in qualche modo, espiare.

Non può.

La copertura, si dice. La Canaglia Fantasma non gli ha insegnato niente? La copertura è tutto. La copertura protegge te e protegge le persone a cui tieni.

Recupera il pettinino dalla bacinella. Passata uno, passata due. Ultimo ritocchino e uscirà di casa.

Un'oretta dopo, mentre a qualche isolato di distanza Anita sta servendo la lingua al suo futuro marito e ai suoi futuri suoceri, Sebastiano sta osservando la mano guantata della cameriera depositargli davanti il secondo.

«Filetto? Non avrete esagerato?» dice. Sarà un intellettuale, ma che il filetto faccia diciassette lire al chilo lo sa anche lui. «Voglio dire, se per un semplice ferragosto servite filetto, al... al nostro matrimonio cosa dovremo aspettarci?» Poi sorride serrando i denti. Fortunatamente nessuno li sente scricchiolare, perché la risata tonante di Sauro Bonatti copre ogni altro rumore, probabilmente nell'intero isolato.

«Che sagoma il nostro scrittore!» esclama Bonatti. Peraltro, ha già un boccone di filetto grosso come metà della sua faccia infilzato sulla forchetta. Non sembra farsene un problema. «Ma, dico io, una volta tanto ci si potrà pure trattar bene, no?» Mastica. «E poi», aggiunge a bocca piena, i baffi leggermente tinti di sugo, «il vostro matrimonio sarà fuori scala. Sarà il matrimonio del secolo, un evento da ricordare.»

«Oh, papà, ti prego.» Mavi scuote la testa. «Non fare sempre come se tutto fosse politica. Lo sai che io voglio un matrimonio bello, sì, ma sobrio, una cosa fine. A me interessa soprattutto passare una bella giornata di festa con le persone che amo.»

Sebastiano fa per scambiare con lei un'occhiata grata, ma la voce di Bonatti si intromette di nuovo. «Tu sei una principessa e avrai un matrimonio da principessa! E poi non vedo dove stia il problema. Si può essere circondati dalle persone a cui si vuol bene e anche *offrire loro la festa del secolo. O no?»*

Mavi sospira ma getta uno sguardo benevolo al padre.

«E comunque, vi piace il filetto?» Questa è la moglie di Sauro Bonatti, rivolta a Sebastiano. Fanny Bonatti è una mezza francese bionda e diafana come sua figlia. Ogni volta che la guarda, Sebastiano non può fare a meno di pensare ai piselli di Mendel. Se i cromosomi non sono un'opinione e lo scienziato fratacchione ci ha azzeccato, come abbia fatto Mavi a prendere così tanto dalla madre e così poco, o meglio niente, da quella grancassa baffuta del padre, è un vero mistero genetico.

(Anche che Anita e il suo fratellino Emilio siano così snelli e graziosi e i loro genitori così massicci è un analogo mistero, in effetti.)

*(*Baaaa-sta.*)*

«Ottimo, grazie», risponde Sebastiano.

«Si sente che è vero filetto», annuisce Fanny. «Qualsiasi cosa ne dica quella massaia, come si chiama... quella che ogni settimana sul giornale illude le signore italiane che si possono fare le nozze con i fichi secchi – tanto per stare in tema di matrimoni.»

Sebastiano fa un mezzo sorriso. «Petronilla? In verità è tutt'altro che una massaia.» Sa che c'è una possibilità che quello che sta per dire irriti Fanny, ma non riesce a trattenersi. «È una delle pochissime donne italiane laureate in medicina. Petronilla è uno pseudonimo, e non è neanche l'unico che ha: con quello di "dottor Amal", tiene anche quell'altra rubrica in cui fa il medico che risponde ai quesiti dei lettori in materia di salute.»

«Il dottor Amal è una donna*?» esclama Mavi. «Ma è incredibile!» Non sembra neanche scandalizzata, solo entusiasta.*

«Una donna laureata in medicina! E la fanno pure scrivere sui giornali! Dove andremo a finire.» Questa invece è Fanny, e lei, sì, è scandalizzata, mentre Bonatti, dal canto suo, scuote la testa in sincrono con lei.

Sebastiano li osserva. "Chi si somiglia si piglia", pensa. E quando Mavi ribadisce spavalda: «Be', a me questa Petronilla sta simpatica», un po' la stima, un po' si sente più verme ingrato che mai.

*Il filetto finisce, e così anche il dessert (*bignole *ripiene di crema. Vera, con le uova e tutto).*

«Trasferiamoci sul terrazzino a prendere il caffè», propone Bonatti. Il tono è più quello di un ordine. Deformazione professionale.

«Posso consentire alle belve di uscire dalla gabbia?» chiede Mavi.

Così come, a qualche isolato di distanza, Emilio è stato relegato in camera sua, anche le sorelline e i fratellini di Mavi hanno dovuto starsene tappati nelle loro camerette per tutta la durata del pranzo dei grandi, per non recar disturbo.

«Mandali in cucina a prendere una bignola *a testa, non di più», sospira Fanny, sventagliandosi con le mani. Sottobraccio al marito, fa strada a Sebastiano verso il salotto e da lì alla porta finestra.*

Sebastiano nota con orrore che sul tavolino del piccolo terrazzo, infilato in un mucchietto di giornali passati, giace anche il numero di luglio di «Saturnalia». Quello che contiene il primo racconto di John Dorcas Smith.

Sebastiano sa già che Bonatti compra «Saturnalia», perché sa che legge con avidità le storie del commissario Bonomo. Quello che gli mette fifa è la prospettiva che, annoiandosi dopo aver finito Bonomo e sfogliato tutti gli altri giornali, il suo futuro suocero possa farsi venire il malsano desiderio di leggere anche gli altri *racconti di «Saturnalia», in particolare quello lì, quello di J.D. Smith. E scoprirci quello che non deve. Ossia che presenta un po' troppe analogie con la cronaca torinese. Santa miseria, lui e Anita l'hanno fatta franca per un mese, non possono mica essere smascherati dalle autorità proprio adesso.*

«Ecco i caffè», annuncia Fanny, mentre la cameriera arriva col vassoio.

Sebastiano coglie l'attimo: in apparenza per consentire alla ragazza di poggiare il vassoio sul tavolino, prontissimo, con una sola plastica bracciata requisisce l'intero mucchio dei giornali. In quell'attimo in cui ce li ha tutti sotto il mento l'intenso, tipico odore di petrolio della carta stampata quasi lo fa tossire. Con finta noncuranza, deposita la pigna di carta sul davanzale della finestra del salotto. Nel mentre, come per magia, «Saturnalia», da sopra la pila, finisce in mezzo agli altri quotidiani e riviste, lontano dagli occhi.

Sebastiano si dice che, dovesse mai andargli male con la letteratura, potrebbe tentare una carriera da prestigiatore.

E meno male: un istante dopo Bonatti, lasciandosi cadere con un sospiro contro lo schienale della sedia, come se provenisse non da un pranzo di sei portate ma da un turno in miniera, afferra distrattamente il primo giornale sopra il mucchio, solo per l'abitudine di sorseggiare il caffè sfogliando qualcosa.

Sebastiano sta ancora dicendosi soprappensiero che deve trovare il modo di portare proprio via il vecchio numero di «Saturnalia» dalla casa dei futuri suoceri, quando Bonatti lo chiama.

«Di dove avete detto che è, la vostra famiglia?» dice.

Sebastiano si scuote.

Cosa c'entra adesso la sua famiglia?

Bonatti solleva gli occhi dal giornale. «Non mi spiegavate, una volta, che da bambino vivevate in uno di quei paesi di montagna al confine fra Liguria e Piemonte, dalle parti del lago di Ortiglieto?»

«Sì», annuisce Sebastiano, che in effetti l'ha fatto. «La mia casa d'infanzia è in un paese che si chiama Rossiglione, che è proprio lì, al confine con la provincia di Alessandria.»

«Allora mi sa che non avete ancora letto questo.» Bonatti gli porge il giornale, piegato a mostrare un articolo. «Vi avverto: non vi farà piacere.»

14.
LA DIGA DI ORTIGLIETO

Quando giovedì 15 agosto si trasforma nella mattina di venerdì 16, ad Anita quasi non par vero. Va al lavoro con le ali ai piedi, ansiosa di tornare alla faccenda di Gioia, all'investigazione, al caso, a Sebastiano a cui raccontare della conversazione con Diana, e soprattutto ansiosa di uscire da casa Bo nella quale, nonostante la notte di mezzo e le finestre spalancate, continua ad aleggiare un vago odore di lingua bollita. (Misto – sarà la suggestione – all'acqua di colonia di *madama* Cleofe Leone.)

Arrivata in San Donato, si slancia verso il portone della palazzina della casa editrice con l'intenzione di correre dentro e precipitarsi nello studio di Sebastiano, ove Sebastiano di sicuro la starà già aspettando ansioso quanto lei di riprendere le fila dell'indagine. E quello è il momento in cui, a differenza di quanto si è immaginata, il portone reagisce all'impatto con il suo corpo rimanendo ostentatamente, inequivocabilmente, *sorprendentemente* chiuso.

Sarebbe a dire, Anita si spiaccica con mani, torace e faccia contro il portone *chiuso* della palazzina.

Con un gemito più di disappunto che di dolore, si massaggia la fronte. Ci manca solo che le spunti un bernoccolo. Si guarda intorno di sottecchi per controllare che nessuno abbia assistito allo spettacolo. Che figura. Non è stata una scena confacente a una fanciulla carina e aggraziata. Per fortuna sembra che nessun passante si stia rotolando sul marciapiede dalle risa, così Anita sospira e decide che la sua dignità è salva. Non che sia la prima delle sue preoccupazioni, comunque: mentre cerca le chiavi di scorta dietro alla fioriera accanto al portone, un solo e preciso pensiero inizia a martellarle in testa.

Perché diavolo Sebastiano non è già arrivato in ufficio?

Magari ha dormito più del solito, si risponde da sola. Magari ieri sera ha fatto bagordi con Julian (evita accuratamente di pensare "con Mavi") e di conseguenza stamattina non si è svegliato all'alba come suo solito. Non sta scritto da nessuna parte che Sebastiano debba per forza svegliarsi all'alba, dopotutto. Non è che solo perché è un mese e mezzo che lo fa debba farlo anche stamattina. Oppure magari ha pensato di poter entrare più tardi perché, a differenza di Anita, sa per certo che oggi Muzio Monné non verrà in redazione, il che potrebbe essere fantastico. Nel frattempo, comunque, Anita apre il portone, entra e inizia a compiere tutte le operazioni che di solito esegue ogni mattina il primo che arriva, come spalancare tutte le finestre per arieggiare le stanze, innaffiare le piante nel vestibolo e così via.

Poi si siede davanti alla Olivetti e aspetta.

Aspetta.

E aspetta.

Sebastiano non si fa vivo.

Nemmeno Monné, per la verità, il che le va anche bene.

Ma nemmeno Sebastiano.

Dopo venti minuti decide che la cosa la indispettisce. Insomma, Monné non c'è e Sebastiano non ne approfitta per correre lì e passare del tempo da solo con lei? L'idea che lui debba accorrere perché bramoso di un po' di solitudine con lei è talmente audace e presuntuosa che, prima ancora di avere finito di formularla, Anita arrossisce e si mette a tacere da sola. Come quando ti dai una sberla sulle mani o su una guancia: è come se Anita si autoschiaffeggiasse il cervello. Fa male *psicologicamente*.

Dopo altri venti minuti è dubbiosa. Che Monné abbia *davvero* detto a un certo punto nei giorni precedenti che il venerdì sarebbero rimasti chiusi per fare il ponte-ferie, e lei se lo sia perso o dimenticato? Nel qual caso potrebbe star lì anche tutto il giorno ad aspettare come un'imbecille che qualcuno si presenti. Oh, be': Anita decide che, se entro un'ora non si sarà fatto vivo nessuno dei suoi due capi, se ne andrà, chiuderà il portone e nessuno saprà mai che è stata lì. Le seccherà soltanto essersi alzata presto, ma il suo segreto sarà salvo.

Dopo altri cinque minuti anche questo pensiero si è rimescolato e riplasmato. Anita si rende conto che a casa sua tutti pensano che sia al lavoro, ma, se dovesse risultare chiaro che i suoi due capi stanno facendo ferie, lei potrebbe avere davanti una giornata completamente libera, sia dal lavoro sia dalla sua famiglia. Potrebbe andare a trovare Candida o a fare un giro al mercato o sul Lungo Po o tornare da Diana o fare una lunga passeggiata fino alla villa dei conti per levarsi la curiosità di vederla coi suoi occhi e...

Il portone si apre cigolando.

Anita salta sulla sedia. *Fa' che sia Sebastiano,* si dice. Perché a questo punto, imprevedibile per imprevedibile, c'è anche la possibilità che Sebastiano non si presenti ma Monné sì, e allora sarebbero lei e Monné da soli tutto il giorno, e sai che bello schifo di scherzo del destino.

È Sebastiano.

Grazie al cielo.

Solo che ha qualcosa di molto diverso dal Sebastiano di trentasei ore prima.

«Buongiorno!» esclama Anita, un po' sollevata, un po' felice, un po' perplessa. «Va tutto bene? È strano vederla arrivare a quest'ora...»

Sebastiano sembra pensarci su, prima di annuire. Fa un mezzo sorriso, ma uno di quelli che significano che non ha in verità un accidente da sorridere. Anita si sente autorizzata a corrugare la fronte e scrutarlo apertamente.

Sebastiano si siede al proprio lato della scrivania, di fronte a lei, e appoggia una cosa fra sé e la Olivetti. Un giornale.

«Ha poi parlato con l'amica della ragazza assassinata, l'altroieri?» chiede con voce stanca. Stanca: anche se è appena arrivato.

«Sì», dice Anita. Indica il giornale. «Cos'è quello?»

«E non mi vuole raccontare cosa le ha detto?»

«Dopo. Cos'è quello?»

«Conoscendola, immagino che non sarà tornata dal colloquio a mani vuote...»

«Infatti ho un sacco di cose da riferirle – *dopo.* Mi vuole dire o no cos'è quello?»

Sebastiano sospira. Ad Anita spiace, ma, ehi. Ormai Sebastiano dovrebbe conoscerla. Non avrà mica pensato di poter schivare la sua domanda, santa polenta al sugo.

Infatti Sebastiano le allunga il giornale, con l'aria rassegnata di uno che quantomeno ci ha provato. «Prima pagina, in basso», dice. «Poi prosegue a pagina tre.»

Anita lo guarda, poi guarda il giornale. Ora che ci fa caso, le occhiaie di Sebastiano e la carta del quotidiano hanno più o meno lo stesso colore. Prende il giornale, lotta un po' con le pagine per dispiegarle per bene, poi cerca l'articolo che ha detto lui.

«È crollata una diga nell'alessandrino?» dice. «Lago artificiale di Ortiglieto... Più di sessanta morti, forse molti di più. Oh mio Dio, è terribile.» E lo pensa, perché lo trova sul serio terribile; solo che non capisce. «Voglio dire... è terribile, certo, ma lei me lo sta facendo leggere, uhm, *perché*?» Quello che vorrebbe intendere, a essere sinceri, è: "Me lo sta facendo leggere *con quella faccia così sconvolta,* perché?". Ma ovviamente non è che possa esprimersi così. È pur sempre il suo capo. Mica può fargli notare che ha l'aria e il colorito di un fantasma, anzi, di un fantasma finito per sbaglio con gli altri lenzuoli sotto il torchio di una lavandaia. «Aspetti: c'entra con la nostra investigazione?» Oh, ecco. Questa potrebbe essere una spiegazione. «C'era qualcuno che ci interessava, lì? Il conte in gita turistica? Il conte è morto nell'inondazione? Ma no, lei non sarebbe così dispiaciuto... magari indispettito, perché se il conte fosse crepato noi non potremmo fargliela pagare... Uh, mi scusi.» Ogni tanto si scorda di controllarsi e si esprime un po' troppo come Race Williams.

Tuttavia, Sebastiano si limita a scuotere la testa. Ci aggiunge giusto un mezzo sorriso amaro che significa – Anita lo capisce subito – che lei è fuori strada.

E poi dice: «Quelle sono le zone di mio padre».

Ah.

Ah.

Anita si irrigidisce.

Eh sì, che era fuori strada. Era fuori strada eccome.

«Suo pa... Sta dicendo che suo padre è fra le vittime dell'incidente?»

«Mio padre vive ufficialmente ancora a Rossiglione», dice Sebastiano, «ma bazzica Ovada, Capriata, e anche Molare. Che è l'epicentro del disastro.»

Anita non lo sa, ma le sue mani ora stanno stritolando i bordi del giornale. «Ha provato a rintracciarlo? Magari attraverso conoscenze comuni? Non ha avuto nessuna notizia? Forse è ancora presto...»

Sebastiano indica il giornale. «La diga è crollata il tredici agosto. Io l'ho scoperto solo ieri, per puro caso, su un giornale del giorno quattordici. Non appena ho letto la notizia, ho piantato in asso tutto e sono corso qui, per attaccarmi al telefono. Prima ho cercato di rintracciare i numeri della zona dell'incidente: l'ufficio postale, l'ospedale di riferimento, l'osteria del paese... Bonatti mi ha anche dato quelli delle Case del Fascio della zona. Niente: o erano irraggiungibili, non so se per l'alluvione o per il ferragosto, o non sapevano darmi informazioni precise su uno specifico disperso. Così non mi è rimasto che sperare che fosse mio padre a cercare di mettersi in contatto con me. Ma mio padre mi avrebbe già fatto avere sue notizie, dal tredici a oggi. Sa dove abito, dove lavoro. Avrebbe potuto mandarmi una lettera, un biglietto postale, trovare qualcuno che gli facesse fare una telefonata qui in casa editrice o la facesse per lui.» Sospira. «In ogni caso, sono stato in questo ufficio fino a notte fonda, sperando di sentir squillare il telefono. Poi mi sono rassegnato a tornare a casa a dormire... cosa che temo di aver fatto un po' troppo a lungo questa mattina.»

Ah be', se non altro ora è chiaro perché abbia tardato. *E io che pensavo avesse tirato le ore piccole facendo bagordi*, rabbrividisce Anita, esplodendo di senso di colpa. «Io sono qua già da un'ora e il telefono non ha mai suonato», lo rassicura. Se non fosse che, mentre lo dice, non le sembra poi questa gran rassicurazione. Si schiarisce la voce. «Comunque, trovare un telefono nella zona del disastro può non essere così semplice, e anche raggiungere un ufficio postale. E poi, be', suo padre avrà degli amici, dei conoscenti, dei compaesani che sanno che ha un figlio, no? Uno di loro avrebbe di certo trovato il modo di avvertirla, se lui fosse... fosse...»

Non conclude con la parola fatidica – *morto.* Tanto, se la stanno già benissimo immaginando entrambi.

Sebastiano la guarda.

Anita guarda Sebastiano.

Di colpo, con gli occhi, stanno parlando di molto più che dei mezzi di comunicazione fra Torino e la provincia di Alessandria.

E gli occhi di Anita e quelli di Sebastiano si ingigantiscono un po' per il terrore, contemporaneamente. "Come hanno potuto?" stanno dicendosi i loro cervelli, telepaticamente ma con una chiarezza che nessuna comunicazione telefonica della STIPEL potrebbe eguagliare. Come hanno potuto, quella notte, su quella scala, sotto quella finestra, sperare, *desiderare* anche solo per un attimo di essere liberi dai loro Corradi, dalle loro Mavi, dai loro Bonatti, *e persino dal padre di Sebastiano,* per potersi immaginare una vita insieme?

Anita torna con la mente all'episodio e rabbrividisce come una gazzella al Polo. In termini strettamente temporali, è stata questione di poco, un nonnulla, lo sa anche lei: il tempo di un bacio – e poi di qualche ora insonne e solitaria per ripercorrerselo nella memoria. La mattina dopo lei era già nell'ufficio di Sebastiano a chiedergli di scusarla, che si era lasciata trasportare, a pregarlo di fare come se non fosse successo niente. E lui, pure, era stato prontissimo ad annuire, a rassicurarla, a dirle che, certo, capiva benissimo, e se lei gli chiedeva di dimenticare tutto lui avrebbe dimenticato, da bravo gentiluomo.

Ma anche quella brevissima parentesi di assurda speranza, di *oh, quanto sarebbe bello se non ci fosse nessuna Mavi, nessun Corrado, nessun Bonatti e pure nessun Satta Ascona senior tra i piedi,* adesso le brucia la coscienza come un ferro da marchio. Per qualche secondo (minuto, ora) Anita sa di aver desiderato che fra lei e Sebastiano non vi fossero ostacoli, fra i quali il padre di Sebastiano; e, ora che il padre di Sebastiano potrebbe davvero essersi levato dai piedi nella maniera più definitiva possibile, Anita vorrebbe gridare: "Non volevo! Non lo intendevo sul serio!", e chiedere scusa, non sa nemmeno bene a chi.

L'unica consolazione è che, a giudicare dall'espressione di Sebastiano, sembra che lui stia provando la stessa identica cosa.

Si sentono una pila di sensi di colpa sulla schiena.

Distolgono lo sguardo l'una dal volto dell'altro.

«Telefonerà», dice Anita. «Vedrà che si farà vivo. Suo padre ne ha passate talmente tante che non sarà una stupida diga a fargli lo sgambetto.»

Sebastiano le fa un mezzo sorriso grato.

"Dev'essere così", pensa Anita. "Non *può* non essere così. Il padre di Sebastiano *deve* essere sano e salvo e al sicuro perché, se gli fosse successo qualcosa di male, sarebbe quasi come se gliel'avessimo augurato noi."

«Sì, si farà vivo», annuisce Sebastiano. Poi si schiarisce la voce, si ricompone, si riassesta sulla sedia. «E ora... che ne dice di raccontarmi com'è andata mercoledì pomeriggio con Diana Novaro?»

Anita annuisce. Si schiarisce la voce a sua volta, fa un sorriso di cemento armato e inizia a raccontare.

15.
IL PROSSIMO PASSO

E dire che credeva che il 15 agosto fosse stata una giornata schifosa. Quando Anita esce dalla casa editrice, al termine della giornata di lavoro, le pare che il 16 agosto abbia stracciato ogni concorrenza nella gara per il Giorno Più Vomitevole Dell'Anno.

Lei e Sebastiano si sono aggiornati sulla loro investigazione, lei gli ha riferito del colloquio con Diana, lui ha fatto domande e tratto qualche blanda possibile deduzione. Urbani, educati, composti. Un lord e una lady. Poi hanno lavorato, hanno finito di tradurre il racconto su Violet McDade e hanno dibattuto sul prossimo da scegliere fra tutti quelli nuovi forniti da Julian. «Julian sostiene che a lei potrebbero piacere quelli di Frederick Nebel sull'accoppiata Jack Cardigan e Patricia Seaward», ha detto Sebastiano, sempre urbano, educato, composto, e Anita ha risposto: «Nebel è sempre tanto divertente», e poi ha aggiunto: «Ma, se posso dire la mia, mi incuriosiscono tanto anche quelli su questa Miss Pinkerton». Perché Julian ha parlato a Sebastiano, e Sebastiano ha di conseguenza parlato ad Anita, anche di quest'altro personaggio, Hilda Adams, che fa l'infermiera e però risolve i casi del suo amico ispettore di campagna, il quale la soprannomina scherzosamente Miss Pinkerton, essendo Pinkerton il nome della più famosa agenzia investigativa degli Stati Uniti. E Sebastiano ha annuito – sempre urbano, sempre educato, sempre composto – e ha commentato: «Tantopiù che l'autrice, questa Mary Roberts Rinehart, pensi, qui non la conosce nessuno, ma lo scorso decennio è stata l'autrice più pagata d'America. E non nel senso di "la più pagata fra le autrici donne":

la più pagata proprio fra *tutti* gli scrittori! Non è incredibile?». Le orecchie di Anita l'hanno sentito pronunciato all'inglese: «*Noun ey icweydibiley*?», non però come l'avrebbe pronunciato Julian, ma come lo pronuncerebbe un urbano, educato, composto lord mentre sorbisce dell'urbano, educato, composto tè col suo urbano, educato, composto mignolino all'insù.

Sarebbe a dire: legnoso, trattenuto, distaccato.

Ma non è stata ancora la parte peggiore.

La parte peggiore è stata che Anita e Sebastiano hanno finito di tradurre il racconto un'ora prima del solito orario di uscita. In una circostanza normale, Anita sa benissimo cosa sarebbe successo: avrebbero occupato quella meravigliosa ora di libertà confabulando ancora sull'investigazione, producendo nuove ipotesi, suggerendosi a vicenda nuovi passi, insomma facendo quello che sanno fare meglio insieme, ossia i complici.

Oggi invece Sebastiano ha guardato l'orologio a muro e ha detto: «Be', a questo punto direi che possiamo anche uscire prima».

A ripensarci, ad Anita viene una specie di attacco incrociato di nausea e orticaria. Il senso di colpa della mattina verso il padre di Sebastiano li ha lasciati scossi per tutto il giorno. Ed è evidente, conclude Anita, che adesso Sebastiano si sente meno a disagio se sta lontano da lei.

D'altra parte, Anita deve ammetterlo: per quanto le bruci che Sebastiano abbia chiuso la giornata in anticipo, anche lei si sente meno a disagio lontana da lui.

Se godere della compagnia l'uno dell'altra significa scoprire di essere dei mostri egoisti, meglio star lontani, ecco.

Così Anita cammina cupa come un temporale per San Donato, e visto che ha un'ora libera prima di tornare a casa, già che c'è, passa da Candida.

A casa di Candida c'è Diana.

Questa sì che è un'ottima novità. Anita è contenta di vedere Diana. Intanto, perché Diana le piace, quasi quanto Clara. E poi perché così può concentrarsi di nuovo sull'investigazione, e da che mondo è mondo non c'è niente di meglio di un bel caso di omicidio da risolvere per distogliere la mente da sciocchezze emotive (tutti i gialli sembrano basarsi su questo).

Va detto che stasera Diana non sembra per niente un comodo porto sicuro a cui attraccare l'anima. È una tigre in gabbia. Indossa un vestito diverso dall'ultima volta, uno che in vita le sta largo giusto ma è troppo vuoto sopra, e al quale una mano pietosa ha dunque cucito delle cordicelle – di un colore che non c'entra nulla – per chiudere alla bell'e meglio la scollatura. Sembra il mostro di Frankenstein dei vestiti da donna. Diana cammina a zig-zag per il salotto di Candida, sotto gli occhi della professoressa che la osserva seduta al tavolo, con una sigaretta fra le dita e un portacenere che sta facendo gli straordinari e ormai contiene un Vesuvio di mozziconi.

«Non posso, non posso permetterlo», sta borbottando Diana, quando Anita si ferma sulla porta del salotto. «È tutto quello che ci rimane, che rimane di lei, non posso permettere che... Starà meglio qui! Vero? Concorda anche lei che starà meglio qui?»

Anita non ha nemmeno bisogno di chiedere a cosa si riferisca: al centro del tavolo, sempre avvolto nel solito grembiule, c'è il malloppetto degli effetti personali di Gioia.

«Pensi che qualcuno possa venire a frugare fra le cose di Gioia? Magari per cercare e distruggere delle prove che lo accusino?» dice.

«Gesù, Giuseppe e Maria!» Diana fa un salto. Agitata com'era, non si era neanche accorta dell'arrivo di Anita.

«E tu che ci fai qui?» le chiede Candida, anche lei sorpresa, ma piacevolmente.

«Uscita prima anche oggi», sospira Anita. «Mi ha aperto l'Arcangela. Dicevamo delle cose di Gioia.» Agita l'indice verso Diana. «Se qualcuno venisse a cercare delle prove fra le sue cose – come abbiamo fatto noi – potrebbe essere perché è il colpevole. Quindi viene da dire che potremmo addirittura usarle come esca.»

Candida soffia del fumo e intanto fa un cenno del capo che sta per un *è vero, potremmo*. Diana esita, masticandosi un labbro mentre riflette, come se sentisse intuitivamente che nell'idea c'è una falla ma non riuscisse a identificarla con chiarezza.

«...d'altra parte», rimugina Anita ad alta voce, correggendosi da sola, «uno le cercherebbe al dormitorio lo stesso, anche se non fossero più al dormitorio, perché tanto il colpevole mica lo saprebbe. Quindi farebbero da esca lo stesso, e noi intanto non rischieremmo che qualcuno le rubasse davvero.» La faccia di Diana si rilassa, come se Anita avesse messo a fuoco il punto per lei. «Quindi, sì», conclude Anita, «forse custodirle qui è davvero l'idea migliore.»

«Io vorrei sapere com'è che adesso sei così svelta di rotelle mentre a scuola ci hai messo mesi per farti entrare in testa una cosa facile come la regola dello spazio dopo la virgola», commenta Candida, pigiando la sigaretta nel portacenere, cioè sulla montagnola delle sue simili già cadute in battaglia.

Anita alza le spalle. «Perché di quelle me ne importava poco. *All'epoca*», si affretta ad aggiungere, e Candida fa un sorrisino indulgente. «E comunque, non hai paura che, se qualcuno è interessato alle cose di Gioia, capisca subito che le hai rubate tu?» Sta di nuovo rivolgendosi a Diana.

Diana si torce le dita. È buffa, nota Anita: un momento cammina a scatti, cambiando direzione all'improvviso come un topo in un secchio, e si tormenta le mani e i capelli; un attimo dopo si massaggia la pancia, come per trasmettere al bambino *mamma è nervosa ma tu non c'entri: stai tranquillo, va tutto bene.* È così che si ragiona, dunque, da madri? Mezzo cervello sempre dedicato alla prole, anche se l'altra metà è sconvolta addirittura da un caso di omicidio? Cavoli, pensa Anita. E Corrado gliene vuole far fare sei, di figli. Lei mica ce li ha, sei mezzi cervelli più un settimo per pensare al mondo esterno. Finirà che non avrà più spazio in testa per nient'altro.

Poi si impone di smetterla di pensare a genitori e figli, visto che è un argomento di cui per oggi ha già avuto abbastanza.

«Sì che ho paura», dice Diana, tetra. «Ma che devo fare? Se continuo a nasconderle sotto il materasso e le trovano sapranno lo stesso che sono stata io, e *in più* le avranno trovate.»

Anita non può che annuire. Non fa una piega. Anche Diana è veloce di rotelle.

Certo che ci vorrebbe Clara, con la sua intelligenza affilata, per aiutarle a pensare bene a cosa fare.

«Se solo fra quelle cose ci fosse *davvero* qualche indizio», sospira Anita. «Anche solo per cortesia nei nostri confronti, santa polenta coi funghi. Insomma, se piantiamo tutto questo macello per nascondere dei beni che non contengono neanche un indizio utile, è proprio uno spreco.» Diana fa una risatina.

«*Io* forse qualche indizio stavolta ce l'ho.» Candida tira dalla sigaretta. Le due ragazze le puntano gli occhi addosso. «Non viene dalle cose di Gioia, ma un indizio è sempre un indizio, giusto?» Fa uno dei suoi mezzi sorrisi, poi si decide a vuotare il sacco, non prima di avere espirato tutta la nebbia di Londra. «Ieri sono stata ospite per il pranzo di ferragosto dai Malfatti, due coniugi entrambi patroni all'ONMI», spiega. Diana si lascia sfuggire una smorfia che chiarisce immediatamente ad Anita cosa bisogna pensare dei Malfatti. «La signora Malfatti, in particolare, è patronessa da molto tempo, una delle veterane, ed era presente anche più di due anni fa, quando è arrivata Gioia. Io all'epoca facevo la volontaria ma non avevo ancora iniziato a presenziare agli esami d'ammissione, lei invece c'era eccome. Gioia si era presentata accompagnata dalla levatrice del suo paese, che era stata la prima persona che Gioia aveva consultato non appena si era accorta di essere incinta. La levatrice aveva parlato a nome di Gioia e spiegato la sua storia ai patroni durante il, uhm, colloquio d'ammissione. E la Malfatti si ricorda per filo e per segno cosa aveva raccontato.»

«Che colpo di fortuna!» esclama Anita.

Altro sorriso sarcastico di Candida. «Oh, non la chiamerei proprio fortuna. Una pettegola come la Malfatti, sempre a caccia di torbidi argomenti di conversazione, non poteva non ricordarsi il caso della sordomuta gravida. E sono certa che il fatto che la sordomuta sia appena stata al centro di una notizia apparsa su tutti i giornali abbia tenuto bella viva la sua *memoria*. Chissà quanto si è ripassata i dettagli della storia di Gioia nella mente, in questi giorni, per essere sicura di ricordarseli per bene, e pregustando tutti i momenti in cui avrebbe potuto sfoderarli in società.»

Anita e Diana si scambiano uno sguardo nauseato.

«Comunque, la storia di Gioia è questa.» Boccata, soffiata. «Gioia è la figlia minore di una donna che l'ha avuta in età non più giovanissima e dopo avere dato alla luce altri otto figli di cui sono sopravvissute solo tre femmine. Il padre, poi, è morto quando Gioia aveva dieci anni, quindi si può dire che Gioia sia stata sempre e solo circondata da donne.»

Anita elabora. Se ne può già trarre una deduzione, per quanto macabra e grottesca, e cioè che all'origine della gravidanza di Gioia non devono esserci state delle violenze in famiglia. Be'. Con gli orrori che si sentono in giro, è già una gran cosa.

«La madre ha provato a mandarla a scuola, ma come già sappiamo il tentativo è sfociato presto nel nulla, perché i maestri ritenevano difficile, oltre che inutile, insegnare a una sordomuta. Così Gioia è finita, come tutti quelli della sua zona, che poi è quella di Trofarello, a lavorare come stagionale nella raccolta delle amarene. Per lei però era complicato anche quello, perché come potete immaginare in quei contesti i capi comunicano urlando e la manovalanza idem, e Gioia invece aveva bisogno di guardare in faccia le persone per leggere le labbra e capire cosa volessero da lei; insomma, stava per venire cacciata, quando uno dei mezzadri a un certo punto ha deciso di intervenire a suo favore.»

«A *suo* favore in che senso? Suo di *lei* o di *lui*?» chiede Anita.

Candida fa una mezza risata mezza esclamazione – qualsiasi cosa sia, suona piuttosto amara. Il cumulonembo di fumo che la circonda si dissipa un po'. «Ottima domanda. Mettiamola così: il tizio doveva essere particolarmente bendisposto verso Gioia, perché tanto per cominciare le ha concesso di alloggiare nel suo casale durante il periodo della raccolta, visto che per raggiungere il frutteto Gioia perdeva quasi un'ora di camminata e altrettanto per rincasare la sera; e poi in seguito ha continuato a ospitarla anche fuori dalla stagione delle amarene, tenendosela in casa come serva.»

«Oh.» Anita si gratta una guancia. Ha un brivido. «Quindi… è probabile che a mettere incinta Gioia sia stato il padrone?»

Candida alza le spalle. «In teoria non dovremmo saltare così alle conclusioni. Resta però il fatto che questo tizio, questo *padrone*, è stato l'uomo che Gioia ha frequentato in assoluto di più, vivendo addirittura in casa sua, poco prima di correre dalla levatrice a chiedere aiuto per sé e il proprio bambino illegittimo. Se tanto mi dà tanto…»

Anita alza le spalle. «Già. D'altra parte il rasoio di Ockham ci azzecca quasi sempre.»

Candida solleva un sopracciglio. Come per gli angoli della bocca, è bravissima a muovere solo metà faccia e a sembrare una versione femminile di Humphrey Bogart – se nel 1935 in Italia Humphrey Bogart non fosse ancora uno sconosciuto. «Oh, Signore. Anita Bo che cita il rasoio di Ockham: adesso le ho veramente viste tutte. Hai imparato pure questo dai tuoi gialli?»

«Ovviamente», dice Anita. Non è vero. Non era in un giallo, quell'espressione: l'ha usata Sebastiano e lei le cose che dice Sebastiano se le ricorda. Ma meglio semplificare.

«Ah, ad averlo saputo.» Candida schiaccia anche l'ultima sigaretta in cima all'Everest di mozziconi. «Dovevo farti lezione con la suspense, dovevo, per farti rimanere in testa le cose. *Dove andrà posizionato l'a capo? Lo scopriremo nella prossima puntata.*» Anita e Diana scoppiano a ridere. «Be', comunque, per concludere la questione di prima, sì: questa roba può rimanere qui da me», conclude Candida allungando la mano verso l'involto con gli oggetti di Gioia.

«Posso tenere il quaderno?» chiede Anita. Diana e Candida la guardano moderatamente stupite. «Non per sempre. Voglio dire, magari per stanotte. Vorrei guardarlo meglio. Magari scopro qualche indizio che ci era sfuggito e che ci conferma che il padrone era il padre di Domenico e magari si è davvero rifatto vivo.»

Candida e Diana fanno una faccia che significa che entrambe lo considerano improbabile ma nessuna delle due ha nulla in contrario. Anita si aggiudica il quaderno di Gioia. Mentre lo estrae dall'involto, si vergogna un filino. Perché la verità è che anche lei considera ancora piuttosto improbabile cavarne chissà quale informazione che prima era sfuggita. L'ha voluto perché sa già che stanotte col piffero che prenderà sonno. Il malumore della giornata la terrà sveglia a rimuginare e ribollire come una pentola, poco ma sicuro. Quindi tanto vale cercare di distrarsi, impiegare il tempo a esaminare di nuovo il reperto e a tentare di trarne qualcosa di utile.

«E ora vi riaccompagno a casa tutte e due», sospira Candida alzandosi. «Tu devi essere al refettorio per cena, prima che ti mangino tutta la pregiatissima minestra di piselli-senza-piselli», dice a Diana. Anita ridacchia. Sa a cosa si riferisce: anche sua madre la cucina spesso, è un'altra petronilleria, una zuppa di baccelli di piselli frullati, e fa veramente schifo, checché ne dica Petronilla, povera donna. «E tu pure», aggiunge verso Anita, «è meglio se non fai tardi per cena, perché il caratterino di tua madre me lo ricordo.»

«Se ti consola, anch'io avrò probabilmente in menu un'imperdibile minestra di non-piselli», dice Anita a Diana.

Diana sorride, poi si rifà seria. Si schiarisce la voce. «C'è solo una cosa che non mi è chiara», aggiunge col tono di chi ha ancora la testa alle cose importanti, cioè al discorso di prima, che evidentemente per lei non è ancora chiuso. Candida e Anita la guardano per incoraggiarla a esprimersi. «Che cavolo è il rasoio di Occ... di quello là?»

Candida scoppia a ridere. «Hai ragione, non sei mica tenuta a saperlo. C'è dietro una lunga storia, ma in soldoni vuol dire che spesso la soluzione più semplice è anche quella vera.»

Diana si illumina. «Mi sembra molto sensato.»

Anita sospira senza farsi notare.

Come no. Se la vita vera fosse sempre così facile, così *sensata*. A lei ultimamente sembra tutto così complicato.

Forse lei vive in una realtà che non la segue, la legge del rasoio di Ockham.

16.
COMPITI E QUADERNI

«Io cosa parlo a fare in questa casa», sta bofonchiando Mariele. Naturalmente, con la portata toracica che si ritrova, nel suo caso "bofonchiare" significa farsi udire benissimo fino al caseggiato di fronte. Sta pulendo una delle pentole lasciate in ammollo dal giorno prima, con la paglietta di ferro per far più presa e staccare i residui di sugo incrostato. La sua voce riesce senza sforzo alcuno a superare anche lo sfregare e sbatacchiare ritmico del metallo sul metallo.

Ottavio se ne sta nell'angolo più lontano del tavolo della cucina, chino sul registro della tabaccheria, a fingere di stare chiudendo la contabilità del giorno.

«Cosa parlo a fare, mi chiedo», continua Mariele mentre sfrega, come se parlasse fra sé, cosa che tutti sono consapevoli che non sta facendo. «Quando dico che ho bisogno della serva, è perché *ho bisogno* della serva. Guarda queste stoviglie. Potevano essere lavate e riposte già ieri sera, ma no!, perché io ho da lavorare e *anche* la signorina ha da lavorare.» La "signorina" che "ha da lavorare" è ovviamente Anita. Mariele lo pronuncia come se Anita lavorasse, sì, ma in un postribolo. Anita, dal canto suo, sta sparecchiando la tavola, e se non alza gli occhi al cielo è solo perché la cucina è ancora ingolfata di vasellame e pentolame da riporre e deve badare a non urtare nulla, sennò lei disintegra il vasellame e Mariele disintegra lei. «Io non sono una di quelle donne svenevoli che si lamentano per niente. Oh, nossignore, non io!» roboa Mariele. Chissà perché, ad Anita lampeggia subito davanti agli occhi l'immagine di *madama* Cleofe Leone. «Ma nessuno mi ascolta, a me! Quelle lì, quelle sciacquette che gli viene il fiatone dopo che hanno mescolato il tè col cucchiaino, hanno sempre ogni ben di Dio, tutto pronto, tutto concesso; quelle come me che sgobbano come muli e mandano avanti la baracca, se han bisogno di un aiuto, cosa si sentono rispondere?»

Il grattare s'interrompe. Ottavio ha la sconsideratezza di sollevare d'istinto la testa, stupito dall'improvviso silenzio, per scoprire che Mariele si è girata e lo sta trafiggendo con lo sguardo.

«NIENTE!» tuona Mariele. Un coperchio frana dalla cima del mucchio di pentole nell'acquaio. «*Niente*, si sente rispondere: ecco cosa! Perché questo è quello che suo marito, l'uomo che ha giurato davanti a Dio di proteggerla e badare a lei in ricchezza e povertà e salute e malattia finché morte non li separi, proprio questo le ha risposto: un bel niente di un nientissimo di *niente*!» Il braccio riprende a fare su e giù, la spazzola a gracchiare sulla parete della pentola. «Ah, ma non c'è bisogno che il *caro* marito si dia pena, dopotutto: di questo passo, tanto, la morte verrà a separarli ben presto! PERCHÉ IO CREPERÒ DI FATICA, ECCO PERCHÉ!»

«Sì, sì, la serva, ho capito, vuoi la serva. Poi ci pensiamo, promesso.» Ottavio si reincassa nelle spalle come una testuggine.

«Ci pensiamo? *Pensiamo*? *Io* ci penso! Io! Mica tu, che a quanto pare...»

Anita decide che è un buon momento per filarsela.

Non scivola in camera propria, però. Pian pianino, va a bussare alla porta di Emilio, che subito dopo l'ultimo boccone della cena è stato spedito a fare i compiti delle vacanze. Presto inizierà la quinta elementare, dopodiché tutti in casa Bo sanno da sempre che andrà al ginnasio, la scuola di quelli che possono far strada, accedere al liceo e poi all'università. (Mentre Anita a suo tempo è stata relegata a un noiosissimo istituto professionale del piffero, ma questo è un altro discorso. Certo, c'è di buono che lì ha incontrato Candida e Clara, ma questo è un altro discorso ancora, e comunque è stata pura fortuna.) Già adesso Emilio frequenta una delle scuole elementari più chic del centro di Torino, pullulante di rampolli di notabili e gerarchi; quasi tutti i suoi compagni puzzano già di ginnasio come lui, e pertanto i maestri vogliono che arrivino alla quinta, l'anno dell'esame, più preparati che mai. Sarebbe a dire: hanno rifilato un sacco di compiti, fra cui un intero eserciziario di grammatica da riportare completato a settembre, per allenarsi al latino e al greco.

Anita ha bisogno di Emilio perché durante la cena ha avuto un'idea.

Sguscia dentro senza aspettare il permesso. Emilio è seduto alla scrivania (un semplice tavolino di legno non lucidato, ben diverso dallo scrittoio che Mariele tiene in salotto per figura), su di una scomodissima sedia impagliata – le uniche che girino a casa Bo – che gli sta disegnando graffi rossi sulle cosce scoperte dai calzoncini. Domani i suoi amici lo sfotteranno chiedendogli se s'è preso un gatto. Ha accanto un moccolo di candela nel suo portacandele col manico. Altro grande classico fra i rimbrotti di Mariele: la luce elettrica, lo sanno tutti, fioca e arancione com'è, basta appena per il lampadario, ma per leggere serve il moccolo; se Emilio avesse preso la sana abitudine di fare i compiti al pomeriggio, con la luce naturale, di moccoli se ne risparmierebbero un sacco, in questa casa non c'è senso dell'economia, bla bla bla.

«Che vuoi?» grugnisce Emilio. Da quando è diventato chiaro a tutti che tanto Mariele non concederà mai la bicicletta, l'alleanza fra fratello e sorella non ha più avuto motivo di esistere. C'è da dire che Emilio non solo sta facendo i compiti, ma sta facendo i compiti *di grammatica*: i più zuccosi di tutti. Per forza che è scontroso. Una parte di Anita può persino capirlo.

Una parte e basta, però. Per il resto, è sempre sua sorella maggiore. Quindi gli tira una sberla sul coppino, tanto per ristabilire subito le gerarchie. «È così che accogli tua sorella, pulce?»

«Ahi», geme Emilio, anche se a onor del vero era una botta leggera, poco più che un pro forma.

«Senti, mi servono le tue matite», dice Anita. «E dei fogli di carta.»

Emilio si imbroncia. «Non ti do *né l'uno né l'altro*!» si lagna.

«La mamma dice che non mi compra mica le cose perché me le usino gli altri...»

«Primo, io non sono gli altri, sono tua sorella maggiore e tutto quello che è tuo è mio. Anche perché tutto quello che era mio è diventato tuo – la culla, le cuffiette, le babbucce, la sedia di legno in miniatura che mi aveva fatto il nonno – quindi è solo giustizia.» Emilio si massaggia il retro del collo, sempre più che altro per scena, e sbuffa, ma non nega. «E, secondo, se io dico "le matite e i fogli" non puoi dire "né l'uno né l'altro", testa di segatura che sei: devi dire "né le une né gli altri". E meno male che stai studiando la grammatica. Ma ve le insegnano le cose, a scuola?»

Emilio strabuzza gli occhi. «Da quando in qua sai questa roba, tu?»

«Ehi, io ci *lavoro*, con la *letteratura*!» esclama Anita, tutta impettita come la regina. «Per forza che lo so, l'italiano, brutto cafone ignorante. Anzi... scommetto che, se tu facessi il fratellino servizievole, potrei pure darti una mano.»

«Ecco le matite!» Emilio si tuffa giù dalla sedia, praticamente di testa, dentro la cartella di tela cerata che sta accanto alla scrivania e che è ancora piena da giugno delle sue attrezzature scolastiche. Ne estrae un astuccio mezzo scucito che tintinna di pastelli a cera e matite, e forse anche qualche carboncino che là dentro non ha la minima speranza di essere ancora intero.

«E questo sarebbe il modo in cui tratti le pregiatissime matite Giotto che ti hanno regalato mamma e papà? Perle ai porci, santa polenta concia.» In verità, Anita ha una faccia tutt'altro che dispiaciuta mentre lo dice, perché sa che è tutta roba con cui potrà ricattare Emilio in futuro per estorcergli nuovi favori, al grido di "altrimenti lo dico a mamma". Infatti, Emilio è pallido. Si sta rendendo conto di essere la parte debole nella negoziazione. «E ora i fogli, grazie.» Anita allunga la mano.

«Ho questo quaderno che non ho mai...»

«No, non m'interessa, è a righe, a me serve della carta tutta bianca.» Che si compra sciolta e costa più di qualsiasi quaderno, eh già. Emilio è una maschera di contrarietà impotente.

"Be'", pensa Anita, "tutta scuola di vita." Se non si allena con lei che è sua sorella, chi lo tempreràalle durezze dell'esistere?

Comunque, Emilio le allunga con riluttanza un magro plico di fogli dalla risma che i suoi genitori gli hanno regalato insieme alle matite. Perfetti: di carta sottile come piace ai bambini, che così possono appoggiarli sopra i fumetti e ricalcare i disegni. Anita scuote il capo, la mano ancora tesa. «Di più.»

Emilio ne estrae un altro paio.

«Di più. Devo arrivare almeno a trentasei. Facciamo quaranta, perché anch'io posso sbagliare.»

Emilio brontola, conta, estrae.

Anita soppesa il plico. «Cercherò di farmeli bastare.»

«Grazie tante», geme Emilio. Aggrotta le sopracciglia. «Adesso però aiutami, l'hai promesso.»

«Dammi il tuo eserciziario e vedrò cosa posso fare.»

Con un sussiegoso cenno del capo e il proprio bottino fra le mani, Anita si ritira in camera sua.

L'idea di Anita è semplice – il rasoio di Ockham. Gioia sapeva scrivere, magari non benissimo ma abbastanza da buttar giù un nome e un cognome, santa polenta, sì, e scrivere era pur sempre il modo più chiaro e completo che avesse per comunicare. Se avesse voluto lasciare un indizio che denunciasse qualcuno, un nome, un'accusa, scriverlo da qualche parte sarebbe stato per lei il modo più semplice ed efficace per farlo. Il rasoio di Ockham, appunto. Quindi, si dice Anita, perché escludere che l'abbia fatto, solo perché lei e Candida e Diana non hanno *visto* nessuna scritta sul quaderno?

Dopotutto, il problema di Gioia non era scrivere: era chi avrebbe potuto *leggere*.

Impensabile scrivere nero su bianco il nome di chi la minacciava con il rischio che occhi indiscreti potessero intercettare, capire, far sparire. Quindi, è plausibile che Gioia avesse escogitato un modo per scriverlo, sì, ma rendendo la scritta un po' meno facile da notare.

E *c'è*, in effetti, un modo. Uno molto semplice, che ad Anita hanno insegnato Race Williams o la Canaglia Fantasma ma al quale, a pensarci bene, ogni bambino che abbia mai scambiato bigliettini segreti con gli amichetti può arrivare.

Anita si ritira in camera, accende anche lei il moccolo sulla sua toeletta (che le fa anche da scrivania, ma in più ha il vantaggio di avere uno specchio, il che significa il doppio della luce della candela) e sceglie fra le matite di Emilio quelle dalla punta più adatta. Devono essere pastose e uniformi, ma non troppo friabili per non fare troppa polvere, che confonderebbe le linee: ha imparato tutto. Poi prende il primo dei fogli bianchi, lo stira bene sopra la prima delle pagine disegnate del quaderno di Gioia, e inizia a colorarlo da cima a fondo con la matita.

È l'una passata quando le trentasei pagine del quaderno sono state tutte ricalcate e ogni foglio di carta sottile interamente colorato è stato esaminato in controluce, di taglio sotto la fiamma del moccolo e finanche al tatto (con delicatezza, per non spargere troppa grafite). Nessuna scritta nascosta. Nessun nome scritto su un foglio scomparso ma la cui anima sia rimasta imprigionata nella carta sottostante. Che smacco. Anita sbuffa, la guancia sulla mano, entrambe chiazzate di grafite. Ci aveva creduto così tanto.

Getta un'occhiata alle matite di Emilio. Qualche ora fa avevano un'aria più sana. Oh, be', insomma, è in quinta elementare, sta studiando grammatica, quanti disegni gli faranno mai fare, ancora, a scuola?

Già, ha pure promesso di aiutarlo. Sbuffa di nuovo, più forte, perché è un'idea che fa sbuffare doppio. Che zucche. Però ha promesso e adesso le tocca. Maledetta coscienza.

Fa una pila dei fogli colorati rimandando a dopo la decisione su come farli sparire. Già Emilio griderà orripilato quando vedrà le matite (l'unica è ridargli l'astuccio chiuso facendo finta di niente mentre è impegnato col meccano, e sperare che si dimentichi di controllare fino a settembre); ci manca solo che Mariele veda i fogli nel secchio delle cartacce per la stufa e scateni un'inchiesta per scoprire chi è stato a sprecare tutta quella carta e matita. La cosa più saggia è portarli in ufficio domattina. Sempre che anche Monné non controlli la spazzatura. Capacissimo.

Poi Anita apre l'eserciziario di Emilio proprio accanto al quaderno di Gioia. "E vediamoli un po', questi compiti", si dice.

Analisi logica...

Ah già, quella che familiarmente continuano sia lei sia Emilio sia chiunque altro a chiamare *grammatica* avrebbe per la verità questo nome qui, così scientifico e rassicurante.

Analisi logica. Analizza il seguente brano individuando tutti i soggetti (fa' attenzione: espliciti e impliciti!), i predicati, che distinguerai in verbali e nominali, e i complementi: oggetto, di termine, di mezzo e di modo.

Ed è già noia orribile. Anita valuta la possibilità di dire a Emilio che, visto che le sue matite e i suoi fogli non le sono serviti a un tubo, neanche lei si è sentita in obbligo di fargli i maledetti compiti.

C'era una volta un bambino di modesta famiglia. Suo padre batteva il ferro, sua madre era maestra. Il bambino era vivace e irrequieto, ma generoso e intelligente. Divenuto grande, egli scrisse sui giornali, si fece conoscere per il suo genio. Quando la nostra patria fu in pericolo, il figlio del fabbro la salvò. Il Re lo chiamò e lo fece Capo del governo. Questa non è una favola: è storia vera. È la storia del Duce: Benito Mussolini.

Molto bene. Anita decide che *senza ombra di dubbio* dirà a Emilio che non si è sentita in obbligo di fargli i maledetti compiti.

Si ricorda di quando andava a scuola lei. Anche all'istituto professionale avevano un eserciziario obbligatorio tutto pieno di brani così, per i dettati di stenodattilografia. Candida però lo usava pochissimo: preferiva dettare favole di Esopo, orazioni di Cicerone, stralci di storia d'Italia – idea sagace, ora Anita se ne rende conto, perché era tutta roba che non le avrebbe procurato noie in caso d'ispezione – oppure piuttosto s'inventava dei racconti lei. Che poi ad Anita all'epoca interessasse più ascoltare il racconto che trascriverlo giusto è un altro discorso, ma almeno adesso sa che Candida le ha risparmiato ore e ore di storie melense su santi e patrioti, e soprattutto di aneddoti mitologici sulla vita del *Cerutti* (che è il modo satirico in cui i torinesi, nel segreto delle loro case e delle loro teste, chiamano Mussolini).

Perché se senti certe sviolinate per ore e ore ogni giorno sin da bambino, anche solo per farci l'analisi logica, finisce che poi qualcosa in testa ti ci resta.

Che fortuna, per lei e Clara, avere avuto Candida che lo sapeva.

Anita sbuffa per la sessantesima volta in altrettanti secondi. Se i suoi sono ancora svegli, nella loro camera in fondo al corridoio, penseranno che sia in corso una strana bufera solo dal suo lato della casa. Butta un occhio annoiato e ancora non del tutto rassegnato al quaderno di Gioia, che è ancora lì, scansato di lato ma sempre aperto. È per queste cose che si dovrebbero usare i quaderni, si dice: per disegnare la faccia del proprio bambino o scrivere quello che si prova, mica queste disgustose leccate di terga al Duce camuffate – male – da esercizi di italiano. Osserva per l'ennesima volta le teste di neonato, il tratto di matita incerto ma i dettagli realistici, la ruga accanto alle narici che lo fa sembrare un vecchietto, le sopracciglia rade da pulcino, e poi tutte quelle orecchie ritratte con tanto impegno, con le volute precise del padiglione, il bordo ripiegato come la pastafrolla delle crostate, il lobo così particolare, praticamente inesistente…

Anita si raddrizza di scatto.

Poi riabbassa la testa, accosta la faccia alla pagina, tutta storta per non farsi ombra con la candela, come certi polli quando cercano di guardare qualcosa da vicino e devono andarci quasi con la tempia perché il Creatore gli ha messo gli occhi sui lati.

Il lobo.

Santa polenta fritta.

17.
ORECCHIE DA CRIMINALE

«Guardi bene. Cosa nota?»

La mano destra e la mano sinistra di Anita se ne stanno piazzate sulla metà destra e sulla metà sinistra del quaderno di Gioia, per tenerlo ben aperto. In mezzo, sulle due pagine in bella vista, un macramè di disegni: tre teste di Domenico, due di tre quarti e una di profilo, il primo piano di un occhio e della bocca che succhia un pollice, e poi una pioggia di orecchie, destre e sinistre, grandi e piccole, ombreggiate a matita per dare un abbozzo di tridimensionalità oppure solo stilizzate. Anita ha scelto apposta proprio quelle due pagine lì.

Sebastiano si gratta una guancia. Gli occhi gli sfavillano di curiosità. La prima cosa che Anita ha fatto, entrando in ufficio, è stata chiedergli se avesse novità su suo padre, naturalmente. In silenzio, però: solo con lo sguardo. Sempre e solo con lo sguardo, Sebastiano ha risposto di no. Da quel momento, nessuno dei due ha più voluto tornare sull'argomento, neanche con il solo sguardo. Poi però Anita ha sfoderato il quaderno, e adesso gli occhi di Sebastiano stanno sfavillando di nuovo, appunto, di curiosità.

"Bene", pensa Anita.

Se anche tutto questo quarantotto dell'investigazione non porterà da nessuna parte, pensa, avrà avuto quantomeno il merito di distrarre un po' Sebastiano dai suoi tormenti privati.

Ma Anita spera comunque che porti da qualche parte.

«Così su due piedi», risponde Sebastiano, «direi che l'autrice ha ancora un po' di strada da fare prima di diventare Leonardo. Le piegoline sul collo del neonato lo fanno sembrare un tedesco grasso e quel pollice che scompare nella bocca, così da solo senza il resto della mano, fa pensare a un atto di cannibalismo.»

Anita gli dà una gomitata. «Tanto per cominciare, porti rispetto.»

«Lo so, mi perdoni, ha ragione», si scusa Sebastiano, anche se non era un vero rimprovero.

«E poi osservi *bene*. Trovi il dettaglio rivelatore. Le do un indizio: se lei fosse me, ci appenderebbe perle e pietre colorate, ma la sua tirchia e severissima madre glielo impedirebbe dicendo che le brave ragazze non si ingioiellano perché ogni volta che ti metti un gioiello stai pensando al peccato.»

«Oh!» Sebastiano si protende verso le pagine. «Lei intende *le orecchie*! È vero, il lobo è diverso... il bambino, nei ritratti, ce l'ha arrotondato, mentre in tutte le orecchie disegnate in primo piano è praticamente inesistente, giusto una strisciolina di cartilagine direttamente attaccata alla testa!» Poi si gira a lanciarle un'occhiata di sbieco: «Davvero Mariele sostiene questo dei gioielli?».

«E non le dico del trucco. Quanto più un rossetto è rosso, tanto più rosse sono le fiamme dell'inferno.»

«Ma lei un pochino lo mette lo stesso», dice Sebastiano scrutandole le labbra.

Uh. «Si vede che mi piace il caldo.» Anita scrolla le spalle. Torna a battere l'indice sul foglio, per riportare l'attenzione lì, che è dove deve stare. «Il punto è che io credevo – e anche Candida e Clara e Diana stessa – che questi fossero tutti ritratti, o pezzi di ritratto, del figlio di Gioia, Domenico. Invece a quanto pare no. Quando ritraeva suo figlio, le orecchie con il lobo gliele sapeva fare benissimo. Vede? Eppure ha riempito il quaderno di orecchie *senza* lobo. Non può non averlo fatto apposta.»

«Potrebbero essere il segno distintivo della persona che la minacciava.» Sebastiano aggrotta la fronte, come se stesse spremendosi le meningi, ma in senso letterale, cioè strizzandoci tutto il cranio intorno. Poi sbotta: «Ah! Che osservatore schifoso che sono. Non riesco, proprio non riesco a ricordarmi come ha le orecchie il conte Pazzaglia. Sam Spade mi darebbe uno schiaffo».

«Meglio Sam Spade di Violet McDade, mi sa», sorridicchia Anita.

Ma Sebastiano continua ad avere le sopracciglia corrugate, l'aria pensosa. «In compenso mi sono appena ricordato di un'altra cosa. Aspetti un momento.» Se ne va a grandi passi nel corridoio, verso la libreria in cui tengono i libri di rappresentanza: la Bibbia, una serie di romanzi gialli, cose così. Infatti non ci mette molto a tornare con un volumone fra le mani – uno grande, del formato di un atlante illustrato. «Scrivere di delitti e criminali per mestiere ha i suoi vantaggi: guardi cos'abbiamo qui.» Deposita il tomo sulla scrivania. È *L'uomo delinquente* di Cesare Lombroso.

Anita sobbalza. «Lo studioso che diceva che i brutti dentro sono difettati fuori? Non sapevo che avessimo un suo libro in casa editrice!» Alza un sopracciglio. «Già: *come mai* abbiamo un suo libro in casa editrice? Non è che lei è d'accordo con questo Lombroso, vero?»

Sebastiano sorride, mentre sfoglia il volumone. «Ma no, per carità. Oddio, a essere sincero l'ultima volta che ho visto un tizio mezzo sciancato era il Gatto del Gatto e la Volpe al galà dei Pazzaglia, e aveva *davvero* l'aria losca, ma ce l'aveva di suo, per via dell'espressione del viso, mica per la zoppia. No, è che il Lombroso», continua Sebastiano, «lavorò moltissimo con delinquenti e criminali… uh, forse dovrei dire *su* delinquenti e criminali: proprio nel senso di "chino sui loro crani"…»

«Ma che schifo», geme Anita, che però è anche un po' affascinata.

«…e i suoi libri sono ricchissimi di aneddoti e ispirazioni per un giallista.»

Anita si morde un labbro.

Potrebbe punzecchiarlo, come fa spesso, riguardo alla bruttezza delle storie del commissario Bonomo. Fargli notare che lui non ha bisogno di alcuna ispirazione per scrivere quella roba: tanto, le regole sono fisse e sono sempre quelle: il commissario dev'essere sempre retto e moralista, la giustizia sempre pomposamente trionfante, e via di paletto in paletto. E dunque, cosa vuoi andare a cercare ispirazioni originali in un libro di aneddoti di cronaca nera, o nella vita vera, o nella Storia con la esse maiuscola, o nella nuova scienza della psicanalisi o in qualsiasi altro angolo dell'esperienza umana; cosa ti affanni a frugare negli abissi della verità più intima dell'uomo, quando tanto i tuoi lettori sapranno già da pagina uno tutto quello che accadrà, che verrà detto, e come andrà a finire?

Però non dice niente, un po' perché è presa dall'investigazione ed è curiosa di vedere dove Sebastiano voglia andare a parare col libro del Lombroso, un po' perché altrimenti è sicurissima che le verrebbe anche da dirgli che comunque lei lo sa – perché lo sa –, che in fondo lui potrebbe essere un *ottimo* giallista, se solo fosse libero di scrivere quello che vuole.

E allora lui le ribatterebbe che, sì, la storia di J.D. Smith che hanno scritto insieme in effetti non era niente male, ma non per merito suo, cioè, suo di lui: per merito di *lei*!, perché era stata *lei* la più coraggiosa dei due, la più abile a parlare con la voce di una narratrice vera, a far tesoro delle lezioni di stile di tutti i loro autori americani.

E lei ancora una volta si ritroverebbe colpita dal modo in cui, in un mondo di maschi alfa sempre intenti nella loro testa a guidare un branco, una famiglia o un battaglione, Sebastiano sembri l'unico uomo nel raggio di mille miliardi di chilometri non solo a saper dire *non sono poi così bravo,* ma addirittura *una donna è più brava di me.* E bla bla bla, *bòn,* ciao, andrebbero avanti all'infinito a dirsi a vicenda quanto si stimano, il che è a tanto così dal dirsi quasi un'altra cosa.

Che non si può.

Quindi, appunto, Anita decide che è meglio se non gli dice proprio niente.

Sebastiano interrompe lo scartabellio. «Ecco qui. *Orecchie.*» Liscia giù le pagine. Su quella di sinistra c'è una piccola tabella. «Come ricordavo!» Punta il dito sulla prima voce. «*Orecchie sessili. Diciassette per cento.*»

«Orecchie come? Sembra qualcosa che piacerebbe poco a mia madre.» Anita si sporge a guardare.

«No, niente di sconcio: significa *senza lobo*», ride Sebastiano. «Secondo il Lombroso, fra tutte le forme auricolari sono quelle che in misura maggiore si riscontrano nei delinquenti. Infatti vengono dette anche *orecchie da criminale*.»

«Oh.» Anita si raddrizza. «Ma allora Gioia potrebbe non avere voluto necessariamente ritrarre un dettaglio significativo del nostro uomo. Magari voleva solo mandare il messaggio "c'è in giro un criminale e io lo so".»

Sebastiano annuisce. «È quello che stavo pensando anch'io. Tuttavia, come avrebbe fatto Gioia a conoscere questa teoria del Lombroso?»

Anita medita, poco convinta. «Potrebbe aver incontrato una seconda volta la *madama* che gliel'aveva nominato la prima volta e averne sentito parlare da lei. Anche se mi sembra improbabile che abbiano avuto una seconda chiacchierata, visto quant'era andata bene la prima.»

Si guardano, entrambi mezzi pensosi, mezzi in attesa che all'altro sbocci in testa un'intuizione geniale. È il problema dell'avere dei complici, specialmente dei complici bravi: ogni tanto ti viene la tentazione di aspettare che alle cose ci pensi l'altro.

«Oh, be'.» Sebastiano è il primo a scuotersi. «La sa una massima che m'è sempre piaciuta sin da quando ero un ragazzino? *L'ottimo è nemico del bene*. Pazienza se per il momento non capiamo bene cosa significhino questi disegni di orecchie senza lobo: se aspettiamo che ci venga l'illuminazione risolutiva, tanti saluti, possiamo star fermi fino a capodanno. Iniziamo piuttosto col fare qualcosa che sia almeno ragionevole: tanto per cominciare, oggi pomeriggio so che i conti Pazzaglia parteciperanno alle premiazioni di un concorso letterario per licei, e io in quanto scrittore di fama ho un posto in prima fila, pensi che fortuna. Questo significa che potrò cercare di avvicinarmi al conte abbastanza da osservargli le orecchie. Magari scoprirò che sono senza lobo.»

«Mi sembra comunque molto meno noioso che stare ad ascoltare degli aspiranti D'Annunzio che declamano le loro poesie», annuisce Anita. Tossicchia. «*Vorrei proprio* venire anch'io, ma...»

«...ma tanto a lei toccherà seguire il suo fidanzato in qualche manifestazione sportiva», dice Sebastiano.

«Che vuol dire che mentre lei crollerà addormentato come un ghiro su una sedia di auditorium io crollerò addormentata come un ghiro sugli spalti di un'arena dello sport.»

Un istante di silenzio imbarazzato.

«Però.» Di colpo, Anita guarda Sebastiano dritto in faccia, con un sopracciglio inarcato. È un vero peccato che nel 1935 non solo lei, ma nessuno dei due, possa ancora sapere chi sia Vivien Leigh e averla vista sul grande schermo nei panni di Rossella O'Hara, perché di certo entrambi noterebbero la somiglianza. «Però forse c'è una cosa che posso fare *domani.*» Gli angoli della bocca le si increspano verso l'alto. «Forse domani posso andare anch'io in un posto. Un posto *utile*... Se riesco a convincere le persone giuste.»

18.
GITA DI FERRAGOSTO

«Come sarebbe a dire, in gita?»

Mariele si pianta le nocche nei fianchi. Per un istante, Anita quasi si distrae a guardarla: pensa che vede sua madre in quella posizione tanto spesso che non ci sarebbe da stupirsi se avesse ormai quattro piccoli scavetti per anca, gli stampi in cui le nocche si incastrano automaticamente ogni volta.

«Che c'è di male?» dice Anita. «È la prima domenica dopo ferragosto, tutta l'Italia è in gita, quando non direttamente in vacanza per il ponte. Semplicemente, questa volta Candida ha proposto che, invece di tapparci a casa sua come ogni settimana, io, lei e Clara si vada a prendere una boccata d'aria fresca, il che mi sembra sensato e pure sano.»

Mariele aggrotta la fronte e intanto emette un rombo sordo, che nel giro di pochi anni ricorderà a chi l'ha conosciuto quello dei bombardieri in avvicinamento. Anita sa cosa sta pensando: se l'ha deciso Candida, lei, Mariele, non può dirne male, perché Mariele è *felice* che Anita frequenti Candida; anzi, per l'esattezza Mariele *venera* Candida, Mariele considera una specie di miracolo del Signore che ad Anita sia capitata una dama di prestigio quanto Candida come professoressa a scuola, e ancor più che, a distanza di così tanti anni dalla fine della scuola medesima, Candida ancora si degni di gradire la compagnia di sua figlia. Chissà, forse in un angolo della sua testa Mariele osa persino sperare che, quando verrà il momento, a furia di frequentare Candida Anita si beccherà per testamento pure una parte della sua cospicua eredità.

(Forse Mariele cambierebbe drasticamente la propria visione della faccenda se sapesse che Candida è una mezza sovversiva sotto copertura, che odia l'élite con cui si mescola e che fa leggere di nascosto alla sua bambina libri fuorilegge. Ma Mariele non sa nulla di tutto ciò. E, comunque, anche se lo sapesse, Anita non è sicura che tutto questo basterebbe a controbilanciare i suoi mezzi pensierini sull'eredità. Dopotutto, Mariele è sempre Mariele, e Anita conosce i suoi polli.)

In ogni caso, Mariele allo stato attuale delle cose venera Candida e, se è vero che è stata un'idea di Candida, questa novità della gita deve per forza andarle bene. Così non le resta che girarsi verso Ottavio, perché dovrà pur sfogarsi contro qualcuno.

«Tu non mi porti mai in gita a ferragosto», brontola.

Anita strizza le labbra per reprimere un sogghignetto. "Scusa, papà, niente di personale, ma se la mamma se la prende con te non se la prende con me." Si dice che dovrebbe sentirsi almeno un po' in colpa. Magari dopo, cioè quando smetterà di complimentarsi con sé stessa per averla venduta come un'idea di Candida.

«Non sono mica io che non ti porto», protesta Ottavio. Oggi sta disperatamente cercando di fingersi tutto preso da un romanzo di Körmendi. Ultimamente non può starsene tranquillo in soggiorno senza che sua moglie lo importuni con qualche rimbrotto uscito dal nulla. Così, nella vana speranza di non essere disturbato, è un periodo che prova con le letture di copertura: quando può, si acquatta dietro il giornale; quando l'ha finito e Mariele ci ha già acceso la stufa per la cena, trafuga le riviste o i romanzi delle donne di casa. Solo che – pensa Anita – i romanzi di Körmendi sono così melensi che vedere suo padre leggerne uno è come vederlo mentre si prova un négligé di pizzo. E la cosa disturbante è che finché era assorto a leggere sembrava *davvero* assorto, mica per finta.

Comunque: «Non sono mica io che non ti porto», protesta appunto Ottavio. «Quando avevamo ancora la casa a Salice sai che ci andavo sempre tanto volentieri: sei tu che tutti gli anni dici che è uno spreco di soldi!» Perché va bene cercare di essere invisibile, ma quando una ha torto ha torto, bisogna pur mettere dei paletti.

Mariele affonda ancora di più le nocche nelle anche. «Ma mica dico di chiudere bottega per una settimana: quello sì che è uno sperpero.» Agita un indice, che è grosso come il manico di un mestolo. «Però una gita di *un* giorno è una cosa diversa. Si sta via il tempo di fare un picnic nelle valli di Lanzo o in val di Susa, si va e si viene e almeno si prende un po' di fresco; e invece noi rimaniamo sempre qui a crepare di caldo, tante grazie.»

Anita si torce le mani. Santa polenta gialla, ha esagerato con la persuasione. Che ora sua madre non si opponga alla sua gita va benissimo, ma di questo passo manca tanto che in gita con Candida, Clara e Anita ci vengano pure lei e Ottavio, e magari pure Emilio. «Be', mamma, bisogna ammettere che il biglietto del treno di andata e ritorno non è così economico», interviene melliflua come un usignolo. «E noi in famiglia siamo in quattro. È vero che la domenica c'è lo sconto popolare, ma comunque sul nostro bilancio peserebbe un po'.»

Mariele la guarda in cagnesco, valutando. Anita reprime un altro sogghignetto: sa già che l'asso vincente non è stata tanto la faccenda del prezzo, quanto l'aver sottolineato che lo sconto è *popolare*. Che significa proprio, letteralmente, istituito per il popolo: per tutti quei lavoratori di scarsi mezzi che il Duce, grazie a una riduzione del settanta per cento sul biglietto della domenica, ha voluto mettere sui treni verso il mare o la montagna almeno un giorno a settimana, per *rafforzarne il fisico tramite l'ossigeno e lo iodio, e l'amore per la patria tramite la visione delle bellezze paesaggistiche italiane.* Il problema è che se ne sentono tante, riguardo a questi treni popolari. Vagoni di sola terza classe. Decorose famiglie borghesi che si trovano fianco a fianco con certi buzzurri d'operai che mangiano in pubblico intrugli puzzolenti dai loro *baracchini* e che, siccome per godersi un po' il mare devono partire a notte fonda, dormono con i piedacci sporchi sui sedili degli scompartimenti senza neanche essersi fatti il bagno prima, tanto se lo faranno in mare. Se c'è una cosa a cui Mariele tiene più che a ogni altra al mondo, questa è prendere le distanze dal *popolo.* (Cleofe Leone insegna.) Quindi, Mariele assimila le parole di Anita e la scruta, ancora cupa ma già praticamente convinta.

«Noto che finalmente hai messo un po' di senno e stai iniziando a badare ai soldi», borbotta. «Era ora. Sta' a vedere che questa tua novità ti sta facendo mettere davvero la testa a posto.»

«Quale novità, lavorare?» chiede Anita. (Speranzosa, perché sarebbe la prima volta che Mariele dice bene del suo fare la dattilografa.)

«Ma no, essere fidanzata. Stai finalmente iniziando a pensare come una che deve mandare avanti una casa.»

«Ah, mi pareva», sospira Anita. «Be', comunque, allora io vado.» Deve approfittare del momento. Muove un passo verso la porta.

«Ferma lì!» abbaia Mariele. E che zucche. Anita obbedisce, come il marito della sua storica omonima. «Dimmi una cosa, prima», ordina Mariele.

«Cosa, mamma?»

«Corrado non se la prende se vai in gita con le tue amiche senza di lui?»

Anita sbarra gli occhi. «Mamma! Tanto per cominciare Corrado l'ho visto ieri per tutto il pomeriggio, quindi ha poco da lamentarsi. Ma poi, lo scopo della gita è trovare un prato isolato per prendere il fresco e fare un bagno di sole. Non vorrai mica che mi metta in costume davanti a Corrado, così, a *ben* quattro mesi dal matrimonio: cosa sono, una sciacquetta senza la minima pudicizia?»

Mariele fa la faccia stupefatta di chi si trova d'accordo per la seconda volta di fila. Glielo si legge in filigrana: sua figlia sta proprio diventando un donnino assennato.

«Bene, allora io vad...»

«No, un'altra cosa ancora.» Stavolta Mariele esita un istante, si fa cospirativa.

Anita attende. Chissà cosa c'è adesso. Raggiungere la dannata porta sta diventando un'impresa, nemmeno le trincee sul Carso si spostavano così lentamente.

«La professoressa Fiorio… una signora come lei, davvero prende quei trenacci di terza classe?!»

Anita alza le spalle. «Lo sai come sono questi ricchi, mamma. Se certe cose le fa un povero son cose da poveri, ma se le fa un ricco è tutta esotica esperienza di vita.»

Mariele sbarra gli occhi con l'aria ammirata di chi è stato messo di fronte a una grande verità.

Da sua figlia. Di colpo così saggia. Chi l'avrebbe mai, mai detto.

Anita scatta verso la porta più veloce che può.

«In gita?» esclama Candida. Si sporge in avanti, il mento appoggiato sulla mano, il gomito appoggiato sul tavolo del suo salotto, la sigaretta appoggiata fra l'indice e il medio. «Come sarebbe a dire, in gita?»

«Non dovresti stupirti troppo: dopotutto l'idea l'hai avuta *tu*», dice Anita con un sorrisetto. Non s'è neanche seduta: è arrivata a casa di Candida per l'appuntamento della domenica, ha salutato lei e Clara (che era già lì, raggomitolata con un libro in mano sul solito divano verde del salotto), ma non ha neanche perso tempo ad accomodarsi prima di spiegare alle altre due che semmai, anzi, si sarebbero dovute alzare loro.

Candida soffia il solito nebbione. «E dove, di grazia, *io* avrei avuto l'idea di andare in gita con voi? Sentiamo.»

Anita si impettisce. «Per mia madre, in val di Susa o verso Lanzo a prendere il sole. In realtà a Trofarello, naturalmente.»

La guardano.

«Sentite, nel quaderno di Gioia non ho trovato niente che ci dicesse nulla sul suo nemico… se non forse che aveva il lobo dell'orecchio fatto strano – ma questa ve la spiego meglio dopo. L'unica traccia che abbiamo è che ora sappiamo di questo fantomatico padrone che può averla messa incinta. Quindi seguiamola e basta. La traccia, dico. Andiamo a chiedere di lui a chi ne sa qualcosa. Andiamo a parlare con la levatrice amica di Gioia.»

«Oh, sì, è un'ottima idea, facciamolo!» esclama Clara entusiasta.

Candida riflette, mentre aspira un'altra boccata. «Cioè,

fammi indovinare: andiamo in stazione, prendiamo il treno, arriviamo a Trofarello, cerchiamo non so come questa tizia di cui non ricordo neanche se mi hanno detto il nome e le facciamo un interrogatorio come quelli dei gialli che batti a macchina tu? E poi riprendiamo il treno, e in tutto questo tu e Clara siete a casa per l'ora di cena?»

«Oh, sì, *facciamolo*!» ripete Clara con assoluta faccia tosta.

«Non è mica impossibile», dice Anita. «Anzi, a dire il vero mancava ancora un pezzetto: prima passiamo anche a prendere Diana. Ci andiamo tutte e quattro, a trovare la levatrice.» Esita. «E non ti preoccupare, riguardo al fatto di doverla cercare senza nemmeno saperne il nome: ho già un piano anche per questo.»

Candida la guarda fissa per qualche secondo, poi scuote il capo. Anita trattiene il fiato.

«Sono già le due, Anita. Non ce la possiamo fare.»

«Come, no? Trofarello mica sta in Canadà. Sei sicura? Proprio sicura sicura?» Anita si mastica un labbro. Certo, non hanno molto tempo, dovrebbero uscire subito e fare un po' di corsa. Però ha fatto dei calcoli, le sembrava proprio che fosse un piano realistico, per la miseria.

Candida si alza dalla sedia. Schiaccia la sigaretta nel posacenere. «Sono sicura. Non se dobbiamo fare praticamente il giro della città per passare a prendere Diana e poi tornare indietro verso la stazione e poi aspettare il treno eccetera eccetera. Ma... si dà il caso che la Casa della Madre e del Fanciullo abbia un telefono. E che *anch'io* abbia un telefono.» Si dirige verso il suddetto. «Fatemi chiamare la custode. Le dico di mettere Diana su una vettura e farla portare qui. Dopodiché a Trofarello ci andiamo in macchina: per una volta possiamo permettercelo. Il treno lo prenderemo al ritorno, così avrai qualcosa da raccontare a tua madre. E voi intanto andatemi a prendere i guanti e il portafoglio.»

Anita e Clara si scambiano uno sguardo trionfale.

19.
CHI CERCA TROVA

L'andata a Trofarello è un viaggio allegro. Nella vettura verde e nera sono tutti di buonumore: Clara e Diana, a cui non par vero di fare tutta quella gita in macchina e rimirarsi mezza città dal finestrino comodamente sedute come delle signore; Candida, a cui viene un po' da sorridere dell'entusiasmo delle ragazze ma non lo dà a vedere, e comunque anche se lo desse a vedere le ragazze non lo vedrebbero comunque, perché sono in cinque in tutto con anche l'autista, e Candida s'è presa il posto davanti; l'autista, un ragazzotto che non riesce a credere di aver beccato un affare del genere e anche se poi dovrà tornarsene a Torino senza passeggeri ci guadagna comunque quanto di solito non riesce a fare in un intero fine settimana.

E Anita, che ha le viscere rimescolate un po' dall'adrenalina del proprio piano che sta prendendo forma, un po' dalla constatazione di quanto, ancora una volta, le piaccia andare in macchina. Che invenzione meravigliosa! Che sogno sarebbe, poterne guidare una nella vita. Ha pure guardato con rimpianto una pompa di benzina – con la sua buffa cima rotonda a palloncino di vetro – quando le sono passati di fianco, sperando che l'autista avesse bisogno di fermarsi e lei potesse osservare come si fa rifornimento. Invece, da bravo autista efficiente, s'era fatto trovare con il serbatoio già pieno. Peccato.

«A Trofarello dove?» chiede l'autista.

Candida si gira a guardare Anita nel sedile di dietro, come a dire "il piano è tuo, sei tu che lo sai".

«Alla stazione», dice Anita, perché per il suo piano serve comunque arrivare alla stazione.

«Ma se dovevate arrivare alla stazione perché non avete preso il treno?» chiede l'autista curioso.

«Come ti chiami, ragazzo?» chiede Candida, e ad Anita viene già da ridere perché sa come va a finire di solito quando Candida la prende larga.

«Tobia, perché?» esita il vetturino.

«Dimmi, Tobia: ti dispiace che abbiamo preferito pagare te?» dice Candida. «Perché, se è così, possiamo anche scendere subito.»

Tobia si tappa la bocca col mastice.

Arrivano alla stazione, pagano Tobia, restano sole sul piazzalino.

C'è un po' di viavai, ma non granché. I gitanti della domenica partono la mattina presto e tornano la sera. A missione finita, quando sarà ora di tornare a Torino per cena, allora sì che sul treno troveranno un pandemonio. Avranno tutti i vestiti sporchi di sabbia e i vagoni sapranno di pescheria, perché Trofarello è all'inizio della tratta verso Genova e i gitanti saranno tutti stati al mare.

«Ora dobbiamo camminare finché non vediamo la prima farmacia», annuncia Anita.

«Il centro è di là», dice Clara indicando una strada.

«Ci guardano tutti strano.» Diana si stringe nel vestitino, che è di nuovo quello della prima volta che Anita l'ha vista, probabilmente il più bello degli unici due o tre che possiede.

«Perché siamo quattro donne sole e neanche un uomo», dice Anita. «Ma basta calarsi nella parte. Candida è una padrona benestante che sta portando le figlie a fare commissioni.»

Diana scuote la testa dubbiosa. «Tu e Clara, forse. Io non potrei mai passare per sua figlia… Però potrei essere la serva!» Anita fa per obiettare qualcosa – anche se non sa nemmeno lei bene cosa, visto che effettivamente Diana non ha torto – quando si accorge che Diana l'ha detto con *gioia*. «Oh, sì, vi prego: posso essere la serva? Sarebbe un sogno!»

Lo dice come le bambine quando chiedono nei loro giochi di poter interpretare la principessa.

«Un *sogno*?» dice Anita.

«Certo che sì.» Diana congiunge le mani e alza gli occhi al cielo come se pregasse. «Una paga fissa e una casa sicura per fare le stesse cose che tanto faccio già adesso. La soddisfazione di vedere tutto pulito e tenuto bene senza altra gente che ti guasti il lavoro, essere la persona di fiducia di una sola padrona e non di trenta patroni, e se ti scappa di combinare un guaio venire sgridata una volta sola.»

Anita si gratta la testa. «In effetti, se la metti così.»

«Allora in marcia, famiglia», esclama Clara. «Abbiamo una farmacia da trovare.» Candida dà il via e parte in testa a mento alto, Anita e Clara a braccetto appena dietro, e poi Diana rispettosamente a un altro paio di passi di distanza. Anita si gira per guardare che le vada bene, ma Diana le risponde facendole allegramente l'occhiolino.

«E adesso?» chiede Candida.

Hanno trovato la farmacia più vicina alla stazione. Piccolina, ma sembra un posto decente. Anita ha fatto girare l'angolo al gruppo, perché dalla vetrina, dice, il farmacista non deve vederle.

«Dai, è venuto il momento di dirci cos'hai in mente», dice Clara.

Per tutta risposta, Anita sta esaminando Diana come una sarta che prende le misure a una cliente. Emette un paio di *mmmh,* massaggiandosi il mento, poi le snoda la cinturina del vestito e gliela riannoda più stretta. «Ehi», dice Diana, ma più per curiosità che per protesta. Adesso sembra una che abbia voluto nascondere la pancia e abbia ottenuto il risultato inverso. Anita le apre anche il bottone sul punto massimo del girovita, poi ci ripensa e lo richiude, come decidendo fra sé che va bene anche così.

«Si può sapere cosa stai facendo?» chiede Diana, che dopotutto ne ha il diritto, visto che la pancia è la sua.

«Ti ricordi come stavi quando hai scoperto di essere incinta e hai dovuto chiedere aiuto?» le chiede Anita.

Diana aggrotta la fronte. «Sì. No. Non lo so. Era una situazione… strana.»

«Be', sarai stata preoccupata, affranta, smarrita, giusto?» dice Anita, inconsapevole seguace del metodo Stanislavskij, se avesse mai sentito parlare del metodo Stanislavskij. «Devi ritrovare quello stato d'animo lì. Adesso io ti accompagnerò dentro la farmacia e tu sarai una ragazza nei guai che vorrebbe non dare nell'occhio e però non può trattenersi dal piangere preoccupatissima. Per il resto, lascia parlare me. Capito? Te la senti, pensi di potercela fare?»

Diana ci pensa un attimo, poi per tutta risposta, senza preavviso, si tira due violenti schiaffi su ciascuna guancia. Clara si lascia scappare un urletto d'empatia.

«Per le lacrime e la faccia rossa», spiega Diana.

«Ma guardale qua, la Duse e la Bernhardt», commenta Candida.

Anita prende Diana sottobraccio. «Perfetta. Andiamo in scena.»

Sono di ritorno dopo dieci minuti e Anita ha in mano un biglietto. Lo porge a Candida con solennità. Sopra ci sono scritti un nome e un indirizzo.

«Ecco qua», proclama. «Nome e indirizzo della levatrice che aiuta le ragazze del posto che vengono inguaiate dai padroni dei frutteti.»

«Come cavolo avete fatto?!» chiede Clara battendo le mani.

«Nostro padre, nonché tuo marito», spiega Anita tutta gongolante guardando ora lei ora Candida, «ha combinato un bel guaio con la nostra servetta», e Diana, tirata in ballo, fa un inchino da prima attrice. Ha ancora la faccia chiazzata e lucida di lacrime secche: evidentemente è stata capace di rimanere nella parte sino all'ultimo. Chissà se ha dovuto anche tirarsi un altro paio di schiaffi dietro uno scaffale, per sicurezza. «Io», prosegue Anita, «ho interpretato la figlia scapestrata che ha avuto pietà della servetta e l'ha accompagnata a cercare aiuto. Per non farle subire le rappresaglie di nostra madre, capite, che è un'arpia che farebbe qualsiasi cosa pur di proteggere il buon nome di famiglia. E il farmacista, che naturalmente conosce tutte le infermiere e le levatrici e le balie della zona, dopo il prevedibile predicozzo ci ha fatto il nome di quella che è… uhm, *nota* per dare una mano alle ragazze del posto che passano gli stessi guai.»

«Grazie tante per la bella parte che mi hai dato», sogghigna Candida. «Ma il farmacista non vi ha chiesto come mai siate andate a chiedere aiuto proprio a lui, un estraneo, e non al medico di Diana, o ad altre ragazze più esperte? Non si è stupito che non conosceste nessun altro di fiducia?»

«Ho spiegato che noi non siamo di qui, abitiamo in un posto che non gli potevo dire, a una, forse due o tre fermate di treno, e che ho pensato di venire in un altro paese proprio per non rischiare di suscitare pettegolezzi nel nostro circondario.»

«Ecco perché cercavi la farmacia più vicina alla stazione», dice Clara schioccando le dita. «Per far finta di arrivare da lì!»

Anita annuisce. Clara le fa un lento applauso di complimenti, a cui si unisce anche Candida.

Anita e Diana mandano baci al pubblico.

«Ernestina Rocca», legge Candida dal biglietto. «Eh sì. Ora che lo vedo scritto, mi pare proprio che sia il nome che mi ha detto la mia collega, la patronessa chiacchierona.»

«Il farmacista ha detto che sta lungo questa strada: terza traversa e poi si gira dietro la latteria», dice Diana.

Clara si mette in marcia per prima nella direzione indicata. Si gira solo un istante a guardare la farmacia con un sorriso di gratitudine. «È stato un brav'uomo, comunque, questo farmacista», dice.

«Be', più o meno», dice Diana quasi fra sé.

«In che senso?» chiede Clara. C'è tutto un domino di sguardi: Clara e Candida guardano Diana interrogative, Diana guarda Anita come per chiederle il permesso di raccontare anche quella parte, Anita guarda al cielo come per dire "e va bene, se non si può evitare".

«Sapete quando Anita ha detto che, prima di decidersi ad aiutarci, il farmacista ci ha fatto il predicozzo?» dice Diana. «Ecco. Quello che voleva dire è che per prima cosa ha cercato di farsi pagare per le informazioni.»

«Ma tu pensa, che verme!» sussulta Clara.

«Poi però Anita l'ha impietosito giurando e spergiurando di non avere soldi con sé, a parte quelli giusti per il treno, e lui ha dovuto smettere d'insistere. Ciò nonostante, si vede che aiutarci gratis l'ha lasciato insoddisfatto, così prima che uscissimo si è levato il capriccio, perlomeno, di fare un *vero* predicozzo ad Anita.»

«Ah! Non a te, che dopotutto sei quella che si è fatta mettere incinta?» chiede Clara stupita.

«Avrei detto anch'io.» Diana alza le spalle. «Ma si vede che a fare il bullo con Anita ci provava più gusto.»

Clara si gira verso la sua amica, tutta protettiva come quando erano a scuola e si spalleggiavano a vicenda. Certe abitudini non si perdono – per fortuna. «Che cavolo ha osato dirti, il lombrico?»

Anita sventola la mano con noncuranza. «Oh, niente, nulla che tu non possa già immaginare. Mi ha fatto presente che per essere una ragazza di buona famiglia dovevo stare attenta, perché a furia di difendere le ragazze nei guai nei guai ci finisci anche tu, specialmente se sei il tipo che mette il rossetto e scappa di casa per trafficare di nascosto da mammina.» Sospira con l'aria di una che ci è già passata. «Praticamente mi ha dato della sgualdrina in erba, della poco di buono che è già sulla cattiva strada. Le solite cose.»

Candida sbuffa (nel frattempo s'è accesa una sigaretta, guadagnandosi l'occhiataccia di una passante, perché le donne per strada non fumano). Clara spalanca le braccia scandalizzata come a invocare tutti i santi, più qualche beato per sicurezza.

«Tutti uguali, questi bravi cittadini, come i patroni all'ONMI», brontola Candida. «Non sono proprio capaci di fare una buona azione per te senza farne anche un'altra che ti umili.» Scuote la testa. «Ma verrà il giorno in cui una donna potrà mettersi il rossetto e fumare per strada e *soprattutto* aiutare un'altra donna senza sentirsi dare della prostituta.»

Diana tocca con simpatia la spalla di Anita. «Gli piacerebbe, a quel rospo, trovare una ragazza carina come te al bordello in cui scommetto che passa tutti i suoi sabati sera», sentenzia. «Scommetto che sarebbe disposto a spenderci anche cento lire.» Poi si blocca e aggiunge: «Oddio, voleva essere un complimento».

Anita, Candida e Clara scoppiano a ridere.

«Era chiarissimo», assicura Anita.

E il manipolo in missione – o la compagnia teatrale: a questo punto non si sa bene la differenza – si mette in cammino. C'è una levatrice da andare a trovare.

20.
LA «BELA ROSIN»

Ernestina Rocca sembra fatta in miniatura. Apre la porta e quattro paia di occhi devono volgersi verso il basso per inquadrarla: avrà una sessantina d'anni, sarà alta un metro e quarantacinque a dir tanto e leggera come un cestino di fragole. Lei invece i suoi, di occhi – azzurri come il cielo sopra un lago ghiacciato –, li deve alzare, per squadrare bene la parata di sconosciute che si trova di fronte. Quando però Candida dice il proprio nome e poi quello delle ragazze, dal modo in cui Ernestina si prende il tempo di scrutare in faccia ogni visitatrice si capisce che al diavolo il metro e quarantacinque: dentro, dev'essere più piazzata di un orso bruno. Specialmente quando il suo sguardo esperto si posa sul girovita di Diana e l'espressione del volto, da perplessa, si muta chiaramente in un "ah, ecco".

«Signora Rocca, le sembrerà strano ma non siamo qui per la nostra amica incinta», dice però Candida, che è della stessa pasta di Ernestina e sa come rivolgersi ai propri simili, ossia andando subito al sodo. «Avremmo bisogno di parlarle a proposito di Gioia Bratti, se la ricorda?»

Ernestina neanche risponde: si limita a sollevare un sopracciglio e mezzo, non proprio come fa spesso Anita ma quasi, come a dire con la sola parte superiore della faccia "state *scherzando.* Come se potessi mai dimenticarmi di Gioia".

Bene.

«Possiamo entrare?» chiede Candida.

«Ho appena messo su il tè», dice Ernestina facendosi da parte come un usciere.

La casa è modesta e ben tenuta. Il tinello, su cui si affaccia la cucina – che è poco più che un bugigattolo, occultata da un paravento –, ha due divanetti a fiorellini lilla, dei quadretti a una parete e una libreria a quella di fronte. A colpo d'occhio, sembra una stanza dimessa, quasi fredda. Infatti Anita si accorge che Clara e Diana, accomodandosi, si guardano intorno perplesse. Probabilmente sono spiazzate da quell'austerità che non avrebbero detto, in casa di una levatrice abituata ad aiutare ragazze e bambini.

Oh, be'. Anita sa che il colpo d'occhio non basta. Santa polenta fumante, l'Operatore e Race Williams e Violet e Miss Pinkerton la accuserebbero di notevole ingenuità, se si lasciasse fuorviare da una prima impressione. "Dunque, vediamo", si dice, "perché quest'aria severa?" Ah, certo. Perché alle pareti non c'è carta né colore, solo una colata di intonaco bianco e poi di altro bianco e grigio e nero: i quadretti appesi sono tutte foto. E, a farci caso, sono tutte foto di ragazze, o di bambini. O di ragazze con bambini.

E poi c'è la libreria. Dal terzo ripiano in su, Anita registra coste di libri, soprammobili di ottone, una madonnina di ceramica; ma il primo e il secondo scaffale, i più bassi, contengono scatole di cartone e albi da disegno rilegati in tela. Cose per bambini, per farli giocare sul pavimento mentre la mamma parla con la padrona di casa.

C'è anche un altro particolare che corrobora l'impressione di una stanza spoglia: lo spazio vuoto. Ci sono i divanetti e la libreria, appunto, poi però solo un tavolino basso fra i divani, una macchina da cucire a pedale in un cantuccio, un tappeto per terra. Fine. Ma Anita ci scommette: è perché all'occorrenza i divanetti si possano spostare contro le pareti e, al centro, la stanza possa ospitare una brandina. Un giaciglio temporaneo per una di quelle ragazze madri che poi, magari, una volta che si sono sistemate e son tornate tranquille, si fanno fare una foto ricordo e finiscono a sorridere dal muro sopra il divano, insieme al loro bambino.

Anita sorride alla parete.

Ora non le sembra più tanto fredda, quella stanza.

Ernestina sta armeggiando dietro il séparé. «Ho aggiunto

dell'acqua», dice, affacciandosi. «Quella di prima non bastava: pensavo di dovermelo bere solo io, il tè. Fa un caldo tremendo, ma dicono che le bevande calde son le uniche che dissetano davvero. Allora, signore, intanto veniamo al punto. Gioia?»

Le quattro visitatrici annuiscono. «Gioia», dice Candida.

Ernestina esce da dietro il paravento e si porta dietro uno sgabello. «Povera ragazza», sospira, sedendosi. I giornali li deve aver letti anche lei. «Cosa volete sapere? Ma, soprattutto: perché?»

Candida scambia uno sguardo con Anita. Finora ha fatto da apripista, ma l'idea di venire fin qui è stata di Anita, ed è Anita quella degli interrogatori, quindi ora tocca a lei, grazie.

Anita si schiarisce la voce. «Signora Rocca, forse ora ci prenderà per pazze, ma sia indulgente e ci ascolti, la prego. Siamo qui perché abbiamo paura che Gioia non sia morta per un incidente.»

Ernestina sbarra gli occhi. Per essere occhi abituati a vederne di tutti i colori, si sbarrano un bel po'.

«Cioè l'avrebbero uccisa? Oh Signore. E cosa ve lo fa pensare?»

Anita fa per aprire la bocca, poi scuote la testa. «Troppo lungo da spiegare, e noi, mi duole ammetterlo, abbiamo poco tempo. Il succo è che forse Gioia era minacciata da qualcuno, ma noi non siamo ancora riuscite a capire da chi. Alla polizia, naturalmente, sembra che non importi nulla, ma Diana era amica di Gioia», dice, indicando Diana, che annuisce, «e dice che non si sarebbe mai comportata come hanno scritto i giornali.»

Ernestina aggrotta la fronte. «È la stessa cosa che ho pensato subito anch'io», sentenzia. Anita le sorride. «Ma perché venire da me? Cosa pensate che potrei sapere?»

«Lei conosceva Gioia da prima di noi», dice Anita. «Noi non sappiamo nulla di come sia rimasta incinta, per esempio. Abbiamo pensato che forse il padre di suo figlio potesse essere rispuntato dal passato dopo aver saputo che i conti stavano adottando il bambino.»

«Oh. Capisco.» Ernestina annuisce, lentamente. Fa per aggiungere qualcosa, poi sembra ricordarsi di qualcos'altro, alza l'indice per far segno di aspettarla e va a versare il tè. Anita scambia uno sguardo cauto con le altre, che la guardano altrettanto caute. Silenzio. Suspense. "Nei libri si sopporta meglio", pensa Anita. Ernestina torna con un vassoio di tazze tutte diverse, lo appoggia sul tavolino, passa a Candida la zuccheriera col cucchiaino infilato dentro, e solo dopo un secolo e mezzo, cioè quando finalmente tutte hanno la loro tazza di tè oscenamente caldo, dice: «Be', mi dispiace ma avete proprio sbagliato in pieno».

Ah.

Anita storce la bocca. Già aveva poca voglia del tè prima.

«Non dico che non fosse una pensata con del buonsenso», dice Ernestina, sorseggiando come se della temperatura lavica non gliene importasse niente, «ma non può essere andata così, il padre del bambino non può essersi ripresentato proprio per un accidente, temo. A meno che non l'abbia fatto da fantasma. Perché, vedete, il padre del bambino è morto più di un anno fa.»

Ah.

Anita e tutte le altre si scambiano un giro di sguardi, che vogliono dire "e questo chiude la faccenda" e anche "be', ci abbiamo provato".

«Mi tolga una curiosità, signora Rocca», dice Anita, perché a questo punto tanto vale. «Il padre di Domenico... era il padrone di Gioia, vero? So che è un'informazione delicata, può contare sulla nostra più totale discrezione», si affretta ad aggiungere.

Ernestina sta di nuovo sorseggiando e ha la bocca impegnata, ma da sopra la tazza i suoi occhietti hanno un guizzo vispo che non ci vuol molto a prendere per un sì. Anzi, di più: per un *complimenti, ci siete arrivate.*

«Era un possidente, vero?» Clara aggrotta la fronte. Ha l'aria di una che ha promesso agli ingranaggi del suo cervello una bella giornata di moto e non si accontenta di tornarsene a casa così. «Frutteti di ciliegie. Avrà avuto un bel gruzzolo. Lei pensa che ci potessero essere degli eredi a cui non sia piaciuto scoprire che Domenico era figlio suo?»

Gli occhietti di Ernestina hanno un altro sfavillio. Ce l'ha scritto in faccia che quelle quattro tizie venute da fuori per far giustizia a Gioia, che hanno evidentemente fatto i compiti e ragionato sui fatti, le stanno piacendo. «Avrebbe senso anche questa pensata, cara, ma purtroppo neanche stavolta ci avete preso.» Lo dice come se spiacesse anche a lei, perché ha apprezzato l'impegno. «Il signor Fantino aveva degli eredi, certo – due figli, che hanno preso in mano i suoi affari –, ma Gioia e il suo bambino non avrebbero mai costituito una minaccia per loro. Era tutto molto, molto chiaro. E, anzi, fu proprio questa la molla che spinse Gioia a scappare via e a venire a chiedere aiuto a me.»

Le facce di Anita, Clara, Diana e persino Candida vogliono tutte dire "si spieghi meglio".

Fra l'altro, per la cronaca, alla fine il tè se lo stanno tutte bevendo eccome.

«La prima cosa che dovete sapere, care signore, è che, contrariamente a quanto potreste avere presupposto, il signor Fantino a Gioia voleva bene sul serio. Era vedovo e la sua defunta moglie era stata una brava donna gentile. Anche Fantino era gentile: all'antica, se vogliamo, non molto aperto, e se posso dire la mia non proprio brillante... ma gentile. Gioia, per prima cosa, gli aveva fatto compassione, quando l'aveva vista così in difficoltà sul lavoro. Oltretutto la ragazza lavorava sodo. Così Fantino aveva iniziato a favorirla, per esempio dandole da dormire a casa sua per evitarle il viaggio. Gioia non amava essere maltrattata ma neanche essere favorita senza merito, per come la vedeva lei, così aveva preteso di potersi occupare della casa e delle cene fintanto che fosse rimasta ospite. E un po' alla volta si erano trovati entrambi così bene che da ospite durante la stagione Gioia era passata a governante fatta e finita, per tutto l'anno e a tempo pieno.»

Anita capta un piccolo sospiro di Diana. Che bella vita, deve stare pensando: fare neanche la serva, ma proprio la governante, in casa di uno gentile.

Ernestina beve un altro sorso. «Da cosa nasce cosa e nel giro di qualche tempo Gioia era diventata la padrona di casa. Lo sapevano tutti, in città. All'inizio erano circolate delle frecciate, delle maldicenze, ma che maldicenze possono esserci quando i due presi di mira non solo non nascondono nulla ma sembrano anche tanto felici e contenti? Certo, battute se ne facevano: "Con tutte le donne in circolazione, si prende quella che non parla: chiamalo scemo!". Lui ribatteva che Gioia quando voleva si faceva capire bene e lasciava intendere che lo faceva anche rigare dritto e alla fine, dai e dai, la cosa aveva finito per non scandalizzare più nessuno.»

«Neanche i figli?» chiede Diana.

Ernestina le fa un cenno del capo che significa "ci stavo proprio arrivando". «Uno dei pochi pettegolezzi ad aver ancora motivo di esistere era ovviamente questo: *ma Fantino la sposerà, la sordomuta?* Perché, se l'avesse fatto, allora sì che l'eredità sarebbe stata rimessa in discussione. I figli avrebbero sicuramente ottenuto la gestione degli affari, ma di certo, quanto a beni materiali, a Gioia avrebbe finito per spettar qualcosa. E se avessero avuto dei bambini, poi...» Alza le spalle. «Ma i figli di Fantino continuavano a farsi vedere in giro tranquilli e rilassati e Gioia stessa, che aveva il terrore di essere odiata da loro e di venir vista come un'usurpatrice in casa, aveva finito per chiedersi come mai. Insomma: le andava benissimo che nessuno la odiasse o la guardasse con sospetto e timore, ma le sembrava anche strano. Così un giorno aveva comunicato questa sua perplessità a Fantino.» Fa un sorrisino. «Credetemi, Gioia riusciva a farsi capire, quando voleva; bastava conoscerla un po'.»

Diana annuisce e abbassa gli occhi sulla tazza. «È proprio vero.»

«Fantino per tutta risposta – questo me lo raccontò lei – l'aveva abbracciata. Poi l'aveva caricata sul carretto e l'aveva portata in gita a Mirafiori.»

Anita alza un sopracciglio. «In gita a vedere cosa, il campo volo?» Che romantico. Forse è vero che Fantino non era molto brillante, santa polenta fritta.

«No... a vedere il mausoleo della *Bela Rosin.*»

Ah.

Oh.

Eh già.

Anita la storia della *Bela Rosin* la conosce un po', come tutti i torinesi, ma solo un po'. Roba dell'Ottocento – quindi un po' chissenefrega – però dell'Ottocento che per i torinesi conta di più, quello del Risorgimento, del Regno d'Italia, di Vittorio Emanuele II – quindi roba che comunque un po' bisogna sapere. E il poco che Anita ne sa le basta per intuire dove la faccenda stia per andare a parare.

«Insomma, Fantino piazza Gioia davanti al mausoleo e per non sbagliarsi le racconta tutta la storia», dice Ernestina. «"Vedi?" le dice. "Una volta il re, due re prima di questo, aveva una moglie che non era proprio una moglie, proprio come me e te. Era anche tanto più giovane di lui, proprio come me e te. Si amavano molto e lei gli era sempre vicina, proprio come me e te, ma non pretese mai di essere la regina e per questo tutti i sudditi le volevano bene. Quando morì, il re le fece costruire questo bellissimo mausoleo per far capire a tutti quanto le aveva voluto bene. Tu sei come la *Bela Rosin*", era stata la conclusione: "Non chiedi niente, non porti via niente a nessuno, e per questo tutti ti vogliono bene e te ne vorranno finché morirai".»

«Per la miseria stracciata», esclama Clara. «Fa venire voglia di fare gli scongiuri.»

Ernestina annuisce, grave. «Sì, ve l'ho detto che Fantino non era esattamente un genio. Ma non è solo questo. Voi cosa avreste capito da un discorso del genere?»

«Che il tizio che io considero praticamente un marito si guarda bene dal pensare a me come a sua moglie», deduce velocissima Anita, agghiacciata. «Che gli vado bene perché sono buona e muta – è il caso di dirlo –, ma che se dovessi per caso iniziare ad avanzare qualche richiesta, a desiderare qualche garanzia, col cavolo e tanti saluti.»

«Non era mai stato un rapporto alla pari», sospira Candida deponendo la tazza vuota. «Povera Gioia, ad averlo anche solo sperato.» Si accende una sigaretta.

«Eh già.» Ernestina raccoglie le tazze. «Naturalmente a Gioia non era mai interessato farsi sposare, anzi, come ho detto, aveva il terrore di passare per un'intrusa in famiglia e attirarsi l'odio dei figli di Fantino. Però quel giorno il discorso la colpì in modo diverso, perché...»

«Oh mio Dio. Perché era già incinta.»

Questa è la voce di Diana. Tutte si girano verso di lei, che ci è arrivata per prima e adesso si sta premendo una mano sulla bocca.

Ernestina annuisce. «Proprio. L'aveva appena scoperto e ancora non l'aveva detto a Fantino. Se quella rivelazione fosse arrivata prima, se Gioia avesse capito prima quanto il ruolo che pensava di avere in casa di Fantino fosse diverso dalla realtà, forse avrebbe reagito in un'altra maniera. Ma in quel momento le parve che le scoperchiassero il tetto sopra la testa. Sentì di non aver costruito niente e di non avere nulla da lasciare al suo bambino. Di non poter contare più su nessuno, perché, dopotutto e nonostante tutto, in quella casa era ancora un'ospite come quando ci era entrata la prima volta.» Inspira. «Così fece quello che tutte le ragazze di queste parti fanno quando hanno un bambino di cui preoccuparsi e nessun posto dove andare: cercò me. Mi spiegò la storia, un po' con i suoi mezzi un po' rispondendo alle mie domande, e insieme trovammo la soluzione migliore: cambiare aria, andare a Torino, all'ONMI, a farsi aiutare, e senza più avere contatti con Fantino. Il quale, in ogni caso, di lì a poco si ammalò e poi morì, senza aver mai nemmeno saputo che Gioia era incinta.»

«Ma se avesse saputo del bambino lui l'avrebbe aiutata?» dice Diana.

Ernestina si stringe nelle spalle. «Probabilmente sì: c'è da pensare che l'avrebbe cresciuto in casa, dando cibo e alloggio a lui come a Gioia. Solo che pian piano si sarebbe posto il problema, per esempio, di farlo studiare, di renderlo autonomo, e ogni investimento avrebbe costituito un dilemma, perché sarebbero stati soldi sottratti al resto della famiglia ufficiale. O forse non sarebbe stato un dilemma per niente, perché dopotutto neanche il figlio della *Bela Rosin* è mai diventato neanche principe.»

«Quindi Fantino non ha mai saputo che Gioia era incinta.» Clara rimugina, grattandosi una guancia. «E quindi, non l'hanno mai saputo neanche i suoi figli. *E quindi*, se anche avessero scoperto di Domenico e dell'adozione leggendo i giornali, non avrebbero avuto motivo di credere che fosse per forza figlio del loro padre.» Guarda Anita. «Il che ci dice che difficilmente uno di loro poteva avercela con Gioia.»

Anita, Candida e Diana annuiscono, mogie. Un po' per la storiaccia che hanno appena ricostruito, un po' perché, be', che zucche. Vicolo cieco. Che peccato. Ci avevano creduto così tanto.

Ernestina si alza, con il vassoio carico di tazze vuote da riportare in cucina. «Mi dispiace che le vostre congetture siano finite in ciccia», dice. «Per quel che può valere, avevano perfettamente senso.»

Anita prende un lungo sospiro silenzioso, lo sguardo che le vaga sulla parete delle foto. «Ha anche un ritratto di Gioia, qui?» È buffo: tutto questo battersi per lei, eppure solo ora si rende conto che non l'ha mai vista in faccia.

«Non lì», dice dalla cucina. «Ce l'ho sì, una foto di Gioia, e pure bella bella, a dire la verità. Me la diede proprio lei – come avrà capito, ho l'abitudine di chiedere alle mie ragazze una loro foto da tenere per ricordo.» Ernestina esce di nuovo da dietro il séparé e punta dritta a una delle scatole sugli scaffali bassi della libreria. Anita la osserva mentre estrae scatole più piccole, di pastelli e di tempere, e poi sacchetti di legnetti da costruzioni e una scatola piatta di latta portafigurine: come immaginava Anita, roba per far star buoni i bambini. Però alla fine Ernestina tira fuori anche una scatola più piccola, di cartone, e quando la apre ci sono delle foto.

«Gioia mi diede proprio questa un po' perché era una delle migliori che aveva, un po' perché lei, tanto, non la voleva più vedere. E io proprio per quello non l'ho incorniciata, nel caso un giorno fosse tornata a trovarmi e avesse rischiato di trovarsela davanti.»

Allunga la mano, porge il rettangolino bianco e nero ad Anita. È un primo piano di due persone.

«Oh», dice Anita.

«Già», annuisce Ernestina. «Non la voleva più vedere perché l'altra persona nella foto è Fantino.»

Anita guarda le due teste. Quella di Gioia è inquadrata frontalmente: ride all'obiettivo, è una bella ragazza paffuta che probabilmente dimostra meno anni di quelli che ha, che comunque son pochi. L'altra testa è quella di un uomo tozzo e non particolarmente attraente, già stempiato, più vecchio di Gioia.

E, siccome è leggermente di tre quarti, gli si vede l'orecchio.

Senza lobo.

21.
L'OTTIMO È NEMICO DEL BENE

«Senza lobo», ripete Sebastiano.

Anita sospira. Lascia ricadere le mani sulle ginocchia, inerti, come presine da forno vuote.

È seduta davanti alla Olivetti, che però non ha ancora visto un polpastrello. Stamattina Anita si è giusto limitata a infilare un foglio vergine nel rullo quando ha udito Monné entrare nella palazzina, salutando ad alta voce e fischiettando (fra parentesi: quando Monné arriva fischiettando, è perché lungo la strada è entrato in edicola e ha trovato la pigna dei «Saturnalia» più bassa dei «Le grandi firme»). Poi Anita ha aspettato il momento buono per parlare, ma l'ha aspettato per ore, perché in casa editrice il clima è stato tropicale sin dalla mattina presto, e le porte sono rimaste spalancate tutto il giorno per fare corrente.

Per fortuna, quando praticamente è stata già ora di sbaraccare, Monné ha ricevuto una telefonata alla quale ha risposto con vocina di ottavino: un cliente potente da compiacere, sicuro. Magari qualcuno dalla compagnia teatrale di Macario o dalla Penne Stilografiche Aurora intenzionato a comprare uno spazio pubblicitario. E, nell'istante in cui Monné s'è chiuso nel proprio studio per non farsi disturbare, Anita ha finalmente potuto piantarla lì con quella pantomima del lavorare e ha raccontato a Sebastiano tutta d'un fiato per filo e per segno la gita da Ernestina Rocca.

Arrivando all'orecchio senza lobo.

«È evidente cosa significa, questo», sospira Anita.

«Ah sì?» dice Sebastiano, che forse non lo trova così evidente ma è pronto a farselo spiegare (al solito, il problema di avere complici svegli: ogni tanto cedi alla tentazione di farti spiegare tutto da loro).

«Ma sì», sospira Anita. «Vuol dire che tutti quei disegni di orecchie sul quaderno di Gioia potrebbero davvero non significare un bel tubo di niente. Sono un tratto distintivo, sì, ma magari non del criminale che la minacciava, come credevamo noi: magari solo dell'uomo che aveva amato e che ancora rimpiangeva. Magari non poteva fare proprio proprio il suo ritratto intero, magari perché non si fidava, casomai qualcuno lo riconoscesse o le chiedesse qualcosa, o magari solo perché fare un ritratto a memoria è difficile; ma magari invece l'orecchio, quello sì, quel dettaglio se lo ricordava bene, e magari per lei era una specie di emblema di Fantino, cioè, di Fantino tutto intero. Anzi, magari lo caricava anche di significato, proprio quel dettaglio lì dell'orecchio di Fantino, perché Domenico, pur essendo suo figlio, era venuto fuori *con* il lobo.»

Sebastiano si gratta la testa. «Sono un sacco di magari.»

«Già.»

«Però ha una sua logica.»

Anita si attorciglia un boccolo attorno a un dito. «*Okay*», dice (non sarà italiano, ma i loro detective lo dicono così spesso che da un po' ha cominciato anche lei). «Questo sarebbe il momento in cui lei mi dice: "No, signorina, invece avevamo ragione. Ha appena detto tutte cose sagge e logiche e intelligenti – come suo solito, signorina! – ma l'orecchio senza lobo può *ancora* identificare il cattivo, perché sabato ho aguzzato la vista e il perfido conte ha proprio le orecchie così". Battuta sua, quando vuole.» Gli fa anche il gesto con la mano, come se stessero provando i dialoghi di un copione in teatro.

Sebastiano fa un mezzo sorrisino sconsolato. «Eh, magari.»

«Anche lei?»

«Anch'io cosa?»

«Anche lei coi magari.»

«Era per dire: "eh, sarebbe bello". Nel senso: sarebbe bello se potessi dirle così, e invece. E invece niente orecchio. Cioè, no, l'orecchio c'è – l'orecchio del conte, dico.» Sebastiano scuote la testa come per risistemare le idee. «Il conte ha le orecchie, ovviamente; solo che ha anche i lobi normali. Non c'è niente da fare: la pista del lobo sessile come dettaglio accusatore, a quanto pare, era proprio un vicolo cieco.»

Sospirano in contemporanea come tenore e soprano in duetto.

Anita si guarda le mani in grembo. Certo, era un'ipotesi azzardata, lo sapevano sin dal principio. E, certo, può capitare benissimo di infilarsi in vicoli ciechi, binari morti, piste senza sbocco. Ai loro detective, per prassi, capita almeno una volta per storia, sennò la storia è noiosa. (Bonomo, per dire, vicoli ciechi non ne imbocca mai. Perché il poliziotto fascista mica può fare la figura di quello che sbaglia, chiaramente.) Quindi dovrebbe essere un bene, questo inciampo, far parte dell'avventura.

Solo che è lunedì.

E giovedì devono mandare le copie di «Saturnalia» alla prefettura. Con i testi finiti e a posto per la pubblicazione.

E questo significa che non faranno mai in tempo a ricominciare le indagini da zero, scovare un'altra pista, risolvere il caso, inventarci una storia sopra e scriverla entro quattro giorni, anzi, ormai praticamente tre.

E quindi, niente, devono rassegnarsi. Con ogni probabilità, il prossimo numero di «Saturnalia» uscirà senza nessun racconto di John Dorcas Smith.

«Pazienza.» Anita fa un sorrisino a labbra strette come le porte del Paradiso. «Sarà un gran numero lo stesso, con Violet e Nevada e Miss Pinkerton. Qualcosina di buono l'avremo fatto comunque. E poi non è mica detto che un caso si debba risolvere per forza in un mese. Magari, se continuiamo a cercare di farci venire qualche idea, J.D. Smith avrà qualcuno da denunciare il mese prossimo.» Storce il naso. «Anche se devo ammettere che il fatto che quel manichino impomatato di Bonomo, invece, porti a casa un caso risolto al mese, mi dà tantissimo fastidio.»

Suo malgrado, Sebastiano ridacchia. «È che siamo abituati troppo bene con i racconti», dice, con l'enfasi di chi sta cercando di convincere in primo luogo sé stesso. «Mica solo quelli di Bonomo: ogni mese, tutti i nostri detective si ficcano in un guaio e lo risolvono. La vita mi sa che è un po' più simile a un romanzo, che a un racconto: più respiro, più tortuosità. Prenda Sam Spade, per esempio: siamo alla quarta puntata e ancora non ha visto la luce.» Sta indicando un fascicolo di «Black Mask» che sporge da sotto altri numeri più recenti: ad Anita non ci vuole un grande intuito per capire che si tratta di quello con la quarta puntata del *Falco maltese*. «Ma sì», finisce di sospirare Sebastiano. «Continuiamo a pensarci su e vediamo se ci vengono nuove idee, è il meglio che possiamo fare. Forse sapere di non dover correre contro il tempo ci tornerà utile. Non è che si possa sempre puntare subito a una soluzione immediata e brillante. Andare con calma ci farà indagare con più criterio.»

«L'ottimo è nemico del bene, come dice lei», annuisce Anita.

«Veramente come dice mio padre», si rabbuia Sebastiano.

E il fatto che si rabbui significa che quella del padre è ancora una nota dolente. Ad Anita non ci vuole un grande intuito per capire nemmeno questo.

«Sempre niente?» azzarda Anita, perché è inutile girarci intorno.

«Niente.»

Ah.

«Le autorità non vogliono nemmeno che si vada sul posto, perché hanno paura che dei malintenzionati fingano di essere padroni di casa o parenti ed entrino nelle abitazioni a razziarle.»

«Ah.»

«Ma pensavo lo stesso di andare lì nel fine settimana, subito dopo la consegna delle bozze del nuovo numero.»

«Ah.»

«Le locande della zona stanno ospitando i sopravvissuti rimasti senza un tetto: potrebbero avere un posto anche per me, e io sul posto potrei cercare meglio, battendole tutte quante di persona. E poi negli ospedali, perlomeno quelli a cui non sono ancora riuscito a telefonare.»

«Ah.» Niente, deve trovare qualcosa di meglio da dire. «Mi

sembra una buona idea. E poi magari nel frattempo si ripristineranno le comunicazioni, le linee telefoniche, e magari sarà suo padre ad anticiparla e a farsi vivo per primo.» Suona come un eccesso di ottimismo, ma Sebastiano le lancia un velocissimo sguardo di gratitudine per averlo detto.

A volte un eccesso di ottimismo è esattamente la dose di ottimismo di cui si ha bisogno.

Come a suggello della deduzione, il telefono squilla in quel preciso momento dallo studio di Monné. Sebastiano fa un salto, come sempre. Ogni volta che il maledetto telefono squilla, ci sono questi due secondi in cui Sebastiano sussulta, poi ascolta il vuoto per cercare di capire se, magari (un altro magari), questa sarà la volta buona; se in capo a tre secondi Monné uscirà dal proprio studio, scalpiccerà attraverso il corridoio, si affaccerà e gli dirà «Per te, Sebastiano; è uno che dice di essere tuo padre».

Ma di solito l'unica cosa che si sente è Monné che dall'altra parte del corridoio inizia a confabulare con chiunque abbia telefonato, segno che la chiamata era per lui.

Stavolta, però, da dietro la porta Monné dice due parole e poi tace.

E si ode il cigolio della porta che si apre.

E poi un rumore di passi che attraversano il corridoio.

Anita guarda Sebastiano, che sta guardando verso il corridoio, oltre la porta aperta dell'ufficio, come un segugio in punta. Monné compare nello specchio della porta e infila dentro la loro stanza la sua testa lucida che pare la boccia di vetro in cima ai distributori di benzina.

«È per voi», comunica, pure un po' sorpreso. Cioè, come se fosse sorpreso lui per primo.

«Per noi?» chiede Sebastiano, che si aspettava un "per te".

«Voi *lei*», specifica Monné. E accenna con la testa ad Anita.

«Per me? E chi cavolo può mai cercare al telefono *me*?» Anita scambia con Sebastiano uno sguardo mezzo stupito mezzo di scuse, quasi si dispiacesse di avergli scippato la telefonata. Poi aggrotta la fronte, mentre sta già alzandosi per seguire Monné nel suo studio, verso il telefono. «Oddio: non sarà mica successo qualcosa ai miei genitori?»

Monné scuote la testa lustra. «Non credo siano i vostri genitori. Voi non avete un cognome che inizia con la *bi*?»

«Bo, mi chiamo Bo», sospira Anita alzando gli occhi al cielo (tanto Monné non la può vedere, a meno che non abbia gli occhi sulla nuca, e se anche li avesse la brillantina gli incollerebbe le palpebre).

«Ecco: vi cerca una tizia con la *effe*.» Ma tanto nel frattempo Anita ha raggiunto lo studio, la scrivania e il telefono imbullonato alla parete dietro la medesima, e la voce di Candida Fiorio sta già provvedendo a chiarirle il mistero.

«Oh, sei tu!» esclama Anita. Non che il fatto che sia stata Candida a cercarla in ufficio lo renda meno strano, in ogni caso.

«Mi dispiace disturbarti al lavoro», dice la voce di Candida, crepitante di scariche, «ma ho una piccola emergenza. Oggi sarei dovuta andare all'ONMI, ma l'Arcangela è ruzzolata giù dalla scala mentre spolverava la libreria. S'è presa una brutta storta, ha un piede gonfio come un dirigibile e il dottore che è venuto gliel'ha fasciato e le ha detto di tenerlo fermo quarantott'ore. Quindi l'ho accompagnata a casa sua, le ho cucinato la cena e più tardi le farò un paio di mestieri in casa e la metterò a letto, che sennò testona com'è vuol far da sola anche se non deve e finisce che questo piede se lo distrugge. Al momento ti sto chiamando dall'ufficio postale che sta nel suo isolato.»

«Povera Arcangela», dice Anita, con un tono che significa che le dispiace per l'Arcangela ma che comunque ancora aspetta di capire cosa c'entri questo col fatto che Candida l'abbia chiamata.

Candida le risolve subito il dubbio. «Stasera dovresti andare tu all'ONMI da parte mia», dice. «Te le ricordi le due ragazze con cui ho parlato la volta scorsa, quelle due puerpere che ho fatto anche pesare?» Anita si ricorda. Candida sembra esserne sicura, perché neanche aspetta la risposta. «Quelle poverette hanno una terribile dismenorrea che le lascia spossate e senza ferro, ma le infermiere non fanno che dar loro dell'ischirogeno, che costa poco e però fa male. Quindi dovresti passare al posto mio in farmacia a prendere del Sanadon e poi andare all'ONMI e darlo alle due ragazze di nascosto. Sei la persona giusta per farlo perché loro ti hanno già vista con me, quindi si fideranno.»

Anita alza un sopracciglio. «Oh, ma certo. In verità non devo nemmeno fermarmi in farmacia: sono giorni che giro con una boccetta di Sanadon nella borsetta.» Già, per sottrarla allo sguardo di Mariele. Mariele sa perfettamente la cadenza del ciclo mestruale di Anita – figuriamoci – e se scoprisse che ha comprato del Sanadon fuori tempo le farebbe subito l'interrogatorio. Anzi, le farebbe l'interrogatorio anche se scoprisse che ha comprato del Sanadon *tout court*, perché per lei è solo un intruglio cavasoldi per sciacquette che non sanno sopportare due miseri crampi, roba da Cleofe Leone.

«Ottimo!» esclama Candida. «Ce li hai i soldi da anticipare al vetturino? Te li rifondo quando ci vediamo.»

«Nessun problema, il caso vuole che oggi sia il lunedì di paga», dice Anita. «Però sai cosa potresti fare? Telefonare anche ai miei – cioè, al bar accanto alla tabaccheria – e dire che stasera sarò a cena da te, così non si arrabbieranno se farò tardi.»

«Buona idea.» Anita le dà il numero e Candida lo memorizza. «Ischirogeno», sbuffa poi. «Ma dico io. C'è della *stricnina*, là dentro. Quando la pianteranno di vendere quella roba?!»

Si salutano e Anita porge a Monné la cornetta da riattaccare, dopodiché risguscia verso il suo ufficio gettando un'occhiata di sbieco a Monné. Il quale se ne sta alla scrivania fingendosi interessatissimo a un fascicolo di contabilità.

Anita nasconde un sogghigno. Chissà se ha sentito tutto e se si sta chiedendo cosa diavolo sia questo scherzo del destino, per cui deve sentir parlare di mestruazioni ben due volte in neanche una settimana.

22.
LA CURA DEL VELENO

Anita guarda fuori dal finestrino mentre la vettura si avvicina a via Maddalene. L'autista la sbircia dallo specchietto, perché è una ragazza bella e perché è una ragazza sola, quindi Anita guarda fuori dal finestrino sia perché le piace sempre, andando in macchina, guardare fuori dal finestrino, sia perché deve stare ben attenta a non incrociare lo sguardo del tizio, hai visto mai che gli salti il ticchio di attaccar bottone. Dunque guarda le biciclette che passano (già, le biciclette: vedi, ad averne una, non dovrebbe affidarsi sempre ai vetturini. Deve riprendere quella trattativa con Mariele), e intanto pensa a Sebastiano, che di certo sarà tutto distratto e preoccupato anche lui. Sa che resterà in casa editrice fino a sera anche stavolta, fingendo con Monné di voler approfittare del fresco per fare degli straordinari, e in realtà per paura di staccarsi dal telefono. Lo sa perché gliel'ha detto lui. Le ha detto anche che forse Julian verrà a fargli compagnia, perché gli piace venire a suonarsi il suo sax in casa editrice dove non disturba nessuno e nessuno disturba lui. Be', bene: magari Julian lo terrà un po' di buonumore.

Anita arriva all'ONMI e, quando smonta e paga, il vetturino la guarda con l'aria di chi è lì lì per decidersi a rompere il ghiaccio. Anita gli legge in faccia che muore dalla voglia di scoprire se quella bella brunetta stia andando all'ONMI perché è una patronessa – ma sembra troppo poco ricca per questo – o perché è una delle ragazze ospiti – ma sembra troppo poco disperata per quest'altro. Anita lo lascia lì con i suoi rovelli. Entra, si presenta alla guardiana, poi raggiunge la camerata e mentre cerca con lo sguardo le due ragazze si rende conto di stare cercando con lo sguardo pure Diana.

Patetico.

Sta ancora sperando che, chissà mai, da ieri sera sia cambiato qualcosa, sia emerso qualche dettaglio, sia spuntato qualche nuovo indizio, per il quale Diana ora sbuchi da un corridoio e, vedendola, le corra incontro sibilando «Che fortuna che tu sia venuta, ho proprio una novità pazzesca da dirti sul caso di Gioia!».

Diana nemmeno c'è.

Anita sospira. Individua le due ragazze, che stanno chiacchierando sedute su un letto mentre rammendano roba, perché nemmeno quando stanno male possono rimanersene con le mani in mano. Tacciono, la guardano avvicinarsi, la riconoscono, la ascoltano presentarsi, e infine reprimono esclamazioni di gioia quando tira fuori il Sanadon dalla borsetta.

«È proprio il cielo che ti manda», dice una, che si chiama Antonia. «Anzi, è proprio Candida, che è quasi la stessa cosa.»

«Qui ci danno l'ischirogeno», storce il naso l'altra, Maria Franca. «Candida dice che l'ischirogeno fa malissimo, che c'è dentro della roba velenosa.»

«Stricnina», annuisce Anita con l'aria di chi la sa lunga. «La usano per ammazzare i topi.» Aggrotta la fronte, drammatica, e aggiunge a bassa voce: «Ti fa smettere di respirare. Ti vengono le convulsioni e poi addio. Per fortuna se te ne danno a tradimento te ne accorgi subito, perché è un sacco amara». La sa lunga sulla stricnina perché l'ha trovata in più di un giallo. Antonia e Maria Franca la guardano tutte rapite e orripilate. S'è guadagnata la loro ammirazione. Chissà che scappellotto sul coppino le mollerebbe Candida.

«Diana non c'è?» aggiunge con casualità, mentre controlla che la confezione di Sanadon scivoli dietro un materasso mentre una sorvegliante passa oltre il corridoio.

«No, è ad aiutare al dispensario», dice Antonia. «Ogni due lunedì sera si è fatta mettere di turno.» Anita ri-sospira: addio anche alla remota speranza di poter parlare con lei. Ma tanto, appunto, cos'avrebbero mai avuto da dirsi di nuovo da ieri. Al massimo le avrebbe fatto piacere rivederla, tutto lì.

«Io lo prendo subito, il Sanadon.» Antonia sta ancora occhieggiando verso il punto della branda in cui il flacone è stato occultato sotto il materasso. «Non ce la faccio più, è tutto il giorno che mi sento debole come un pulcino spennato.»

Antonia annuisce. «Sì, buona idea. Altrimenti adesso arriva Brusata e se ci trova ancora bianche e molli come castagne bollite l'ischirogeno ce lo fa prendere lui a forza.» Anita sta già alzandosi per congedarsi, ma Antonia la trattiene – piano piano – per un polso. «Aspetta, per favore: resta solo un attimo ancora, a guardare che non spunti nessuno mentre lo prendiamo.»

Anita acconsente: il Sanadon che ha portato lei è quello in sciroppo, berlo non è come farsi scivolare una pastiglietta in mano e poi in bocca, il gesto prende tempo e si nota. E in effetti c'è del trambusto che viene dal corridoio, da quello che dà sull'atrio d'ingresso da cui è arrivata anche Anita.

«Chi è Brusata? Il dottore?» chiede. Non che ci volesse Sherlock Holmes.

Maria Franca annuisce, senza alzare lo sguardo dalle mani che nel frattempo stanno armeggiando di nuovo con il materasso. «Sì, viene a visitarci ogni due settimane verso quest'ora. A lui farci prendere l'ischirogeno non dà nessuno scrupolo, figuriamoci.»

«Perché "figuriamoci"?» chiede Anita. C'è qualcosa, nel tono sprezzante con cui Maria Franca ha parlato, che le ha fatto drizzare le antenne.

«Perché è un bastardo, ecco perché», dice Antonia, pianissimo. Veloce come un furetto, preleva il Sanadon dalle mani di Maria Franca e beve a canna, senza dosare un accidente. «Cosa vuoi che gliene freghi se stiamo bene o moriamo di crampi. A lui delle ragazze già mamme importa un tubo, preferisce quelle che… uhm, che si occupano della fase precedente.» Maria Franca scoppia a ridere e Antonia le lancia un'occhiata sorniona come chi sa di avere fatto una battuta proibita ma buona.

Anita le guarda. Antonia alza le spalle. «È una cosa che sappiamo tutte, qui dentro», la informa, benevola. «L'esimio dottore Augusto Brusata adesso fa l'ufficiale sanitario qui all'ONMI, ma prima era quello che controllava le ragazze delle case di tolleranza.»

Maria Franca annuisce. «Fa sempre battute sul fatto che siamo un peso per la società e che se almeno fossimo prostitute saremmo utili a qualcosa, così dai e dai a noi c'è venuta curiosità, e chiedendo in giro – sai, quando ci mandano a far la spesa al mercato, quando incontriamo le nostre amiche che fanno le serve e sentono le voci in giro – s'è scoperto che al dottore le prostitute stan tanto simpatiche perché prima lavorava con loro.»

Anita ha un brivido.

«Fatto.» Maria Franca assesta due colpetti al materasso. Il Sanadon è stato assunto e il flacone è stato nascosto. «Sarà tutta un'idea, ma mi sento già meglio.» Sorride, poi guarda verso il corridoio. «Grazie», dice ad Anita. «Adesso ti conviene andare, sai, se non vuoi avere il piacere di incrociare Brusata. Con rispetto parlando, sei molto carina e non sei incinta: potrebbe venirgli voglia di farti un controllino anche a te.»

Anita sorride per educazione: in verità, la faccenda del dottore le ha messo addosso uno strano disagio. Effettivamente andarsene sembra un buon consiglio. Saluta e se ne torna da dov'è venuta, verso l'atrio, a farsi vedere dalla guardiana, che deve tenere conto di chi entra e chi esce, anche se non sembra che gliene importerebbe poi molto, se anche qualcuna delle sue ragazze dovesse scappare e poi perdersi da qualche parte.

«Mi sapete dire dove posso trovare una vettura di piazza?» le chiede, sporgendosi sul davanzale della guardiola.

«Se uscite e andate in direzione del centro, ce n'è sempre una parcheggiata all'angolo.»

«Una signorina che prende una vettura da sola?» dice una voce alle sue spalle. Anita si gira di scatto. «Non mi sembra saggio, signorina. Il mio autista può accompagnarvi dove vi occorre, tanto, mentre io sono qui a fare il giro di visite, lui non ha nulla da fare.»

Anita guarda.

Il tizio da cui viene la voce è alto, scuro, baffuto.

Ha il naso lungo lungo come il muso di un canide.

E accanto a lui, già intento ad annuire, c'è un altro tizio bassetto, un po' stortignaccolo, con un ghigno sbilenco che imita quello del suo padrone, ma sghembo, come il disegno incerto di un bambino che ricopia un'illustrazione a stampa.

Ha il grugno piatto come il muso di un soriano.

Il Gatto e la Volpe, esattamente come glieli ha descritti Sebastiano.

Quello alto dei due – la Volpe – fa un mezzo inchino untuoso. «Oh, ma perdonatemi, comprendo che non possiate accettare favori da uno sconosciuto. Sono Augusto Brusata, il dottore.»

«Siete veramente cortese, ma non posso sottrarvi il vostro autista», cinguetta Anita facendo una aggraziata riverenza. «Ancora molte grazie e buon lavoro!» E scappa via, prima che Brusata abbia tempo di ribattere qualcosa.

Non sa come le sia uscita tutta questa presenza di spirito, o meglio, sì che lo sa: tanto per cominciare, è questo che fanno le attrici, improvvisano!, e poi, be', scappar via le permette di sottrarsi agli occhi del dottore prima che la sua espressione la tradisca.

La sua espressione: ossia l'espressione di una che ha appena notato che il dottore ha le orecchie senza lobo.

La vettura di piazza è dove ha detto la guardiana, parcheggiata all'angolo che punta verso il centro, e il suo vetturino se ne sta appoggiato alla portiera con la schiena, a prendersi il primo fresco della sera e a leggere una rivista che potrebbe anche essere «Saturnalia». Quando sente lo scalpiccio dei passi veloci di Anita, alza la testa – potrebbe essere un cliente che arriva –, e naturalmente trasalisce, perché una come Anita, se la vedi la prima volta, ti fa trasalire, e se la vedi la seconda volta ti fa trasalire perché la riconosci subito.

«Oh, chi si rivede!» esordisce infatti, toccandosi la fronte in segno di saluto.

«Tobia», dice Anita, che l'ha subito riconosciuto anche lei e si ricorda pure come si chiama. «Devi portarmi di corsa a San Donato.»

23.
OPPURE POTREMMO ANDARE TUTTI INSIEME

A Tobia dà subito l'indirizzo della casa editrice. Neanche ci pensa, a farsi portare a casa.

Tanto Mariele crede che sia a cena da Candida.

Ma forse non ci penserebbe lo stesso, va'.

Ha il cuore che le suona in petto la fanfara dell'*Aida*.

Tobia fa per girarsi all'indietro a ogni rettilineo e a ogni rettilineo ci ripensa. La sua testa non compie mai una rotazione di più di dieci gradi. Ma si capisce benissimo che muore dalla voglia di attaccar bottone, di capire cos'è tutta quella fretta o anche solo di entrare un pelo più in confidenza con quello schianto di brunetta. O meglio, Anita lo capirebbe benissimo, se lo curasse con la coda dell'occhio come ha fatto con il suo collega, l'altro vetturino, durante il viaggio d'andata. Ma stavolta neanche ci fa caso: ha lo sguardo aggrappato a qualcosa di indefinito fuori dal finestrino, a immagini che sa solo lei, che le si agitano nella mente, che le si compongono davanti agli occhi, che sono del tutto indipendenti dal fluire delle bici, delle carrozze e dei tram lungo la strada sotto il suo naso.

Paga Tobia soprappensiero, probabilmente gli lascia troppa mancia, e poi corre al portone dal quale è uscita solo un'oretta prima. E bussa forte, a palmi aperti, tanto lo sa che c'è qualcuno dentro.

Sebastiano apre il portone dopo una decina di secondi.

«Signorina?» dice.

Non si aspettava che nessuno bussasse, non si aspettava

che Anita tornasse, non si aspettava che tornasse in quell'evidente stato di agitazione.

Da dietro la sua testa fa capolino Julian.

«Il dottore», dice Anita, come se sputasse un nocciolo di ciliegia che non la faceva respirare.

Sebastiano non le chiede niente. Prima la fa entrare e chiude la porta.

Un attimo dopo sono nello studio di Monné, seduti nelle poltroncine a mezzaluna attorno al tavolino di vetro, che Monné usa come angolo di rappresentanza per le riunioni con i visitatori di prestigio. La luce ormai porpora del tramonto entra di taglio dalle vetrate del corridoio, e lancia fiamme arancio e ombre violette fino ai loro piedi. Nessuno sembra farci caso. In verità, solo Sebastiano e Anita sono seduti; Julian passeggia per la stanza, in maniche di camicia arrotolate – come anche Sebastiano – ma con il suo sassofono contralto appeso al collo. Quando passa nelle chiazze di luce, il sassofono si mette a sfavillare come un altro sole. Nessuno sembra fare caso nemmeno a quello. E sì che poche cose sono belle e ipnotiche quanto un sassofono che sfavilla.

«Fate capire anche a me», dice Julian. «Tutta questa storia che non ho ben compreso ruoterebbe attorno *alla forma di un orecchio*?»

Anita sospira. Ha fatto del suo meglio per riassumere la rava e la fava, ma si rende conto anche lei che la faccenda dell'orecchio è esile. Eppure – *eppure*. Eppure mentre la rispiega ha la pelle d'oca, e dopotutto i suoi detective – anzi, i *loro* detective – lo ascoltano, l'istinto, no?

«Ci eravamo detti giusto stamattina che poteva non voler dire proprio niente», conclude Anita. «Che disegnare mille volte quell'orecchio poteva essere semplicemente il modo di Gioia di ricordare l'uomo a cui aveva voluto bene, un modo che se anche qualcuno vedeva il disegno non gli veniva da fare troppe domande.» La sintassi non è esattamente in cima alle sue priorità, in questo momento. «Ma adesso... *il dottore*. Il dottore che le tratta male e neanche le cura è lo stesso tizio che insieme al suo sgherro era presente al galà dei conti, e che probabilmente ha inscenato il ritrovamento del corpo!

E quel dottore là ha l'orecchio da criminale: forse era *a lui* che Gioia voleva portarci!»

«E perché Gioia avrebbe dovuto sentirsi minacciata da lui?» chiede Sebastiano. «Avrà importunato anche lei? Ma le due ragazze hanno detto che semmai ha un debole per le prostitute, non per le mamme...»

«E io che ne so di cosa gli piace? Io gli ho solo visto l'orecchio!» Lo dice un po' più esasperata di quanto vorrebbe, ma tanto sa che Sebastiano capisce.

Julian corruga la fronte. «Ma chi è esattamente questo dottore?»

Anita lo guarda. «L'ho appena detto: l'ufficiale sanitario, quello che ha l'incarico di visitare le ragazze del dormitorio e...»

«No, intendo: chi è, sa come si chiama?» Ha una strana urgenza nella voce.

Anita alza un sopracciglio. «Oh, certo. Brusata. Augusto Brusata, se non ricordo male.»

Julian dice qualcosa in inglese, piano. Dev'essere una brutta parola, in inglese. Anita pensa che gli deve chiedere di ripetergliela. Le brutte parole che Mariele non capisce possono sempre tornare utili.

«Non dirmi che lo conosci», dice Sebastiano.

«Non mi dica che lo conosce», dice Anita.

«Era anche il dottore della Casa della Rosa», annuisce Julian.

«Non mi dica che sta parlando di una casa di tolleranza», dice Anita.

Sebastiano alza le spalle. «La tenutaria si chiama Rosa. È un simpatico gioco di parole.»

«Non mi dica che la conosce anche lei!» esclama Anita.

«Ma no, me ne ha parlato lui!» controesclama Sebastiano indicando Julian.

«Ehi, la Rosa è un'amica, cosa c'è di male?» dice Julian. «È una delle mie migliori informatrici. I bordelli di via Conte Verde sono quelli frequentati dal popolo, dai poveracci, dai dissidenti, mica come quelli *chic* di corso Raffaello o di via Michelangelo dove vanno i ricchi e i gerarchi. Se vuoi sapere le cose che succedono in città, devi averceli, degli agganci lì.» Apre le braccia. «E poi, dai, Seb: non dirmi che tu non sei mai andato al bordello!»

«Già, non mi dica che lei non è mai andato al bordello», indaga Anita curiosissima.

«Che razza di domanda è?!» Sebastiano avvampa come il sassofono che dondola sul petto di Julian.

«Corrado dice che non è normale che un uomo non sia mai andato al bordello», dice Anita, con l'aria di una che non sa ancora bene cosa pensare a riguardo ma intanto nel dubbio è curiosa come una bertuccia.

«Cioè, a lei farebbe *piacere* che io le dicessi che sono andato al bordello?» dice Sebastiano, sempre color tramonto.

«No! Cioè, non lo so, mica sono fatti miei, saranno affari della sua fidanzata!» dice Anita, adesso un po' color tramonto anche lei.

«*Okay, enough.*» Julian sbuffa. «Torniamo al dottore. Fatemi riflettere.» Anita e Sebastiano tacciono di colpo, guardando l'americano che cammina in cerchio per la stanza, le dita che fanno *tap tap tap* sui tasti, a vuoto, come per scaricare la tensione del rimuginare. Ogni tanto si sorprendono a vicenda a lanciarsi delle sbirciate di sottecchi, ma fanno finta di no.

«Lei ha due amiche all'ONMI, ha detto, vero? Possiamo sapere da loro qualcosa di più su questo dottore?»

Anita prima annuisce: «Candida, che all'ONMI fa la patronessa, e Diana, che all'ONMI è ospite». Poi scuote la testa: «Però no, non possiamo chiedere niente a nessuna. Candida è irreperibile, sta facendo da serva alla sua serva – è una cosa lunga da spiegare, Candida è un tipo tutto speciale. E Diana è di turno al dispensario, che non so cosa voglia dire ma, anche a sapere dove si trovi questo dispensario, significa che starà lavorando, sarà sorvegliata e non potrà parlare».

Con un gesto plastico, Julian si sgancia il sax dal collo e lo deposita sulla poltroncina libera, come se mettesse metaforicamente giù anche il peso dei propri pensieri. «*Too bad.* E domani pensa di poter parlare almeno con una delle due?»

Anita riflette. «All'ONMI senza una buona scusa non ci posso mica tornare da sola. E con Candida ho appuntamento a casa sua non prima di domenica. Forse posso anticipare e passare domani da lei dopo il lavoro, ma bisogna che abbia una buona scusa anche con mia madre per arrivare tardi a casa, o con il signor Monné per uscire prima dall'ufficio.» "E non posso mica avere le mestruazioni per due settimane di fila", aggiungerebbe, se non avesse davanti due uomini. Saranno anche più evoluti di Monné, ma non vuole rischiare di causare un aneurisma da imbarazzo anche ai loro cervelli pur sempre maschili.

Julian si gratta il mento. «Però stasera è lunedì sera. Alle case di via Conte Verde i lunedì d'estate sono i giorni più morti dell'anno. Le ragazze della Rosa potrebbero avere tempo per parlare: dopotutto, se questo Brusata è stato ufficiale sanitario anche da loro, lo conoscono, possono dirci molto di lui. Potreste farmi un elenco di cose da andare a chiedere…»

«Oppure potremmo andare adesso a chiederglielе tutti insieme», dice Anita.

Dopodiché si rende conto di cosa ha detto.

Sebastiano e Julian la stanno fissando.

«Adesso? Insieme? Ai bordelli? Ai bordelli di via Conte Verde?» dice Sebastiano, in quattro riprese e un crescendo di incredulità.

Anita incrocia le braccia. Che diavolo. La frase le è un po' scappata, ma a questo punto è una questione di principio, santa polenta fritta. «Sono io che ho parlato con Diana, e con la levatrice amica di Gioia, e con Antonia e Maria Franca. Voi non sapete nulla se non quello che vi ho raccontato io. Questa è la mia indagine, e voglio essere presente.» Oh, se non è una frase da *hard boiled* questa. Violet sarebbe così fiera di lei.

Sebastiano e Julian si guardano.

«Ha ragione», dice Julian.

Certo che ce l'ha.

Sebastiano si alza, lancia ad Anita l'occhiata di uno che si scusa ma ha bisogno di privacy, poi sospinge Julian da parte, per il gomito, fino all'angolo opposto della stanza, accanto alla scrivania di Monné. Anita sbuffa per l'esclusione e allunga distrattamente la mano verso il sax sulla poltroncina accanto. *Tap tap tap*, fanno le dita sui tasti di madreperla, mentre tiene d'occhio i due uomini. I cuscinetti di pelle rispondono elastici al tamburellare dei polpastrelli. Ehi, è rilassante. Ora capisce perché Julian lo fa di continuo, quando ha il sax al collo, come se una tarantola gli avesse morso la mano.

Dall'altra parte della stanza Sebastiano e Julian confabulano concitati. «Non voglio neanche pensarci, a *lei* in un postaccio del genere», sente dire a Sebastiano, a bassa voce ma non abbastanza bassa.

Ad Anita viene da sorridere. Vorrebbe dire ad alta voce: "Sì sì, anch'io non vorrei neanche pensare a *lei* in un postaccio del genere", ma si trattiene.

«Cosa vuoi che le succeda, Seb? È sveglia, sa badare a sé stessa, e comunque sarebbe con noi», dice Julian, che a quanto pare non ha bene idea nemmeno lui di quanto occorra parlar piano per non farsi udire da una persona nella stessa stanza. "Che bella cosa, avere buone orecchie", si trova a constatare Anita, e manda un abbraccio mentale a Gioia.

Sebastiano e Julian si guardano in silenzio, poi c'è una specie di sbuffo da parte del primo e di versetto di approvazione del secondo, una cosa contemporanea e singolarmente coordinata, di quelle che riescono solo ai vecchi amici. Infine si girano e tornano verso Anita.

«È davvero sicura di voler venire?» tenta un'ultima volta Sebastiano.

Anita alza un sopracciglio. «Dobbiamo andare a parlare con delle ragazze, giusto? *Ragazze*, mica mostri. Perché dovrei avere così paura?»

Sebastiano sospira. Non sa bene cosa obiettare. O forse come, da dove cominciare.

«E allora pronti, andiamo», dice Julian. «Ah, questo lo prendo io», aggiunge, sfilando delicatamente il sax da sotto la mano di Anita, che ha continuato soprappensiero a tamburellare le dita sulle chiavi luccicanti. Anita sussulta, levando la mano di scatto. «Nessun problema, volevo solo metterlo nella custodia per portarmelo via», l'anticipa Julian prima che Anita si scusi. «Bello, vero?»

«È quasi più bello della sua macchina», ammette Anita, che sa che Julian sa quanto a lei piaccia la sua spider.

Julian ride, poi socchiude gli occhi, sornione, e le riallunga il sax. «Lo vuole provare? Non sarebbe meno igienico di un bacio.»

«*Per la miseria!*» esclama Sebastiano. Anita e Julian lo guardano. Sebastiano trafigge Julian con un'occhiataccia. «Basta così. Basta perdere tempo, intendo. Andiamo a questa accidenti di Casa della Rosa e cerchiamo di sbrigarcela in fretta.»

Anita non capisce bene perché Julian si strozzi una risata nel cavo della mano. Deve c'entrare con qualcosa che si sono detti in precedenza. Probabilmente sull'igiene dei sax.

Li segue fuori dalla porta.

24.
LA CASA DELLA ROSA

Problema: la macchina di Julian è una due posti. Il trio se ne sta un istante fermo sul marciapiede a fissarla, calcoli in corso in ciascuna delle tre teste.

«Prendo una vettura di piazza», dice Anita. Tanto, oggi sarebbe la terza volta.

«Col cavolo», dice Sebastiano secco. «Una ragazza sola che chiede a un vetturino di portarla in via Conte Verde. Non se ne parla.»

«Vero», gli fa eco Julian. «Anche se, a dirla tutta, dubito che la scambierebbe per una delle lavoratrici di quelle case là: troppo carina e troppo elegante.» Si gira verso Sebastiano e gli dà di gomito con malizia, come se si rendesse conto di colpo di una grande verità. «Ehi, allora è *proprio vero* che non sei per niente pratico di bordelli!»

«La vogliamo smettere di parlare di me?» geme Sebastiano. Poi apre le braccia. «Va bene, ci vado io a cercare una vettura. Ci vediamo alla Casa.»

Julian lo afferra per un braccio. «Nah, lascia, vado io. Tu guida e accompagna la signorina.» Prima che Sebastiano possa obiettare alcunché, Julian si tira fuori di tasca le chiavi della macchina e gliele lancia fra le mani con una strizzatina d'occhio.

Anita pensa che non sa bene perché Julian abbia strizzato l'occhio a Sebastiano nel lasciarlo solo con lei, ma Sebastiano è violentemente arrossito.

Uhm.

Si accomodano in macchina.

«Sempre bellissima», dice Anita, per alleggerire la tensione. Accarezza i sedili in pelle. «Ogni volta che ci salgo mi vengono delle idee. Lo sa che la prima donna che abbia mai preso la patente era proprio una torinese? Mi sono informata. Magari posso convincere mia madre a lasciarmi fare l'esame puntando sul patriottismo.»

«Apprezzo il tentativo di fare un po' di conversazione leggera, ma tanto lo so a cosa sta pensando, signorina», dice Sebastiano, di colpo serio, mentre guida e guarda la strada davanti a sé.

Anita si gira a fissargli il profilo con una noterella di allarme. Lo sa? Davvero?

Perché lei sta pensando che le piacerebbe moltissimo che Julian avesse strizzato l'occhio a Sebastiano perché sa che a Sebastiano piace rimanere da solo con lei.

Per esempio.

«Lei sta pensando», prosegue Sebastiano, «che se stasera abbiamo fortuna, ma veramente tanta fortuna, e scopriamo che il dottor Brusata può veramente avere avuto dei motivi per uccidere Gioia, forse John Dorcas Smith potrà ancora scrivere un racconto per "Saturnalia" entro la scadenza di giovedì.»

Ah.

Be', ma *certo.*

Bella forza. Non ci voleva Race Williams.

Certo che lei continua segretamente a sperare di piazzare un'altra storia di J.D. Smith sul prossimo numero di «Saturnalia».

«Sarebbe fantastico, vero?» Anita lo dice senza neanche cercare di dissimulare.

Sebastiano sospira, mentre supera un ciclista. «Sì, ma è davvero improbabile, se ne renderà conto anche lei. Non so cosa potranno dirci alla Casa della Rosa, ma noi per scrivere il racconto abbiamo bisogno di sentirci confermare i sospetti contro il dottore, il suo movente, di scoprire le dinamiche del delitto, insomma di compiere tutta l'indagine per bene e risolvere il caso con tutti i sacri crismi. Il tutto entro tre giorni.»

Vero. Anita annuisce. Se lo sono già detti: se devono scrivere racconti che facciano trasparire la verità, deve proprio essere la *verità*. Devono essere *sicuri*. Niente accuse campate in aria, niente illazioni. Altrimenti finirebbero come quegli schifosi delatori dell'OVRA, a gettare sospetti su persone innocenti (per quanto odiose, come il conte o, a quanto pare, questo Brusata, che pare non goda proprio di una gran fama).

Però, se ci riuscissero.

Eh, se ci riuscissero.

«Gioia potrebbe chiamarsi Felicity», dice Anita, quasi tra sé.

Sebastiano non dice niente.

«E potrebbe essere ospite di un orfanotrofio. Esiste qualcosa di più simile all'ONMI, in America? Io mica lo so. Quindi, sì, direi un orfanotrofio. Gli orfanotrofi ci sono dappertutto, no? Anche nei nostri gialli li abbiamo trovati. Felicity... ha una menomazione. Non possiamo farla proprio sordomuta, ma magari ha qualcosa che non va alle gambe, o a un occhio. È una di quelle ragazze orfane che poi crescono e non venendo mai adottate restano lì a fare le serve anche dopo che son diventate maggiorenni.»

Sebastiano continua a non dire niente.

«Poi a un certo punto deve trovarsi un lavoro per contribuire a portare soldi all'orfanotrofio, e allora va a servizio come cameriera e il padrone è un... vediamo: un proprietario terriero che ha dei campi al Sud e che però vive in città perché... perché ha un'industria piccolina in cui confeziona marmellate con la frutta dei suoi terreni. Sì. E Felicity rimane incinta e quando torna all'orfanotrofio la trattano con freddezza, "Dovevi portarci soldi, e invece ecco un'altra bocca da sfamare!", e così quando si fa avanti il conte... che però naturalmente non può essere un conte, mica siamo in Europa! Sarà un... un ufficiale dell'esercito... oppure un deputato! Sì, un politico che deve fare bella figura sbandierando quant'è benevolo e misericordioso coi poveri. Ecco, dicevo: quando si fa avanti questo politico viscido che vuole adottare il bambino, la padrona dell'orfanotrofio è contentissima, e la povera Felicity ciccia, grazie e tanti saluti. Non che si sarebbe opposta a dare al suo bambino un'esistenza da figlio di deputato, ma comunque non ha quasi nessuna voce in capitolo.»

Si gira verso Sebastiano.

Sebastiano non dice niente.
«Non le piace?»
«Sto aspettando di sentire come va avanti.»
«E io che ne so? Questa è tutta la parte che sappiamo. Come va avanti lo dobbiamo ancora scoprire pure noi.» Anita giocherella con una ciocca di capelli. «Al massimo, be'. Al massimo possiamo dire che il racconto comincia la sera in cui il politico dà una festa... non può essere la festa per annunciare l'adozione, altrimenti è troppo uguale alla realtà, ma magari può essere una cena di compleanno. Nel parco della sua villa. Con i candelabri sulle tavolate imbandite, e le signore vestite di bianco. Quella sera Felicity viene trovata morta ai piedi della cancellata... no, del muro del parco, che si affaccia sulla baia di Rivertown.» Riflette. «Perché Rivertown deve avere una baia, secondo me. Va bene il fiume, che quello è nel nome stesso della città – *river* vuol dire fiume, no? – e quindi ci dev'essere per forza; ma secondo me se la facciamo sorgere nel punto in cui il fiume si butta nel mare è più bello, ci scappano delle descrizioni coi fiocchi, e il nostro J.D. Smith può anche fare lunghe e malinconiche passeggiate notturne sulla battigia. E al porto! Se c'è una baia ci può essere anche un porto, e pensi a quante scene di scazzottate e di agguati potremmo ambientare in un porto!»
Sebastiano non dice niente.
Per qualche secondo. Poi sospira: «Mi chiedo come diavolo fa. Se avessi solo un decimo della sua capacità creativa».
E Anita, che lo stava sbirciando di sottecchi preoccupata, nell'ordine, 1) di aver parlato troppo, 2) di avere inanellato una serie di banalità, e 3) di avere sprecato tutto il tempo di quel viaggetto da soli a dire scemenze iperfantasiose, deve trattenere un sorrisetto di orgoglio e di piacere.
Perché, diciamocelo. Sebastiano non è l'unico uomo che la faccia sentire intelligente. Più o meno tutti gli uomini di sua conoscenza, che magari partono bene, brillanti e autorevoli, e poi però davanti alle sue curve si trasformano in scimmioni primordiali, la fanno sentire intelligente.
Ma Sebastiano è l'unico che riesca addirittura *a dirle che la trova più intelligente di lui*. E Anita non è che gli creda – non

pensa affatto di essere più intelligente di lui; forse più veloce a inventar storie, quello magari sì, e va bene, ma non più intelligente in senso assoluto – ma non è quello il punto. Il punto è che Sebastiano è il primo uomo che Anita conosca che può cederti qualcosa non solo senza perderci niente, ma venendone fuori ancora più grande.

Con notevole buonsenso, Sebastiano parcheggia a tre isolati di distanza da via Conte Verde, poi gira due angoli, Anita dietro a trotterellargli appresso sui tacchetti. Dopodiché, prima dell'ultimo angolo, Sebastiano si ferma, guarda Anita, reprime un sospiro preoccupato come un soldato che stia per guidare il proprio drappello all'attacco, e afferrato un braccio di Anita lo incastra saldamente sotto il proprio.

«Mi stia vicino», dice.

«E dove vuole che vada», dice Anita, visto che Sebastiano non la sta solo tenendo a braccetto, la sta praticamente incollando al proprio bicipite. Ma non è che lo dica con tutta questa polemica.

Il viavai dei passanti è aumentato di molto. È bastato girare l'angolo, ed ecco che la folla a zonzo serale è cambiata e si è infoltita. Tutti uomini, o quasi. Ed è cambiata anche un'altra cosa, nota Anita con disgusto: l'aria è impregnata di un forte odore di urina. Non le ci vuole un grande intuito per stabilire che i clienti dei postriboli abbiano la tendenza a svuotarsi la vescica per strada prima di avventurarsi su per le scale delle quattro case di tolleranza che – Sebastiano ha fatto in tempo a spiegarle – caratterizzano la via. Adocchia anche un cartello: *Si pregano i signori clienti di servirsi degli opportuni orinatoi per evitare di arrecar disturbo agli onorati cittadini.* "Be', complimenti per il tentativo", pensa.

Julian li sta già aspettando a lato di un portoncino: fra il traffico dell'ora di punta, il parcheggio a tre isolati di distanza e i tacchi di Anita, è arrivato prima lui di loro. Il portoncino si apre in un edificio angolare, con tutte le imposte chiuse, sebbene da quasi tutte filtri della luce calda. Anita alza lo sguardo e nota che a reggere i balconcini sono modellati nello stucco dei mezzibusti di donna.

Julian sta fumando una delle sue sigarette arrotolate a mano. Saluta Sebastiano e Anita con un cenno della testa. Nel frattempo il portoncino si apre e si chiude, ne esce un uomo, ne entrano due. L'ultimo, che sta entrando proprio mentre Sebastiano e Anita si stanno avvicinando, li guarda distrattamente come per verificare di avere la precedenza, poi è come colto da una folgorazione e si gira di nuovo, a squadrare meglio Anita.

Sebastiano lo incenerisce con un'occhiata e, se possibile, si tira Anita ancora più vicino.

Il tizio rinuncia a chiedere niente. Sguscia dentro il portone e su per le scale.

«Avrà pensato che tu fossi il suo *gargagnàn* e che stessi portando la tua protetta a presentarsi alla sua futura padrona», dice Julian, col tono abituato della guida turistica. «Magari voleva anche già prenotarsi per un giro.» Sebastiano e Anita hanno un piccolo brivido sincrono.

«È così che funziona?» chiede Anita. «Le ragazze hanno un... uh, un protettore che trova loro il posto?»

Julian fuma. «Qualcuna sì, qualcuna no. Quelle che ce l'hanno sono sfortunate perché devono dargli i loro soldi e sono praticamente le sue schiave. Quelle che non ce l'hanno, che a quel che ne so sono la maggioranza, sono sfortunate lo stesso perché ogni due settimane, come tutti sanno, devono cambiare bordello, e allora tocca a loro andarsi a cercare personalmente il nuovo posto, bussando alle porte e rischiando di trovarsi fuori, e di non avere un letto – anche solo per dormire, dico – né delle entrate economiche fino alle due settimane seguenti.»

«Quindi sempre sfortunate sono», borbotta Anita.

«E non ha ancora visto niente.» Julian fa un sorrisetto sghembo, amaro. Poi indica il portone. «Entriamo?»

25.
LA NINFA

«Oh santa polenta coi funghi», esclama Anita.

Cioè, esclama. Mugola, semmai, dentro la spalla di Sebastiano, verso la quale ha istintivamente premuto la faccia non appena sono entrati nell'atrio al primo piano.

È l'odore, santa miseria. Anita aveva creduto che quello della strada fosse insopportabile, ma in questo momento correrebbe ad abbracciare i muri delle case giù da basso pur di cambiare aria. È che nell'atrio ristagnano la puzza di sigarette – e fin qui, ci sarebbe anche abituata, a casa di Candida –, di sudore maschile e femminile, più un misto pungente e nauseabondo di lisoformio e di profumo da donna da quattro soldi. Fa male alle narici e mette voglia di starnutire – oltre che di correre fuori.

«Santo cielo, non le aprono mai, qui, le finestre?» mormora.

«Be', no», ridacchia Julian – che fa tanto il disinvolto, ma intanto sta aspirando boccate sempre più profonde dalla sua sigaretta e c'è da scommettere che sia per neutralizzare il fetore. «Hanno la proibizione di aprire le imposte – sa, perché da fuori si potrebbero vedere delle indecenze. E infatti le chiamano case chiuse.»

Oh.

L'atrio è pieno di uomini. Sarà anche un lunedì d'estate, ossia uno dei giorni più morti dell'anno a sentire Julian, ma c'è da chiedersi allora come siano le giornate di punta. La luce è strana: rossastra, perché due o tre lampade a muro sono velate con sciarpe sottili, ma anche perché riverbera sulle pareti che, Anita si accorge, non sono rivestite di carta da parati, bensì di più igieniche piastrelle che cambiano motivo tre volte per muro – evidenti scarti di costruzione di edifici migliori. Alcuni clienti sono seduti su poltroncine di velluto a fiori, lise dal viavai di braghe di telaccia che ci si sono strusciate su. Altri avventori gironzolano e si avvicinano a precisi punti della sala in cui Anita, se stacca la faccia dalla spalla di Sebastiano e allunga un po' il collo, vede baluginare qualche testa adorna di pettinini. Testa da sotto la quale si ode provenire una voce femminile o una risata argentina: i capannelli, evidentemente, si formano là dove girano le ragazze. Le ragazze momentaneamente libere che passeggiano per l'atrio cercando di convincere i clienti in coda a scegliere proprio loro.

Anita si protende oltre il fianco di Sebastiano. Uno dei capannelli di bighelloni si apre un po' ed ecco comparire una creatura più rosa di quante Anita ne abbia mai viste. Rosa le cosce sopra le calze leggere, rosa le spalle scoperte dalla vestaglina di pizzo. Pizzo *nero* – roba che in merceria mica si trova. Gira voce che qualche merciaia complice ne conservi dei rotoli per qualche *madama* ricca e spregiudicata, di quelle dai molti amanti e dalla vita da romanzo, ma Anita non ne ha mai visto un centimetro, di pizzo nero, e le ha sempre considerate tutte delle peccaminose leggende metropolitane. E invece adesso sta posando gli occhi, proprio i suoi occhi, gli occhi della sua testa, su una creatura addosso alla quale fa mostra di sé un *sacco* di pizzo nero, fra calze e vestaglina aperta, e un sacco di rosa che fa capolino da sopra le prime e da sotto la seconda.

«Adesso basta *fare flanella*!» grida una voce lancinante come una sirena. Anita, Sebastiano e anche Julian si girano di scatto, e mica solo loro: tutta la popolazione dell'atrio sobbalza e si volta e smette di fare qualsiasi cosa stesse facendo. «Le sapete le regole! O si consuma o quella è la porta! Se fate ancora perdere tempo alle ragazze vi mando a casa col *flit*!»

Anita non fa in tempo a lanciare a Sebastiano o a Julian un'occhiata interrogativa che un piccolo sisma le fa perdere l'equilibrio: una buona metà degli uomini nell'atrio si affretta verso l'uscita, urtando tutto e tutti lungo il percorso. Anita sente i brontolii: «No, *boja fàuss*, il *flit* no!», «Pace, per stasera io almeno qualcosa ho palpato!», «Quante storie, poi tornavo con la paga». Però sente anche Julian che ride. Guarda nella stessa direzione in cui sta guardando lui e vede che appena oltre una specie di bancone, che prima le era nascosto dalla folla, sta una donna di mezz'età, dai seni eccezionalmente protuberanti e orizzontali dentro un vestaglione rosso alla moda orientale. Impugna uno di quei grossi spruzzatori per l'insetticida come fosse un fucile.

«Rosa!» esclama Julian marciandole incontro. «Sempre a guardia alzata, vedo!»

«Oh, caro!» esclama la Rosa, aprendosi in un sorrisone. Poi accenna agli uomini rimasti nell'atrio: «Io? Questi, semmai, han sempre la guardia alzata, se mi capisci». E Julian ride di nuovo.

«Li fa scappare *con l'insetticida?*» esclama Anita. È più forte di lei: è tutto così strano e curioso che farebbe duemila domande, è inevitabile che almeno una le rotoli fuori dalle labbra.

La Rosa la nota. Il primo sguardo che le dedica è, per così dire, professionale: sopracciglia alte (e ce le ha già alte di suo, rasate e ridisegnate con la matita in due amplissimi archi a mezza fronte), occhio tecnico, squadrata a viso di Anita, seni, vita, fianchi, gambe, di nuovo viso. Ed è anche uno sguardo stupito: per quanto abbia l'aria di una che da un pezzo ormai ha smesso di stupirsi per qualcosa, per un istante la Rosa ha la faccia di una che, sì, a vedere una ragazza così carina in un posto come quello, un po' si stupisce eccome.

Dura un istante. Poi ride. «Ma mica c'è dell'insetticida, dentro, *tesurìn.* Lo riempiamo con il profumo delle ragazze. Così, se qualcuno è venuto qua per tocchicciare di straforo senza spendere un centesimo, se ne torna a casa che si capisce benissimo lo stesso che è stato al bordello, e allora la prossima volta tanto vale che consumi.»

Anita la guarda.

La Rosa la guarda.

«Non per mancare di rispetto, signora... ma con l'odore che c'è qui dentro non penso proprio che ci sia bisogno del *flit.*»

La Rosa la guarda.

Anita la guarda.

La Rosa scoppia in una roboante risata.

«Lo sapevo che non potevi mica essere una signorina di vita! Julian, tesoro, che fai, mi porti le brave ragazze in gita d'istruzione?» Poi si gira verso il resto dell'atrio: «E voi, aria, su! Cosa avete da guardare? Questa non è merce in vendita: concentratevi sulle nostre figliole, che vi assicuro che anche loro son carne saporita e poi ci sanno fare!».

Apre le braccia, le maniche del kimono che le fanno come due ali, sotto le quali convoca i tre visitatori. Anita, Sebastiano e Julian la seguono in una stanzetta sul retro.

«Dimmi pure: cos'è che sei venuto a chiedere stavolta?» dice la Rosa lasciandosi cadere su una sedia imbottita.

La stanzetta dev'essere il suo ufficio: è piccolina, con una scrivania al centro e due armadi, e piena di registri. Almeno qui, nota Anita, le imposte della finestrina sono accostate, anziché completamente chiuse: si vede che la Rosa lo sa benissimo, che razza di odori devono aleggiare nell'atrio di fianco – e poi probabilmente la finestrina dà su un cortile interno anziché sulla strada. Per il resto, la stanzetta non ha niente di osé, a parte qualche foto su una parete troppo lontana perché Anita possa veder bene. Se aguzza lo sguardo, però, le sembra plausibile che la fanciulla immortalata in pose languide o acrobatiche sia la Rosa stessa, qualche anno più giovane. Almeno, questo farebbero pensare le dimensioni dei seni, che fin da lì spiccano come due enormi bolle di bianco.

«Oh, Rosa, perché dovrei essere qui a chiederti cose? Non potrei essere semplicemente passato per far conoscere una mia amica a due amici?»

La Rosa scoppia in un'altra delle sue risate. «Vecchio filibustiere! La Doretta ancora parla a tutte di te, lo sai?» Gli strizza l'occhio, Julian scrolla le spalle come a minimizzare qualsiasi cosa abbia fatto, Anita arrossisce. Sbircia di lato e vede Sebastiano alzare gli occhi al cielo. «E questi due bei giovanotti chi sono?» continua la Rosa. Sebastiano e Anita riportano immediatamente i loro occhi su di lei. «Questa ragazza: che fiore! Se potessi averne una così farei tanti di quei soldi... con rispetto parlando, eh, cocchina. Ma secondo me neanche in corso Raffaello ne hanno, di stelline belle come te.»

«È un complimento», dice Julian ad Anita.

«Grazie, l'avevo capito.»

«E questo bel marcantonio?» La Rosa si è girata verso Sebastiano. Le sue sopracciglia sono più arcuate che mai. «Ma guarda che bel personale distinto. Com'è che non ti ho mai visto da queste parti, Rodolfo Valentino? Le ragazze sarebbero contente, una volta tanto, di avere a che fare con un bel tipo come te anziché con i soliti operai tutti unti di fabbrica che bazzicano qui.»

Anita ha la netta sensazione di udire la faccia di Sebastiano sfrigolare. «Molto gentile, signora», risponde Sebastiano, con un sorriso di quelli, fin troppo disinvolti, dei timidi che hanno imparato a non essere timidi. «Ma, vede, io sono fidanzato.»

«E allora ci credo che non hai mica bisogno di venir qui», dice la Rosa squadrando Anita.

Anita fa per dire qualcosa. Non lo dice. Neanche Sebastiano dice niente. Ed ecco che in quei sei metri quadri di mondo, agli occhi di una tenutaria di bordello di sessant'anni suonati, Sebastiano e Anita sono fidanzati. Cioè, fidanzati fra loro.

Che sensazione strana. Stanno molto, molto attenti a non guardarsi neanche per sbaglio.

«*Okay*, i convenevoli li abbiamo esauriti», dice Julian. «Ebbene sì, Rosa, scherzi a parte: siamo venuti perché abbiamo bisogno di informazioni.» Si protende in avanti. Ora è serio. Gli è tornata la faccia del giornalista. «Cosa mi puoi dire di Augusto Brusata?»

«Il dottore?» La Rosa si butta all'indietro, contro lo schienale imbottito della sedia, che cigola. «Cosa vuoi che ti dica? Non è che abbia mai... Un momentino solo. Entra, entra, Violetta.»

Anita, Sebastiano e Julian si girano. Sulla porta è comparsa una ragazza. È piccolina, ha i capelli scuri tagliati corti, *à la garçonne*, come quelle straniere che non piacciono al Duce. "Con dei capelli così", pensa Anita, "c'è da stupirsi che possa andare in giro senza sentirsi dare della..." Ah, ma già, certo, tutto quadra. La ragazza indossa indumenti appena appena più castigati della sua collega in pizzo nero che circolava nell'atrio: porta una sottoveste corta, di quelle arricciate in vita, di semplice tela bianca, e niente calze. Quando si avvicina alla scrivania della Rosa, passa talmente vicino ad Anita che Anita le vede la peluria sulle cosce.

Violetta dedica ai visitatori un paio di occhiate diffidenti, poi allunga la mano verso quella della Rosa. Anita vede transitare da palmo a palmo due gettoni di una foggia che non riconosce.

«Il prossimo cliente magari puoi trattenerlo più a lungo», dice la Rosa, col tono del rimbrotto bonario.

Violetta sospira. «È già stato un miracolo che questo abbia resistito due marchette.» La Rosa ride.

Anita aggrotta la fronte. «Ma le marchette non sono...?»

Crede di averlo detto sottovoce a Sebastiano, se non fosse che dovrebbe averlo già bello che imparato anche lei, che a volte parlare sottovoce non basta affatto a non farsi sentire. Infatti le risponde la Rosa, con l'aria compiaciuta di chi rivela i segreti del mestiere a un novellino. «...sono i bolli che si mettono sul libretto di lavoro quando si pagano i contributi, sì», sogghigna. «Però qui da noi no. Qui da noi una marchetta vuol dire un'altra cosa: si misura a gettoni, ed è il tempo minimo che puoi passare con una ragazza.»

Anita sbarra gli occhi. Sta pensando a tutte le volte che ha usato il termine "marchetta" in quell'altro senso, e al fatto che se c'erano degli uomini presenti – Corrado, per esempio – hanno fatto un mezzo sorrisino ma non hanno osato dirle niente.

Che figura.

La Rosa deve leggerglielo in faccia, perché ride ancora un po'. «Sei una *svicia*, tu, mi piaci», dice, mentre congeda Violetta con un cenno. «Una che non si fa tanti problemi, che se ha domande parla. E allora, senti, lo voglio proprio sapere da te, mica da questi due signorotti paludati: perché siete venuti fin qua a chiedere del Brusata?»

Anita inspira. Potrebbe gettare un'occhiata veloce a Sebastiano, per esempio, per cercare di capire dalla sua espressione se sia il caso di vuotare il sacco o no; solo che ha già deciso istintivamente di sì.

Per qualche ragione, Anita sente di voler essere sincera, con la Rosa.

«Perché potrebbe avere fatto una cosa molto brutta a una nostra amica e vogliamo capire se è possibile.»

Sul volto della Rosa il sorriso appassisce.

Pausa.

Poi: «Io non so nulla. Vedeva le ragazze per le visite bisettimanali, e fine».

"Ah, ecco", pensa Anita. Ecco uno di quei casi maledetti in cui, forse, del suo intuito avrebbe dovuto fidarsi di meno. Adesso la Rosa è sulla difensiva. E certo: come ha potuto non arrivarci subito? La Rosa è la tenutaria, è più di qua che di là – cioè, più dalla parte delle autorità che da quella delle ragazze. Ha bisogno di licenze, di rinnovi, di continui permessi per fare il suo mestiere. E l'ufficiale sanitario è un esponente delle autorità. Figurati se la Rosa può testimoniare contro di lui. Anita si dà della cretina per averlo anche solo sperato.

«Mi dispiace che siate venuti da me per niente», dice la Rosa con un sospirone teatrale. «Ma son convinta che Violetta potrà accompagnarvi fuori.» Fa un altro cenno verso la porta. Anita si gira: non se n'era resa conto, ma la ragazza di nome Violetta non se n'è mica andata; è ancora lì, sull'uscio, un piede dentro e uno fuori dall'ufficio.

«Aspetta, Rosa... sei sicura di non poterci dire proprio nulla?» Julian si protende sopra la scrivania, lo sguardo un po' ammiccante un po' languido. «Anche solo che tipo è questo dottore, come si comporta abitualmente...»

«Ma tesoro mio, è che non avrei niente di interessante da dirvi!» La Rosa ride ostentatamente, con affettazione. Si alza, in uno sventolio di maniche rosse. «Fate il piacere, da bravi, seguite la Violetta che vi fa uscire dal retro.» Aggira la scrivania, fa una carezza materna sulla guancia di Julian. «Che anche noi abbiamo l'uscita dal retro, sai. Mica solo i casotti *chic* di corso Raffaello. Solo che dal nostro ci escono solo le ragazze, così nessuno le importuna.»

Gli strizza l'occhio. Julian risponde con un sorriso benevolo ma deluso. La Rosa ha evidentemente troncato ogni possibilità di dialogo. Anita pensa che è stata colpa sua, che è stata troppo diretta, troppo fiduciosa, e si sente sgridare da dentro da tutta la schiera dei suoi Sam Spade e Race Williams e Operatori della Continental e Canaglie Fantasma e Violet McDade e Hilda Adams.

L'unico zitto e impassibile in tutto questo è Sebastiano. Anita lo intravede alla periferia del proprio campo visivo: è rimasto assorto, girato verso Violetta, che li sta aspettando sulla porta. «Facciamo come dice», sono le sue prime parole. «Leviamo il disturbo e seguiamo la signorina.»

Anita lo sbircia meglio. Che abbia fretta di uscire dalla casa di tolleranza? O che sia irresistibilmente attratto da Violetta e non veda l'ora di seguirla?

Di qualsiasi cosa si tratti, Sebastiano si alza per primo, e per primo va dietro a Violetta, che imbocca decisa il corridoio.

Anita e Julian si guardano, poi, quasi senza fare in tempo a salutare la Rosa neanche con un cenno del capo, trottano dietro a Sebastiano.

Ora sono nel corridoio delle camere, un'infilata di porte che corre dritta verso la famosa uscita secondaria. Niente finestre, e anche se ci fossero, tanto, sarebbero chiuse. In compenso, da dietro le porte provengono rumori sommessi che lasciano Anita ora turbata, ora stupita, ora addirittura perplessa. Se non sapesse cosa sta succedendo là dietro, le verrebbe da ipotizzare che qualcuno stia male. Davvero i rumori del piacere somigliano a quelli di una brutta indigestione?

Violetta percorre il corridoio a passo svelto. Sebastiano dietro, e dietro ancora Julian e Anita. A un certo punto Violetta fa una cosa che Anita non si aspetta: sempre camminando, si accosta a una porta e bussa quattro colpi, una sequenza ritmica singolare, *ta-tata-tac.* Continua a camminare, verso la scala che porta al piano terra, poi però devia leggermente verso un'altra porta ancora, e di nuovo: *ta-tata-tac.* Tre volte, lo fa, su altrettante porte. Infine arriva all'ultima porta, diversa dalle altre: la porta sul cortile. La apre, e per quanto il cortile sia buio e angusto una folata di aria fresca investe Anita come il respiro di un angelo. Violetta esce nel cortile – così com'è, in sottoveste e nient'altro – e si ferma.

«Be', allora grazie», dice Julian. «Ce ne andiamo. Peccato non aver avuto risposte, ma...»

«Aspetta», dice Sebastiano, che ha capito, aveva capito già prima.

Vedi, a tradurre tutti quei gialli.

A volte ci si fa un intuito migliore persino di quello di un giornalista.

Insomma dalla porta sul retro dopo neanche un minuto sbucano altre tre ragazze. Una è bionda, coi capelli giallo ossigenati e un vestaglino a fiori. La seconda è castana e ha tanti ricci fitti fitti; si stringe addosso un négligé semitrasparente che finisce con un bordo di pelliccia più sporchina di quanto sarebbe bene. La terza è una rossa ed è piuttosto carina: paffuta, occhi azzurri, seni che hanno poco da invidiare a quelli della Rosa da giovane.

Guardano Violetta, si guardano fra loro, guardano gli sconosciuti.

«Sul serio pensavate che la Rosa potesse vuotare il sacco? Lei, così su due piedi, come se niente fosse?» sospira finalmente Violetta. «Santa polenta fritta.»

«Questo lo dico sempre anch'io», commenta Anita fra sé.

«La Rosa è una brava donna ma non può esporsi.» Questo è Sebastiano, che, appunto, c'era evidentemente già arrivato prima. «Ma mi sa che aspettava un momento come questo da un bel pezzo, perché le è bastato fare un cenno e vi siete capite subito, vero?»

Violetta annuisce.

«*Damn*», esclama Julian. «Come ho fatto a non accorgermene anch'io? Sono proprio un *balengo.*» Lo pronuncia con il suo accento americano, *baylengou*, e a tutte le signorine, anche ad Anita, scappa un sorrisino.

E comunque, "quindi alla fin fine non ho sbagliato a essere così diretta", deduce Anita. "Alla fin fine, a quanto pare la

Rosa non aspettava altro, e aveva preparato le ragazze da tempo proprio per un'evenienza del genere."

Si sente meglio. I suoi detective smettono improvvisamente di brontolarle in testa e assumono tutti un'aria colpevole, chi esaminandosi il cappello, chi le scarpe. "No, sul serio, banda di saccentoni: la dovete smettere di giudicarmi", li rimbrotta lei dentro di sé.

«Allora, prego, signorine. Cos'è che la Rosa non poteva dirci ma voi sì?» chiede Sebastiano.

La bionda si sta facendo accendere una sigaretta da Julian. «Che Brusata era un bastardo», dice, soffiando. «Uno che usava la sua posizione per approfittarsi di noi lavoratrici.»

Anita, Sebastiano e Julian non osano commentare niente. Ascoltano. Aspettano.

«Noi siamo delle abituali, qui.» La castana si liscia il négligé sui fianchi. «Ogni due settimane dobbiamo cambiar bordello, come tutte, ma ogni tre o quattro giri cerchiamo sempre di tornare dalla Rosa e la Rosa sappiamo che ci riprende sempre volentieri. Non per vantarmi, ma io fra i clienti di questa Casa ho il mio circolo di affezionati.» La bionda la sgomita nelle costole e la castana sembra tornare sul pezzo. «Questo per dire che noi quattro sappiamo bene come funziona l'ambiente, parliamo fra noi, più di tante altre ragazze. E il dottor Brusata l'abbiamo visto in azione tante volte, e ci siamo confrontate, e abbiamo messo insieme i pezzi.»

Ascoltano. Aspettano.

«A noi non ha mai fatto niente, questo lo dobbiamo dire.» Questa è la rossa. La luce che filtra dal corridoio – perché la porta sul retro è ancora socchiusa alle sue spalle – le incendia il contorno dei capelli come un'aureola. «Però ogni tanto in una nuova quindicina c'era una ragazza giovane che piangeva quando si avvicinava il momento della visita alla sala celtica, e non ci voleva andare.»

«La sala celtica?» chiede Anita.

«Si chiama così perché la sifilide la chiamano anche il *mal francese*», dice Violetta. «È l'ambulatorio in cui dobbiamo presentarci a fare le analisi per certificare che non abbiamo né quella né lo scolo.»

«Lo scolo sarebbe la gonorrea», dice piano Julian. «Si chiama così perché negli uomini fa colare del liquido dal...»

«*Non è importante*», lo zittisce Anita, un po' perché in effetti non lo è, un po' perché un'altra parola e gli vomiterà sulle scarpe.

«C'erano delle ragazze che entravano nella sala celtica e uscivano dopo più tempo delle altre», riprende la bionda. «Brusata girava sempre con un suo scagnozzo, il suo autista e assistente, un tizio piccoletto e con un'anca fuori asse. Questo sgherro si piazzava fuori dalla porta chiusa e a noi che eravamo in coda diceva che potevamo fare un giro e tornare fra un po'. Allora capivamo benissimo cosa stava per succedere là dentro.»

Anita aggrotta la fronte. «È... è *normale*?»

«No che non lo è!» La rossa scuote la notevolissima chioma. «Non è mica perché siamo puttane che uno può usarci come gli va! Siamo delle lavoratrici, vogliamo essere pagate, e pagate il giusto. E poi, santa miseria: quello era il *dottore.* Il dottore queste cose non le può fare.» Alza le spalle. «Ma Brusata sembrava pensarla in un altro modo. Che siccome era lui con i suoi certificati che ci permetteva di lavorare, allora poteva anche chiederci una tassa, ecco. E anche se siam puttane non è una bella cosa.»

«Specialmente per l'ultima, di sicuro non lo è stata», dice Violetta. «Sapete, ci sono ragazze e ragazze, siamo diverse anche noi. Qualcuna è più fatalista, prende le cose come vengono, non si fa illusioni. Io, per esempio, ma anche la Perla e la Marina.» La bionda e la castana fanno di sì con la testa, come ad ammettere che è vero. «Poi però ci son le giovani, che vengono qui perché han bisogno e quando vedono la Rosa, che si prende cura di loro e ci fa a tutte un po' da mamma più che da padrona, non gli par vero, gli par d'aver trovato l'America. I clienti perlopiù fanno schifo, beninteso, ma comunque è un po' come essere in famiglia, qui fra di noi a sopportarli tutte insieme; e poi hai il cibo e un letto e un tetto sulla testa e anche, appunto, il medico che controlla che stai in salute, che bello.» Prende la sigaretta dalle dita della bionda, che a quanto pare si chiama Perla, tira una boccata, poi gliela ridà. Perla la lascia fare con naturalezza, come a una sorella. «Insomma qualche tempo fa è arrivata questa ragazza nuova. Si vedeva che aveva appena cominciato a fare il mestiere ed era poco pratica, anche molto spaventata; ma era una *svicia*, una sveglia – come la Rosa ha detto poco fa di te – e poi era carina, un po' selvatica, con un fascino tutto suo. Infatti la Rosa, che è una che le piace leggere e quando si tratta di dare i nomi d'arte ha gusto, l'aveva chiamata "la Ninfa". Insomma Brusata se ne invaghisce subito, e sin dalla prima volta che la vede inizia a darle il tormento.»

Anita ha un brivido. Aspettano, ascoltano.

«La prima volta, da dietro la porta della sala celtica, urla e pianti, rumori di lotta, di cose che cadevano. Quando è uscita, altro che certificato: aveva pure un occhio nero, lividi sulle braccia, sulle cosce; per due giorni non ha potuto lavorare, che i clienti si spaventavano e chiedevano un'altra ragazza.» Scuote la testa. «L'abbiamo portata a casa, le abbiamo spiegato che era stata sfortunata ma che non era la sola, che altre ragazze ci erano passate ed erano sopravvissute e che ce l'avrebbe fatta anche lei come tutte: bastava stringere i denti il giorno della visita, badare a non farsi picchiare che poi sennò, appunto, non puoi ricevere e oltre a essere stata picchiata ci perdi pure i tuoi soldi, ma poi basta, tutto qua, alla fin fine nulla di diverso che con certi clienti un po' prepotenti, come ce ne son tanti. Ma non era vero.»

La rossa approfitta di una nuova fumata di Violetta per andare avanti lei. «A Brusata la Ninfa doveva piacere proprio parecchio, perché dopo quella volta cercava sempre di, uhm, di *visitarla*, con mille scuse. "Un sospetto di mal sottile, le facciamo gli esami per i polmoni", e poi "questi occhi ingialliti", che non era vero, "controlliamo il fegato, prendete questo per tre giorni e poi torno e vediamo". Poi finiva la quindicina e la perdevamo di vista: ci ritrovavamo con lei, e anche fra di noi, a spizzichi e bocconi, a seconda di come andavano i turni. E però, ogni volta che una di noi era compagna della Ninfa, di nuovo la Ninfa aveva sempre attorno Brusata.»

Anita ha gli occhi sbarrati. «Che fine ha fatto questa Ninfa?» Ha timore a chiederlo, ma è un pezzo che ne stanno parlando al passato e ha un pessimo presentimento.

«Non è morta, se è questo che stai pensando.» La castana – Marina – lo dice subito e ad Anita si sgonfiano i polmoni. «Però, oddio, potrebbe anche, a quel che ne sappiamo noi. È che... è sparita.» Alza le spalle. «È scomparsa senza una parola, dall'oggi al domani. Proprio mentre era di turno qui, alla Casa della Rosa.»

Violetta annuisce lenta, consapevole di essere arrivata al pezzo forte del racconto. «C'ero io, quel giorno, anch'io ero fra le ragazze di quel turno. Quando Brusata è arrivato, come sempre, a cercare la Ninfa, la Rosa gli ha detto che non c'era più, che anzi lui doveva fare d'urgenza altre visite ad altre candidate per rimpiazzarla che sennò alla Casa ballava un posto. Be': lui ha dato di matto. Ha fatto una scenata, ha detto che non era possibile che una ragazza scappasse così, che allora dov'era la sorveglianza, l'autorità della padrona, e che se succedevano certe cose era segno che la Casa non funzionava bene e che allora alla Rosa lui le faceva chiudere tutto e addio. Poi, dopo un paio di altre visite, non s'è più visto neanche lui.»

«Quanto tempo fa è avvenuto tutto questo?» chiede Sebastiano.

Marina lo squadra. «Mah, cinque o sei mesi, forse meno. Come ha detto Violetta, noi non eravamo tutte qui ad assistere: io per esempio ho lasciato la Casa della Rosa prima della scenata; la Fiammetta invece ha lavorato con la Ninfa prima che sparisse.» ("Fiammetta", registra Anita, "ecco come si chiama la rossa." Per qualche strana ragione, le sembra importante aver dato un nome a tutte e quattro, anche se sono palesemente nomi d'arte, se così si può dire.)

«Però in qualche modo, chi prima e chi dopo, siamo state tutte compagne della Ninfa mentre Brusata ce l'aveva nel mirino. E la Rosa sapeva, la consolava, ma non poteva dire niente: perché, come avete capito, lei sarà anche la prima fra le ultime, cioè la più importante fra di noi, ma resta sempre l'ultima fra i primi, la tenutaria di un bordello di quart'ordine, e le autorità possono fare quello che vogliono di lei.»

Anita, Sebastiano e Julian tacciono.

Non c'è più niente da aspettare o da ascoltare, è evidente che la storia è finita. Però pensano. Oh, questo sì. Le loro tre teste si vede anche dall'esterno che sono tutte un turbinio di pensieri.

«Abbiamo risposto?» chiede Violetta dopo un po'. «Era questo il genere di cose che volevate sapere su Brusata?»

Anita la guarda dritto negli occhi. Belli. I capelli corti glieli mettono in risalto, le donano. Potesse, se li farebbe così anche lei. «Volere forse non è la parola giusta, ma sì, grazie. Siete state preziosissime.»

«L'ho sempre detto, io, che son preziosa e dovevo chiamarmi Giada o Esmeralda e non Violetta», ironizza Violetta.

«Se può interessarti, è anche il nome di una tizia in gambissima protagonista di racconti gialli», sorride Anita. «Io non ci sputerei su.»

26.
SE SOLO

Per parlare fra loro, aspettano di essere usciti da via Conte Verde, di essere di nuovo soli, tranquilli, fermi nella notte, sul marciapiede davanti alla macchina parcheggiata di Julian.

«State pensando anche voi quello che sto pensando io, vero?» sbotta Anita per prima.

«Non saprei. Lei che cosa sta pensando, signorina?» dice Julian.

«Sta pensando che bisogna farla pagare a Brusata», risponde – Sebastiano, però, mica Anita. Anita lo guarda con una faccia mezza ammirata che conferma che, sì, stava pensando proprio a quello. Oddio, a onor del vero, non che ci volesse Sam Spade. «Però anch'io sto pensando una cosa, sa, e non è una cosa bella.»

«Lo so. Sta pensando che farla pagare a Brusata non è così facile», dice Anita, perché questo è il suo turno di leggere nella testa a lui. Sebastiano annuisce. Neanche nel suo caso ci voleva Sam Spade, ma *okay*. «Perché abbiamo soltanto la parola di una manciata di ragazze; *pardòn*, di *prostitute*.» Anita lo pronuncia come se avesse un capello in bocca, con l'irritazione di chi è costretta a usare parole che non avrebbe certo voluto lei. «Stringi stringi, non abbiamo niente di più incriminante di così.» Sbircia di sottecchi Sebastiano, nel caso gli sia venuta voglia di commentare il fatto che abbia usato un parolone da vera detective come "incriminante". Stavolta pare di no, sembra troppo assorto a rimuginare sul caso. Plausibile. Non che le sarebbe dispiaciuto, comunque.

Julian scuote la testa. «Sì, ecco, a proposito di incriminazioni, fra l'altro qui secondo me c'è in ballo non solo quella di violenza carnale, ma anche di omicidio bello e buono. Non so come la vediate voi; io ho la sensazione che questa Ninfa non sia affatto scappata, ma che sia proprio morta. Brusata se le portava nella sala celtica per, uh, *visitarle*, e mandava via quelle in attesa fuori dalla porta: l'ennesimo incontro con la Ninfa può avere preso una brutta piega ed essere finito in tragedia senza testimoni, e Brusata può avere provveduto a far sparire il corpo e a insabbiare tutto, cosa neanche difficile in un ambiente in cui le ragazze vanno e vengono ogni quindici giorni. Dopodiché può essere tornato dalla Rosa, avere fatto finta di scoprire solo allora che la Ninfa era "scappata", e piantato quella scena madre per farsi un alibi, per far credere a tutti i presenti che lui non c'entrasse, anzi, che fosse il primo a essere sconvolto dalla sparizione. E infine si è fatto cambiar d'incarico, da ufficiale sanitario delle case di tolleranza a ufficiale sanitario all'ONMI, per levarsi dalla circolazione per un po'.»

«...però senza rinunciare al piacere di circondarsi di ragazze in difficoltà», ringhia Anita.

«L'ha pensata proprio bene, senza testimoni né niente», borbotta Sebastiano. «Non è affatto facile dimostrare che ha ucciso la Ninfa.»

«...e Gioia», dice Anita.

Sebastiano e Julian la guardano.

«Che c'è? Per voi non è evidente che è stato lui?» Anita è quasi scandalizzata. «Investigare su Gioia ci ha portato da Brusata: come può non voler dire qualcosa?»

Sebastiano sospira preoccupato. «E cosa, però? A Gioia non lo lega proprio niente, se non il fatto che fosse il suo dottore.»

«E l'orecchio», ricorda Anita. «È un mostro capacissimo di commettere un omicidio, e Gioia disegnava il suo orecchio dappertutto. Perché Gioia avrebbe lasciato indizi su Brusata, se lui non avesse avuto a che fare anche con lei?» Sbuffa. «Ricapitoliamo.» Conta sulle dita. «Abbiamo un *cattivo*, uno che faceva cose tremende alle ragazze, e che conosceva Gioia. Abbiamo l'orecchio, il suo tratto distintivo, sul quaderno di Gioia. Abbiamo una vittima di omicidio – forse due, ma una sicura: Gioia. Abbiamo questo tizio e il suo sgherro al galà dei conti, che sembra proprio che sappiano del cadavere di Gioia prima di tutti gli altri e anzi siano loro ad avvertire il conte. L'unica cosa che non abbiamo è... è qualcosa che unisca il cattivo a Gioia. Qualcosa che ci dimostri che una delle sue imprese da cattivo è stata anche far fuori lei. Perché, andiamo: lo sappiamo, lo *sentiamo* tutti, che non può che essere stato lui. Dobbiamo capire, be'... *solo* il come e il perché.»

Ha detto niente.

Sebastiano si lascia sfuggire un sorrisetto. «*Oppure* potremmo tenere presente che non siamo in uno dei nostri gialli, signorina, e che a volte nella vita vera c'è più di un cattivo in circolazione per volta. Non possiamo accollare tutti i delitti di cui siamo a conoscenza a Brusata solo perché è un essere detestabile. Si ricorda quello che ci siamo sempre detti sul non accusare nessuno senza avere le prove?»

Julian si gratta una tempia. «Però, Seb, bisogna dire che la signorina non ha tutti i torti. Nelle investigazioni reali, quando si inciampa in un soggetto che ha già commesso altri crimini, di solito se s'indaga un po' più a fondo viene fuori che a commettere il delitto di turno è stato ancora una volta lui. Insomma, è difficile che ci siano due assassini presenti contemporaneamente nello stesso contesto. Di solito, se ce n'è già uno, si va a guardare ed è stato lui.»

«Ma certo, il rasoio di Ockham», dice Anita, e adesso sì che Sebastiano non riesce a non scoccarle un'occhiata colpita. *Ah-ha.*

«E va bene», mormora Sebastiano. «*Non è impossibile* che Brusata abbia fatto fuori anche Gioia. Ma ora come ora abbiamo... boh, tanti frammenti, come tanti pezzetti di specchio ognuno dei quali ci rimanda solo una parte dell'immagine completa. Ci serve un contesto generale, un caleidoscopio che li trasformi in un quadro sensato.»

"Certo che, quando vuoi, le parole le sai usare proprio bene", pensa Anita. "Altro che quelle sbrodolate pompose di Bonomo." «E allora cerchiamo di ricostruirlo, questo quadro, santa polenta. Poi, pazienza: mal che vada, scriveremo una storia con due cattivi, e sarà una cosa originale.»

Sebastiano sussulta di nuovo come se Anita avesse pronunciato una parola speciale. Solo che, nota Anita, Sebastiano stavolta ha sussultato come se la parola fosse *sbagliata.* No, non sbagliata: pericolosa, semmai. Come se Anita avesse detto qualcosa che forse sarebbe stato meglio non dire.

Ma cosa?

Anita ripensa alla frase che ha appena pronunciato, poi segue lo sguardo di Sebastiano, che è corso a controllare la faccia di Julian.

Allora di colpo ha un'intuizione.

La parola è «storia». È perché lei ha detto «scriveremo una storia».

Julian non sa.

Julian non ha capito – e non deve capire – il riferimento alla *storia,* perché Julian non sa un'acca di John Dorcas Smith.

Sebastiano non ha detto un accidente a Julian riguardo a J.D. Smith.

O Signore e Santa Maria Vergine e il Bambin Gesù con il bue e l'asinello e pure la cometa. Questa sì che è una rivelazione, per Anita.

E infatti: «Scrivere nel senso di definire», si premura di specificare Sebastiano a Julian. «Ma sì, mal che vada definiremo i contorni di una storia insolita, con due delitti e due cattivi che si incrociano.»

Julian annuisce. Sembra prenderla per buona. «*Well.*» Caccia un lungo sospiro conclusivo. «Visto che per stasera abbiamo fatto tutto quello che potevamo fare, direi di andarcene a letto. Magari la notte porterà consiglio e ci verrà in mente come procedere per cercare un legame fra il dottore e Gioia.» Si fruga in tasca. Anita pensa che stia cercando le sigarette, invece, per la seconda volta nella serata, le chiavi della spider sfavillano per aria e planano nelle mani di Sebastiano.

«Vado a casa a piedi, tanto a quest'ora col fresco mi piace fare due passi», dice Julian, ora sì, cercandosi le sigarette nei pantaloni. «Tu accompagna a casa la signorina, poi portati pure via la macchina: la vengo a riprendere domani, altri due passi anche domani non mi faranno male, con tutto quello che bevo e fumo.» Fa per girarsi, poi aggiunge: «Dimenticavo: c'è sempre il sassofono nel bagagliaio. Lascialo pure lì... a meno che la signorina non voglia provarlo, naturalmente». Strizza di nuovo l'occhio, ma stavolta in maniera innocente, quasi stanca, dopodiché volta le spalle e si incammina sotto i lampioni.

Sebastiano e Anita restano un attimo a guardargli la schiena.

«Avanti, lo dica», sospira Sebastiano non appena Julian si è allontanato a sufficienza.

E infatti: «Non ha ancora parlato di J.D. Smith a Julian?!» esclama Anita d'un fiato.

Sebastiano si stringe nelle spalle. «Perché, lei invece ha parlato di J.D. Smith alle sue amiche?»

«Certo che no!» sbuffa Anita. «Ma Julian è il – come si dice? – l'agente delle riviste americane che ci porta i numeri e gli autori... Non si è accorto che nello scorso numero di "Saturnalia" è comparso un certo J.D. Smith di cui lui non sapeva niente?!»

Sebastiano si lascia scappare un sorrisetto divertito. «Può non crederci, signorina, ma Julian non legge "Saturnalia". E perché dovrebbe, in fondo? Lui quei racconti e quegli autori già li conosce in lingua originale.»

«Oh.» Anita si gratta uno zigomo. «Be'. Però è comunque il suo migliore amico. Ero convinta che lei avesse vuotato il sacco, col suo migliore amico.»

Sebastiano si stringe nelle spalle un'altra volta. «Come ho detto: perché, lei invece ha parlato di J.D. Smith alle sue amiche?»

Anita alza gli occhi al cielo. «No, gliel'ho detto, certo che no! Ma Clara e Candida sono due, uh, due *civili*, una prof e un'impiegata, mentre Julian è un giornalista, un contrabbandiere di libri proibiti...»

«Anche la sua amica Candida, se non ricordo male», sottolinea Sebastiano sornione.

«Sì, ma Julian è un oppositore del regime, e...»

«E le sue amiche invece no?»

Anita lascia cadere le braccia. «Uffa. La smetta. Ha capito benissimo cosa voglio dire, santa polenta coi funghi.»

Sebastiano sorride. Sì, certo che l'ha capito benissimo. «Sì, certo che l'ho capito benissimo. Lei vuole dire che Julian è già abituato alle azioni eversive, agli intrighi e agli inganni sotto il naso delle autorità, mentre le sue due amiche no. Ma io sto facendo apposta per farle notare che, proprio come Candida e Clara per lei, anche per me Julian è un amico prezioso, e, anche se è già abituato a trafficare in maniera non proprio limpida contro le autorità, preferisco evitare di metterlo ancora più in pericolo includendolo in questo nostro giochetto col fuoco.»

Anita lo guarda.

Sebastiano la guarda.

«Insomma», conclude Anita, «se non sai qualcosa...»

«...non sei costretto a mentire», annuisce Sebastiano. «Come dicono i nostri detective.»

E, sì, evidentemente è lo stesso ragionamento che hanno fatto tutti e due.

Sebastiano continua a guardarla.

Anita continua a guardarlo.

Non che alla luce dei lampioni, il più vicino dei quali oltretutto è almeno tre metri più in là, veda granché della sua faccia.

Però sente che lui la guarda mentre lei guarda lui.

«Lo scopriranno», dice Anita. «Julian non potrà non accorgersi che questo J.D. Smith è un autore di cui non ha mai sentito parlare, la prima volta che gli capiterà di sfogliare un numero di "Saturnalia". E Candida e Clara, be'... sono Candida e Clara. Le due persone più sveglie che conosca, e loro sì, già la leggono, "Saturnalia". Senza contare che le nostre indagini stanno andando avanti – sempre che stiano andando da qualche parte, ma questo è un altro discorso – proprio grazie a tutti e tre i nostri amici, Clara e Candida e Julian: se mai un domani dovessimo davvero riuscire a scrivere un racconto su questa faccenda, non potrebbero non riconoscerci troppi dettagli per non capire che è farina del nostro sacco, e non di uno sconosciuto autore americano. Lo scopriranno tutti, e presto anche.»

«Che lo scoprano, ma finché non succede lasciamoli tranquilli.» Sebastiano alza le spalle. «Già mi sembra abbastanza assurdo che ci siamo dentro noi due – io e lei, intendo, signorina – a questa impresa, così assurda e difficile e donchisciottesca e disperata. Io non ho alcuna intenzione di piazzare il nostro fardello di segreti anche sulle spalle di qualcun altro. Quando ci arriveranno, bene, ma fino ad allora...»

«...siamo solo io e lei.»

Silenzio.

«Siamo solo io e lei, sì.»

Ecco. Nel caso avesse avuto qualche dubbio, ora Anita lo sa.

Sono solo lui e lei.

Non durerà, finiranno per coinvolgere persone innocenti e sarà solo l'ennesima tacca sulla pistola del loro senso di colpa. Ma, fino ad allora, saranno solo loro due.

Anita sente la forza di gravità farsi densa e strana e l'atmosfera ispessirsi e diventare simile a quella di qualche decina di minuti prima, nello studiolo della Rosa, quando l'impulsività della Rosa li ha dati per fidanzati.

Sta pensando rapidamente a qualcosa che smorzi la tensione, quando una succursale di lampione, un frattale di lanterna, uno sfavillio, un riverbero di fiamma, disegna una parabola nel buio e si schianta ai suoi piedi, sul selciato, con un *dling*.

Guarda giù. Accanto alla punta delle sue scarpe ci sono le chiavi della spider.

«Contavo che le prendesse al volo», si giustifica Sebastiano.

«Io sono bravissima a prendere al volo le cose, se so che stanno per tirarmele», sbuffa Anita. Si china a raccoglierle. «Perché diavolo me le ha lanciate?»

«Perché adesso guida lei.»

«Io *cosa*?»

«Oh, su. Non era lei quella ansiosa di imparare a guidare?»

«Ma... ma quest'auto non è neanche mia!»

«E cosa spera, di avere un'auto sua prima di imparare a guidarla?» Sebastiano apre la portiera dal lato del pilota. «Coraggio. Dovrà pur tornare a casa in qualche modo, no? Se fosse stata davvero a cena dalla sua amica Candida, anche Candida l'avrebbe riaccompagnata in macchina.»

«Sì, ma guidata da *qualcun altro*!»

Sebastiano le sta già aprendo la portiera, lato pilota. «Quest'ora è perfetta per fare pratica: non c'è in giro nessuno. E se anche incrociassimo qualcuno e lei lo mettesse sotto potremmo fuggire col favore delle tenebre.»

«*Sta scherzando.*»

«Sto scherzando. Salga.»

«È illegale.»

«No, la legge consente di esercitarsi alla guida se affiancati da un pilota esperto. Rilasciano uno speciale permesso.»

«Che io non ho. Quindi, vede? È illegale.»

«Va bene, è illegale. E da quando in qua la cosa la preoccupa?»

Anita sbuffa.

Sebastiano ridacchia.

Anita resta impalata ancora una frazione di secondo, poi marcia come un sergente fino al posto di guida.

«Lo sappiamo tutti e due che moriva dalla voglia», dice Sebastiano, chiudendole la portiera e girando attorno al cofano per andarsi a sedere al posto del passeggero. «E poi... non vuole portarsi a casa almeno un bel ricordo da questa serata, qualcosa di divertente, e di nuovo?»

Anita si gira a guardarlo.

«Potrei sempre provare il sassofono», cinguetta.

Anche così al buio, giurerebbe che Sebastiano sia diventato grigio tortora. Adesso è lei, che reprime una risatina.

«Per prima cosa inserisca la chiave nel quadro.»

«Perché si chiama quadro, se è rotondo?»

«Signorina, non cominci.»

Il rombo della Spider Sport che si rianima sembra un piccolo ruggito nella notte di Torino.

27.
LE AMICHE

Martedì.

Martedì 20 agosto va come va. Monné fra le zucche tutto il giorno, porte aperte, finestre aperte; impossibilità totale di parlare del caso, dell'investigazione, dell'avventura, comunque la si voglia chiamare, e in ogni caso né Anita né Sebastiano avrebbero realmente motivo di parlarne, semplicemente perché ancora non c'è nulla di nuovo da poterci dire sopra.

Sono di nuovo all'*impasse.* Di nuovo in attesa di un'idea. Di nuovo pronti a fare, ma senza sapere cosa.

Ad Anita sembra di andare a fuoco.

Non c'è altro da fare che lavorare. Più di due racconti con donne su un unico numero non ne possono mettere, così ne selezionano uno di quelli vecchi dell'Operatore per completare il fascicolo e poi si portano avanti scegliendo quale nuova detective presentare sul numero del mese seguente. Ad Anita ne piace una che si chiama Susan Dare, perché è una bella figliola che non solo risolve gialli ma li scrive anche, cioè fa proprio la giallista, e infatti è a sua volta il personaggio di una giallista donna di nome Mignon G. Eberhart. Sebastiano approva, ma entrambi convengono che tutto questo dominio rosa possa destabilizzare un po' troppo i lettori – meglio procedere a piccoli passi –, così decidono che il secondo racconto sarà un po' più prudente, non avrà un'altra protagonista donna ma due coprotagonisti di sesso diverso. Sebastiano insiste per la serie di Jack Cardigan e Pat Seaward, che continua a sostenere che ad Anita piacerà molto. E infatti le piace: Anita non riesce a non ridere mentre batte a macchina.

«Mi serve il suo aiuto in una faccenda in cui sarebbe molto utile il suo tatto», disse Jack nella cornetta.

«Stavo giusto per entrare nella vasca», rispose Pat.

«Ogni volta che la chiamo, o sta entrando nella vasca o ne è appena uscita. Non se ne sta mai seduta, che so, a fare la maglia?»

«Non so fare la maglia.»

«Impari. Bel casino dev'essere vivere con lei, sempre dentro e fuori da una vasca.»

«Che fortuna, allora, che io con lei ci lavori e basta.»

«Avevo ragione?» sorride Sebastiano.

«Già li adoro», dice Anita asciugandosi gli occhi.

Non che Jack e Pat bastino a eclissare il caso di Gioia dalle loro teste, naturalmente. Ma, visto che non possono fare altro, tanto vale.

Poi arriva il pomeriggio, l'ora di uscire, e Anita, come capita almeno una volta a settimana, va a prendere Clara al lavoro per sbrigare un paio di commissioni in centro insieme a lei.

«Allora?» trilla Clara allegra venendole incontro. «Cosa mi racconti? Che ti è successo, dall'ultima volta che ci siamo viste, ossia ben quarantotto ore fa?»

Clara, pensa Anita, è l'unica persona al mondo che riesce a sembrare perfettamente solare anche dentro a quel grembiulaccio nero che fanno mettere alle impiegate. Oddio, non che Anita stessa non sia una visione celestiale dentro al suo, di grembiulaccio nero, ma lei gioca facile, con il davanzale che si vede comunque benissimo che le tira i bottoni e la vita che si vede comunque benissimo che si stringe sopra i fianchi e i fianchi che si vede comunque benissimo che si allargano anche sotto il cilindro di stoffa. Però Anita si conosce e sa di essere molto più a suo agio, più brillante e all'apice del proprio potenziale, dentro, mah, un vestitino a fiori, una gonna celeste, cose così. Clara invece potrebbe vestirsi di sacco e non farebbe differenza: secondo Anita, il magnetismo della sua smisurata intelligenza, del suo sguardo naturalmente saggio, della sua personalità pacata e avvolgente come quella di un Buddha, si espande tutt'intorno a lei qualsiasi cosa indossi, in qualsiasi ambiente, e in qualunque condizione climatica.

(Sebbene Anita non abbia la più pallida idea di chi sia Buddha, ovvio; sa giusto che in qualche racconto ambientato a Chinatown può capitare che vengano rubate inestimabili statuette di giada a forma del suddetto, ma non si è mai fatta grandi domande a riguardo.)

Clara è la sua roccia.

«Tu non hai nemmeno idea», le risponde Anita, con tono cospiratorio.

Clara ride e si appresta ad ascoltare. Fa la faccia che Anita conosce bene, quella che dice "ho tutto il tempo, vai, racconta", ogni volta che Anita le butta là il seme intrigante di un'avventura.

Perché Clara sarà la roccia di Anita, ma Anita è l'oceano di Clara: sempre in movimento, impetuosa, in preda a imprevedibili moti ed emozioni; sempre in possesso di qualcosa di sapido da raccontare o condividere, una battuta di spirito, una presa in giro, una ragione di furia contro sua madre, un aneddoto o un'idea balzana, le sbatacchia tutt'attorno le sue onde e da quasi dieci anni le impedisce di annoiarsi un secondo.

Clara la roccia, al centro dell'oceano Anita.

E comunque, Anita l'ha detto con assoluta cognizione di causa. "Tu non hai nemmeno idea": a ripensarci quasi non ci crede nemmeno lei. Lei e Clara non si vedono da poco più di un giorno, e in quel giorno sono successe cose *in-cre-di-bi-li*: Anita è venuta a conoscenza della viscida, sconvolgente figura del medico Brusata, è entrata in una casa di tolleranza, e ha persino guidato una macchina. Oh, Clara non ha *davvero* idea di quante cose siano successe nelle ultime quarantott'ore.

Anita apre la bocca per iniziare a raccontare. E subito deve richiuderla perché una voce le chiama.

Ora. Bisogna crederci: Anita non vorrebbe. E molto probabilmente nemmeno Clara. Nessuna delle due vorrebbe sentirsi così seccata all'udire quella voce. È una reazione viscerale e istintiva che, c'è da scommetterci, fa sentire in colpa tutte e due.

Ma nessuna delle due è felice di essere stata interrotta da Corrado.

«Signorine! Allora, come va?»

Il marcantonio biondo sopraggiunge a corsetta plastica dal fondo di via Corte d'Appello. Ecco, pensa Anita: qualsiasi altra ragazza darebbe due dita dei piedi per una cosa del genere, per vedersi venire incontro un fidanzato così. Da quando Anita gli ha strappato il consenso a rimandare di sei mesi il matrimonio per poter andare a lavorare, Corrado ha escogitato – con lo zampino di Mariele – un sistema per accertarsi che la sua futura moglie non si scordi di lui, e sbuca casualmente ogni volta che Anita fa il suo giro infrasettimanale con Clara. Così finiscono per passeggiare in tre e, sebbene Corrado sia un tipo dalla conversazione simpatica, che sa stare in società, certe volte Anita e Clara darebbero qualsiasi cosa per non averlo fra le zucche.

Per esempio oggi pomeriggio, che Anita avrebbe da raccontare a Clara grandi cose.

Invece devono passeggiare con lui.

«Che commissioni abbiamo in programma, oggi?» s'informa garrulo il biondone. «Solito giro? Lavandaia? Verduriere? Forno?»

«Anche, più una cosa nuova», sospira Anita, perché pace, ormai tanto vale far buon viso a cattivo gioco e rispondergli bene, poveretto. In fondo lui che colpa ne ha. «Mia madre è tutta preoccupata perché Emilio è in crisi con i compiti, e vuole che gli troviamo un regalino.» Vero. Questo è il bel risultato di non aver più fatto gli esercizi di grammatica al posto di Emilio: Emilio si è fatto beccare da Mariele mentre si lagnava di non riuscire a finire tutti i compiti e il cuore della sua mamma ha sanguinato per lui. Anita arriccia il naso: «Quando *io* ero in crisi coi compiti, col piffero che mi faceva regalini. Se me li faceva, me li dava a dita belle aperte sulla nuca, i *regalini*».

«Ma perché tu non eri mai *in crisi coi compiti*», rievoca placida Clara. «Non li facevi e basta.»

Anita non può obiettare.

«E che genere di regalino avevate in mente?» chiede Corrado. Ora sta camminando in mezzo a loro, sovrastandole di qualche palmo; ha aperto le braccia e ne sta tenendo uno sulla spalla di ciascuna. Sembra una quercia che allarga la chioma sopra un paio di scoiattoli. Intorno a loro, il solito traffico del centro: pedoni, soprattutto serve con le loro sporte e ceste, a passo svelto verso la prossima bottega o ferme a esaminare le bancarelle di cui la città è piena; biciclette di impiegati che hanno appena staccato, come Clara e Anita; qualche macchina che va piano piano per non giocare ai birilli coi pedoni, e alla quale Anita nota che Corrado lancia occhiate colme di competenza e desiderio.

Corrado sogna appassionatamente di comprarsi una macchina tutta sua, appena suo padre gliene darà il permesso.

Se sapesse che ieri notte lei – *lei*, la sua fidanzata – ha guidato la sua preferita in assoluto, una Balilla 508 Spider Sport rosso fuoco.

Se sapesse.

«Non ne ho proprio idea, di che diavolo regalare a Emilio», sospira Anita. «Che cosa può piacere a un moccioso viziato come il gatto di una duchessa?»

«Un fucile! Ce l'ha già?» Corrado risponde col tono di chi la prende molto sul serio. «Cavolo, era il mio gioco preferito, quand'ero piccolo io! La baionetta avrà anche avuto la punta arrotondata, ma lo vendevano insieme a due caricatori, e uno era a salve... l'altro però no.» Sorride raggiante, torna ad avere dieci anni e in mano una favolosa, entusiasmante piccola arma potenzialmente mortale. «Imbracciando il mio fucile giocattolo inscenavo per casa episodi della Grande Guerra: salvavo commilitoni immaginari, sgominavo drappelli di crucchi, guidavo il mio esercito a Vittorio Veneto!»

«Se Emilio inizia a fare l'eroe di guerra nel vostro appartamento e a sparare alle cassapanche», dice Clara ad Anita, «i crucchi a forma di Mariele lo accoppano a colpi di scopa in tre secondi.»

Anita ride. Corrado rimugina. «Allora il gioco del Piccolo inventore. Io e i miei fratelli ci passavamo i pomeriggi, a cercare di replicare gli esperimenti. Come quello del cannone: prima dovevi usare il seghetto – un seghetto vero, da legno – per costruire i supporti, il che era già emozionante di suo, poi nel tubo di latta mettevi dell'acqua e un turacciolo, e con un moccolo scaldavi un'estremità. Quando l'acqua bolliva, il cannone sparava il turacciolo.»

«Da un tubo di latta?!» esclama Clara. «Di quella latta schifosa dei giocattoli, che come la tocchi si apre in due?» Grazie ai due fratellini, Clara conosce bene i giochi dei maschi (più di Anita stessa, alla quale dei giocattoli di quella zavorra umana di Emilio non è mai importato un accidente). «Scommetto che sono state di più le volte in cui il tubo è esploso e avete rischiato di farvi male.»

Corrado sbatte le palpebre. «No. Cioè, non *rischiato.* Ci siamo fatti male *davvero.* Mio fratello Alfredo ha ancora i segni dell'ustione su due dita della mano destra.»

«Santa polenta al formaggio.» Anita scuote il capo. «Sarebbero questi i giochi che regaliamo ai bambini? Pensavo che il popolo italiano volesse espandersi, non estinguersi.»

Anche Clara scuote il capo e alza gli occhi al cielo.

«E se gli regalassimo un libro, invece?» dice Anita. Clara la guarda. Corrado la guarda. «Che c'è, che ho detto di strano? Sto solo cercando qualcosa che non lo ammazzi o non lo faccia ammazzare da mia madre.» Ci pensa. «Mica per niente, ma poi lo sappiamo che mia madre si pentirebbe e in qualche modo direbbe che è stata colpa mia. E alla fine ammazzerebbe anche me.»

«Ma gli piacerà?» Corrado sembra perplesso. «Se è in crisi con i compiti, magari in questo momento i libri ce li ha in uggia e non li vuol vedere neanche da lontano.» Si gratta la testa. «Anche se in effetti i miei fratelli più piccoli hanno dei libretti bellissimi. La collana *Piccoli libri della Patria,* avete presente? Serie *Eroi e martiri.* Ogni volumetto parla di un eroe della patria, ma da bambino. Ce n'è uno su Garibaldi che da ragazzino è già un eroe e salva un amichetto che sta per annegare, e uno su quanto era patriottico il piccolo Balilla anche prima dell'episodio del sasso.»

Anita e Clara si guardano di sbieco, perché tutte e due si

ricordano benissimo di quando Candida ha spiegato loro che 'sto povero Balilla, Giovanni Qualcosa Perasso di Genova, uno dei simboli preferiti del regime, famoso per aver iniziato con il lancio di una pietra la rivolta di Anita non si ricorda più che anno contro non si ricorda più che invasore, non è neanche certo che sia esistito davvero. Figuriamoci conoscerne episodi minori di patriottismo durante la prima infanzia.

Non dicono niente.

«Ma un Salgari, un Dumas, non sono più di moda?» riflette ad alta voce Clara.

«Mah. Se devi regalargli qualcosa da leggere, tanto vale che sia educativo», dice Corrado.

«Quindi tu ai nostri figli regalerai soltanto opere edificanti?» lo provoca Anita. Lo provoca, ma fino a un certo punto. La risposta la preoccupa un po'.

Corrado la guarda. «E che regali deve fare un genitore ai suoi pargoli, sennò?»

"Ecco, appunto", pensa Anita.

«De Amicis!» esclama Corrado. «Cosa ne pensate di *Cuore*?»

Anita e Clara lo guardano di nuovo senza dire niente.

«Ce l'ho.» Clara schiocca rumorosamente le dita. Una vecchietta in transito si volta, perché non è un gesto che passi inosservato, se eseguito per strada da una fanciulla. «L'*Iliade.* O l'*Odissea.* Insomma, l'epica classica. Le autorità approvano» – indica col pollice Corrado – «ma è *anche* appassionante sul serio.»

«*Cantami, o Diva* eccetera eccetera? Ma non si annoierà?» Questo è ancora Corrado, bendisposto ma dubbioso.

«Ma mica i poemi in versi!» sbuffa Clara. «C'è un libro bellissimo che ti racconta i miti greci come fossero storie per ragazzi. Si chiama *Storie della storia del mondo.*»

«Ce l'ha Candida in libreria», si ricorda Anita. Poi si raggela: oddio, non l'avrà mica visto nella collezione dei libri *proibiti* di Candida?! Nel qual caso avrebbe appena fatto una gaffe, a dichiararlo così ad alta voce davanti a Corrado. Ma poi ci pensa meglio e, no, quel libro se lo ricorda proprio esposto nella libreria ufficiale del salotto di Candida. D'altra parte, in effetti, anche Clara ne sta parlando liberamente, no? È stato un dubbio inutile quanto istintivo, un automatismo da cospiratrice che non deve mai scordare di avere delle cose da nascondere.

A volte è proprio faticoso, avere una vita segreta.

Comunque, Clara annuisce. «Sì, e sia io sia Candida ti abbiamo sempre detto che valeva la pena di leggerlo, quel libro, e che ti sarebbe piaciuto: ma tu niente, diffidente che non sei altro. Se non ti fosse capitata questa faccenda del lavoro a "Saturnalia" non avresti nemmeno mai provato i gialli, e invece guarda adesso come ci sguazzi felice, che sembri una papera nello stagno. Devi imparare a fidarti delle amiche, sai.»

«Come se ci fosse bisogno di dirlo.» Corrado scuote la testa. «A volte penso che voi tre – cioè voi due e la professoressa Fiorio – abbiate più influenza le une sulle altre di quanta potrà mai averne su di voi il vostro uomo.»

«Veramente io non ce l'ho, un uomo, e Candida nemmeno», lo prende in giro Clara, «quindi al momento è un problema solo tuo.»

Poi si gira verso Anita, con lo sguardo di chi un po' vuole condividere lo scherzo un po' vuole accertarsi di non esserci andata giù troppo pesante, ma Anita non dice niente.

Non dice niente perché ha gli occhi sbarrati e la faccia di una che ha appena avuto un'illuminazione.

Si è fermata di colpo in mezzo alla strada, in piena via Garibaldi; i passanti e le bici le fluiscono accanto, Clara e Corrado devono fermarsi anche loro e girarsi all'indietro per non perdersela, e lei se ne sta lì, impalata e fremente, come una che è stata appena attraversata da una scarica elettrica ma deve dissimulare e raccogliere le idee in fretta.

«Clara», dice.

«Eh, cosa?»

«Clara. *Come abbiamo potuto dimenticarci*?!»

«Dimenticarci? E di che? Cos'è che ci siamo dimenticate, scusa?»

«*La cena dai tuoi!*» Finalmente Anita si schioda e marcia verso Clara a braccia spalancate come a invocare il perdono di angeli e santi. «Santa polenta al sugo, ma non ti ricordi? E sì che tu ti ricordi sempre tutto! *Tua madre mi aveva invitata a cena con voi, questa sera!* E noi siamo già in ritardo!»

Corrado la guarda perplesso, ma soprattutto la guarda perplessa Clara.

Solo che Clara non è mica Corrado. Clara è Clara. Clara sa benissimo che i suoi genitori non stanno *affatto* aspettando Anita a cena, né può avere la minima idea di che diavolo sia preso ad Anita per sparare una balla così enormemente enormissima.

Ma Clara è Clara, e capisce subito cosa deve fare.

Perché, eh, le amiche.

«Oddio, *è vero*! Che stupida!» esclama battendosi teatralmente la mano aperta sulla fronte. (Un gesto forse un po' affettato, ma mica tutti possono avere il talento recitativo di Anita, d'altro canto, e comunque Clara per rifarsi può sempre fare affidamento sulla sua parlantina.) «Come ho potuto scordarmi così? Dobbiamo muoverci: mia madre non sarà come Mariele, ma se le facciamo freddare la minestra di nonpiselli è capace di diventare una furia pure lei!»

«Corrado, ti dispiace farmi un grossissimo favore? Ti prometto che mi sdebiterò.» Anita sfarfalla le ciglia. «Dovresti andare in tabaccheria dai miei – tanto ormai siamo a due passi – e dire che mi sono sbagliata, che non mi ricordavo più che non torno per cena. Ah, e di' a mia madre che a farla, la spesa, ci vado domani, e anche dalla lavandaia e al forno eccetera eccetera, tanto per un giorno non muore nessuno.»

Corrado guarda alternativamente Anita e Clara. C'è rimasto di stucco, avrebbe la tentazione – glielo si legge in faccia – di credere che Anita questa faccenda dell'invito a cena se la sia inventata di sana pianta sul momento; ma non ne vedrebbe il motivo, e poi Clara sta confermando, e non avrebbero avuto tempo di mettersi d'accordo, quindi, be'.

«Va-va bene», borbotta, spiazzato. «Quindi ci rivediamo...»

«...sabato, come sempre!» Anita gli regala il suo sorriso più ampio, poi ci pensa un istante, si protende e gli dà un abbraccio stretto e un bacio sulla guancia. Corrado ha una nuova ragione per rimanere di stucco, perché, insomma, così in pubblico. L'abbraccio è *veramente* stretto, e il bacio è *veramente* vicino alle labbra. Un paio di passanti avranno qualcosa di cui chiacchierare stasera in famiglia – i giovani d'oggi sono così sfacciati, le ragazze così impudiche, quei discorsi lì.

«Sei il mio eroe!» gli cinguetta Anita, poi afferra Clara per un braccio. «Presto!» E, sventolando la mano all'indietro a salutare Corrado, corre via trascinandosi dietro Clara, in direzione della casa di quest'ultima.

Dopo due isolati, Anita si butta senza preavviso in un anfratto fra due edifici, tirandosi dietro Clara, e si acquatta contro il muro, sbirciando oltre l'angolo che Corrado non le abbia seguite.

«Adesso me lo dici cos'è questa pantomima della cena a casa mia?» chiede Clara, pacata nonostante il principio di fiatone.

Anita finisce di controllare che la strada sia libera, poi punta gli occhi – seri, sfavillanti, accesi dai residui della folgorazione che l'ha colta – in quelli di Clara.

«*Le amiche*», dice. «Corrado ha ragione! Le amiche sono la cosa più importante, per una ragazza. Sono ciò che conta di più, le persone di cui più si fida e che vuole che possano fidarsi di lei.»

Clara inclina la testa di lato, curiosa. «Lo prendo come un complimento, ma ancora non ho capito un tubo.»

Anita annuisce. «Certo che no, e nemmeno puoi, finché non ti racconto l'antefatto.» Si mastica il labbro inferiore. «Ti spiego tutto per bene mentre siamo per strada. Prima però sali dai tuoi e digli che stasera ti eri dimenticata ma sei ospite a casa di Candida. E poi tira fuori la tua bici… e se non ti dispiace anche quella di tuo fratello, che gliela prendo in prestito io. Dobbiamo andare fino in via Maddalene, e ho già preso troppe vetture di piazza, per questa settimana.»

28.
IL CATTIVO DELL'ALTRA

Il racconto dura il tempo esatto del viaggio. Pezzo dopo pezzo, pedalando il più possibile affiancate, Anita riferisce a Clara delle ultime quarantotto ore e Clara si beve ogni dettaglio. Quando smontano dalle bici, e sono di nuovo sulla terraferma e in piedi davanti al portone del complesso dell'ONMI, Clara è al corrente dell'esistenza e della fama del dottor Augusto Brusata, dei suoi trascorsi, e di come Anita stessa ne sia venuta a conoscenza.

Ah: e anche, incidentalmente, del fatto che Anita ha guidato una macchina. Cosa che la colpisce parecchio, ma alla quale non può dedicare l'entusiasmo che vorrebbe, visto che tutto sommato è un dettaglio fuori tema.

«Domande?» chiede Anita – con un po' di fretta, come se sperasse di no perché vuole entrare al più presto nella Casa della Madre e del Fanciullo e fare le cose cruciali che ha da fare. E che non ha ancora spiegato a Clara: le ha raccontato tutta la storia fino a lì, sì, ma mica le ha ancora detto perché diavolo l'ha trascinata all'ONMI.

Clara, tuttavia, non si lascia impressionare dalla fretta di Anita. È una che conosce l'importanza del prendersi il giusto tempo per capire. Anche a scuola era una delle poche che se aveva da farsi rispiegare qualcosa alzava la mano. (Anche Anita alzava la mano senza farsi scrupolo d'interrompere una lezione, ma di solito era per fare qualche osservazione polemica o chiedere di andare in bagno anche quando non ne aveva bisogno.) «Sì, ne ho ben due, di domande», dice dunque Clara. «Cioè, ne avrei tre, ma la principale è cosa diavolo stiamo andando a fare adesso, e se ti conosco bene non me l'hai ancora detto apposta per sorprendermi col colpo di scena, quindi è inutile che te lo chieda.» Anita ridacchia e annuisce. Sì, Clara la conosce bene. «Quindi le due domande che mi restano sono solo due curiosità. La prima: perché non hai detto anche tu a Corrado che eravamo invitate a cena da Candida, anziché a casa mia?»

Anita alza le spalle. «La scusa della cena da Candida me la sono già giocata ieri sera, mia madre idolatra "La Signora" – come la chiama lei, che si sentono le maiuscole – ma due sere di fila non mi avrebbe creduta.»

Clara fa la faccia di chi approva la prontezza di spirito. «La seconda: perché hai voluto che venissi anch'io? Potevi dirmi "coprimi, domani ti spiego tutto" e andare da sola.»

Anita esita un secondo. Sceglie le parole. In verità, quello è un punto più importante di quanto Clara possa immaginare.

«Per due ragioni. Intanto perché tu sei saggia, tranquilla e rassicurante come una nevicata in montagna, mentre io sono... impulsiva e travolgente come un uragano tropicale.»

«E modesta.»

«E modesta, certo, il mio peggior difetto, lo sanno tutti.» Sogghignano. «Comunque, per quello che stiamo andando a fare è utile che sia presente qualcuno di saggio e tranquillo e rassicurante. E poi... be'. E poi volevo che venissi con me perché è *giusto.* Questa è anche la tua indagine. E anche di Candida, se è per quello – infatti, tra parentesi, Candida è a fare l'infermiera dall'Arcangela che si è ammaccata un piede, sennò passavamo a prendere anche lei. Tutte e tre ci siamo spremute le meningi, siamo andate in gita a casa di Gioia, abbiamo nascosto i suoi oggetti, abbiamo parlato con la sua amica Ernestina, ci siamo arrovellate e date pena. Nei gialli che batto a macchina ogni giorno il detective che si prende a cuore il caso è sempre arrabbiato quando arrivano la polizia o l'FBI e glielo tolgono dalle mani. Ecco, qui è la stessa cosa: tu sei la mia socia detective e io ti voglio con me. In questa faccenda è giusto che siamo dentro insieme.»

Clara la guarda fra il sorpreso e l'onorato.

«E adesso possiamo andare, che dobbiamo fare una cosa *fon-da-men-ta-le?*» esclama Anita.

Clara fa spallucce. «Sissignora.»

Anita alza il mento sussiegosa. «Sis*signorina*, prego», scherza. Poi schizza dentro l'edificio.

«Voi siete…?» chiede la custode.

Anita si impettisce e le fa gli stessi occhiacci che Mariele fa a lei quando si dimentica di passare dalla merciaia. «È la *seconda* volta che vengo qui a nome della signora Fiorio», sibila, neanche fosse la regina offesa per non essere stata riconosciuta. Comportarsi così le dà una punta di nausea, ma c'è da dire che non ha mai visto la custode fare molto altro che trascinarsi ciabattando per la guardiola e occasionalmente rivolgersi a qualche ragazza come a un cane randagio, dunque gli scrupoli possono anche andarsene a quel paese. La custode bofonchia qualcosa e Anita può marciare indisturbata verso il dormitorio a mento alto e schiena dritta come la punta della Mole, tirandosi dietro Clara.

Diana è seduta sul proprio letto, di schiena alla porta. Le han dato una cesta di borlotti da sgranare in una ciotola. Ci sono altre ragazze nello stanzone: qualcuna sta allattando, due hanno l'ago in mano. Quando Anita e Clara entrano – o meglio: quando Anita fa irruzione e Clara entra dietro di lei nel dormitorio – Diana gira la testa quasi per caso, e per una frazione di secondo le guarda con un'espressione di allarme, come quella di un capriolo che, sorpreso nel bosco, valuta se darsi alla fuga e poi di solito decide di sì.

Anita le fa cenno di seguirla fuori.

Diana non dice niente. Resta ferma com'è per un secondo in più, poi annuisce, depone la cesta a terra e la ciotola sul letto, e segue Anita verso il cortile. Cerca anche di scambiare un'occhiata con Clara, ma Clara le risponde con uno sguardo che significa "ne so quanto te".

Attraversano il cortile. Anita si ferma sotto un albero dalle fronde larghe e basse. Si gira e guarda Diana. È serissima, quasi corrucciata. Poi si fa avanti, decisa, e di slancio abbraccia Diana stretta stretta.

Clara alza un sopracciglio come a dire "ohibò, questa non me l'aspettavo".

Mentre Anita se ne sta così, le braccia avviluppate alla schiena di Diana, il viso nella curva della sua spalla e gli occhi chiusi e le labbra serrate e le sopracciglia corrugate – l'espressione dell'abbraccio più carico di trasporto che si sia mai visto da quando Eva incontrò Adamo la prima volta –, Diana sbatte un po' le palpebre e per almeno un paio di secondi non sa dove mettere le mani. Poi, pian pianino, decide di adeguarsi alla convenzione e le adagia sulla schiena di Anita, lievi come mosche sul vetro, formali. Ma Anita non si slaccia di un centimetro, non allenta la sua stretta di un pelo, e in tre secondi, sotto gli occhi di Clara, affascinata come un'entomologa di fronte alla schiusa di un bozzolo, ha luogo una trasformazione.

È come se qualcosa si spezzasse nella rigidità adamantina di Diana. Come se dopo quei tre secondi di abbraccio Diana ne *capisse* il perché, e tutta la potenza e la tenacia di quella stretta le si rivelassero in tutto il loro significato.

Insomma, fra le braccia di Anita, dopo quei primi tre secondi di elaborazione, Diana ha come uno scatto, un sussulto, una scossa sismico-emotiva, una reazione fisico-chimica-psico-esistenziale. E di colpo reclina la testa contro quella di Anita, stringe le braccia attorno alla sua schiena e le scoppia a piangere sulla spalla.

Restano così per almeno due minuti.

Clara le osserva in silenzio, tranquilla. Con la sua solita aria paziente, di quella che sa che presto capirà. A un certo punto Anita apre gli occhi, intercetta il suo sguardo e le lancia un'occhiata che significa "ancora un attimo di pazienza e ti sarà tutto chiaro". E naturalmente Clara risponde con un signorilissimo cenno del capo che significa "nessun problema".

Quando il silenzioso sfogo di Diana si placa, Anita scioglie la stretta e la ragazza di raddrizza. Si asciuga la faccia, che è tale e quale a quando ha finto di piangere dal farmacista, rossa e lucida. Tossicchia. Sarebbe il momento di parlare, di spiegare. Mica facile.

«Scusami», è l'incipit che sceglie. «Sapevo che sarebbe venuto fuori. Ma non potevo proprio dirtelo io.»

Anita individua la panchina più vicina, sospinge piano Diana verso di essa, l'aiuta a sedersi, poi si gira verso Clara e le fa cenno di venirsi a sedere anche lei. Diana si assesta su un'estremità, Clara, sempre in paziente attesa di chiarimenti, si accomoda sull'altra, Anita dà una rapida occhiata in giro e poi si siede a gambe incrociate sull'erba davanti a loro. Tanto, chissenefrega del decoro. Alla Casa della Madre e del Fanciullo ci sono solo donne e bambini, stasera.

«Clara», dice Anita. «Quello che Diana sta intendendo è che lei è, o meglio è stata, la Ninfa, la ragazza di madama Rosa che ha dovuto subire dal dottor Brusata tutto quello che ti ho appena raccontato.»

Clara sbarra gli occhi. Un po' c'era arrivata, ma un po' no.

«Come hai fatto a capirlo?» chiede Diana. Sembra calma, ma la voce le esce ancora a saltelli, strascichi di singhiozzi. «Nemmeno Candida lo sa, all'esame dell'ONMI ho detto di essere solo un'orfana senza rendite...»

Anita si stringe nelle spalle. «Dicono che tanti piccoli indizi non dovrebbero fare una prova, ma poi alla fine sì. Ti ricordi quando abbiamo parlato qui, proprio in questo cortile, la prima volta? Mi hai detto che eri felice che finalmente qualcuno ti chiedesse come stavi adesso, anziché curiosare su come stessi prima. Ma ti sei ben guardata dal farmi anche solo un accenno a quale fosse, quella tua vita di prima: hai subito messo in chiaro che non ti avrebbe fatto piacere parlarne. Poi, quando siamo andate tutte insieme in gita domenica scorsa...»

«Domenica scorsa! Mi sembra una vita fa», sospira Clara, per alleggerire l'atmosfera.

Anita annuisce, poi prosegue: «...hai detto che ti sarebbe piaciuto tantissimo fare la serva. Non so per te, ma per me se una ragazza, fra tutti i sogni che può avere, non chiede di meglio che di fare la serva, è perché fino a quel momento deve avere avuto una vita che è stata ancora peggio. E lo so che una frase del genere da sola non sarebbe ancora una prova di niente... se non fosse che, mentre andavamo via dalla farmacia, hai fatto una battuta sul tipo di ragazze e di clienti che frequentano le case di tolleranza, e lì per lì ho pensato che fossero cose che, semplicemente, sapevi come possono saperle tutti, ma forse anche no, forse ti era venuta spontanea perché non ci avevi pensato troppo prima di parlare, e infatti dopo ti sei raggelata, io credevo per paura di avermi offesa».

«Be', un po' anche quello», dice Diana con un sorrisino gentile.

Anita sorride anche lei. «Comunque, come vedi, tutte piccole cose, nessuna prova vera. Però poi ieri notte le tue compagne alla Casa della Rosa...»

«Tu sei andata dalla Rosa?!» Diana fa un mezzo salto sulla panchina.

Anita la tranquillizza con un gesto della mano che significa "è stata una passeggiata, *baby*" e che Race Williams non disdegnerebbe nel proprio repertorio mimico. «...le tue compagne ci hanno parlato di questa Ninfa, che era giovane, carina e – parole loro – "con un fascino un po' selvatico, tutto suo".»

Diana solleva un sopracciglio. «Io avrei un "fascino selvatico"?»

«..."tutto tuo"», completa Anita. Clara annuisce a sua volta, come a confermare. «Sembra una roba da eroina di Liala, lo so.» Anita non sa se Diana sappia chi è Liala – probabilmente sì, tutti sanno chi è Liala –, ma di certo Diana coglie la battuta, perché fa una mezza espressione compiaciuta, comica, un po' da diva, che fa sorridere le altre. «E hanno detto che la Ninfa aveva fatto perdere le sue tracce più o meno nel momento in cui la Diana che conoscevamo noi doveva aver capito di essere rimasta incinta. E poi l'ultimo dettaglio: i tuoi turni volontari al dispensario, proprio nei giorni di visita del medico, evidentemente per cercare di schivarlo il più possibile. A quel punto, sai, tutto ha iniziato a quadrare. E, ribadisco: tanti piccoli indizi non dovrebbero fare una prova, ma i detective dei miei gialli non seguono mica tanto le regole: sanno che, se fai finta che siano una prova e gli dai retta, spesso poi viene fuori che è vero.»

Per un paio di secondi Diana non fa che annuire e lasciar sedimentare la storia.

«In un certo senso, adesso che sapete la verità su di me, mi fa piacere.»

«Anche a noi. Cioè: ci fa piacere che a te faccia piacere. Vuol dire che ti fidi di noi.»

Clara deglutisce vistosamente, poi chiede con cautela: «Diana, questo vuol dire anche che… che il tuo bambino è…?».

Diana annuisce e abbassa la testa. Non lo dice ad alta voce, "sì, è suo", ma si passa una mano sulla pancia, e Anita e Clara capiscono benissimo cosa significa. *Poverino.* E un altro pensiero le attraversa tutte e tre, chiaro come il sole: *è come la storia di Gioia, un'altra volta.* Anche Diana è scappata quando ha scoperto d'essere incinta. Anche Diana avrebbe voluto che il padre non sapesse mai di essere tale.

Diana si morde un labbro. Cambia argomento. «Stanno bene, le ragazze? Con chi hai parlato?»

«Violetta, Perla, Marina e Fiammetta», snocciola Anita, «e sì, stanno bene. Ma sono ancora preoccupate per te, pensano che tu sia morta e non vedevano l'ora che qualcuno desse loro l'occasione per denunciare quel verme.»

Diana si impegna a masticarsi il labbro per non far vedere che si è un po' commossa di nuovo. «Ho pensato tante volte di tornare a trovarle», sussurra, «ma non ne ho mai avuto il coraggio. Ogni volta pensavo a tutte le domande che mi avrebbero fatto sul bambino e mi veniva il magone.»

Clara si schiarisce la voce. «Fatemi ricapitolare…» Le si legge in faccia che il suo cervello sta facendo il suo gioco preferito: sta soppesando freneticamente tutti i pezzi del puzzle, cercando di farli andare tutti a posto. «Quindi Gioia, quando ritraeva quell'orecchio, l'orecchio di Brusata, non alludeva a qualcuno che minacciava *lei*, ma a qualcuno che minacciava *la sua amica*?»

«Esatto.» Anita fa un ampio su e giù con la testa. «E infatti: *le amiche*», dice a Clara. «Le parole chiave. Le parole di Corrado, che mi hanno fatta pensare – anzi, no, più che pensare: mi hanno colpita come un fulmine.» Si gira a spiegare anche a Diana. «Poco fa, ho avuto una specie di folgorazione. Ho capito che avevamo sempre dato per scontato che Gioia volesse lasciare indizi per incriminare chi minacciava *lei*. E invece Gioia non era di sé che si preoccupava. Era ossessionata dal mostro che minacciava *la sua amica*. Te. Non era combattuta riguardo alla sorte del suo bambino, non nutriva alcun odio contro i conti e così via. L'unica persona che abitava i suoi pensieri, il suo nemico, il suo incubo, era l'uomo cattivo che aveva fatto del male alla sua migliore – forse unica – amica. Perché è questo che facciamo, fra amiche che si vogliono bene. Ci preoccupiamo le une per le altre.»

«Ma...» Diana balbetta. «Ma Gioia non sapeva nulla del mio passato con Brusata. Io le avevo solo raccontato una volta, senza tanti dettagli, che c'era stato un uomo importante, un dottore, che aveva approfittato della sua posizione per... E però non le avevo mai detto il suo nome, o come l'avevo incontrato...»

«Com'è andata, quando Brusata si è presentato qui all'ONMI per la prima volta?» indaga Anita.

Diana annuisce con foga. «Ecco, appunto! Quando Brusata è comparso e mi ha vista fra le altre ragazze, ovviamente era tutto trionfante per avermi ritrovata, e ovviamente a me è preso un colpo; ma nessuno dei due ha detto niente, e lui ha aspettato di potermi tirare da una parte per sussurrarmi che mi avrebbe, uh, aspettata fino a quando mi fossi sgravata... "Curiamo che questo bambino cresca bene, poi ne faremo tanti altri", mi ha detto, con quel suo sogghigno da demonio. A me è sembrato d'essere ripiombata in un incubo.»

«Ti ha presa da parte, quindi nessuno ha sentito», ribadisce Anita serafica.

Diana annuisce come a ribadire: "Esatto!".

Anita inclina la testa di lato. «Nessuno ha *sentito*», ripete. «Ma, magari... qualcuno abituato a non sentire ha *visto*, e magari quel qualcuno sapeva anche leggere le labbra. Sei stata proprio tu a dircelo.»

Diana impallidisce come se non ci avesse mai pensato. Anche se, in effetti, che Gioia sapesse leggere le labbra, ad Anita e Clara l'ha spiegato proprio lei.

«E poi scommetto che nei giorni seguenti sei stata inquieta e depressa, magari piangevi di notte, e di certo ti sei messa a chiedere di fare i turni al dispensario il più possibile in concomitanza con le visite del dottore. Giusto?» Adesso Anita sta un po' sparando lungo, ma ormai è abbastanza sicura di non stare andando molto lontana dalla realtà. Infatti Diana annuisce, prendendosi la testa fra le mani. «Gioia era sorda ma non era cieca, in nessun senso. Ce l'hai detto proprio tu. Era sensibile, era sveglia. Non le sarà occorso molto per farsi un'idea della situazione. E scommetto che da quel momento ha cercato in ogni modo di salvarti da Brusata.»

Gli occhi di Diana si stanno facendo più grandi di secondo in secondo, a mano a mano che i dettagli le riaffiorano alla memoria e si rivestono di un significato nuovo. «Era sempre presente... Quando Brusata arrivava, lei mi si metteva al fianco e non mi mollava finché non se n'era andato. Io credevo che fosse per avere un'interprete, qualcuno che l'aiutasse a capire e a farsi capire, ma ora che me lo dici, forse... forse era lei che cercava di proteggere me.» Di colpo ha un sussulto. «Oh Dio. Oh mio Dio.»

«Be', non esageriamo: sto andando piuttosto bene, ma mica sono onnisciente», non riesce a non scherzare Anita. Poi si ricompone: «Che c'è? Ti è venuto in mente dell'altro?».

Diana boccheggia. «Non ci avevo mai pensato, avevo completamente dimenticato l'episodio, ma...» Cerca le parole. «Un giorno, qualche mese fa, c'è stata una delle visite periodiche di Brusata. Quella volta non l'ho potuta schivare e mi son trovata in fila per la pesata, le vitamine e tutto il resto. Gioia, come sempre, era al mio fianco. Lui le ha detto qualcosa come: "Che ci fai ancora qui? Tu mica sei più incinta". Gioia, guardandolo dritto negli occhi, ha indicato prima sé stessa, poi me», e nel descrivere il gesto Diana lo replica anche, puntando l'indice, «poi il dottore. Così.»

Anita alza un sopracciglio come a dirle di spiegarsi meglio, perché l'ha seguita ma non capisce bene dove voglia arrivare.

«Io ho pensato», continua Diana, ripetendo il gesto dell'indice, «che significasse: "Non me ne vado, *io* aspetto che *lei* venga visitata da *te*", e come al solito, brava scema, ho creduto che Gioia non volesse essere lasciata sola. E invece voleva dire...»

«...voleva dire che era lei che non voleva lasciare te sola con lui?» azzarda Clara.

«Peggio! Adesso, solo adesso che mi ci avete fatto ripensare, ho rivisto la scena nella memoria e ho capito che non stava indicando me: stava indicando la mia pancia!»

«Santa polenta al sugo», esclama Anita. «Voleva dire "*io* so che il *suo bambino* è *tuo*"!»

«E infatti Brusata s'è fatto bianco come un lenzuolo e poi rosso come un diavolo e l'ha cacciata pieno di furia!» Diana si preme le mani sulle labbra. «Gioia l'aveva appena minacciato e io non me ne sono neanche accorta!» Si scava le guance con le mani, inferocita contro sé stessa. «Ma come ho potuto non sospettare nemmeno che Gioia ce l'avesse con Brusata, e viceversa? Ero così convinta che Gioia non sapesse niente di lui, che... E l'orecchio! Come ho potuto non far caso nemmeno all'orecchio?!»

«E chi fa mai caso a un dettaglio del genere?» le dice dolcemente Anita. «Credi che io abbia mai badato ai lobi della gente, prima?»

«Non è solo questo: non potevi farci caso.» Questa è Clara, e ha il tono di Clara quando è contenta di aver avuto una pensata brillante delle sue. «Rifletti: quand'è che Anita si è accorta della faccenda del lobo sui disegni di Gioia e ne ha parlato a noi? Appena l'altro giorno, la domenica della gita a Trofarello. Da allora Brusata è venuto qui alla Casa della Madre e del Fanciullo solo lunedì... ma tu non c'eri. Come te ne saresti mai potuta accorgere, del suo orecchio del cavolo, senza averlo davanti?»

Diana fa mente locale, glielo si legge in viso. Poi il viso in questione si distende un poco, in un pallido sollievo dal senso di colpa.

«E comunque adesso abbiamo appurato che Brusata aveva ragione di temere Gioia», si illumina Clara. «Ed ecco che abbiamo il bandolo della matassa, il filo che lega il dottore all'omicidio di Gioia. Il movente: temeva che Gioia spifferasse tutto e lo mettesse nei guai.»

Anita fa su e giù con la testa, accesa anche lei come una fiaccola. È proprio quello che cercava.

La testa di Diana, invece, fa destra-sinistra. «No, però, aspettate. Io non ho mica capito bene lo stesso. *Di che cosa*, esattamente, avrebbe avuto paura Brusata – cioè, tanto da arrivare a uccidere? In che modo Gioia avrebbe potuto metterlo nei guai? Non abbiamo sempre detto che nessun tribunale avrebbe mai preso sul serio una come lei?»

Clara sta già stringendosi nelle spalle, con l'aria di chi può al massimo abbozzare una congettura, ma Anita interviene sicura, perché la risposta stavolta ce l'ha di nuovo lei. «Le sentenze del tribunale non sono mica tutto: per uno come Brusata ci sono anche la reputazione, la posizione sociale. Candida ce ne parla di continuo, di quanto sono ipocriti e bacchettoni i patroni e la loro cricca. Brusata sarebbe stato un uomo con una posizione, una famiglia, del quale tutta la città avrebbe sparlato.» Si ricorda i discorsi di Corrado, di Violetta. «Sapete, io sarò solo una ragazza e non ne saprò molto della vita, ma qualcosina sugli uomini d'oggi mi sa che l'ho capita. Ho capito che il sesso lo devono, uh... *dominare*, come tutte le altre cose. Devono padroneggiarlo, ma non esserne schiavi: non devono mettersi nei guai a causa sua, altrimenti non sono uomini veri, ma dei deboli e degli idioti. Perché certe cose si fanno, ma in privato, di nascosto, badando a tenerle ben separate dalla vita ufficiale. E invece Brusata a quel punto sarebbe stato così scemo, così ridicolo da farsi sfuggire la situazione di mano e far parlare tutta la città di sé, della sua donna di malaffare e persino di un presunto figlio illegittimo.»

Diana fa una smorfia. «Quindi non l'avrebbero giudicato perché mi ha fatto quel che mi ha fatto, ma perché sarebbe stato così idiota da non saperlo tenere nascosto. Ma certo.»

Clara alza le spalle. «Come quando a scuola ci dicevano che i giovani spartani che rubavano venivano puniti non tanto per quel che avevano fatto, quanto perché si erano fatti prendere. A me sembrava una follia già lì, figuriamoci in questo caso.»

Tutte e tre fanno la faccia di quelle che sanno benissimo che, per quanto a dirlo a voce alta suoni assurdo, è tutto assolutamente plausibile.

Ad Anita scappa un verso che è una mezza risata un mezzo sospiro. «Vi rendete conto, che ironia? Una ragazza – Gioia – si mette nei guai perché ce l'ha con il cattivo che fa del male alla sua amica, e l'amica – Diana – neanche denuncia il proprio cattivo perché è troppo preoccupata di trovare quello della sua amica. Una che si mette nei guai per salvare l'altra, e solo alla fine viene fuori che il cattivo è lo stesso.»

«Be', adesso tutto sta nel dimostrarlo, che sia lo stesso.» Clara corruga la fronte. «Insomma, per ora abbiamo dalla nostra solo deduzioni e ipotesi...»

«...e il rasoio di Ockham», dice Anita, più fra sé che alle altre, come se rievocasse una vecchia conoscenza. Scuote la testa. «Però no, hai ragione, sono tutte supposizioni. *Assolutamente valide e geniali, secondo il mio modesto parere*», si giustifica alzando le mani, teatrale, per strappare un sorriso alle ragazze, «ma, al momento, ancora tutte supposizioni.» E che non vadano bene lo sa anche lei. Le sembra di vedersi davanti Sebastiano che glielo ricorda per l'ennesima volta. Se J.D. Smith deve scrivere un racconto in cui c'è un colpevole, bisogna esser sicuri che il colpevole sia davvero colpevole. Solita storia.

Solo che qui arriva il problema.

Anita sa come funziona. Nei suoi gialli, di solito il cattivo viene messo alle strette e confessa. Sebastiano le ha spiegato che c'è una ragione letteraria dietro a questo cliché: una volta, a fine libro, il detective riuniva tutti i sospettati e spiegava a loro – e in verità al lettore – com'era andata la faccenda; il colpevole, di solito presente, sveniva o saltava in piedi e cercava di fuggire lanciandosi da una finestra. Ma era una noia mortale (termine quanto mai appropriato): significava pagine e pagine di spiegazioni, di ricostruzione dei fatti, per mostrare l'incastro di tutti i tasselli. Roba per lettori pazienti e con un sacco di tempo da perdere. E mai che il colpevole interrompesse la lezione: per scattare in piedi e scagliarsi contro il bovindo aspettava sempre educatamente la fine del pistolotto.

Con gli *hard boiled*, le ha spiegato Sebastiano, è diverso. Il cattivo spara, non parla, né se ne sta fermo e buono ad aspettare che finisca di parlare qualcun altro, specie se quel qualcuno gli sta dicendo che lo sbatterà a marcire in gattabuia. E il lettore degli *hard boiled* non ha tempo né pazienza: non ci sta, fermo quindici minuti ad aspettare che il detective gli finisca di fare i disegnini alla lavagna. Così di solito la faccenda si risolve col piombo: il cattivo e l'investigatore si fronteggiano ad armi spianate, l'investigatore gli dice: «Sei stato tu!», e il cattivo: «Sì, sono stato io!», nessun bisogno di dimostrare altro, poi uno dei due preme il grilletto per primo e fine della storia.

Ecco: Anita non ci si vede proprio, a pistolettare con Brusata che le dice spontaneamente «sono stato io».

«Vediamo un po'.» Si alza. Ridi e scherza, è rimasta seduta nell'erba a gambe incrociate per tutto il tempo, e adesso ha il didietro sporco di terra e le ginocchia dure. Clara e Diana la osservano mettersi a girare in tondo davanti alla loro panchina, grattandosi di quando in quando la testa come a stimolare i pensieri, o forse solo perché nel cortile, nell'arsura del crepuscolo d'agosto e a non troppa distanza dal Po, tutto prude di polvere, caligine e zanzare.

«Ricostruiamo i fatti.» Anita allarga le mani davanti a sé, come a visualizzare il quadro. «Gioia decide che deve proteggere Diana, ma è un bel problema, non sa come fare. Sa che non può denunciare il dottore, perché nessuno le crederebbe, e lei poi non saprebbe spiegarsi, e anche se Diana stessa testimoniasse sarebbe la parola di due disgraziate contro quella di un tizio di prestigio. Quindi cincischia, traccheggia, passa il tempo a disegnare ossessivamente il tratto caratteristico del nemico – le orecchie senza lobo – ma non sa bene come affrontarlo. Lo minaccia anche, a un certo punto, ma senza troppa convinzione. Sottovaluta le proprie possibilità, come tutte le povere ragazze abituate a non contare un centesimo.»

Si gira a controllare le facce di Clara e Diana. «Fin qui quadra», le concede Clara.

«Quadra, sì», sospira Diana, che la parte sugli elementi a loro sfavore ha l'aria di averla capita molto bene.

«Brusata invece sa bene che, se Gioia decidesse di sollevare un polverone, per lui sarebbe un disastro. E fra l'altro, Diana, se non ricordo male tu una volta ci hai detto che, visto che ormai il suo bambino era stato adottato, Gioia avrebbe presto dovuto lasciare la Casa della Madre e del Fanciullo, vero?»

«A settembre», annuisce Diana.

«Dunque», prosegue Anita sempre più sicura, «Brusata sente che il tempo stringe: ha paura che, se Gioia vuole accusarlo pubblicamente, sia lì lì per farlo, perché dopo la fine di agosto non ne avrà più la possibilità. Quindi inizia a pensare a come levarsela dai piedi, magari con l'aiuto del suo fidato autista losco.»

«E quindi cosa fa?» chiede Diana, curiosa. «Le tende un agguato?»

«Perché no?» Anita riflette. «La sera del galà dei conti, Gioia è per strada da sola. Sta andando a piedi dai Pazzaglia, ha su il suo vestito migliore, con tutta probabilità ha intenzione di chiedere di essere ammessa alla festa. Ed è lì, in qualche punto del tragitto, che Brusata la sorprende. La tira dentro la macchina – mentre alla guida, come sempre, c'è il suo fido scagnozzo –, trova un anfratto in cui nessuno la senta urlare o guardi dentro i finestrini mentre la ammazza, e *vualà*, è fatta.» Schiocca le dita. «Dopodiché si fa portare a Villa Pazzaglia a farsi il suo bravo alibi da ospite, mentre il suo sgherro sistema il corpo inscenando la caduta dal cancello.»

Clara si gratta il mento. «Ma Brusata come avrebbe potuto sapere che Gioia sarebbe uscita per andare a Villa Pazzaglia?»

È Diana a rispondere. «Be', tutti *sanno che Gioia sa* che il 10 agosto ci sarà il galà per l'adozione del suo bambino. Ne parla la città intera, è sui giornali, e le patronesse a Gioia l'hanno rimarcato mille volte, per ricordarle quanto deve esserne fiera e baciare per terra e bla bla bla. E io ve l'ho detto subito, sin dall'inizio, che bastava conoscere appena appena Gioia per sapere che era proprio il tipo da saltar su e andare alla villa.»

Anita annuisce. «Oltretutto, a ben guardare, non è neanche un vero problema: la sera del 10 agosto, Brusata si piazza con la sua auto sulla strada per Villa Pazzaglia e aspetta di vedere se il seme ha germogliato e se a un certo punto passerà

Gioia; ci sono altissime probabilità che Gioia lo farà, ma mal che vada, cioè anche se Gioia proprio quella sera facesse la brava e non uscisse, pazienza. Vorrà dire che lui aspetterà fino a una cert'ora e poi si rassegnerà e se ne andrà alla festa senza avere accoppato nessuno, e sarà stato solo un tentativo fallito. Si farà venire un'altra idea, e pace.»

Clara annuisce in silenzio, poi alza di nuovo la mano, come a chiedere la parola in tribunale. Ad Anita viene da sorridere: la sua amica è in piena fase avvocato del diavolo. Sia lei sia Clara sanno che nei gialli i detective fanno proprio così, per mettere alla prova le loro intuizioni. Si annota mentalmente di regalare a Clara uno di quei nuovi romanzi su quell'avvocato geniale – come cavolo si chiama? – Perry Mason. Perché Sebastiano le ha spiegato il personaggio e le ha detto che secondo lui avrà un enorme successo, e Anita ritiene che a Clara potrebbe piacere moltissimo.

«Va bene», dice la difesa, cioè Clara, «quindi Brusata pedina in macchina Gioia, che è per strada da sola e sta andando dai conti. Ma stiamo ancora procedendo solo per ipotesi, e le ipotesi non bastano, ci vogliono delle prove, dei fatti, una scena del delitto. E qui vi voglio: dove lo trova Brusata un posto comodo per commettere un delitto in santa pace, che è il 10 di agosto e le strade sono piene di gente? Perché questo è il quartiere da cui deve passare mezza città per andare in collina a vedere le stelle, e più ci si avvicina alla villa dei conti più bisogna mettere in conto – scusate il bisticcio di parole – anche il viavai delle auto di tutti i ricconi e notabili diretti alla festa. E non è ancora tutto: perdonatemi se vi ricordo il dettaglio macabro, ma... Gioia era piena di lividi. Significa che ha lottato, che si è difesa; probabilmente avrà anche urlato – perché l'abbiamo già appurato, che il fatto che fosse muta non significava che non potesse urlare, e anche forte: dove diavolo può essere successo tutto questo, tra qui e Villa Pazzaglia, senza che nessuno lo notasse?»

Uhm. Anita aggrotta la fronte. L'avvocato del diavolo non ha torto. D'altra parte, se non ce li ha il diavolo, gli avvocati migliori...

«Be'», azzarda Diana, «l'avrà pedinata fino a incrociare

una traversa in cui in quel momento non passava nessuno, e...»

«Ma è *assolutamente improbabile*!» Clara scuote il capo, implacabile. «Immagina la scena: Gioia esce di casa a piedi, la macchina di Brusata inizia a seguirla a passo d'uomo dalla Casa della Madre e del Fanciullo fino a che non individua una traversa abbastanza buia e abbastanza deserta, *uhm, qui no, qui no, uh, qui sì!*, e per tutto il tempo Gioia non si accorge di niente?»

Diana si gratta una tempia. «Oh, insomma, Gioia è sveglia ma è pur sempre sorda: se un'auto la segue a qualche metro di distanza mica può sentire il motore e girarsi a controllare...»

«...ma comunque da qui a Villa Pazzaglia, a piedi, è pur sempre una mezz'ora, e si possono prendere diverse strade», incalza Clara. «E Brusata non può mica sapere che percorso seguirà Gioia, se costeggerà il cimitero o taglierà per...»

«*Sì che lo sa*», la interrompe Anita. Con una voce strana. Un po' concitata, un po' eterea, come se un angelo le stesse ispirando le parole.

Clara e Diana si girano a guardarla. Ormai sta calando la sera e, se i due lampioni del cortile non si sbrigano ad accendersi, di Anita rimarrà appunto solo la voce, oltre a una blanda sagoma nera su uno sfondo verde scuro.

«Brusata non può sapere che percorso farà Gioia, è vero... *tranne che in un punto.*» Anita quasi scoppia a ridere, euforica per l'intuizione che ha avuto. Anche nella penombra, Clara e Diana riescono a scambiarsi un'occhiata incuriosita. «C'è un punto», spiega Anita, «fra qui e Villa Pazzaglia, per il quale una persona non può che passare per forza, che sia in macchina o a piedi. E guarda caso è anche un ottimo punto – forse l'*unico* punto – in cui ci si possa appartare abbastanza da commettere un omicidio in tutta tranquillità.»

Clara e Diana tacciono, poi si guardano. E poi esclamano in coro: «Il ponte!».

29.
IL PONTE

Accanto al Po, come un fiume parallelo, una miniatura di fiume, un figlio-fiume che cammina a lato del papà-fiume e imita il suo passo, scorre il canale Michelotti.

O meglio, scorreva. Perché, all'inizio dell'anno, si è deciso di interrare il canale buttandoci dentro i detriti dei lavori di via Roma.

La riva si è dunque allungata, la scia d'acqua si è mutata in una scia di terra e si vocifera che vogliano farne un parco, una passeggiata; insomma, qualcosa se ne caverà, da questa lingua di detriti ammassati che costeggia il Po. Si dice che ci faranno crescere l'erba e gli alberi come si deve, che prenderà forma un sentiero quasi campagnolo, un lungofiume per camminarci o farci un picnic la domenica coi bambini, qualcuno sogna persino uno zoo: un'Arcadia appena fuori dal perimetro della Torino industriale, che bella idea.

Per ora, tuttavia, l'idea è ancora solo un'idea. L'erba è cresciuta, sì, ma anarchica e scomposta: in primavera è diventata alta e sinistra, il tipo di erba che mette paura perché non sai che bestie ci si possano nascondere dentro, e che con il caldo dell'estate s'è fatta pure secca, ispida e dura; piante anche, ne son cresciute, ma mica alberi belli e dritti di quelli che t'immagini costeggino un sentiero da passeggiarci con l'innamorata: rovi contorti, robinie spinose e deformi che cercano di rubarsi il posto l'una con l'altra, legate da rampicanti che con l'afa di luglio son diventati una ragnatela di liane spessa e morta. Così ora, se t'affacci dal ponte Principi di Piemonte e guardi di sotto, di sbieco, quello che vedi è una striscia di terreno che pare il pelo di un cinghiale malato.

Il posto perfetto per un delitto.

Anita dice solo «Seguitemi», e Clara e Diana la seguono.

Fuori dal cortile.

Fuori dalla Casa della Madre e del Fanciullo.

Oltre la guardiola della sorvegliante, che è vuota perché la sorvegliante è a sorvegliare da qualche altra parte, e il passo di Anita non ha bisogno di rallentare.

Oltre l'isolato.

Se Clara e Diana chiedono dove diavolo le stia portando, Anita o non le sente o non ci fa caso. Anche perché di lì a poco si ferma: è arrivata dove voleva. Cioè davanti alla vettura di Tobia, parcheggiata al solito angolo, nonché davanti alla faccia perplessa di Tobia, che stava fumando in blanda attesa di clienti e s'è visto venire incontro queste tre a passo di valanga.

«Uh, tu sei il vetturino dell'altro giorno», si fa giusto scappare Clara.

«Chi si rivede», dice Tobia, più ad Anita che a Clara, a dire il vero. «*Ancora.*» Non che rivedere Anita non gli faccia piacere – glielo si legge negli occhi –, solo che negli occhi gli si legge anche che preferirebbe che la brunetta carina non avesse sempre quell'aria concitata e inquietante, ogni volta che ricompare. E poi gli occhi del ragazzetto vagano anche sulle altre ragazze e sembra proprio che dicano "e ti pareva", perché l'unica che manca, rispetto al giorno della gita a Trofarello, è l'adulta, la signora pacata, l'unica che sembrasse avere un minimo di sale in zucca e di testa sulle spalle, e le altre invece hanno tutte la stessa aria concitata e inquietante della brunetta.

Tobia deglutisce. Ha l'aria di uno per cui le donne sono principalmente una fatica del diavolo.

«Bisogno di un passaggio? Ancora? Dove vi porto di bello?» dice comunque, perché è pur sempre un professionista, o almeno ci prova.

Anita agita un indice. «Di bello proprio no, cocco, ti devo

avvertire subito. Abbiamo bisogno che ci accompagni in un posto parecchio brutto. Al canale Michelotti, cioè, insomma, ex canale, dove passa sotto il ponte Principi di Piemonte.»

Tobia sbarra gli occhi. E già ce li ha grandi, per via di quella faccia da bambino che si ritrova. «Al ponte Principi? Di sera? Tre ragazze sole? Ma siete impazzite? E cosa ci andate a fare?»

Anita si piazza le mani sui fianchi. Proprio come Mariele: grazie al cielo non ci fa caso, o si spaventerebbe da sola. «Numero uno: ho detto "al ponte"? No. Cos'ho detto? Ho detto al *canale. Sotto* il ponte.»

«Ancora peggio», geme Tobia più fra sé che altro.

«Numero due: chi ha detto che saremo sole? Io no. Io ho detto che ci accompagni *tu.*»

Tobia deglutisce di nuovo. Serata di straordinari, per il suo aguzzo pomo d'Adamo.

«Numero tre», conclude Anita, aprendosi da sola la portiera della vettura verde e nera, «cosa ci andiamo a fare, dici. Be', non sono affari tuoi.»

Tobia sospira, mettendosi alla guida.

"Donne", sembra pensare. "Portano solo guai."

Anita ha detto parecchio brutto, e non ha mentito.

«Ferma qui», dice a Tobia, e scende dall'auto quasi prima che Tobia abbia eseguito. Clara e Diana le corrono dietro, poi però devono fermarsi tutte sul ciglio della strada, appena oltre l'estremità della spalla del ponte, prima che Tobia si decida a venire anche lui. Anita si accerta che l'unico uomo della combriccola le stia raggiungendo davvero e non stia scappando con l'auto, e solo allora inizia a incamminarsi giù, lungo la china del terrapieno.

Non che Anita si senta di dare troppo torto a Tobia, comunque. Ormai è sera conclamata, è buio, e il ponte è buio, e sotto al ponte è ancora più buio. E silenzioso: l'unico rumore è quello del fiume, che di giorno, di rumore, quasi non ti accorgi che ne fa. Non è più il 10 agosto, non è più ferragosto, non c'è in giro l'allegro viavai di torinesi in festa. Ci sono solo un paio di bici e di FIAT che passano e poi la vettura di Tobia, l'unica ferma, all'ombra del ponte; e ora, proprio *dentro* all'ombra del ponte, a guardarsi attorno nel buio, ci sono loro quattro.

Anita reprime un brivido.

Se Mariele sapesse che è lì, pensa.

Se *Sebastiano* sapesse che è lì.

Le viene quasi da sorridere. Aveva paura a portarla insieme a lui e a Julian alla Casa della Rosa. La Casa della Rosa è la reggia di Venaria, rispetto a questo posto.

«Vedete?» dice a Clara e a Diana. Anita indica di fronte a sé il punto in cui il ponte si congiunge alla riva sinistra. «Gioia arriva da là. Qualsiasi strada faccia, questo è il ponte più vicino e più diretto per collegare la Casa della Madre e del Fanciullo con Villa Pazzaglia. Il dottore si apposta a quell'estremità, in macchina, e quando vede spuntare Gioia la segue lungo il ponte.» Il suo indice teso segue la linea delle arcate fino a sopra le loro teste, portandosi dietro gli sguardi di Clara e Diana. «Poi, finito il ponte, su questa riva, sia Gioia a piedi sia la macchina svoltano verso sud; la macchina affianca Gioia, la copre alla vista – quello è il momento in cui può caricarla senza dare nell'occhio –, dopodiché deve fare solo una piccolissima deviazione per infilarsi qui, nell'ombra, fuori dai lampioni, appena sotto il livello della strada. Se spegne i fari, non la nota nessuno. E se qualcuno ha già provveduto a piazzare una mano sulla bocca a Gioia, lei quasi non fa neanche in tempo a gridare, ad accorgersi che l'auto ha lasciato la strada e che si è fermata nel buio. A questo punto è semplice: Brusata e il suo scagnozzo devono solo rintanarsi bene sotto il ponte, ed ecco il luogo perfetto per compiere un omicidio, inosservati e inascoltati, anche la notte del 10 di agosto.»

«*O-omicidio?*»

Questo è Tobia. Anita lo sbircia di sottecchi. Come la presenza di quell'ometto, per il solo fatto d'essere un maschio, possa garantire a lei e alle sue amiche una maggiore sicurezza, le risulta del tutto inspiegabile. Anzi, sospetta che potrebbero finire a dover essere loro tre a proteggere Tobia. O anche solo a rianimarlo con un paio di ceffoni, a giudicare da quant'è bianco.

«Tranquillo, mica siamo noi le assassine», sospira.

«Magari voi no, ma mi sa che qui un assassino lo troviamo», geme Tobia amaro.

Le ragazze si scambiano un'occhiata. Ancora, non possono dargli torto. Il canale, nel punto in cui passa sotto il ponte, è così buio e sinistro che non è un segreto per nessuno che sia diventato un rifugio di malfattori. Lì hanno un tetto, cioè il ponte, sulla testa e il favore delle tenebre; inoltre, essendo agosto, non devono nemmeno accendere piccoli falò per scaldarsi nella notte, manifestando così la propria presenza. Anita ode l'erba secca frusciare di continuo al passaggio di chissà quanti ratti e serpi, il che già è un pensiero sinistro, ma non sinistro quanto quello delle altre forme di vita che potrebbero nascondersi un po' più in basso. Ma non può non pensarci, perché, a tutti gli effetti, è proprio per loro che è qui.

«Bene, dunque, rinfrescami la memoria: perché ci hai portate qui?» chiede Clara, serafica. «Cos'è che staremmo cercando, oltre che una probabile morte violenta?»

«Questa è la scena del crimine», ricapitola Anita. «E noi siamo in cerca di qualsiasi cosa che possa aiutarci a dimostrare che il crimine c'è stato. Quindi, se abbiamo la speranza di trovare qualche prova, è qui che la dobbiamo cercare.»

«Grazie», dice Clara, sempre pacata. Tanto, ci pensa Tobia a emettere uno strilletto a ogni zampettio di topo che si ode. «Ciò che hai detto, tecnicamente, mi conferma che siamo qui a cercare qualcosa. Tuttavia, la mia domanda, nello specifico, era un po' diversa, ossia: cercare cosa?»

Anita pensa che Clara, in situazioni di tensione, diventa ancora più filosofa. È una gran bella qualità.

«Be', vediamo. Per esempio, segni di lotta.» Con cautela, mentre parla, Anita sta addentrandosi sempre più verso le ombre del ponte. Il rumore del fiume si fa sempre più forte, il che non è un bene, perché copre altri rumori, e – pensa Anita – in certi ambienti vorresti poter contare sulla perfetta efficienza di tutti i tuoi sensi. «Oddio, immagino che qui sotto ci sia gente che si accoltella ogni giorno, ubriachi che fanno a botte o ladri che aggrediscono passanti in ogni momento» – per qualche strana ragione, è come se dirlo ad alta voce l'aiutasse ad averne meno paura – «dunque immagino che "segni di lotta" sia un po' generico. Diciamo che ci farebbe molto comodo rinvenire, che so, un brandello del vestito di Gioia… o, meglio ancora, di quello del dottore. Oppure…»

«Dovevamo portarci una torcia», bofonchia Diana. «Così non vedremmo neanche un tendone da circo, altro che brandelli e brandelli…»

«…oppure?» chiede Clara.

«Oppure testimoni.»

Anita si ferma. Le è sembrato di percepire del movimento, poco distante, e non è certa che si tratti di un altro topo.

«Ci vorrà ancora molto?» chiede la voce di Tobia, sovrastando lo scroscio del fiume.

«*Testimoni.*» Clara si rotola la parola sulla lingua come se volesse prenderci confidenza.

Anita annuisce. Non che le altre vedano molto più della sagoma della sua testa bruna che fa su e giù contro lo sfondo della notte. «Lo sanno tutti che sotto questo ponte c'è della gente. Non proprio il genere di gente che entri volentieri in un tribunale, ma anche loro hanno gli occhi e le orecchie, e magari quegli occhi e quelle orecchie hanno visto e sentito qualcuno uccidere una ragazza.» Come ha finito di dirlo, Anita viene colta dalla percezione di quanto utopistiche quelle parole debbano suonare. E sì che nella sua testa, fino a quel momento, avevano avuto perfettamente senso, erano parse così solide.

Clara le si accosta e sospira. «Ani, non vorrei sembrarti pessimista, ma non è che la gente che notoriamente frequenta questo ponte goda di ottima fama. Se qualcuno ha davvero assistito a un omicidio, forse il suo, uhm, codice professionale gli dice piuttosto di far finta di niente e starne fuori.»

Anita emette un lungo sospiro grave. Sa che Clara ha ragione, e però.

Però.

«Era solo una ragazza, Clara», dice. Poi si ferma. Continua a udire dei piccoli rumori furtivi che non sembrano di quel genere di furtivo che assoceresti a un ratto di fiume. Si gira di nuovo verso la sagoma di Clara e parla forte.

Più forte del normale.

«Era una ragazza, era solo una povera ragazza sorda. Una creatura sfortunata che aveva già sofferto come poche. E che però era coraggiosa e testarda e generosa, e cercava solo di difendere la sua amica.» Sente Diana agitarsi un po', appena dietro a Clara. «Forse nessuno ha visto niente, forse qualcuno ha visto e pensa che farà meglio a tenere la bocca chiusa per non ficcarsi nei guai. Ma io penso che tutti abbiamo un cuore, tutti. E che essere fuorilegge non significa essere privi di senso della giustizia.» "*Okay*", pensa: questa è una frase un po' difficile. Fa una piccola pausa, perché, nel caso qualcuno la stesse veramente ascoltando, possa raccogliere le idee; e intanto le raccoglie anche lei, sceglie le parole. «Sabato 10 agosto, in questo posto, è stata uccisa una ragazza che *merita* di essere vendicata. Era povera, era sfortunata, era altruista e coraggiosa. Ed è stata ammazzata da uno sporco bastardo, un dottore, uno con i soldi e il prestigio. Uno che approfittava della sua posizione per fare cose orribili a chi non poteva difendersi: e lei invece ha cercato lo stesso, con tutte le sue forze, di difendere la sua amica e poi di difendere sé stessa. *Merita* di essere vendicata, di avere almeno un po' di giustizia. Così... se qualcuno ha sentito qualcosa, magari può aiutarci. Magari può dirci qualcosa che potrebbe risultare utile; magari potrebbe fidarsi di noi e noi di lui, e fare una cosa di cui essere fiero, in nome di tutti gli sfortunati come...»

«Io ho visto.»

Dio. Persino il fiume sembra ammutolire di colpo.

Pure Tobia resta un secondo in completo, attonito silenzio, col cuore in gola dalla sorpresa, prima di cacciare un grido a scoppio ritardato e saltare in aria con un mezzo infarto.

Anita si è raggelata. È immobile come una statua di ghiaccio. Ha solo spostato appena appena la testa nella direzione da cui ha udito provenire la voce. Di fronte a lei, Clara e Diana hanno fatto la stessa cosa: si sono paralizzate, la testa voltata verso la figura che sta a poco a poco emergendo dall'ombra del ponte; i piedi sghembi, pronti a scollarsi dal terreno e, nel caso, a scappare in salita lungo la china del terrapieno, verso la strada, la civiltà, la salvezza.

(E anche verso Tobia, che qualche passo istintivo verso la macchina l'ha già fatto, prima di bloccarsi, forse in preda a improvvisa vergogna.)

La figura si stacca dal fondo scuro e a poco a poco una penombra viola le disegna i lineamenti. È sempre tremendamente buio, ma non come qualche minuto fa, quando gli occhi dovevano ancora abituarsi.

Così le ragazze (e Tobia) un po' alla volta possono vedere chi hanno di fronte.

Una donna.

Una donna anziana, con il volto solcato da pieghe profonde, i capelli crespi sciolti sulle spalle e un vestito di cui è impossibile evincere il colore. E l'espressione seria e diffidente. L'espressione: Anita si scopre a chiedersi come diavolo faccia a decifrare così bene l'espressione della donna, col buio che c'è. Poi capisce: uno spesso strato di belletto le dipinge occhi e labbra fuori dai contorni naturali. Alla luce del sole, quel volto deve somigliare a un orrido mascherone teatrale. Ma adesso, al chiaro di luna e, in lontananza, dei lampioni, la donna, grazie a tutto quel trucco, ha degli occhi e una bocca. È un essere umano.

«Voi avete visto?» Anita si deve schiarire la voce per controllarla come desidera. «Davvero?»

La donna avanza di un altro passo. I capelli sembrano o biondi o grigi. «Sì», e non aggiunge altro.

Anita si rende conto: la donna è più spaventata di loro.

Anita deglutisce, poi le tende la mano. «Signora, la ragazza che è morta era nostra amica. Vi prego, se potete, aiutateci. Vi giuro che non vi metteremo nei guai.» L'ha detto d'istinto e se ne pente subito, perché Mariele le ha sempre insegnato che non si fanno promesse se non si è sicuri di poterle mantenere. Ma deve anche avere detto la cosa giusta, perché la donna non le dà la mano, e pazienza, e però annuisce un pochino.

«Io ero sotto il ponte, sabato 10 agosto. È lì che passo le notti, in attesa di clienti.»

«Clienti? Voi siete...?» Diana non riesce a trattenersi.

La donna sposta la testa come se cercasse di guardare Diana. «Una puttana, sì. Mi chiamano la Spina. Perché dicono che sono tutta ossa.»

«Ma lavorate qui?» chiede Anita. «Non siete...?» Si morde la lingua a metà domanda, ma è troppo tardi, la curiosità le è già sfuggita di mano. Insomma, negli ultimi giorni ha assimilato tutte quelle informazioni riguardo alle prostitute che stanno nelle case di tolleranza, e adesso se ne trova di fronte una che invece batte sotto un ponte: i conti non le tornano.

La Spina emette un verso beffardo: «...in un bordello? Figliola, non ne sai proprio niente, tu, vero? Chi volete che dia lavoro a una vecchia puttana malconcia come me? Una volta lavoravo persino nelle case di corso Raffaello, nientemeno. Poi però l'età avanza, la bellezza se ne va, le tariffe crollano. Sono passata alle case più a buon mercato e poi anche quelle son diventate troppo di lusso per me. Ora campo con marchette da due soldi e spero solo che non mi sbattano in gattabuia. Son contenta che han fatto questo mezzo prato, che almeno posso stare sotto il ponte e mi riparo la testa». Alza le spalle. È vero che ce le ha ossute. «Succede a tutte, cosa credete. Se non riesci a metterti via due spicci per la vecchiaia – e voglio vedere quante puttane ci riescono. Comunque, io vivo qui. E sabato 10, be', ho visto tutto.»

Anita deve riassestarsi, far posto ai pensieri giusti da seguire, mentre un sacco di altri, non meno giusti ma per i quali non è giusto il momento, le ballano improvvisamente la quadriglia in testa. Dunque è questo il destino che attende Violetta, Fiammetta, Perla eccetera, e persino la Rosa? Battere sotto un ponte, fuori dalla legge, perché è troppo tardi per imparare un nuovo mestiere e quello vecchio a un certo punto non te lo fanno più fare?

«Ci potete dire cos'avete visto?» ode Clara dire.

La Spina fa un lungo sospiro cavernoso. Ad Anita pare anche d'udire un rantolo, e non c'è da stupirsi, perché dormire sotto un ponte da vecchia non deve fare bene.

«La ragazza di cui parlavate, sabato, è arrivata in una macchina da signori. Io ero affacciata sulla strada ad aspettare clienti, quando l'auto ha parcheggiato e sono scesi due uomini che trascinavano una sagoma che scalciava. Io non è che sia la prima volta che vedo succedere cose del genere, e so cosa devo fare: scendere sotto il ponte, starmene nascosta un po', far finta di niente, e nessuno mi darà fastidio. Così ho fatto. Solo che... gli urli della ragazza.» Fa una pausa. Anita aspetta. «Mi hanno colpita. Erano... strani. Mi sono sporta per vedere meglio. Adesso che vi ho sentite ho capito: erano gli urli di una che non poteva parlare.»

«Gioia era sorda», annuisce Anita. «Non controllava la voce.»

«Mi ha messo i brividi.» La donna rabbrividisce, in effetti. Le spalle scarne hanno un guizzo nel buio. «Ho guardato ed è stato lì che ho visto bene che era una donna, una ragazza giovane, mi sembrava. Vestita di chiaro, forse di giallo.»

Anita si gira velocemente verso Diana, che fa un cenno col capo. «Il vestito buono di Gioia era stampato a girasoli.»

La Spina continua. «I due uomini l'hanno fatta stare ferma a botte, finché deve avere perso i sensi. E poi l'hanno colpita ancora, e a un certo punto dev'essere morta, perché l'hanno ricaricata in macchina e sono andati via.»

«Com'erano fatti?» Questa è di nuovo Clara. «I due uomini, dico.»

«Uno lungo lungo, alto e magro, l'altro invece basso e, mah, un po' storto, mi è sembrato. Si muoveva strano.» Pausa. «Quello alto doveva essere vestito bene, perché aveva le spalle e le gambe belle dritte. Di solito significa bella giacca e belle braghe. Io di uomini un po' me ne intendo.»

Anita sente una specie di piccolo falò accenderlesi nel petto. «Sono loro», sussurra all'indietro, a Clara.

Si rivolgerebbe anche a Diana, ma si è accorta, da una serie di piccoli rumori soffocati, che Diana sta piangendo.

«Prendete», dice Anita. Si rivolta le tasche. Non ha con sé più di cinque lire. «È tutto quello che ho, non so come ricompensarvi.»

La donna allunga la mano e intasca veloce i soldi, con un cenno del capo. «Se volete farmi del bene tenetemene fuori. Se inizia a girare la voce che sono una spiona, gli altri tizi che frequentano il canale mi faranno picchiare», dice lugubre. «Vi ho detto quello che ho visto solo perché magari le cose che vi ho detto potete farle servire a qualcosa. Però, a me, tenetemene fuori. Anche se mi chiedo perché mi dia tutta questa pena per la mia vita, dopotutto, visto che vita è, e visto il niente che vale».

Non aggiunge altro, non le guarda, non saluta. La Spina si gira e, lentamente, si incammina verso il ponte, da dov'è venuta.

«Signora, perché non venite con noi? Vi portiamo a mangiare un piatto caldo», dice Diana – e Clara e Anita si voltano a guardarla quasi di soprassalto, perché sono le prime parole che Diana pronuncia da un pezzo, e le ha colte di sorpresa.

La testa spettinata si scuote come una piccola palla di luce nella notte. «No, grazie. Fra poco potrebbe arrivare il mio unico cliente fisso. Se non mi trova, poi magari va a cercarsene un'altra. E oggi magari mi fate mangiare voi, ma io devo pensare a come mangiare sempre. Addio.» Si ferma per un istante, Anita non capisce bene se perché cammina piano per non inciampare al buio o perché debba aggiungere qualcosa. Si gira. Deve aggiungere qualcosa. «Quando lavori al bordello ti fanno cambiare posto ogni quindici giorni perché i clienti non si fissino con te e non diventino appiccicosi.» Dalla voce, si direbbe che lo stia dicendo con una smorfia beffarda. «Sembra una cosa buona, finché non invecchi e non capisci che se l'altra faccia della medaglia è che così una vale l'altra, nessuno ti s'affeziona. Cosa darei, oggi, perché qualcuno mi si fosse attaccato di più.»

Poi si sente solo il rumore del suo arrancare nell'erba alta.

«O-ora possiamo andarcene?» chiede Tobia, con un filo di voce, quando le tre ragazze lo raggiungono, risalendo la china.

«Sì», dice Anita piano. «*Noi* possiamo andarcene.» Lancia un ultimo sguardo verso il punto in cui la Spina è sparita nel buio, poi finisce la salita, verso la macchina.

30.
AUT AUT

«Incredibile.»

Sebastiano ha camminato per l'ufficio trenta secondi buoni. Massaggiandosi il mento come se le cellule cerebrali ce le avesse lì. Ha girato attorno alla scrivania tre volte – tre volte Anita se l'è sentito transitare dietro la schiena assorto e senza una parola. Poi s'è fermato accanto alla finestra aperta, s'è girato e ha detto: «Incredibile».

«Incredibile un accidente, è tutto vero», dice Anita alzando le spalle, a mo' di constatazione.

Sebastiano continua a girare per la stanza, agitato come un mare in burrasca. Possono permettersi di parlare forte perché stamattina Monné è fuori, in visita a un inserzionista. Le finestre sono chiuse, però. Anita le ha chiuse prima di iniziare a raccontare. Al diavolo il caldo: non si può rischiare di farsi udire dalla strada, quando si racconta una storia così.

«Quel bastardo, anzi, quei due bastardi.» Sebastiano scuote la testa. «Che vicenda incredibile. Eppure, tutto quadra, tutto fila...»

Anita si tossicchia nella mano. «Mi permetto di far notare», dice, «che ne verrebbe fuori un racconto pazzesco.»

Sebastiano si ferma e si gira a guardarla.

Anita sente che s'è fermato, solo che ora Sebastiano non è più davanti alla finestra, a sue ore dieci, ma a furia di camminare per la stanza è finito davanti alla libreria, a sue ore sei, così Anita, per guardarlo in faccia a sua volta, deve avvitarsi sullo schienale della sedia.

«Oh, non mi fissi così, lo so che lo sta pensando anche lei», sbuffa Anita. «Il malvagio dottore – o il brutto porco schifoso, scusi, eh, se posso usare un termine più adeguato. Due donne eroiche che vogliono solo proteggersi l'una con l'altra. Ed entrambe vittime degli eventi, di una vita sfortunata. Perdizione ed emozioni. Mi dica se J.D. Smith non potrebbe tirarne fuori un racconto coi fiocchi.»

Sebastiano pondera. Oh, ci ha pensato anche lui, sì, eccome se ci ha pensato. Gli si legge in faccia. Né, peraltro, sembra star facendo nulla per smentirla. Solo che è dubbioso. Perché è dubbioso?

«Perché è dubbioso?» chiede Anita.

«Perché in questo caso mettere in campo J.D. Smith potrebbe non essere la soluzione migliore.»

«Perché no?»

Sebastiano cerca le parole, o forse, a monte, cerca di riordinarsi le idee. «Perché, be', vede. J.D. l'abbiamo creato perché portasse una forma di giustizia là dove la giustizia ufficiale non sarebbe mai arrivata, giusto? Ma qui, invece, forse – *forse* – alla sua amica Diana e alla povera Gioia si può far avere giustizia *davvero.*»

Anita sbarra gli occhi. «Lei crede che la testimonianza di Diana, della – uhm – Spina e delle quattro ragazze – di sei prostitute, in pratica – potrebbe mandare il dottor Brusata in gattabuia?» Accentua *prostitute* e *dottor.*

Sebastiano inspira. «Sono comunque *sei.* Prostitute o suore della Consolata che siano, sei persone sono *tante...*»

«Sì, ma cinque lavorano assieme, sono amiche e colleghe, e verrebbero subito accusate d'essersi messe d'accordo. E quelle cinque potrebbero comunque testimoniare solo riguardo alle violenze del dottore, mentre la sesta, l'unica che potrebbe legarlo all'omicidio, è la più disgraziata e reietta di tutte. Ma tanto, anche se la Spina avesse la credibilità di san Marco Evangelista, non farebbe alcuna differenza, perché ha già detto chiaro e tondo di volersi tenere fuori dalla faccenda.»

Sebastiano sospira. «Messa così, non sembra una gran situazione di partenza, è vero. Però...»

«Però cosa?» Anita sbuffa. «Senta, io non conosco la legge abbastanza bene, ma, se posso permettermi, forse conosco gli uomini: anche ponendo che qualche legge una volta tanto un po' sensata proibisca al medico delle prostitute di approfittarsi di loro, non crede che uno come quel Brusata correrebbe subito dai suoi amiconi potenti per farsi coprire o ridurre la pena? Ne parlavo proprio ieri con Diana e Clara: anch'io, certo, sono convinta che se la storia venisse fuori potrebbe dare molto fastidio alla reputazione del dottore. Molto. Ma *solo* alla sua reputazione, e la legge vera finirebbe col non torcergli neanche un capello. Ci scommetto qualsiasi cosa, santa polenta.»

Sebastiano però esita.

«Qualsiasi cosa? È sicura? E se invece per una volta fosse diverso? Insomma: la… com'era? Scheggia?»

«Spina», sbuffa Anita, che trova veramente offensivo che a quella povera donna sia stato pure appioppato un soprannome così poco elegante. Neanche la consolazione di un nome d'arte dignitoso, per la miseria.

«La Spina», riprende Sebastiano, «ha già detto che non collaborerà, d'accordo, ma poniamo che le altre ragazze bastino, poniamo che il dottore venga accusato anche solo di violenza carnale. E se per una volta, invece, il moralismo di questi signori, dei patroni dell'ONMI e dei conti eccetera eccetera, servisse davvero a qualcosa? Se prendessero le distanze dal medico stupratore, e gli venisse inflitta una punizione esemplare, e Diana avesse un risarcimento?»

Anita pondera.

«E se a quel punto poi le cose si mettessero bene», continua Sebastiano, «forse anche la Sche… la Spina potrebbe essere convinta a ripensarci. Una sua etica ce l'ha eccome, questo si è già visto. E con la Spina arriverebbe dunque anche l'accusa di omicidio, dell'omicidio di una poveretta sorda, e allora il grosso sarebbe fatto: a quel punto coprire il dottore sarebbe davvero difficile. I bravi, pii borghesi della sua cricca avrebbero tutto l'interesse a prendere le distanze da lui, e anche le autorità. E così non solo Diana avrebbe il suo risarcimento, ma anche la storia di Gioia verrebbe finalmente riscritta e il suo altruismo e coraggio riconosciuto pubblicamente.»

Anita pondera più forte.

«Dobbiamo ricordarci per quale ragione abbiamo dato vita a J.D. Smith», dice Sebastiano. «Doveva essere lo strumento per poter raccontare le storie escluse dalla giustizia ufficiale e dai giornali, giusto? Per portare alla luce i soprusi che la legge non vuole punire. Perché non passino totalmente sotto silenzio, e le vittime possano ricevere quantomeno un po' di empatia, di riconoscimento e di affetto dai lettori, visto che tanto un vero risarcimento ufficiale non arriverà mai. Un'alternativa, un piano di consolazione, appunto, per le vittime sfortunate che non possono avere di meglio.» Alza le spalle. «Ma... e se invece Diana e Gioia *potessero* avere di meglio? Sarebbe giusto privarle di questa possibilità solo per levarci la soddisfazione di rimettere in pista J.D. Smith?»

Che domande.

Anita lo guarda.

Certo che no.

Per quanto lei adori scrivere le storie di J.D. Smith, l'unica risposta possibile è: certo che no.

«Certo che no. Se possono avere giustizia dalla legge, *devono* avere giustizia dalla legge», dice.

Terza pausa.

Lunga.

«Se solo sapessimo che *possono* davvero avere giustizia dalla legge», sbotta Sebastiano. Dà anche un pugnetto al davanzale della finestra (già, perché nel frattempo ha ripreso a camminare a vuoto, e ora è finito di nuovo accanto alla finestra. Dal canto suo, Anita ha rinunciato a seguirlo con lo sguardo per evitare di svitarsi il collo, e ora sta fissando, senza vederli, i tasti della Olivetti). «Vorrei tanto avere un'idea realistica delle probabilità di vittoria che avrebbero. Non possiamo mica mandare quelle sei poverette allo sbaraglio. Perché, se le convinciamo a sporgere denuncia, ma poi si risolve tutto in un nulla di fatto...»

«O peggio», dice Anita. «Potrebbero addirittura finire per sembrare loro le colpevoli. Dopotutto sono sei battone, che testimonierebbero a favore di una di loro e di un'altra poveraccia menomata. *Il genere di marmaglia che vuole solo inguaiare gli onesti cittadini per avere un po' dei loro soldi*, potrebbero benissimo dire di loro i giornali. *Donnacce che si sono accordate per diffamare un onesto medico in nome di un odio classista e bolscevico.* Capacissimi di rivoltare la frittata così, i cronisti, i giudici, i censori, insomma quelli là che decidono cosa deve sapere e pensare la gente.» Scuote il capo. «E il problema è che, se proviamo con la giustizia ufficiale e va male, se insabbiano tutto o il dottore la fa franca, dopo non è che possiamo ripiegare su J.D. Smith come contentino, come consolazione. Perché a quel punto le autorità saprebbero tutto del caso, e la censura si accorgerebbe di sicuro che ci sono troppe coincidenze col racconto. Quindi non potremmo scrivere nessun racconto, punto. Se convinciamo le ragazze a denunciare, o la va o... o niente, deve andare per forza, perché non avremmo alternative.»

Già.

Silenzio.

Anita scrolla le spalle. «Be', e dunque chi ce la potrebbe dare, un'idea delle probabilità di vittoria che avremmo a denunciare il dottore?»

Sebastiano fissa il muro. «Non saprei. Ci vuole qualcuno che conosca la legge e che conosca anche le persone. Julian, forse…»

«O Candida…» dice Anita.

«…solo che loro non *pensano* come *quelli là*», si autocorregge Sebastiano. «Magari conoscono la legge, magari potrebbero confermarci che in effetti esiste un articolo che dice che, boh, che se un medico delle case di tolleranza abusa delle ragazze è considerato Altissimo e Schifosissimo Tradimento Supremo.» Anita sorride e anche Sebastiano, mentre lo dice, fa una specie di minismorfia. «Ma non potremmo sapere, per esempio, se alle autorità converrebbe di più far applicare la legge, per far vedere che lo stato sa essere inflessibile, oppure imbrogliare un po' e chiudere un occhio, per proteggere un tizio importante. Queste son cose diplomatiche, faccende di convenienza che sa solo chi respira la stessa aria delle stanze del potere.»

«E allora chi potremmo consultare?» sospira Anita. «Chi conosciamo che respira la stess...»

Poi tace.

E ora sta fissando Sebastiano a bocca semiaperta, gli occhi tutti sfavillanti, gli angoli delle labbra appena appena sollevati, in un'incredula smorfia di trionfo di quelle che fai quando ti viene un colpo di genio.

Infatti: «Ho appena avuto un colpo di genio», dice.

Sebastiano uggiola a bocca chiusa, il suono che fa un *oh mio Dio* quando lo ricacci giù ma è troppo forte e un po' esce lo stesso. Aria di guai. Ogni volta che Anita dice così, che fa quella faccia lì, è aria di guai. Non ci vuole Sam Spade.

«Ha da fare oggi a pranzo?» dice Anita.

«Vuole parlarne a pranzo?» cerca di svicolare Sebastiano. «Ma ne stiamo parlando già qui, adess...»

«*Io* non voglio parlarne a pranzo. È *lei* che ne parlerà a pranzo», spiega Anita alzando le spalle. «Con suo suocero. Con Sauro Bonatti.»

31.
GIUSTIZIA

Come un mese fa.

Stessa situazione, stessa missione.

"O quasi", si corregge mentalmente Sebastiano, mentre aspetta, seduto sulla sedia di legno nel corridoio vuoto, che rimbomba.

Un mese fa, più o meno, si accingeva a strappare una confessione a un rispettabile imprenditore che lui e Anita sospettavano non fosse poi tanto rispettabile; e si accingeva a farlo tramite un interrogatorio mascherato da intervista. Un'ideona di Anita, che come oggi glie-l'aveva messa giù facile e poi però gli aveva sbolognato la gatta da pelare e tante grazie. Oggi, si dice Sebastiano, non è che debba proprio fare un altro interrogatorio mascherato da intervista, ma quasi: deve strappare delle importanti informazioni strategiche mascherandole da chiacchierata confidenziale. E magari non a un potenziale assassino, d'accordo: però comunque a un osso duro. A Sauro Bonatti, funzionario rionale del fascio nonché suo futuro suocero.

Il che, per come la vede lui, è pure peggio.

E anche stavolta *su ideona di Anita, che,* anche stavolta, *gliel'ha messa giù facile.*

«Ci casco sempre», bofonchia fra sé.

Una camicia nera che passa per il corridoio gli lancia un'occhiata interrogativa, ma Sebastiano liquida la cosa con un cenno del capo, come a dire "nulla, noi intellettuali a volte parliamo da soli". Il miliziano se ne va senza neanche rallentare. È uomo d'azione, lui.

Che poi. Anita gliela mette sempre *giù facile, perché a lei forse facile verrebbe davvero. Sa recitare, lei. Sarebbe brava come la Borboni, sulla scena, Sebastiano è pronto a scommetterci. Solo che con questa faccenda che lei è solo la dattilografa, e le dattilografe non fanno domande e non vanno in giro a intervistare imprenditori o a chiac-*

chierare con funzionari del fascio, alla fine il lavoro sporco tocca sempre a lui. Che zucche – come direbbe Anita. Si sbrigassero, con questa emancipazione femminile. Il mondo sembra preoccupato che le donne vogliano far troppo, ma a lui non spiacerebbe affatto che Anita potesse fare al suo posto le cose che lui sa che lei farebbe meglio di lui.

Finalmente la porta dell'ufficio si apre e ne esce un ometto curvo, in tuta da operaio. Ha l'aria abbattuta. Il miliziano che sembrava andatosene ricompare al fondo del corridoio e scatta ad accompagnare il piccoletto mogio verso la porta. Allo stesso tempo, la voce di Sauro Bonatti, da dentro l'ufficio, chiama con calore.

«Sebastiano, che bella sorpresa, venite, venite!»

Sorpresa fino a un certo punto, pensa Sebastiano: il miliziano è entrato ad annunciare la sua presenza almeno dieci minuti fa. Uniti a quelli che Sebastiano ci ha messo ad arrivare da San Donato su su fino alla Casa rionale del Fascio, in via delle Orfane, fanno, be', un sacco di tempo perso. Oggi niente pranzo, pensa, ma quello è il male minore – oltretutto, chi diavolo ha fame. Ma vuole farla finita con quella storia in fretta.

Sebastiano entra.

Gli uffici rionali del fascio si somigliano un po' tutti. Hanno tutti l'aria di vecchi musei della rivoluzione – sì, "rivoluzione", come amano chiamarla i fascisti della prima ora. Dei reliquiari: sulla scrivania, una baionetta per tagliacarte, un bossolo di mortaio per portamatite; in una teca su uno schedario dietro la scrivania, un gagliardetto consunto. Sebastiano si accomoda di fronte a Bonatti, nonché a un ritratto del Duce che ha l'espressione di uno a cui si è appena incarnita un'unghia.

«Un capofabbricato», sospira Bonatti, accennando col mento alla porta. Sebastiano ci mette un attimo a capire che si sta riferendo all'ometto appena uscito. «Alla Michelin. Sarebbe un altro quartiere, ma me l'ha mandato qui il mio collega di corso Altacomba perché dice che le mie ramanzine sono più convincenti.» Ridacchia, con studiata modestia. «Li scegliamo fra i più fedeli al regime – i capifabbricato, dico – perché sorveglino gli altri operai, ma ci dimentichiamo che sono operai anche loro, e tante cose non le sanno. Non erano qui dall'inizio» – Sebastiano capisce che con "qui" non intende "a Torino", ma "tra le file del fascio" – «e non sanno sempre per

istinto come ragiona un vero fascista. Hanno bisogno di qualche strigliata, ogni tanto, che li rimetta in riga e gli chiarisca le idee. Per fortuna sono docili e ascoltano in silenzio.»

Sebastiano emette un mmmh *che può voler dire qualsiasi cosa. Sta pensando a suo padre, ovviamente. Suo padre è stato contadino, poi operaio, poi molte altre cose; ma quando è stato operaio col cavolo che è stato* docile.

«Allora.» Con il sospiro appagato del re Salomone, Bonatti abbandona le scartoffie e rivolge a Sebastiano un sorriso paterno. Congiunge anche le mani, sopra la scrivania. «Sentiamo. Volevate parlarmi? Come mai siete venuto a trovarmi, oltre che per farmi gradito dono della vostra compagnia?»

Sebastiano inspira. «Temo di aver bisogno di un consiglio.»

Bonatti fa la faccia di uno che non chiede di meglio dalla vita che di poter elargire consigli. «Ma certo, figliolo», dice, congiungendo le mani come un pontefice. «Parlatemi pure come parlereste a un padre. A proposito… notizie dal vostro?»

Ah, pensa Sebastiano. Per una volta che non ci stava pensando. «Ancora nessuna», ammette. Tossicchia. «Sono riuscito a mettermi in contatto con la Casa del Fascio locale, ma non mi hanno ancora richiamato. Si vede che non hanno novità.»

«È una buona notizia, significa che non risulta tra i deceduti», dice Bonatti, mellifluo. «Immagino che non possiate far altro che attendere e pregare.» Veramente pensavo di andare sul posto dopodomani, *fa per dire Sebastiano, a cui pare che sopra ad "aspettare e pregare", cioè a star fermi e affidarsi allo stesso Dio che peraltro magari poteva prevenire l'alluvione, ci siano svariate opzioni più efficaci; ma i muscoli facciali di Bonatti si sono già riassestati e ricomposti e sul volto gli è apparsa la maschera del Duce quando fa i suoi proclami pomposi, con le sopracciglia flesse e la bocca come un solco nel marmo. «E comunque di fronte a questi strali della sorte un uomo è chiamato a fare una cosa soltanto», conciona: «Tenere dritto il filo della schiena e dei pensieri». Mantiene la posizione per un paio di secondi, poi si rilassa, palesemente soddisfatto di aver dato il buon esempio. «Ma ora ditemi pure il motivo per cui siete qui, figliolo. Sarò lieto di infondervi un po' della mia esperienza di vita.»*

Sebastiano si fissa i piedi per non alzare gli occhi al cielo. «Vi ringrazio. Sapete, talvolta, anche da uomini fatti, si necessita di una persona più saggia per farsi guidare verso il bene.» "Via, via", dice intanto mentalmente all'immagine della faccia di Anita che gli si stampa davanti mentre parla. La faccia di Anita che ride, *perché gli sta facendo notare che, per blandire il suocero, Sebastiano sta praticamente usando la voce del suo commissario Bonomo. Uff. Non è mica colpa sua se con Bonatti è così che si deve fare. L'importante è che funzioni, no? «Ho un amico», prosegue cauto Sebastiano, «che, ecco... si è messo nei guai. È un personaggio in vista in città, dunque perdonatemi se non oso farvi il suo nome – so che rimarrebbe fra noi, ma se mai lui venisse a scoprirlo non me lo perdonerebbe mai. Ha una professione di prestigio e responsabilità, è sposato e con prole. E... be', ecco. Ha messo nei guai una ragazza. Una prostituta.»*

C'è un attimo di pausa.

La faccia di Anita ricompare in sovraimpressione. "Non male come trovata", gli sembra che dica, con una scrollatina di spalle. "Certo, io mi sarei saputa inventare di meglio, ma okay.*" E si guarda le unghie. Sebastiano deve sbattere le palpebre per mandarla via e tornare a vedere con chiarezza la faccia di Bonatti.*

Solo che nel frattempo la faccia di Bonatti è cambiata.

La faccia di Bonatti è diventata grigia e fredda come cemento.

Il cemento del muro di uno di quegli edifici di architettura razionalista che a lui piacciono tanto.

"Cosa diavolo ho sbagliato?" si dice Sebastiano, dissimulando un mezzo brivido. "Cos'è che potevo inventarmi di meglio?" Bonatti si sarà accorto che sta bluffando?

Bonatti si lascia cadere all'indietro sullo schienale della sedia.

«Un amico, eh?»

«Un amico», conferma Sebastiano.

«Sposato.»

Sebastiano annuisce in silenzio.

«E con prole.»

Sebastiano è a tanto così dal dirgli che se vuole ripercorrere tutta la sua dichiarazione punto per punto forse era meglio se se la scriveva.

«Figliolo.» Bonatti si alza, scostando rumorosamente la sedia. Sebastiano ammutolisce, interrotto dal fragore. Poi Bonatti inizia a camminare molto lentamente per l'intera ampiezza dell'ufficio, la pancia a botte che fende solenne l'aria, lo sguardo puntato di fronte a sé.

«Figliolo, siamo tra uomini e parleremo da uomini. Possiamo farlo? Possiamo parlare da uomo a uomo?»

«Ma certo...»

«Figliolo, sono stato giovane anch'io. E i giovani, per natura, sono avventati. Fortunatamente, mi ricordo quei tempi: mi ricordo quanto fosse inevitabile lasciarci trasportare dal nostro ardore, dalla nostra virilità; mi ricordo quanto ogni tentativo di senno e di prudenza si scontrasse con la nostra sete di vita, con la nostra energia.»

Un lumicino si accende sul fondo del cranio di Sebastiano. Un'orribile consapevolezza inizia a farsi largo nella sua testa confusa. «S-signore? Non... non starete mica pensando che io...»

«Sto dicendo che non devi giustificarti, ragazzo. Io lo so che ami mia figlia. Come potrebbe essere altrimenti? E so che il fatto che tu cerchi uno sfogo alle tue energie in determinati ambienti è solo il segno del tuo rispetto per lei, alla quale – giustamente – non vuoi chieder nulla fino a quando non sarete uniti nel sacro vincolo del matrimonio. L'abbiamo fatto tutti, l'ho fatto anch'io. È sano, è così che dev'essere, e...»

«Signore. *A parte il fatto che preferirei non sapere altro della vostra gioventù, vi giuro che* avete capito male*! Quando dico un amico, intendo proprio un ami...»*

«Sì, sì, certo.» Bonatti gira appena appena il profilo, quel poco che basta a lanciare a Sebastiano un sorrisetto e una strizzata d'occhio. Sebastiano si sente salire il ghiaccio nelle vene. Sta visualizzando la terra aprirglisi sotto i piedi, inghiottirlo e poi richiudersi. E poi riaprirsi giusto il tempo di risputare le sue ossa. In tutto questo, di nuovo in sovraimpressione, c'è il viso di Anita che si sganascia dalle risate.

Ma guarda in che macello s'è ficcato da solo.

Bell'attore di sterco.

«Quello che voglio dire, figliolo, è che però il vostro amico *deve* sempre *tener presente la prudenza; e anche che rivolgersi a un uomo d'esperienza per averne dei consigli è stata un'ottima idea. Allora, vediamo di affrontare il problema.» Bonatti sospira e agita per un attimo le dita a mezz'aria, come un chirurgo prima di un taglio difficile. «Innanzitutto: siamo sicuri che la ragazza sia una prostituta?»*

«Be', sì», dice Sebastiano. «Perché – solo per curiosità – altrimenti che differenza farebbe?»

Bonatti sbatte le palpebre. Mamma mia, a questi giovani bisogna proprio spiegare tutto, sembra dire. «Be', farebbe una differenza immensa. *Una prostituta può essere rimasta incinta di chiunque. Lavande e preservativi saranno anche obbligatori per legge, ma poi nel chiuso delle camere i clienti e le ragazze fanno quello che vogliono. Sarebbe la sua parola contro la vostra – cioè, quella del vostro* amico –, *e nessuno crederebbe all'ennesima meretrice che cerca di sistemarsi con uno dei trucchi più vecchi del mondo.»*

«Ma non è un trucco», dice Sebastiano. «E… e poi non le crederebbe nessuno nemmeno se ci fossero delle altre sue colleghe a sostenere la sua tesi?» Sì, d'accordo: dovrebbe, magari anche vorrebbe, insistere sulla faccenda che non è lui il soggetto della storia, ma tanto Bonatti non lo ascolta, quindi pace e chissenefrega. Tanto vale che stia al gioco e scopra come pensano quelli là, quelli come il suo futuro suocero. In fondo, è lì per questo.

Bonatti scoppia in una risata che sembra un colpo di cannone. «Prostitute che appoggiano prostitute? Ma per piacere! In tribunale sarebbero credibili quanto una moglie che testimonia a favore del marito per non farlo finire in galera. Non datevi pensiero… cioè: dite al vostro amico *di non darsi pensiero. Finché si tratta di puttane, il problema non esiste.»*

Sebastiano socchiude gli occhi. «E se non fosse una prostituta?… Solo per curiosità», aggiunge precipitosamente, prima che Bonatti lo fulmini con uno sguardo che significa "non sarai stato così scemo da mettere incinta una ragazza onesta".

«Allora, solo per soddisfare la vostra curiosità*», dice Bonatti, «se viene fuori che la ragazza è rispettabile, che ha una famiglia perbene, eccetera, le cose si fanno molto più complicate.» Gli lancia un'occhiata severa. «Non so, mettiamo che il vostro amico vi abbia detto che la ragazza è una prostituta perché si vergogna di meno a dire così che ad ammettere di avere sedotto una fanciulla onorata. O mettiamo che sia stato così stupido da farsi raggirare, e che lei gli abbia detto di essere una prostituta ma in realtà l'abbia solo adescato per incastrarlo. In questi casi, la legge diventerebbe un problema.» Bonatti si schiarisce la voce. Per la prima volta, ha un attimo di esitazione, come se affrontasse un argomento delicato. «Voi sarete certamente a conoscenza della storia del figlio del nostro Duce e della signora Ida Dalser.»*

Sebastiano alza un sopracciglio, ma non dice niente.

«Il nostro amato Duce, ahimè», prosegue Bonatti, a voce più bassa di prima, «è un uomo straordinario, dotato di una carica vitale fuori del normale. È ciò che ne fa un condottiero inarrestabile, ma, purtroppo per lui, è anche un tratto che in passato gli ha procurato qualche inconveniente.» *Annuisce, come se approvasse da solo la propria cauta scelta lessicale. «Quand'era ancora giovane, e le sue energie erano ancora selvagge e indomite, il Duce ha concepito un figlio con questa Ida Dalser, una bella, elegante fanciulla trentina. Solo dopo essersi unito in matrimonio con Donna Rachele, già madre della piccola Edda, il Duce è stato informato dalla Dalser della sua gravidanza, ed è stato costretto a riconoscere il figlio, Benito Albino, nonché a versare un assegno mensile per il suo mantenimento.» Si gira verso Sebastiano. «Capite cosa voglio dire?»*

«Veramente no», dice Sebastiano, che comunque, grazie a Julian, la storia la sapeva già.

«La legge protegge i bambini nati fuori dal matrimonio», esclama Bonatti. «Lo faceva prima e a maggior ragione lo fa adesso; e non risparmia nessuno, nemmeno il Duce in persona.» Oddio, Sebastiano sarebbe tentato di dire che a quel che gli risulta il Duce ha trovato modi molto efficaci di non doversi tenere tra i piedi la Dalser, visto che è finita in manicomio, ma pensa bene di sorvolare. «Vedete, Sebastiano, un conto sono le prostitute, della cui parola non ci si può notoriamente fidare e che pertanto non devono preoccupare i gentiluomini, ma le ragazze di famiglia rispettabile sono un'altra cosa. La legge ci tiene, che i figli vengano cresciuti nell'onestà e inquadrati nella società civile. Così... il vostro amico potrebbe essere costretto a riconoscere il figlio. E non credo che sia ciò che desidera.»

Pausa.

«...vero?»

Sebastiano deve scuotersi. Un turbine di nuovi pensieri gli sta invadendo la mente. «Vero», si affretta a dire. Perché ovviamente questo è ciò che Bonatti vuole sentire: che il suo futuro genero, se – come crede – è stato così scemo da mettere incinta una ragazza, abbia almeno avuto il buongusto di scegliersi una puttana, e non rischi di portarsi appresso per tutta la vita il peso di un figlio bastardo con cui umiliare la futura moglie e i futuri legittimi eredi.

«È chiarissimo, signore», dice Sebastiano alzandosi in piedi.

Infatti lo è.

«...e comunque era davvero una prostituta, quella del mio amico», *conclude.*

Lui e Bonatti si guardano negli occhi per un lungo secondo che sa di duello nel Far West.

Poi Bonatti si apre lentamente in un sorriso e gli batte una mano sulla spalla. «Ma certo, certo. E allora dite al vostro amico *di fare più attenzione, in futuro, persino con le prostitute: che gli serva di lezione. Prudenza, ci vuole; pensare alla famiglia prima di tutto.» D'improvviso, scoppia in una risatina stridula. «Certo che dev'essere un bello stallone, eh, se per una volta che non ci bada combina il patatrac! Casa sua, un domani, sarà piena di bambini!»*

Sebastiano simula una risata a sua volta, poi dice che deve proprio scappare, pausa pranzo finita, sapete com'è, il giovedì abbiamo la consegna, *e si lancia in strada quasi senza salutare.*

"Quindi è questa la verità", pensa febbrile, mentre cammina più veloce che può, e poi corre proprio, fino a che gli fa male la milza, verso San Donato.

Diana non avrà mai giustizia dalla legge.

Perché, se l'avrà, non sarà comunque giustizia vera, giustizia giusta, *ma solo quella cosa assurda e deforme a cui quei pazzi attribuiscono indegnamente questo nome.*

Diana è una prostituta, lo sarà per sempre agli occhi di quelli là, quindi la sua parola varrà zero, così come quella delle altre ragazze che la sosterranno. Nessuno vorrà credere al fatto che il dottore le abbia usato violenza: diranno che è stata Diana a incastrarlo. Ma – e questo è il punto cruciale –, anche se per qualche ragione Diana dovesse trovare gli avvocati e i giudici giusti, cioè bendisposti verso di lei, gente che si ricordi che anche una prostituta prima di iniziare a esercitare è stata una ragazza onesta, *come la chiamano loro;* anche se *tutte queste circostanze favorevoli dovessero per magia verificarsi e la legge agisse davvero con l'intenzione di favorire Diana, il meglio che potrebbe capitarle è che cerchino di far riconoscere il suo bambino dal padre.*

Perché questa è l'unica faccenda che sembra contare, questo è l'unico punto nevralgico, risolto il quale il problema sembra essere considerato estinto: che un bambino nato da un rapporto illecito possa avere il cognome e gli alimenti del padre.

E una povera ragazza che è stata violentata si ritrovi a dovere anche ringraziare che il suo violentatore resti nella sua vita e in quella del suo bambino.

Se il meglio che la giustizia può fare per Diana è costringerla ad avere per sempre uno come Brusata nella sua vita e in quella di suo figlio, non è giustizia.

Questo pensa Sebastiano mentre sale in un balzo solo i gradini della casa editrice, e attraversa il corridoio, ed entra nell'ufficio.

Anita si gira di scatto verso di lui, tesa come una freccia. Doveva essere in ansia. Per non saper che fare, sta dando da bere alle piante e a momenti lascia cadere la brocca.

«Ma quanto ci ha messo?! Non sapevo più cosa pensare! Cosa le ha detto Bonatti?»

Sebastiano si asciuga il sudore dalla fronte con la manica. «Ora le racconto tutto, ma lei intanto si sieda e infili un foglio nel rullo, perché abbiamo del lavoro da fare e anche in fretta.» Inspira a fondo. «John Dorcas Smith ha una storia da raccontare.»

32.
SEPPELLIRE IL CADAVERE

I tasti schioccano come colpi di mitraglia. Non è un caso che in America, ha spiegato una volta Candida ad Anita, fucili e macchine per scrivere siano entrambi marca Remington.

Mi chiamo John Dorcas Smith e di donne non ne capisco un accidente.

Ho avuto tre mogli, ma non conta. Come dice qualcuno, se ci sai fare con le donne, di donne ne hai una sola: perché te la sai scegliere giusta e poi perché te la sai tenere tutta la vita. Io, né l'una né l'altra cosa: non me le so scegliere e tantomeno me le so tenere. Dunque, ultimamente tendo a lasciar fare a loro: sembra che il detective in impermeabile stazzonato e cappello floscio per la troppa umidità di questa città di fiume, con le occhiaie da pugile e l'aria di uno che una volta l'alcol lo reggeva meglio, per qualche inspiegabile ragione piaccia alle ragazze. Di conseguenza, dopo il fallimento della mia ultima storia – Sarah, potrai mai perdonarmi? – tutto quello che faccio è sedermi al banco da Joe's e aspettare che la mia prossima disgrazia si accomodi sullo sgabello a fianco e si faccia offrire un drink.

Ve lo dico subito: non è così che ho conosciuto Felicity.

Non è così che avrei mai potuto conoscerla.

In effetti, Felicity io non l'ho mai conosciuta davvero.

Se con "fare la conoscenza" intendiamo, naturalmente, "farci la conoscenza da viva".

«Bella battuta», dice Sebastiano, perché è stata Anita a suggerirla.

«Grazie», dice Anita. «Anche quella sul fatto che chi ci sa fare con le donne ne ha una sola», perché quella, invece, è

uscita a Sebastiano. È così che scrivono: un colpo l'uno, un colpo l'altra. «Ora partiamo con l'antefatto», dice Anita.
Sebastiano annuisce e raccoglie le idee.

La faccenda iniziò, possiamo dire, proprio mentre mi stavo convincendo che la cena di Duke Patchins per me fosse bella che finita. Mi trovavo lì perché a Rivertown un politico di grido come Duke, astro nascente della scena federale, se dà una cena sa bene di dover invitare anche i poveracci come me: innanzitutto perché è solo grazie alla pessima qualità del nostro vestiario e delle nostre maniere che i gentiluomini come lui possono risaltare, e poi perché anche noi pezzenti votiamo. A una cena elettorale, almeno un simpatico poveraccio ci vuole, in rappresentanza dell'intera categoria. Io mi ero distinto di recente in un paio di occasioni, avevo appena risolto il caso dell'eroe di guerra bugiardo, e di sicuro rispondevo all'identikit del poveraccio medio – il giovedì precedente, in banca mi avevano informato che il mio conto ammontava esattamente a otto dollari e sei centesimi –, così eccomi in possesso di un invito untuoso e di un posto d'angolo al tavolo numero tre del parco di Patchins Mansion.

Era notte fonda, le schiene delle signore di Rivertown brillavano come cera alla luce delle candele e l'aria fresca saliva dalla baia. Il mio migliore amico, il mio fegato, mi stava suggerendo già da qualche decina di minuti di salutare l'altro mio migliore amico, l'alcol, e andarmene a casa, e io avevo appena deciso di dargli retta, quando si levò un grido dal silenzio.

Anita solleva le mani dai tasti e fa per dire qualcosa, poi ci ripensa e torna a fissarsi le dita, pronta a rimetterle in moto.
Ma tanto ormai Sebastiano ha notato il gesto e si è distratto. «Cosa c'è?»
«Nulla.»
«Ha qualcosa da aggiungere? Gli ho fatto dire o fare qualcosa che non va? Li sa gli accordi, signorina: se le viene in mente qualcosa, può, anzi, deve, fermarmi in ogni momento.»
Vero, Anita li sa, gli accordi. Perché, appunto, è così che scrivono, loro due: prima, parlando tanto furiosamente quanto sottovoce per non farsi notare da Monné, strutturano la trama; poi, Sebastiano detta la storia e Anita ha il diritto-dovere di bloccarlo ogni volta che sente puzza di qualcosa che

non va, un'incoerenza, una svolta che non sta in piedi, una battuta moscia, un'ombra di noia bonomiana, oppure al contrario quando sente il profumo di uno spunto che potrebbe essere approfondito e fatto sbocciare, o quando le viene la battuta perfetta al momento che più perfetto non si può.

Insieme, sono una dannatissima macchina.

Non l'hanno fatto apposta, non sapevano di esserci portati, ma è così. È la loro chimica speciale, e funziona.

«Stavo solo pensando che mi sta già piacendo moltissimo», dice Anita, come se confessasse un misfatto.

Sebastiano si morde una guancia. «Anche a me», sussurra.

Non c'è niente da fare. Sono una macchina. Sono complici.

Ci mettono un pomeriggio. Sono così bravi che finiscono persino in anticipo rispetto alla scadenza della consegna delle bozze del numero del mese alla prefettura. Quando Anita solleva le dita dai tasti e rilegge ad alta voce l'ultimo paragrafo, perché Sebastiano senta come suona e decida se aggiungerci qualche altra frase o lasciarlo com'è, quasi si commuove.

E così Venus e Felicity si erano scambiate il mostro, senza sapere che era lo stesso. Tutte impegnate l'una a proteggere l'altra, l'una a vendicare l'altra, si erano scordate di proteggere e vendicare sé stesse.

Ero felice di averlo potuto fare io.

Venus si chiuse il cappotto sotto la gola e fece un cenno del capo come di saluto. Dovevo solo ricambiarlo, poi lei si sarebbe girata e se ne sarebbe andata per sempre da questo capitolo della mia storia.

«Sai chi dicono che sia il migliore amico di un criminale?» dissi invece. Forse volevo trattenerla. Chissà.

Venus si aggiustò i riccioli, pesanti di nebbia. La bruma iniziava a salire dal fiume e i contorni della baia si facevano di un grigio sfocato. Questa città è acqua e cemento e alberi e cielo e facce e cuori e tutto è sempre così grigio. «Un poliziotto povero?» rispose.

Sorrisi. Mi sarebbero mancate, le sue battute. «Perché, ne esistono di ricchi? E comunque anche quelli sarebbero corruttibili, ci scommetto. Comunque, no, risposta sbagliata. Quella giusta è: qualcuno con cui seppellire il cadavere.» Annuii a me stesso. «Si dice così. Che se puoi bussare alla porta di uno e dirgli "ehi, amico, devo seppellire un cadavere", e quello ti risponde soltanto "prendo la pala", senza domande né niente, quello è il tipo di amico che devi tenerti stretto.»

«Con Felicity l'avrei potuto seppellire, un cadavere», sospirò Venus. «Avrei preferito non dover seppellire il suo.»

Mi sarebbe mancato anche il suo finto cinismo.

O forse no. Dopotutto, ho già il mio.

«Addio, detective», mi disse. «Spero che anche tu, un giorno, trovi qualcuno con cui seppellire il cadavere, prima che qualcuno che seppellisca il tuo.» Affondò le mani nelle tasche e iniziò a camminare fuori dalla mia vita.

Per un attimo pensai di farle una battuta anch'io, di dirle che avevo sentito frasi d'addio più romantiche; pensai addirittura di inventarne una, su due piedi, apposta per lei.

Ma non mi venne niente, e forse fu meglio così: lasciarla allontanare, senza che si guardasse indietro.

Anita non ha ancora finito di pronunciare la "o" di "indietro", che un «Ooooh!» ben più sonoro fa saltare lei sulla sedia e Sebastiano fin quasi al soffitto.

Si girano di scatto, gli occhi sbarrati d'allarme. Muzio Monné, silenzioso come una faina per una unica stupida volta nella sua dannata chiassosissima vita, è entrato nello studio mentre Anita e Sebastiano erano troppo assorti nella lettura per accorgersene.

«Ooooh!» esclama dunque Monné. Avanza verso Anita, verso la Olivetti, a braccia spalancate, tese. Anita sente il cuore tuffarlesi verso le caviglie quando la mano destra di Monné plana sul foglio, lo sfila dal rullo e se ne impadronisce.

«Finalmente! *Fi-nal-men-te!*» Monné brandisce la pagina dattilografata. «Bravi, bravi ragazzi, bravo Sebastiano: vedi che alla fine le hai scovate, delle belle storie di donne proprio come vi avevo chiesto io!»

Si gira verso Sebastiano, che lo sta fissando rigido come uno stoccafisso.

Tra parentesi: Sebastiano, in teoria, è sempre preparato a evenienze del genere. In *teoria.* Ha iniziato ad applicare la strategia con il primo racconto di J.D. Smith, e la sta attuando anche oggi: sapendo che Monné può irrompere nella loro stanza in ogni momento, Sebastiano, quando inventa le storie di J.D. Smith, per fingere di stare semplicemente dettando la traduzione di un racconto già esistente, tiene in mano un numero di «Black Mask» a caso, e infilati al centro gli appunti sulla trama, guardando i quali improvvisa le frasi. Come fanno i ragazzini quando cercano di nascondere dentro un'innocua rivista una cartolina osé. Anche in questo preciso istante, pertanto, nella mano destra di Sebastiano si trova un numero di «Black Mask» aperto, e dentro, al centro, i foglietti su cui ha scarabocchiato il canovaccio della storia di J.D. Smith insieme ad Anita.

Ma non è un *camouflage* perfetto. Va benissimo a distanza, per non attirare l'attenzione di un occhio pigro, le domande di qualcuno che voglia saperne di più. Però ora Monné lo sta guardando, e ha *tutta l'aria* di volerne sapere di più.

E potrebbe voler vedere il racconto *originale* sulla rivista americana.

«Sì, cosa credi? Ti ascolto quando mi dici le cose, sai», sorride Sebastiano solo con la bocca. "Sembra che gli abbiano passato una mano di gesso sui denti", pensa Anita. Che sta seguendo la scena altrettanto sulle spine, e se potesse tramortirebbe Monné con una seggiolata alla nuca, per farlo smettere di impicciarsi.

«Così ti voglio! Reattivo, centrato, sul pezzo!» esclama Testa di Gelatina, e per dare il ritmo alla concione sbatte tre volte il dorso della mano sulla pagina rapinata ad Anita. Sebastiano lo vede avvicinarsi pericolosamente, quindi indietreggia. Cerca di tenere la rivista di taglio, in modo che Monné non veda sporgere dal centro le pagine degli appunti clandestini, ma nemmeno veda bene la copertina e si faccia venir voglia di scoprire chi sia l'autore del testo fra quelli menzionati lì sopra. Visto che non ce lo troverebbe.

Anita guarda Sebastiano e capisce ogni sua singola mossa, capta e condivide ogni suo singolo timore.

«Ma sai che è proprio una bomba, questo autore? Chi è?» Ecco, appunto. La testa glassata di brillantina si china verso le mani di Sebastiano – a Sebastiano e Anita sembra muoversi lentissima, come quando assisti a una catastrofe – per controllare la copertina di «Black Mask». «Mi piace, questo tizio che parla con quel tono lì, da duro ma che fa anche un po' ridere, che va bene sia per gli uomini che per le donne. È proprio quello che cercavo!»

«Si chiama J.D. Smith», cerca di tagliar corto Sebastiano, spostandosi con apparente casualità e levando così la rivista dalla traiettoria dello sguardo del suo socio. Annuisce spiccio, come a dichiarare chiusa la questione e anche a lasciar intendere di avere altro da fare, insomma, se per cortesia Muzio può andarsene e lasciarlo lavorare.

«J.D. Smith. Mai sentito.» Lo sguardo di Monné si perde per un istante nel vuoto, poi torna sulla terra. «Ma non mi stupisce: io dopotutto che diavolo ne ho mai saputo, degli scrittori che scovi tu!» È ilare come una pasqua. Stamattina in edicola «Le grandi firme» non deve averlo comprato nessuno. «*J.D. Smith*: senti come suona bene!» Un lampo gli accende per un istante la faccia. «Anzi, sai cosa ti dico? *Lo voglio in copertina!*»

«"Saturnalia" non è come "Black Mask" o "Le grandi firme", non mette i nomi degli autori in copertina», dice Sebastiano. Cortese, ma con mandibola e mascella improvvisamente incollate insieme, cosicché la frase gli esce più che altro come un sibilo.

«E allora *inizierà adesso*!» Monné rispalanca le braccia. In qualunque altro pomeriggio d'estate ci sarebbe da esserne contenti, non foss'altro per la corrente d'aria che fa. «È già un po' che ci penso: quella bestia pulciosa» – indovina chi – «li spara eccome, i nomi dei suoi autori in copertina, e senza alcun ritegno...»

«...perché lui prende racconti di autori famosi», cerca di frenarlo Sebastiano. «Noi invece diffondiamo scrittori che ancora non conosce ness...»

«E continueranno a non essere conosciuti, se non iniziamo *noi* a promuoverli come le stelle che sono!» Niente, oggi Monné è una rovinosa fucina di pessime idee. «Dobbiamo crederci, crederci noi per primi! Sbattiamo anche noi in copertina i nomi dei nostri scrittori, perdio! Iniziamo! E vedrai che presto chi non li conoscerà penserà che sia solo colpa sua!»

Sebastiano si massaggia gli occhi con la mano sinistra (la

destra è sempre impegnata a impugnare saldamente il «Black Mask» di copertura). Da dietro la spalla di Monné, intercetta lo sguardo di Anita, che sta seguendo la scena impotente – perché chi si aspetta che la dattilografa possa intervenire in una conversazione del genere? – e con gli occhi sbarrati.

«Sì, sì! Ottima idea! Anzi, parlo subito con la tipografia!» Monné si frega le mani, fiero della propria alzata d'ingegno. «Bisogna sapersi rinnovare, saper rischiare, stare al passo! *Al pas-so!*» sillaba. Si rigira verso Sebastiano, poi a guardare anche Anita. «Bravi, ragazzi. Ottimo lavoro. Gli do due mesi, a quel gatto rognoso» – variazione zoologica – «e poi vediamo chi è in cima alle vendite.»

E se ne va.

Come sempre, Anita e Sebastiano hanno bisogno di un attimo di silenzio di riassestamento, mentre fissano la sua porta che si chiude.

«E così siamo in copertina», dice Anita dopo quello che sembra il Quaternario.

«Già.» Sebastiano si schiarisce la voce. «Una parte di me ne è persino fiera, pensi un po'. Ma... be', è inutile nascondercelo: finire in copertina attirerà un sacco l'attenzione su J.D. Smith. Siamo pronti a una cosa del genere?»

Certo che no. Dovevano solo inventare un finto autore che si mescolasse ai tanti altri nomi americani e ne approfittasse per infilare fra le tante storie inventate qualcosa di vero e di vivo. E ora invece stanno per finire in copertina. Ovvio, che non sono preparati, che non pensavano che sarebbe andata così. Non c'è neanche bisogno di dirlo.

«Santa polenta al sugo, anche una parte di me ne è un pochino fiera», ammette Anita piano piano. «Ci pensa? Il nostro nome accanto a quello di Dashiell Hammett.»

Questo è il momento in cui Sebastiano dovrebbe farle una battuta sul fatto che fino a due mesi prima lei neanche avesse idea di chi fosse questo Dashiell Hammett. Invece sospira. «A proposito di Hammett, la sa una cosa, signorina? Ho finito di leggere *Il falco maltese*, non gliel'avevo ancora detto. E sa cosa mi ha fatto pensare a quella faccenda del seppellire il cadavere?»

Anita scuote la testa. Sebastiano deposita sulla scrivania il numero di «Black Mask» che ha in mano – non prima di avere tirato fuori il plico degli appunti ed esserselo affondato in tasca –, poi estrae un'altra rivista che se ne sta sotto una pila e infine, all'interno di quella, cerca una pagina precisa.

«Ecco qua, l'ultima puntata. Senta cosa dice Sam Spade di Miles Archer, il suo socio: *Miles era un figlio di puttana, ma, quando viene ucciso il tuo socio, ci si aspetta che tu ti dia da fare in qualche modo. Non importa che cosa pensi tu del morto.* Non sembra che Sam avesse questa gran stima di Miles, eppure, anche così, si mette nei guai per lui, e anzi: lo fa nonostante Miles sia morto e non possa nemmeno dirgli grazie. È così che dovrebbe essere, quando ci si sceglie un *partner*, giusto?»

«E pensi se poi di questo partner si ha anche stima», annuisce Anita. «Come fra Violet e Nevada. O Jack e Pat. O...»

O noi, dicono, naturalmente, la voce di nessuno e la testa di entrambi.

A onor del vero, per un attimo entrambi le cercano, le parole. Ci provano, almeno. Gli si legge in faccia, a tutti e due. Parole che siano abbastanza sottili da non spaventare nessuno, ma abbastanza dense da dire quello che devono dirsi.

Perché prima o poi, almeno una volta, dovranno proprio dirsele, o esploderanno, santa polenta coi funghi.

«Be', stiamo per finire in copertina: a quanto pare il nostro cadavere rischia di non essere nascosto poi così bene», sono le parole che sceglie infine Sebastiano.

«Cercheremo di gettargli sopra altre frasche», sono quelle che trova Anita.

E adesso sì, che se lo scambiano, uno sguardo. Uno sguardo intenzionale, e lungo, e pieno di significato.

Perché non c'è niente da fare. Loro due sono e saranno sempre, l'uno per l'altra, quelli che seppelliscono il cadavere insieme.

33.
NON PUOI TORNARE LÌ

Domenica.

La domenica successiva all'uscita di «Saturnalia».

Candida sta fumando seduta al solito posto, al suo tavolo, nel suo soggiorno. Anita se ne sta raggomitolata sul divanetto di velluto verde, le braccia attorno alle ginocchia. Clara deve ancora arrivare.

C'è però Diana. È seduta su una delle sedie di legno del tavolo, ma l'ha spostata quasi in mezzo al salotto.

È come se si fosse inconsciamente messa sotto esame. Nella posizione della candidata al colloquio, al centro della stanza, sotto lo sguardo di tutti. Dopo una vita che gli altri ti mettono in quella posizione, nella posizione di chi dev'essere giudicato, probabilmente finisci per farlo da solo.

«Perché non mi hai mai detto niente?» chiede Candida.

Non lo dice con rabbia: vuole solo capire. E nonostante, pensa Anita, Candida sia una delle donne più autorevoli di Torino, una che, diciamocelo, se volesse saprebbe incutere soggezione pure al presidente Roosevelt (Anita sa chi è perché compare spesso nei racconti di «Saturnalia»; non sa ancora che c'è stato anche un *altro* presidente Roosevelt), in questo caso la sua voce è bassa e gentile, piena di fumo e altrettanto delicata.

Diana sospira e poi ripete quello che ha detto anche ad Anita e Clara. Che non sapeva che il suo mostro fosse anche il mostro di Gioia, perché non c'era nessuna ragione apparente che fosse anche il mostro di Gioia; e che non aveva nessuna fretta né voglia di riportare alla luce la propria storia.

«Come se tu avessi qualcosa di cui vergognarti», sospira Candida con infinita compassione.

Anita ha come un'intuizione. È buffo: sarà un mese che si sente come se le fossero spuntate le antenne. «Neanche tu hai nulla di cui vergognarti», dice prima di pensarci bene.

Candida alza gli occhi su di lei e Anita ci legge dentro che ha detto proprio la cosa giusta, la cosa cruciale. Candida si vergogna, si colpevolizza. Ce l'ha con sé stessa.

«Io sono fra le patronesse», borbotta, e non è il fumo che le arrochisce la voce, è il nervoso che fa tutto. «Sono all'ONMI almeno una volta a settimana. L'ho anche incrociato qualche volta, Brusata – anche se la prassi, a onor del vero, è che lui lasci le sue direttive all'infermeria e noi patronesse ci limitiamo a raccoglierle quando veniamo e ad accertarci che dispensario, infermiere e ragazze le mettano in pratica. Però fra tutte noi, Diana esclusa naturalmente, io sono sempre stata quella più vicina al medico, quella che avrebbe avuto più possibilità di sospettare di lui. Eppure mai, neanche per un attimo, mi è passato per la testa che c'entrasse qualcosa. *Certo* che mi vergogno! *Certo* che mi sento in colpa!»

Anita sospira. Non ha mai visto Candida così. Anzi, sì: una volta, tanto tempo prima, ancora ai tempi della scuola; una volta in cui non era riuscita a convincere una madre a far proseguire gli studi alla sua bambina, che pure l'avrebbe tanto meritato. La bambina era Clara.

«Mettiamola così», dice Anita. «Io sono sicura, *sicura*, che se tu avessi incrociato Brusata nell'ultima settimana ti saresti subito accorta del suo orecchio e ti saresti sentita suonare un campanello nella testa proprio com'è accaduto a me. Ma lunedì scorso tu non ci sei andata, all'ONMI. Tu stavi curando l'Arcangela. Ci sono andata io. Né tu né Diana eravate lì: solo io. E dunque sono stata io e solo io a vedere Brusata e a poter far caso al suo cavolo di lobo. È stata solo questione di fortuna.» Già, è proprio così: il giorno in cui il medico s'è fatto vivo, all'ONMI, Candida doveva esserci, ma non c'era; così come Diana poteva esserci, ma non c'era. C'era lei e solo lei, Anita, per caso. E un po' le secca, perché risolvere un caso è fantastico, risolvere un caso per un colpo di fortuna è sempre fantastico ma non sai bene se sentirti baciato dalla sorte o temere, come detective professionista, di avere comunque ancora un sacco di strada da fare.

Violet McDade le batte un solidale *pat pat* sulla spalla. Come se Anita non sapesse, dentro di sé, che metà del lavoro del detective sta nel saper cogliere i colpi di fortuna, e trovarsi al posto giusto nel momento giusto.

Candida soppesa. «Mah. Forse hai ragione.» Aggrotta la fronte. «Da quando in qua sei diventata così saggia?»

Anita alza le spalle. «Facile: ho solo ripetuto quello che Clara ha detto a Diana quando si è posta gli stessi scrupoli.» Diana annuisce sorridendo. «*Saggia.* Figuriamoci. Di sagge ne basta una, in famiglia!»

Candida ridacchia, e anche Diana.

Candida prende un'ultima boccata da una sigaretta già stremata, poi le concede una pietosa eutanasia avvitandola nel portacenere. Si gira di nuovo verso Diana: «E, comunque, tu non puoi più tornare lì», conclude.

Diana si guarda le mani. Se le sta tenendo pigiate fra le ginocchia. La pancia inizia a essere già abbastanza protuberante da nascondergliele parzialmente alla vista.

«Diana, Candida ha ragione. Dille cosa ti ha detto quel bastardo», esclama Anita. «La cosa sul far crescere bene questo bambino e poi farne altri.» Diana non riesce a nascondere un brivido. Candida si gira verso Anita con il volto dell'orrore. «Ah, sì, me lo ricordo eccome, questo dettaglio», sentenzia Anita. «Come avrei potuto dimenticarmene? È una minaccia bella e buona!»

Candida si gira verso Diana. «È possibile che, una volta che avrai partorito, lui... ricominci?» Poi agita le mani e sbruffa, proprio come farebbe un cavallo. «Ah, ma che importa, poi. Anche se non ti toccasse mai più con un dito, anche solo l'idea di dovertelo ritrovare fra i piedi per sempre è troppo crudele. Non è accettabile.»

«Be', non per sempre», dice Diana con un ghigno amaro. «Solo finché sarò ospite all'ONMI. E non sarà per sempre, perché a un certo punto partorirò e il mio bambino diventerà grande abbastanza e a quel punto saremo entrambi accompagnati gentilmente alla porta.»

"Già", pensa Anita. A cercarsi una casa. Da pagare con un lavoro. E l'unico lavoro che Diana abbia mai imparato a fare qual è? Che potrà mai fare, domani, Diana, per mantenere sé e suo figlio, e non rimpiangere mai che non sia stato riconosciuto da quel suo mostruoso padre?

E: «La serva», dice, dal nulla.

Diana e Candida si girano a guardarla.

«Ma sì.» Ci sta pensando mentre lo dice, le parole e la testa stanno correndo fianco a fianco. «Vieni a fare la serva da noi. Dalla mia famiglia, dico. Mia madre è una croce, ma non sarà mai come quel mostro schifoso, e sono giorni che non fa che dire che vuole...»

«Sono incinta, Ani!» Diana si indica la pancia, nel caso qualcuno non la vedesse. «Tua madre non potrebbe mai prendere a servizio una ragazza che deve ancora partorire...»

«Ma magari la signora Fiorio potrebbe», dice una voce che nessuna si aspettava.

Si girano tutte di nuovo, stavolta Anita compresa, e stavolta verso la porta del salotto.

Sulla porta del salotto, in piedi come una figurina del presepe, c'è l'Arcangela.

«Scusatemi, so di essere molto impertinente, ma non è che stavo origliando, giuro: stavo venendo a chiedere una cosa alla signora e non ho potuto fare a meno di sentire.» Si aggiusta il fazzoletto con cui si protegge i capelli quando lava i vetri o leva le ragnatele con lo straccio sul bastone. Non che il fazzoletto abbia bisogno di essere aggiustato: l'Arcangela è anzianotta ma impeccabile, sempre precisina come una maestra. Anita non l'ha mai vista scomposta: al massimo, l'unico cambiamento che ha rilevato è che in questo lasso di tempo l'Arcangela è invecchiata un po'.

«Vieni, Arcangela, siediti con noi», dice Candida. Le scosta una sedia dal tavolo. «Non stare in piedi, che sei appena guarita.»

«Ecco, appunto, a questo proposito.» Con una lentezza che non è sua, la domestica si avvicina e si accomoda. Poi si sistema le mani in grembo, poi sospira, poi parla. «Io non ho sentito molto – ci tengo a specificarlo – e non ho nemmeno capito bene, ma mi pare che questa ragazza non possa tornare dove vive adesso perché c'è gente cattiva da cui è bene che stia lontana.»

Candida annuisce. Anita e Diana annuiscono. L'Arcangela ha pronunciato quelle parole con una faccia speciale. L'Arcangela, giustappunto, sta con Candida da quando Candida era piccola, l'ha vista crescere, in certa misura l'ha persino un po' cresciuta lei. L'Arcangela sarà una serva, e sarà una signora anziana senza istruzione, ma è una signora che ha respirato l'aria di Candida per più di metà della sua vita. E dunque l'Arcangela la sa riconoscere, una ragazza che ha bisogno d'aiuto.

«Be'... mettiamola così», sospira. «Io sono vecchia. Non mi piace, ma è vero. In questi giorni, col piede *balengo*, me ne sono proprio dovuta rendere conto. E allora mi viene in mente una cosa. Perché, signora Candida, non prende questa ragazza qui in casa con lei? Io posso continuare a fare la serva ancora per un po', finché la ragazza non si sgrava e allatta, e intanto le insegno. Poi a un certo bel momento lei sarà in grado di prendere il mio posto in tutto e io potrò restarmene a casa mia a badare ai nipotini e a farmi servire dalle mie nuore. Scherzo. Però mica tanto: io mica lo so se ce la faccio più, ad arrampicarmi sulle scale per pulire il sopra dei mobili di questa casa che ha i soffitti così alti, a lavare le finestre con l'attrezzo lungo, che pesa, a star china a dare la cera a tutto il pavimento, grande com'è, e con quel caminetto che ogni santo inverno scurisce tutto – a proposito, si ricordi di chiamare lo spazzacamino prima di settembre.» Alza le spalle. «Che ne dice? Io non so che mestiere facesse la ragazza, prima, ma *pitòst che gnente...*»

«Accetto», esclama Diana, le mani avvinte l'una all'altra dall'emozione. «Cioè, insomma, se Candida è d'accordo... io accetterei. Molto volentieri.» Guarda prima l'Arcangela e poi Candida e poi di nuovo l'una e poi l'altra. Sembra una bambina a cui abbiano promesso il regalo più bello del mondo e che abbia paura che sia stata solo una battuta.

Anche Candida fa andare lo sguardo fra la sua domestica attuale e la sua possibile futura. «Arcangela, ma tu? Voglio dire, va bene farti servire dalle nuore» – sorride – «ma sarebbero soldi che smettono di arrivare. E tu, nonostante io ti faccia le prediche perché ti affanni troppo, non hai ancora l'età per non lavorare più. Sei sicura di voler rinunciare a...?»

«Magari qualche lavoretto potrei continuare a farlo», sta già ribattendo l'Arcangela, quando Anita esclama: «*Lei* potrebbe venire da mia madre!». Agita le mani, si fa ascoltare. Oddio, che ideona. «No, sul serio: è esperta, è brava, e la nostra casa è piccola e non richiede tutto il lavoro di questa qui. E poi, be', se vogliamo buttarla sul venale – e con mia madre si finisce *sempre* per buttarla sul venale, glielo anticipo – una serva che ha una sua casa in cui tornare a dormire ogni sera costa meno di una a cui devi anche fornire il posto letto.» Apre le braccia. «Che ve ne pare?»

Candida, Diana e l'Arcangela si scambiano un giro di sguardi.

«Devo proprio dirlo», sospira infine l'Arcangela, quasi con timidezza. «Non dover più spolverare queste modanature del piffero fra le porte e il soffitto... mi sembrerebbe un sogno!»

Scoppiano a ridere tutte e quattro.

Quando l'Arcangela si congeda per tornare a finire i suoi mestieri, i sorrisi nella stanza restano tre. Uno però si affievolisce in fretta. «Resta comunque un'ultima cosa che vorrei fare», dice il sorriso che s'è fatto serio, che poi è quello di Candida.

Anita e Diana attendono che fumi.

«Non è giusto», dice Candida. Espira un banco di nebbia. «Anche se Diana se ne va di lì, anche se la sottraiamo alle grinfie di quel porco, con tutto il rispetto per i porci che son bestie onorevoli, non è giusto lo stesso. Quel maiale – sempre con tutto il rispetto per i maiali – non può passarla liscia. In qualche modo, la deve pagare.»

Anita deglutisce senza darlo a vedere. Oh santa polenta fritta. Ci manca solo che Candida disfi tutte le elucubrazioni sue e di Sebastiano sulla giustizia ufficiale, che voglia tentare la strada della denuncia, proprio ora che oltretutto hanno già pubblicato il racconto. «Ci abb... ci *ho* pensato», la anticipa, più calma che può. «Una denuncia non reggerebbe mai in tribunale, e, anche se per miracolo andasse a buon fine, al massimo obbligherebbe Brusata a riconoscere il figlio di Diana.»

Candida alza un sopracciglio, colpita. «Brava: l'hai pensata giusta, ti confermo che è proprio così che andrebbe, nel caso.» Anita consegna mentalmente il merito a Sebastiano, per onestà. Candida scuote la testa con decisione e picchietta la sigaretta nel portacenere. «E hai ragione da vendere: l'ultima cosa che vogliamo è che quel verme abbia voce in capitolo nella vita di Diana e del suo bambino per gli anni a venire. Ma è comunque una schifezza che Brusata non possa patire altra conseguenza che perdere la sua bambola giocattolo.» Candida solleva dal portacenere uno sguardo molto cupo e molto astioso. Del sorriso di poco prima, di quando c'era anche l'Arcangela, non è proprio rimasta traccia.

«E che cosa resta per fargliela pagare, allora? Mica possiamo aspettarlo per strada e rifilargli una manica di bastonate», dice Diana. Anche se ad Anita pare di avvertire una lievissima inflessione di speranza nella voce, mentre pronuncia "manica di bastonate".

Candida riflette, la sigaretta che le rotea fra le dita. «Brusata ha fatto di tutto, è arrivato a uccidere una povera ragazza, pur di salvare la propria reputazione. Se lo si potesse toccare in questo... ma non possiamo certo far circolare delle voci sugli orrori che ha commesso: lui accuserebbe subito Diana di averle messe in giro lei, per diffamarlo per qualche suo losco fine, e a quel punto sarebbe lei a venire trascinata in tribunale.»

"Già", pensa Anita. "Le voci su cosa ha combinato a Diana e a Gioia si possono far circolare, con cautela e sperando che vengano recepite, solo se le si ficca in bocca a un lontanissimo scrittore americano." Ma non dice niente.

«Dunque non possiamo neanche infangarlo raccontando in giro le schifezze che ha fatto», riassume Diana.

Candida annuisce. Poi si ferma. Poi sogghigna.

«Però forse possiamo raccontare le *altre* schifezze che ha fatto.»

Diana e Anita alzano le sopracciglia, poi si guardano, poi guardano Candida.

«Non è mica una calunnia, che sia un pessimo medico, oltre che un pessimo essere umano.» Il ghigno di Candida si sta pian piano allargando da orecchio a orecchio. «O meglio: con le ragazze delle case chiuse non so come si comportasse, ma di certo le nostre ospiti gravide le tratta come fossero strofinacci da pavimenti. Ischirogeno a tutt'andare e per ogni tipo di malessere, niente esami, e lavate di capo a quelle che insistono a dire che si sentono male. Cosa succederebbe se a un certo punto, diciamo… tutte le ragazze si lamentassero col comitato dei patroni di essere state curate malissimo?»

Anita e Diana sbarrano gli occhi, poi si riguardano, poi riguardano Candida. «Tu le convinceresti a farlo?» chiede Anita.

Candida aspira e soffia, accomodandosi contro il bracciolo intarsiato, sempre più sicura di sé. Una risatina le balla negli occhi. «Sono praticamente certa che, se glielo chiedessi io, lo farebbero eccome. Un po' perché mi vogliono bene, un po' perché non ne vogliono affatto a lui.»

«*Ossignùr*», dice Diana. «Sarebbe una specie di rivoluzione.» Esita. «Ma… servirebbe davvero a qualcosa? Insomma… a chi importa se noi disgraziate sole e povere stiamo bene o male?»

«A chi? All'unico la cui opinione conti davvero: lo stato.» Candida getta la testa indietro e ride. «Cara ragazza, tu sottovaluti un fattore fondamentale, l'unica cosa per cui allo stato importi veramente di voi. Siete incinte. Siete le galline dalle uova d'oro dei futuri piccoli soldatini d'Italia. Il Duce ha deciso che a quei soldatini tiene molto, e se il Duce tiene a qualcosa tutte le autorità, da nazionali a locali, devono tenerci con lui. E dunque, se tutte le ospiti di una Casa della Madre e del Fanciullo si levano insieme a protestare contro un dottore che mette in pericolo i futuri Balilla, e rischia di farli nascere o sviluppare malati – una piccola folla di invalidi che poi allo stato tocchi assistere anziché mandare in guerra –, è molto probabile che i giornali riceverebbero l'ordine di non lasciargliela passare. Lo stato ha sempre piacere di mostrarsi sollecito a punire qualche simbolico nemico.»

Anita e Diana emettono esclamazioni entusiaste.

«Be', se Brusata è arrivato a uccidere Gioia pur di proteggere la propria reputazione, questo è proprio il contrappasso che si merita», dice Anita. "Contrappasso" è un'altra delle parole che ha imparato di recente, e il concetto le piace molto. E c'è anche un'altra cosa che le piace molto: il fatto che, in questo modo, Brusata finirà sui giornali come medico orribile delle ragazze madri proprio mentre su «Saturnalia» circolerà il racconto di J.D. Smith su un orribile medico di prostitute e orfanelle. Non ci sarà un solo foglio stampato, in città, che non parlerà male di Brusata, in una versione o nell'altra. «Certo, vederlo marcire in una cella sarebbe meglio, ma purtroppo per questo non possiamo farci niente.»

«Verranno tempi in cui sarà lecito aspettarsi che un criminale venga punito dalla legge», dice Candida. E lo dice così seria e sicura che ad Anita viene voglia di crederci. «Per ora dobbiamo accontentarci, mie care. Ma io lo penso davvero: prima o poi, verranno tempi più giusti.»

E sorride.

Diana è raggiante. Quando la pendola batte le sei, e si deve alzare per farsi riaccompagnare all'ONMI, fa una smorfia pro forma che significa che nemmeno le dispiace troppo tornare là, ora che sa che sarà per poco.

«Non doveva arrivare Clara?» dice Candida. «È in ritardo.»

«Aveva gli zii in visita, si saranno trattenuti più a lungo», dice Anita, scortando le altre verso la porta. Candida si aggiusta il cappellino e chiama l'Arcangela.

«Allora aspettala tu», dice Candida, piazzandole in mano le chiavi. «Io accompagno sia l'Arcangela a casa sua sia Diana alla sua casa momentanea, poi torno», e Diana, nel sentirle definire così la Casa della Madre e del Fanciullo, si lascia scappare una risatina ancora incredula, tutta trillante.

Anita le saluta, chiude la porta dell'appartamento di Candida alle loro spalle e poi torna sul divanetto a leggere. Non fa neanche in tempo a riaccoccolarsi nella sua posizione preferita, che il campanello suona.

«Alla buon'ora!» esclama mentre attraversa il corridoio e torna alla porta, tanto lo sa che è Clara. «Devo raccontarti cos'ha pensato Candida oggi pomeriggio!» Mamma mia, ogni volta che si separano per un pugno di ore poi Anita ha un quintale di novità su cui aggiornarla. Devono farsi cucire insieme, come i gemelli siamesi.

Solo che, quando Anita le apre la porta, Clara non ha la solita aria pacata. Clara sta tenendo davanti alla faccia il nuovo numero di «Saturnalia», che ha appena comprato.

E che a quanto pare ha anche letto.

Perché il dito indice destro di Clara è puntato sopra il nome, in copertina, di J.D. Smith.

Anita sospira. Piano, quasi fra sé. Ci siamo. «Bello, eh, il numero di questo mese?» dice. «Ecco perché hai fatto tardi: non riuscivi a metterlo giù, vero?»

Lo sapeva, l'aveva detto anche a Sebastiano che lo sapeva, che Clara prima o poi avrebbe letto quel racconto, avrebbe notato tutti i parallelismi fino all'ultimo, avrebbe capito, o perlomeno iniziato a capire. Lo sapeva, come lo sapeva nel momento in cui l'ha voluta con sé all'ONMI, ad assistere alla confessione di Diana.

Solo che ora sta succedendo davvero, e Anita sente un brivido.

«Mi devi dire qualcosa, Ani?» dice Clara, affacciandosi da sopra il bordo della rivista. «O forse dovrei dire J.D. Smith.»

«Se non sai qualcosa non puoi essere costretto a mentire», dice Anita. «Ma tu vuoi sapere tutto, scommetto.»

Clara annuisce come a dire "che domande".

Anita le fa segno di entrare.

Fra quindici minuti, quando avrà finito di raccontarle tutto, a seppellire il cadavere saranno in tre.

34.
SULLA PORTA

Sempre domenica.

All'angolo del secondo isolato dopo la Casa della Madre e del Fanciullo, in direzione centro, Tobia fuma un mozzicone acceso e spento e riacceso due volte – perché le sigarette non si possono sprecare. Ogni tanto gli tornano in mente la brunetta carina e la sua strampalata combriccola di donne, e in particolare gli torna in mente l'unica adulta della compagnia, quella che lui ha visto una volta sola, e gli torna in mente perché, anche se l'ha vista una volta sola, si ricorda benissimo che durante il viaggio fino a Trofarello ha fumato tutto il tempo e lui le ha invidiato con tutto il cuore ogni singola boccata.

Però non è vero.

Cioè, è vero che si ricorda la tizia adulta, sì, ma non è vero che si ricorda lei in particolare. *In particolare, ovviamente, si ricorda la brunetta carina.*

Forse è a lei che sta pensando o forse no, fatto sta che deve distrarsi un po', perché quando poi si rigira verso la macchina nota che qualcuno, passato di soppiatto, deve avergli fatto scivolare di nascosto qualcosa sul sedile del passeggero, attraverso il finestrino aperto. Si affaccia verso l'interno: è l'ultimo numero di una rivista, «Saturnalia». Ah sì, la conosce, è famosa, specie a Torino. Che cosa bizzarra. Chi può avergliela piazzata lì? E perché? E perché mai l'avrà fatto senza volersi mostrare? Un dono segreto da un'ammiratrice? Tobia fantastica mezzo secondo.

Ma no, cosa va a pensare. Di sicuro l'ha scordata sul sedile l'ultimo cliente e lui se n'è accorto solo adesso.

Comunque, è una bella cosa. «Saturnalia» gli è piaciuta, quando gli è capitato di leggerla. Forse questo mese l'avrebbe addirittura comprata. Ora ce l'ha gratis.

La prende, la sfoglia, inizia a leggerla dal primo racconto.

Entro sera arriverà a quello di un certo John Dorcas Smith.

«Violetta, guarda che ti devi spicciare, non sei neanche vestita», dice la Rosa vedendo che il suo fiore all'occhiello dai capelli à la garçonne se ne sta allungato sull'ottomana sdrucita dell'atrio, il naso affondato in un giornale, e mancano neanche dieci minuti all'orario d'apertura. Poi le viene anche un po' da ridere, perché "non sei vestita" significa naturalmente, in senso strettamente tecnico, "sei troppo vestita", visto che Violetta ha su una gonnona lunga di tela e per entrare in servizio invece deve infilarsi una sottoveste succinta.

«Scusa, scusa, ero presa. Questo numero è bellissimo!» Violetta depone la rivista. La Rosa ama leggere e tiene sempre sui tavolini dell'atrio dei libretti d'intrattenimento o delle riviste di vario genere. Violetta sta sventolando una di queste, con tanti nomi in copertina e il titolo scritto in caratteri alti e stretti.

«Fa' un po' vedere», dice la Rosa, curiosa. «Ma questa non l'ho mica comprata io. Dove l'hai trovata? L'avrà lasciata qui qualcuno ieri sera.»

«Secondo me ti han fatto un regalo, perché dentro c'era questa.» Violetta agita una rosa. «Era a pagina venti, all'inizio di questo racconto qua. Io devo ancora leggerlo – ho cominciato da un altro perché mi è caduto l'occhio e aveva una protagonista che si chiamava come me. Divertentissimo! Ma adesso hai ragione, devo proprio andare a prepararmi, quindi tieni, è tutto tuo.»

Violetta balza via, verso il corridoio. La Rosa prende la rivista. Violetta gliel'ha porta aperta a pagina venti, la pagina dove stava la rosa, e dove inizia il racconto di un certo John Dorcas Smith.

Sebastiano è seduto alla scrivania di casa sua, un catafalco lungo come il vagone di un treno il cui peso è per metà costituito da tarli. L'ha acquistata un anno fa da un robivecchi e gli è piaciuta subito. Il fatto che gli piaccia non è immediatamente intuibile a un eventuale visitatore occasionale, dato che Sebastiano ne ha completamente occupato la superficie con libri, libroni, libretti e naturalmente riviste, tanto che non si vede più il colore del piano di legno, neanche *avesse voluto nasconderlo. Sono tutti testi che Sebastiano consulta tirandoli giù dagli scaffali della libreria e che poi lascia lì, a impilarsi e accatastarsi e impolverarsi, perché "cosa lo rimetto su a fare, che tanto mi serve". Morale: oggi sta raccogliendo le riviste da portarsi in Liguria, e ha a disposizione un rettangolo di scrivania libera che sarà sì e no venti centimetri per trenta. I gomiti gli sbattono di continuo contro una colonna di atlanti e un mucchio di volumetti da due soldi, di quelli che leggevano i soldati ospedalizzati durante la Grande Guerra per passare il tempo.*

Sebastiano adora la letteratura di intrattenimento. Oggi però non è a quella che sta pensando: oggi tutta la sua attenzione è concentrata sulle riviste pulp *americane contenenti i racconti con protagoniste femminili che Julian gli ha procurato. In Liguria non avrà Anita a cui dettare le traduzioni, ma può sempre portare con sé una borsa di riviste e continuare a leggere e selezionare le storie, la sera, fra una giornata di ricerche e l'altra, in attesa di tornare dalla sua dattilografa e completare il lavoro.*

«Violet McDade è stata una bomba, e Jack e Pat, avevi ragione, sono indubbiamente una scommessa sicura. Al prossimo giro proviamo anche Susan Dare.»

Julian è seduto poco distante, in una poltrona imbottita che però non deve aver trovato del tutto comoda, dato che ha pensato bene di poggiare i piedi sopra la scrivania – o meglio, sopra una pila di libri più bassa delle altre, vicina al bordo della scrivania. Sta osservando Sebastiano con aria serafica, vagamente sorniona, ma anche con una punta di apprensione. Come se stesse pensando qualcosa che non dice, come se qualcosa si muovesse sotto la superficie della sua impassibilità. Se Sebastiano alzasse gli occhi e scrutasse il viso dell'amico, gli risulterebbe lampante. Ma Sebastiano è impegnato a sfogliare e mettere in ordine di pubblicazione le riviste nuove, appena ricevute da Julian, appunto, e ha la testa da tutt'altra parte.

«Le piaceranno un sacco», dice Julian a un certo punto, dal nulla.

*«Credo anch'io», sorride Sebastiano, che sta rileggendosi un pezzo in cui Jack e Pat litigano perché quel malmostoso di Jack sostiene che Pat, quando è lei a reggere l'ombrello, lo faccia bagnare tutto. Poi si rende conto e alza la testa di scatto. «*Gli *piaceranno un sacco, intendo», rettifica. «*Gli*, cioè a Muzio. Era Muzio che premeva per i femminili.»*

Julian lancia a Sebastiano un'occhiata che sta per un chiarissimo "ma falla finita, con questa pantomima".

Sebastiano distoglie lo sguardo.

«Be', si avvicina il momento di levarmi di torno», sospira Julian dopo un attimo, stiracchiandosi senza decoro. «Parti domattina, vero? Immagino che ci rivedremo al tuo ritorno. In bocca al lupo, my friend, *se hai bisogno telefonami da Romilda.» Sbadiglia. «Che in questo momento mi aspetta per portarmi a cena sul fiume, e chissà che dopo non riesca anche a suonare un po' il mio sassofono.»*

«Spero non fosse una metafora», lo punzecchia Sebastiano.

Julian ride, ma fino a un certo punto. Inoltre, nonostante tutto quello stiracchiarsi e sbadigliare, non è che abbia l'aria di voler davvero alzare i tacchi. Se Sebastiano lo guardasse meglio, anzi, se lo guardasse e basta, se alzasse gli occhi dalle riviste che sta impilando, gli vedrebbe ancora più chiara, in volto, l'espressione di uno che sta covando un argomento di conversazione cruciale.

Julian prende un respiro profondo. Di quelli che si fanno quando ci si decide a iniziare un discorso importante.

«Senti, Seb, prima che io vada, c'è un'ultima cosa che ti devo dire.»

Sebastiano alza la testa, lo guarda interrogativo. Ma Julian non parla subito: Julian sta cercando qualcosa. Julian fruga un po' nella borsa che porta spesso con sé e che oggi si è tenuta vicino, accanto ai piedi della poltrona imbottita, e ne estrae l'ultimo «Saturnalia».

«Volevo farti i complimenti per l'ultimo numero», dice. «E poi... dirti che, quando tornerai, credo che dovremo parlare della pazzia che state facendo, cari i miei J.D. Smith.»

Sebastiano ci impiega mezzo secondo a metabolizzare. Di più non gli occorre. Come ha detto ad Anita quella volta per strada, ha sempre saputo benissimo che Julian prima o poi avrebbe letto un racconto, avrebbe notato tutti i parallelismi con la realtà, si sarebbe naturalmente anche accorto al volo di quel nome, J.D. Smith, che non è mai appartenuto a nessun autore di sua conoscenza. Gli è sempre stato evidente che Julian prima o poi avrebbe capito; lo sapeva, Sebastiano, certo, l'ha sempre saputo.

Solo che adesso la cosa è ufficiale, e Sebastiano ha un brivido.

«Seb, in che razza di guaio vi state infilando, me lo vuoi dire?»

Sebastiano apre la bocca per rispondere. O meglio, per sciorinare la spiegazione che si è preparato da due mesi. Solo che si accorge di una cosa che gli ammazza le parole sulla lingua. "La pazzia che state *facendo", "in che razza di guaio* vi state *infilando": Julian ha detto "vi". Julian usa il "voi".*

«Noi *chi?» chiede, cauto, Sebastiano.*

Julian alza gli occhi al cielo. «Eh, chi. Tu e la tua complice, furbone. Tu e quell'altra pazza scriteriata, quella matta come un cavallo, che fa finta di essere una brunetta svampita e poi va nei bordelli a interrogare le ragazze e si mette a giocare a Robin Hood, e il problema è che le viene pure bene. Tu e Anita, chi vuoi che intenda, genio?»

Sebastiano aggrotta la fronte. «Come hai fatto a... Voglio dire, sapevo benissimo che ci saresti arrivato, al fatto che i racconti di John Dorcas Smith li scrivo io, ma perché dai per scontato che Anita sia d'accordo e sia complice?»

Julian lo guarda come un cuoco guarda il gatto che gli ha mangiato la trota. «Come sarebbe a dire? Metti un nome mezzo maschile mezzo femminile al tuo finto scrittore, e non sarebbe un segnale chiaro come il sole?!»

Sebastiano strabuzza gli occhi in una maniera così spontanea che a Julian, pur serio e preoccupato com'è, non riesce a non scappare un sorrisino.

«Dorcas sarebbe un nome di donna?!»

«In Italia in effetti non lo usate.» Julian alza le spalle. «Roba biblica. Vuol dire "gazzella". Certo che fai veramente schifo come ebreo, non conosci un tubo dell'Antico Testamento.»

Sebastiano è ancora fermo come la foto di sé stesso. Poi, lentamente, comincia a ridere. Julian lo guarda per un po', poi non ci può fare niente: viene da ridere anche a lui.

*«E quindi il personaggio dell'*Antologia di Spoon River*, quello di nome Dorcas Gustine, quello a cui è intitolata quella bellissima poesia sullo* strapparsi il lupo di dosso... *che poi è quella che ha dato l'idea di J.D. Smith ad Anita e me – anzi, a dirla tutta, ad Anita, che a sua volta l'ha data a me... quel personaggio lì, che è all'origine di tutta questa nostra, uh, pazzia, come l'hai chiamata tu, quello... sarebbe una* donna?»

Julian alza gli occhi al cielo. «Non mi dire. Non me lo dire nemmeno, a cosa stai pensando.»

«Al fatto che Anita impazzirà *di gioia per questa faccenda, naturalmente», esclama Sebastiano ridendo. E Julian ride con lui.*

Parlano ancora per un po'. Julian si fa spiegare bene la questione, Sebastiano gli racconta anche della faccenda dell'eroe di guerra che hanno smascherato nel racconto del numero precedente e glielo fa leggere.

Sebastiano non lo sa, ma nel frattempo, con Clara, a seppellire il cadavere, da due che erano, lui e Anita son diventati tre.

E Anita non lo sa, ma, una volta che Sebastiano ha finito di parlare con Julian, a seppellire il cadavere sono diventati quattro.

Alla fine, Julian si alza.

«Oh, my friend*», sospira. Batte una pacca sulla spalla di Sebastiano. «È proprio vero che l'acqua tranquilla è quella che abbatte i ponti. O perlomeno che s'impegna di più per farlo.» Sebastiano lo accompagna alla porta. Quando sono sulla soglia, prima di andarsene, Julian si gira un'ultima volta a guardarlo dritto in faccia, serio e accorato.*

«Grazie per avere capito, e scusa se ho voluto tenertene fuori il più a lungo possibile.»

«Chi non sa non è costretto a mentire», annuisce Julian, che conosce il motto dei detective. «Però, visto che tu sei stato premuroso con me, posso esserlo anch'io con te, e darti un consiglio da amico?»

Sebastiano annuisce. «Saremo prudenti, te lo prometto.» Per quanto si possa essere prudenti avendo il nome su una copertina, gli verrebbe da aggiungere.

«Sì, sì, ecco. Mi raccomando. Ma non era questo, in verità, che avevo in mente.» Cerca le parole. Gli posa la mano sulla spalla. «Non combattere un'inutile battaglia per tenere Anita fuori dalla tua vita.» Sebastiano arrossisce un po'. «Tanto c'è già mezza dentro, forse più che mezza. E la fatica che faresti a spingerla fuori magari è maggiore di quella che faresti a tirarcela dentro del tutto.»

Julian usa i phrasal verbs *con una certa ingenuità, ma sa farsi capire.*

Sebastiano annuisce, masticandosi una guancia.

«Giuro che ci ho pensato. Ci ho pensato eccome. Ma tu sai che, con mio padre...»

Sebastiano lo guarda senza parlare, in un modo per cui di parole non c'è bisogno. Significa lo so, *ma significa anche* lo sai anche tu.

Lo sai anche tu che a questo punto, dopo tutti questi giorni, la questione di tuo padre potrebbe essere completamente cambiata.

«Già, tuo padre. Spero che lo ritrovi, I mean it*», dice Julian, battendogli una mano sulla spalla. «Però promettimi che, se non lo ritrovi, farai quel che è ragionevole.»*

Oh, Julian sa essere convincente, pensa Sebastiano, mentre lo saluta e chiude la porta alle sue spalle, appena lo vede imboccare le scale.

Sospirando si volta verso l'interno della casa vuota. Ormai la luce dei lampioni penetra dalle finestre: potrebbe accendere la luce elettrica, ma è così rossastra e spettrale che non gli va, preferisce rimanere per un attimo al buio, così, ad ascoltare la città entrargli in casa dai vetri aperti e a pensare che Dorcas Gustine era una donna e John Dorcas Smith dunque è uno strano essere ermafrodita e che Anita è, a tutti gli effetti, che lui e lei lo vogliano o meno, già la sua metà.

Domani andrà a cercare suo padre.

Se non lo ritroverà, sarà terribile.

Ma, come ha promesso a Julian, farà quel che è ragionevole. Ossia, parliamoci chiaro: la smetterà di incatenarsi a una vita che non vuole, per qualcuno che non c'è più.

Dei colpi alla porta lo fanno girare di scatto. Julian dev'essersi dimenticato qualcosa, la giacca, le sigarette, il sassofono. Sebastiano va ad aprire.

«Ciao», dice la figura sul pianerottolo.

Sebastiano strizza gli occhi nel buio.

«Papà?»

Siccome ci ho preso gusto la prima volta, al termine del *Morso della vipera*, eccovi anche stavolta una piccola postfazioncina con qualche riferimento per chi volesse approfondire temi o citazioni.

Tanto per cominciare – e mi auguro che nessuno stia leggendo la postfazione prima di avere letto il romanzo, altrimenti sta per beccarsi un mega spoiler – le due ragazze che si scambiano i "cattivi" sono una citazione per niente velata da uno degli archetipi dei gialli, *Sconosciuti in treno* di Patricia Highsmith, in cui due persone con ottimi motivi per volere qualcuno morto ma poca voglia di venire facilmente ricondotte all'omicidio, decidono appunto di scambiarsi i delitti. Un'idea geniale che da allora è stata ripresa e riadattata da una sfilza infinita di libri, film e serie tv, e oggi anche un po' da questo mio librino qui.

Il brano che nel capitolo 16 fa saltare i nervi ad Anita, il raccontino agiografico sul Duce contenuto nel libro di scuola di Emilio, l'ho preso paro paro (no, scusate, volevo dire *verbatim*) dal libro di lettura edito dalla Libreria di Stato, che era uguale per tutti gli studenti. C'era anche di peggio, ma purtroppo le cose più grottesche le ho trovate in un libro di lettura per la quinta elementare pubblicato nel 1939 e non ho voluto imbrogliare e anticiparle al 1935.

Poi: le case chiuse. A Torino c'è un libro particolarmente famoso, *Bordelli torinesi*, di Massimo Centini, sulla base del quale si fanno anche dei tour guidati per gli ex casini della città: si impara a riconoscerli dall'esterno, si apprendono le fasce sociali a cui erano destinati, eccetera. Detto ciò, il tema delle case chiuse è certo molto pittoresco ma è anche delicato. È facilissimo incappare in tutta una serie di articoli, libri, documentari, basati sulle testimonianze raccolte, fino a qualche anno fa, tra chi aveva ancora fatto in tempo a frequentare quei posti. E il sentimento dominante è di una dolce, goliardica nostalgia: la padrona che sfotte i *flâneurs* ma coccola i ragazzini appena maggiorenni, il *flit*, le ragazze che in fondo sono trattate bene e un po' si divertono anche loro; il bordello come un luogo di sfogo e di libertà in cui nessuno si fa male e si trova anche una forma di calore umano. Il parere dominante è: *tutto sommato, era meglio così che adesso che la prostituzione c'è lo stesso ma in strada. Almeno allora era tutto controllato, e comunque i bordelli erano un geniale meccanismo di equilibrio sociale* (un po' quello che Corrado ripete a pappagallo ad Anita nel capitolo 4). Be', sì, forse – anzi, senza forse – in parte era così. Però va tenuto presente che questa è la nostalgica indulgenza con cui le case chiuse sono ricordate dagli *uomini* che ci andavano. Allora bisogna leggere anche le lettere che le ragazze mandavano a Lina Merlin a ridosso del 1958 chiedendole di chiuderle, queste benedette – o maledette – case di tolleranza, di porre fine a quello sfruttamento legalizzato di carne umana. Non sono belle lettere. Alcune signore descrivono la loro vita con toni autoironici, venati della stessa pacata sopportazione con cui una contadina avrebbe potuto parlare delle sue fatiche quotidiane; altre però lanciano autentiche grida d'aiuto, non ce la facciamo più, a volte ci tocca fare fino a quaranta marchette al giorno, in tempo di guerra poi veniamo consegnate ai soldati come beni di sussistenza e possiamo arrivare a sessanta. E poi più invecchiamo più caliamo di valore, finiamo a lavorare in postacci sempre più squallidi e sporchi e frequentati da personaggi sempre più squallidi e sporchi, fino a che ci riduciamo a campare di elemosine o a battere da sole per due lire, *letteralmente* due lire, nelle periferie e nei porti, dove la polizia può arrestarci o può succederci anche molto di peggio. Che è poi la sorte rappresentata dal personaggio della Spina, e che viene raccontata molto più raramente dai nostalgici memorialisti che rievocano l'epoca delle case chiuse.

Insomma, niente, per darvi materiale di riflessione con cui eventualmente ridimensionare anche tutta questa mitizzazione dell'era pre-Merlin. A me di certo queste letture hanno fatto riflettere molto.

Passando a cose più allegre: se vi siete entusiasmati come me di fronte alle detective donne dei gialli americani degli anni Venti e Trenta (Violet McDade e Nevada Alvarado, Pat Seaward e tutte le altre citate da Julian nel capitolo 8), esistono delle comode raccolte antologiche che potete trovare online. La mia preferita è *The Big Book of Female Detectives* a cura di Otto Penzler. Che in effetti è comoda per modo di dire, visto che ha le dimensioni di una cassettiera ed è scritta tipo in corpo 6 su due fittissime colonne; ma, se non altro, mettiamola così, questo significa che contiene un sacco di bella roba da leggere. In quella stessa raccolta peraltro trovate anche *Red Hot*, il racconto di Jack e Pat da cui è tratto il brano di pagina 223.

Il piccolo paragrafo che Sebastiano commenta entusiasta nel capitolo 3 (e che fa drammaticamente sfigurare il suo Bonomo) è l'incipit del capitolo 2 del *Falco maltese* di Dashiell Hammett.

Chiudo con due riferimenti personali. Il personaggio di Gioia è un omaggio a una mia cara, carissima amica di nome Gaia – Gaia Zappia – che purtroppo è mancata qualche anno fa, a ventun anni, per neurofibromatosi, malattia che fra i suoi effetti ha avuto quello di renderla sorda. Gaia era – non me ne vogliano le altre ragazze intelligentissime che ho conosciuto nella vita, e che sono tante – la persona più intelligente, e anche equilibrata, ironica e in gamba di mia conoscenza, specialmente in rapporto all'età. Gioia non è Gaia al cento per cento, naturalmente, ma è una ragazza a cui la sordità pone degli ostacoli che però non le impediscono di essere intraprendente e altruista: questa è la parte che Gioia ha in comune con Gaia. Ah, Gaia per hobby scriveva recensioni letterarie, ci eravamo conosciute così, e se qualcuno di voi, magari un insegnante, ha piacere di leggere una bravissima adolescente che scrive di libri in un modo perfetto per farsi leggere da altri adolescenti, può trovare le sue recensioni raccolte nel volume *L'ultima pagina del libro*, pubblicato dalla sua mamma su ilmiolibro.it.

Ultimissima: la frase contenuta nel racconto di J.D. Smith nel capitolo 32, «gli uomini che ci sanno fare con le donne di donne ne hanno una sola», l'ha detta davvero un mio amico: Antonio, sappi che erano secoli che aspettavo l'occasione perfetta per infilarla in un libro!